PYRTH UFFERN

I Elian, Syfi, Alaw, Dan, Sam, Tigi, Eilah, Mari ac Efan –
cymerwch bwyll, blantos bach, mae 'na fwystfilod mas 'na…

Argraffiad cyntaf: 2018

Cynllun y clawr blaen: Steffan Dafydd

Rhif Llyfr Rhyngwladol: 978 1 78461 554 3

Dymuna'r cyhoeddwyr gydnabod cymorth ariannol Cyngor Llyfrau Cymru

Cyhoeddwyd ac argraffwyd yng Nghymru
ar bapur o goedwigoedd cynaliadwy gan
Y Lolfa Cyf., Talybont, Ceredigion SY24 5HE
e-bost ylolfa@ylolfa.com
gwefan www.ylolfa.com
ffôn 01970 832 304
ffacs 01970 832 782

PYRTH UFFERN

LLWYD OWEN

y Lolfa

"Nid oes neb yn colli eu diniweidrwydd.
Un ai mae'n cael ei gipio neu'n cael ei roi o wirfodd."

Tiffany Madison

Awyr Iach

Mae fy nghoesau'n troi'n wyllt fel rhai Wile E. Coyote dros ddibyn, wrth i fi faglu, tin-dros-ben bron i lawr llethrau serth y llosgfynydd anferth sy'n ymgodi tu ôl i fi tua'r ffurfafen fel ploryn ar foch cawr; crawn y lafa tanllyd yn llifo, yn cyflymu, yn cau'r bwlch wrth agosáu, a'r gwres sy'n codi ohono yn pothellu fy nghroen gwelw, noeth, gan grino fy mlewiach a llenwi fy ffroenau ag arogl afiach. Gallaf weld y tonnau'n byrlymu ar y môr coch ar y gorwel pell.

Fy nghyrchfan.

Fy ngwaredigaeth.

Fy achubiaeth.

Ond, rhyngddo fi a'r lli saif coedlan fythwyrdd dywyll, drwchus a thri bwystfil rheibus yn gwarchod y ffin.

Llew.

Llewpart.

Blaidd.

Rhwyg rhuad y llew fy nerfau bregus yn gwbl ddiymdrech, wrth i'r llewpart droi a 'ngweld i am y tro cyntaf ac i'r blaidd udo i'r nos, gan alw gweddill ei gnud i ymuno â'r helfa. Edrychaf am y llwybr cywir, ond nid oes unrhyw beth yma ond anobaith. Dim ond tywyllwch. Trais. Torcalon. Lle nad yw'r haul byth yn tywynnu. Goleuwyd y tirlun dros dro gan fellten, cyn i'r ddaear grynu o dan rym y daran sy'n dilyn eiliadau ar ei hôl. O nunlle, gwelaf nant yn tarddu o dan fy nhraed, ac yna'n lledaenu a dyfnhau jyst mewn pryd i fi blymio i'r dŵr cyn i'r creaduriaid fy maglu a 'mwyta.

Arnofiaf trwy'r coed heb edrych yn ôl. O'm cwmpas ac uwch fy mhen, gwelaf dwnnel sgrech a delweddau erchyll di-ben-draw. Ogofâu llawn plant mewn celloedd ar hyd y glannau, yn pledio, yn crefu, yn ymbilio am help; eu hesgyrn yn rhwygo trwy eu croen gwelw, tryloyw; eu llygaid yn tasgu dagrau tywyll. Sgrechiadau main yn hollti'r nos. Ffigyrau diwyneb, yn gwisgo mygydau meddygon y pla du, yn eu treisio, eu rheibio a'u taro ag unrhyw beth sy'n dod i law.

Carreg.

Bwyell.

Bat.

Ffon.

Ffemwr â thalpau o gnawd yn glynu ynddo o hyd.

Tynnaf fy mhen o dan y dŵr mewn ymdrech i beidio â gorfod gweld yr erchyllterau. Ond nid dŵr sy'n llifo heno, ond gwaed.

Gwaed pwy?

Pwy a ŵyr?

Gwaed y plant?

Gwaed y ddaear?

Holl waed hanes y ddynolryw?

Fy ngwaed i?

Codaf fy mhen uwchben yr arwyneb a phoeri'r sgarlad o fy safn. Mae'r coed a'r ogofâu wedi diflannu, ond nid yw'r môr wedi symud, diolch byth. Yn wir, mae'n agosach a bron o fewn cyrraedd yn awr. Gwelaf bentref o gabanau pren ar lannau'r afon; y trawstiau a'r waliau'n llosgi i'r llawr. I gyfeiliant cannoedd o ellyll yn curo drymiau o groen dynol gwaedlyd, gwelaf y Diafol ei hun yn codi yn gawr o'r goelcerth ac yn syllu'n syth tuag ataf, mewn ymdrech i echdynnu fy enaid heb ofyn am ganiatâd. Clywaf lais Lowri'n atseinio yn y dyffryn. Yn taranu uwchben y tân.

ROL-ROL-ROL-ROL-ROL-ROL-ROL-ROOOOOOOOOOOOOOOOOL.

Trof fy mhen i gyfeiriad y môr. Y môr coch. Y tonnau tanllyd. Plymiaf eto, wrth i'r afon gyrraedd yr aber, wrth i don fflamgoch dorri drostaf. Nofiaf i'r dyfroedd tywyll, fel morddyn; fy nghwt pysgodlyd pwerus yn fy ngwthio trwy'r dŵr, hallt, gwaetgoch, er nad oes dianc heno. Mewn mynwent danfor, gwelaf filoedd o feddau bychan yn ymestyn tua'r gorwel, yn orffwysle olaf i lu o blant. Nofiaf yn eu plith, yn chwilio'n wyllt am un enw penodol. Heb ymweld â'r lle yma erioed o'r blaen, dw i'n gwybod ei fod e yma yn rhywle. Teimlaf bresenoldeb dieflig yn cau amdanaf, presenoldeb digamsyniol y Diafol, ond cyn i'r Gŵr Drwg gael gafael ynof, gwelaf yr enw a gadael fynd…

Rolant Price 1977–1993

"Ydy fe'n gallu clywed ni, Dr Williams?" Lowri, fy ngwraig, sy'n gofyn. Agoraf fy llygaid ond dim ond niwl sydd i'w weld. Niwl a thri ffigwr aneglur. Lowri yw un ohonynt, wrth gwrs, a chaf fy nallu gan olau fflachlamp y meddyg, sy'n gwneud i fi ysgwyd fy mhen yn wyllt mewn ymateb. *Fuuuuuuuuuuuuuuck!* gwaeddaf, gan wybod yn iawn nad yw fy laryncs, ffaryncs a thannau'r llais yn gweithio fel y dylen nhw, sy'n gwneud i fi swnio fel llo'n cael ei sbaddu heb hint o anaesthetic, mae'n siŵr.

"Mae hynny'n arwydd da," medd y meddyg, sy'n gwneud i fi fod eisiau codi ar fy eistedd, gafael yn ei wddf a'i dagu i weld shwt mae e'n hoffi'r fath artaith. Ond, diolch i'r llu o gyffuriau sy'n llifo trwy 'nghorff, sdim gobaith o hynny'n anffodus.

Teimlaf boer yn llifo'n ddireol o 'ngheg, gan adael ôl sgleiniog fel llwybr malwen i lawr fy ngên.

"Beth am hwnna?"

Kingy! bloeddiaf, er nad oes neb yn clywed.

"Dim byd i boeni amdano," daw ateb y doctor.

Teimlaf law Lowri'n sychu'r poer â hances, yna'i llais yn llawn pryder. "Chi'n siŵr bod e'n iawn i adel heddiw?"

"Bydd y cyffuriau'n pylu mewn cwpwl o oriau," ateba'r meddyg mewn llais melfedaidd. "Mae Ditectif Price yn gorfforol gryf bellach."

"Ond beth am lan fan hyn?" Clywaf Kingy'n gofyn, gan weld ei law aneglur yn codi a'i fynegfys yn pwyntio a throi at ochr ei ben.

"Richard!" Mae Lowri'n ei ddwrdio a bwrw'i fraich i'w atal. "Sdim byd yn bod ar ei glustie fe."

"Jyst gofyn. Sori. Ond ma angen gwbod y pethe 'ma…"

"Ti'n iawn. Sori," ildia Lowri.

"Ma fe i fod dod 'nôl i'r gwaith mewn mis."

"Ydy hynny'n realistig, Doctor Williams?"

Tawelwch. Sy'n adrodd cyfrolau. Agoraf fy llygaid i'r eithaf, gan geisio gwasgaru'r niwl. Mae'r weithred yn gweithio i raddau, a'r byd yn dod i ffocws am eiliad. Yn y clic-camera hwn, gwelaf fola Lowri, sy'n bolio o'i blaen fel balŵn. Heb rybudd, daw'r atgofion yn ôl i fy aflonyddu, fel sioe sleidiau syfrdanol, gan wneud i fi eisiau dianc i fy ngofod mewnol unwaith yn rhagor, a chloi'r drws ar y byd tu fas; y tywyllwch, yr hunllefau, fy ngalwedigaeth, fy nyfodol. Gwelaf Nicky yn gyntaf wedi'i gorchuddio â gwaed. Yna ei theulu o dan oruchafiaeth gasgliadol eu galar; yn grac, yn gandryll, yn gefngrwm ac ar goll. Daw delweddau'r tâp fideo i gyd ar unwaith, gan ddyrnu'r gwynt o 'mola. Yna Ceri. Yna'r euogrwydd. Yna'r anobaith.

"Bydd e'n iawn yn gorfforol mewn cwpwl o ddyddie. Wythnos fan bella. Ond..."

"Ond?" gofynna Lowri'n llawn pryder.

"Bydd rhaid i ni aros a gweld. Mae Ditectif Price wedi goresgyn profiad erchyll a arweiniodd at chwalfa nerfol ac emosiynol..." mae geiriau'r meddyg yn tawelu cyn diwedd y frawddeg. Dw i'n gwybod yn iawn beth mae e'n ceisio'i ddweud, ond dyw Lowri ddim eisiau clywed hynny, sy'n ddigon naturiol a dweud y gwir.

"Ma pawb yn wahanol, reit, Doc?" Mae Kingy'n llenwi'r bwlch.

"Yn union, Ditectif King. Chi'n mynd â fe i le heddychlon a thawel, a dw i'n siŵr y bydd e'n gwella gant y cant. Wedi'r cyfan, mae ganddo rywbeth i wella ar ei gyfer, yn d'oes?"

Clywaf Lowri'n mwmian ei hateb, er nad yw hi wedi'i hargyhoeddi o gwbl. Dw i 'di clywed y sŵn 'na fil o weithiau dros y blynyddoedd. Dylse hi fod wedi 'ngadael i pan gath hi gyfle. Mae'n siŵr ei bod hi'n difaru 'ny nawr, o 'ngweld i fan hyn. Cragen o ddyn. Cysgod o dditectif. Darpar dad mewn cewyn brwnt.

Ag ymdrech oruwchnaturiol, dw i'n llwyddo i godi fy llaw oddi ar y gwely. Yn ôl y disgwyl, ac yn union fel o'n i'n gobeithio, mae Lowri'n llamu ac yn gafael ynddi. Dyma arwydd bach iddi y bydd popeth yn iawn. Er nad oes syniad 'da fi mewn gwirionedd. Ond os ydw i 'di dysgu unrhyw beth dros y flwyddyn ddiwethaf... mae angen bach o obaith ar bawb mewn cyfnodau tywyll fel hyn.

Mae Lowri'n gafael yn fy llaw ac yna'n plygu a chusanu fy nhalcen. Mae'r niwl yn clirio unwaith eto a gwelaf y dagrau'n disgleirio ar ei bochau.

Dw i'n ceisio sibrwd "Caru ti" yn ei chlust ond fi'n swnio fel Sloth o'r *Goonies* ac mae'r geiriau'n dod mas fel "urrghhh uree", sy'n gwneud i Lowri gamu 'nôl ac edrych arna i'n syn, ei llygaid yn pefrio'n llawn pryder.

"Mae hynny'n arwydd da hefyd," medd y doctor.

"Bydd e'n barddoni cyn diwedd y dydd, reit, Doc?" medd Kingy gan chwerthin, ond nid yw Lowri'n ymuno yn y miri. Yn hytrach, mae'n syllu arna i, so dw i'n ceisio gwenu; er bod yr olwg arswydus sydd i'w gweld ar ei hwyneb yn awgrymu fy mod i'n edrych fel Sloth, yn ogystal â swnio fel y bwystfil salw.

Rhaid 'mod i 'di paso mas neu rywbeth am sbel, achos y peth nesaf fi'n cofio yw eistedd mewn cadair olwyn yn cael fy ngwthio ar hyd coridorau hir a digalon yr ysbyty, ac yna allan trwy ddrysau awtomatig i'r awyr iach tu hwnt. Mae'r elfennau'n rhoi slap go iawn i fy ngwyneb – yr haul isel, yr aer miniog a'r gwynt main gaeafol – pob un, fel mae'n digwydd, yn helpu ac yn rhoi hwb go iawn i fi. Mae'r niwl yn clirio a'r lliwiau, sydd wedi bod mor aneglur ers amser maith, yn clicio'n ôl i'w lle. Mae fel 'mod i'n gwisgo sbectolau newydd sbon ar ôl blynyddoedd o frwydro wrth wisgo pâr ges i o Poundland. Dw i'n syllu o 'nghwmpas ar y ceir a'r bobl sy'n mynd o amgylch eu busnes; y coed a'r glaswellt a'r adeiladau sy'n tyrru uwch fy mhen. Ac yna clywaf Lowri'n ynganu dau air sy'n gwneud i 'ngwaed rewi a'r byd i beidio â throelli am eiliad neu ddwy.

"Porth Glas."

Heb rybudd, mae'r geiriau'n gwneud i fi feddwl am Nantlais, sydd yn ei dro yn fy arwain yn ôl i f'arddegau. Fy ngreddf gyntaf yw rhedeg i ffwrdd, ond gyda choesau o blwm a mwy o ddrygiau'n llifo trwy fy system na Lance Armstrong a Ben Johnson ynghyd, so hwnna'n opsiwn. Yr unig beth alla i wneud yw udo. Fel buwch gloff yn hytrach na blaidd. Mae hynny'n gwneud i grŵp o smygwyr cyfagos droi i syllu arnaf, eu tosturi yn gwneud i fi fod eisiau diflannu. Mewn pwff o fwg, neu fel arall; sdim ots 'da fi ar yr eiliad hon.

"Aros funud," clywaf Lowri'n gorchymyn, sy'n gwneud i'r gadair ddod i stop. Yna, mae Lowri a Kingy'n ymddangos o 'mlaen, ill dau yn eu cwrcwd. Mae Kingy'n gwenu, ond nid Lowri. Mae'r olwg ar ei hwyneb yn achosi ôl-fflach arall. Gwelaf ogof. Gwelaf waed. Gwelaf gyd-weithwyr.

Gwelaf olau glas ambiwlans. Gwelaf Lowri'n gwisgo'r un mwgwd ag y mae hi nawr – cybolfa o ffasâd, gyda thosturi'n sefyll ochr yn ochr ag arswyd pur. Gwenaf arni, sydd heb os yn helpu i leddfu ei phryderon. Ond ar y tu fewn, dw i'n sgrechen. Sa i'n gwybod pa mor hir dw i 'di bod yn yr ysbyty, ond byddai'n well 'da fi aros yna am flwyddyn arall na mynd i Borth Glas heddiw. Ddim bo' fi 'di bod 'na o'r blaen na dim, ond mae gwybod y bydd Nantlais yn aros yno amdanaf yn ddigon i wneud i bythefnos yn Aleppo swnio fel opsiwn mwy atyniadol.

Mae Lowri'n rhoi sws arall i fi ar fy nhalcen, ac yna mae'r ddau yn diflannu eto a dw i'n dechrau symud yn fy mlaen o dan rym cyhyrau Kingy.

"Fel o'n i'n dweud," fi'n clywed Lowri'n ailddechrau. "Y boi sy berchen y cwmni sy bia'r lle…"

"Nantlais?"

"'Na fe. O'dd e yn yr ysgol 'da fi a Rol."

"Ife fe nath ffortiwn yn Silicon Valley?"

"Ie. Gwerthodd e gwpwl o start-ups am yn agos at gan miliwn doler."

Mae Kingy'n chwibanu ar glywed y ffigwr, ond 'na gyd fi'n gweld yw wyneb golygus fy hen ffrind, a 'na gyd fi'n dychmygu yw fy nyrnau'n ei guro'n ddidrugaredd tan fod esgyrn ei benglog a meinwe ei nodweddion wedi'u mathru'n stwnsh gwaedlyd ar lawr gwyn cegin ei gartref a welais yn Ideal Homes rywbryd yn y gorffennol.

"Fi 'di bod 'na cwpwl o weithie. 'Na lle ni'n cynnal ein cynhadledd flynyddol. Mae'n anhygoel." Fi'n casáu clywed Lowri'n siarad am Nantlais, achos ei fod yn fy nghipio'n syth 'nôl i ddyddiau ysgol pan oedden nhw'n eitem. Ond ddim 'na pam fi'n casáu'r boi. O na, mae'n hanes ni lot tywyllach na hynny.

"Gated community, ie?"

"Ma'r lle fel Fort Knox. Ffens drydan a choedwig drwchus yn cadw'r riff-raff mas, a heddlu preifat on patrol."

"Pentre gwylie yw e, 'de?"

"Na. Wel, ie. Ond, na… sori. Bach o'r ddau. Ma'n costo bom i brynu tŷ 'na, ac ma 'na criteria penodol cyn bod chi'n cael rhoi troed yn y lle."

"Siŵr bydd croeso mawr i Rol 'na!"

Dw i'n clywed Lowri'n rhoi slap arall i fraich fy mhartner, ond rhaid cydnabod ei bwynt.

"Un o perks fy swydd, I suppose."

Mae Lowri'n sibrwd y frawddeg nesaf, ond wedi 'mharlysu dw i fan hyn, dim byddar!

"So Rol a Nantlais yn lico'i gilydd o gwbwl, ond sdim lle gwell iddo fe ddod ato'i hun dros yr wythnosau nesa na Phorth Glas. Byddwn ni off grid, go iawn."

"So fe'n swnio fel 'ny!"

"Dim mobiles fi'n meddwl."

"Beth, so nhw'n gadael i chi ddefnyddio ffôns 'na?"

"Na. Fel wedes i, y lle perffaith i Rol ymlacio a gwella."

"Ond beth os chi mo'yn ordro pizza?"

Mae'r ddau'n chwerthin ar jôc gachu Kingy, ond dw i ddim. Ddim hyd yn oed ar y tu fewn. Sa i mo'yn mynd yn agos at Nantlais na'i gymuned gaeedig. Fi mo'yn mynd adref. Ond so 'nhafod i'n gweithio fel dyle fe ar hyn o bryd, a bydd hi'n rhy hwyr erbyn iddo danio 'to.

Ni'n cyrraedd Mini Cooper Lowri, a dw i'n gweld bod y bŵt a'r sedd gefn yn llawn stwff – cesys a chotiau a bla, bla, bla. Mae Lowri'n diolch i Kingy ac mae'r ddau'n cofleidio. Yna, fel hippo i Hilman Imp, mae Lowri'n gwasgu i sedd y gyrrwr yn drafferthus i gyd, a Kingy'n hanner tipo, hanner codi a hanner gwthio fi i sedd y teithiwr. Mae'n rhyfeddol nad ydw i'n cwmpo ar y llawr ond rhaid bod fy nghoesau'n dechrau cydio. Cyn cau'r drws, mae Kingy'n pwyso i lawr ac yn rhoi ei law ar fy ysgwydd. Dw i'n troi fy mhen yn araf ac yn edrych i fyw ei lygaid.

"Wela i di mewn mis, Rol," mae'n dweud yn garedig, ond galla i weld nad yw'n credu gair o hynny, sy'n ddigon teg o ystyried y siâp sydd arna i heddiw.

Bedydd

Dw i'n cofio clywed y fflôt laeth yn suo lawr y stryd trwy gwarel sengl ffenest fy ystafell wely ym mlaen y tŷ, ond ni ddihunodd y sŵn cyfarwydd, cyfforddus fi'r bore 'ma. Yn hytrach, treiddiodd y murmur i fy isymwybod, gan herwgipio fy mreuddwydion a'u tynnu i gyfeiriad annisgwyl iawn ac, mewn amrantiad, fi oedd Bananaman, a Morph oedd y ceffyl clai rhwng fy nghoesau. Ond, nid ceffyl cyffredin mohono, ond gwennol ofod â thân yn tanio o'i dwll pwps, wrth i ni wibio i ganol galaethol y Llwybr Llaethog ar drywydd Dai Texas, sy'n cuddio rywle yng Nghangen Orion, gyda Super Gran a Super Ted yn wystlon iddo. Ond peidiwch â gofyn hanes Smotyn, Sgerbwd a Clob achos so nhw'n rhan o'r freuddwyd hon. Mae pethau'n mynd yn fwy afreal fyth pan fo Nick O'Teen yn troi lan ar gefn Battle Cat, ond dyna'r peth diwethaf dw i'n ei gofio achos, cyn i'r frwydr gychwyn go iawn, mae sŵn bois y bins, sy'n dilyn y lori gefn-agored i fyny'r ffordd ar droed, gan godi'r biniau yn ddiymdrech ac, ar brydiau'n ddiofal, er mwyn gwagio'u cynnwys a gwneud iddynt glecian yn erbyn ei gilydd fel drymiau dur mewn cárnifal yn fy nihuno. Pan mae'r lori'n pasio ein tŷ teras ni, mae'r ffenestri tenau'n ratlo a sŵn y cerbyd mor fyddarol y byddai person dall yn taeru ei bod hi *yn* yr ystafell, yn hytrach nag ar y ffordd tu fas. Ar ben hynny, mae arogl sur ac afiach y sbwriel yn ymdreiddio trwy'r holltau bychan rhwng ffrâm y ffenest a'r rendrad, gan f'ysgogi i godi heb oedi pellach.

Fel arfer, mae'r oerfel yn fy synnu, a fy nhraed yn troi'n las am eiliad cyn llithro i'r slipers sydd byth yn bell i ffwrdd, ac sy'n hollbwysig y dyddie hyn, gan fod Mam a Dad yn ceisio arbed arian trwy beidio â defnyddio'r gwres canolog. Gwisgaf fy nresin gown a mynd i bisio; yr ager o'r dŵr a tharth fy anadl yn cwrdd ac yn cymysgu rywle uwchben y badell.

"Rolant!" Ma Mam yn gweiddi i fyny'r grisiau. "Ti 'di codi?"

"Ydw!" atebaf.

"Paid anghofio dy git traws gwlad."

"'Na'i ddim," dw i'n addo, er mai dyna'n union beth dw i eisiau'i wneud. Fi'n casáu ymarfer corff, yn enwedig rygbi, ond ma traws gwlad yn ddigon gwael hefyd. O leiaf bydd dim rhaid i fi daclo neb heddiw, na rycio. Beth bynnag yw hynny.

Golchaf fy nwylo a 'ngwyneb mewn dŵr rhewllyd, cyn brwsio fy nannedd a gwisgo mewn record byd. Cyn mynd lawr stâr, dw i'n codi fy oriawr-gyfrifiannell Casio, fy hoff eiddo, oddi ar y bwrdd wrth ochr fy ngwely, er mwyn gweld beth yw'r dyddiad.

Dydd Mercher, 11 Hydref, 1988

Wythnos i fynd tan hanner-tymor. Saith diwrnod ysgol i oroesi heb groesi llwybr Matty Poole. Saith diwrnod i ddenu sylw Lowri Jones. Er nad oes gobaith gwneud hynny. Fi'n gwybod fy lle yn hierachiaeth yr ysgol. Jyst uwchben disgyblion y dosbarth adfer. Sa i'n chwarae rygbi. Sa i'n chwarae pêl-droed. Sa i'n canu nac yn actio nac yn Scout na dim byd fel 'na. Fi'n hoffi Celf. Fi'n hoffi Daearyddiaeth. Fi'n hoffi darllen. Ar y gorau, rwy'n bapur wal dynol, sydd wedi gweithio er budd i mi hyd yn hyn, rhaid cyfadde, gan nad yw Pooley wedi rhoi cweir i fi eto, fel ag y mae wedi gwneud i gymaint o 'nghyfoedion.

Dw i'n clymu fy nhei yn drwsgwl yn y drych, yn cribo'r fowlen sydd ar fy mhen, ac yn mynd lawr i'r gegin. Yno, mae Mam wrthi'n gorffen fy nghinio pecyn, ond sdim sôn am Dad yn unman.

"Iawn, cyw?" medd Mam yn ei hacen sosej rôl, gan blygu i roi sws ar fy mhen.

"Lle ma Dad?"

"Mae o 'di cael cwpwl o ddyddia'n gweithio efo Gary."

Mae clywed hynny'n codi 'nghalon i i gychwyn, gan nad yw Dad wedi bod yn iawn ers colli ei swydd ym Mhwll Glo Caerau ym 1985. Tair blynedd o segura gorfodol. Ambell ddiwrnod yn labro fan hyn, fan draw; ei gefn, sydd eisoes yn grwm ar ôl pymtheg mlynedd yn cloddio o dan ddaear, yn cael ei grymanu fwy fyth wrth godi pwysau trwm o fore gwyn tan nos. Mae Dad yn gysgod o'r dyn â fu. Ond dyna beth sy'n digwydd pan fo holl bwrpas eich bywyd yn cael ei gipio oddi wrthoch, a hynny bron dros nos. Mae'r dref yn llawn bois tebyg iddo, a dyna pam mae dod o hyd i waith mor anodd. Diolch byth bod gan Mam swydd sefydlog. Athrawes yw hi, mewn ysgol gynradd. Heb ei chyflog hi, pwy a ŵyr beth fyddai 'di digwydd i ni. Falle bydden ni'n byw yn Nyffryn Ogwen, bro ei mebyd, erbyn hyn, gyda fi'n siarad fel Wil Cwac Cwac a Dad yn fforman yn Chwarel Penrhyn.

Ar ôl fy atgoffa deirgwaith i gloi'r drws ffrynt, ma Mam yn mynd, gan fy ngadael yn bwyta Sugar Puffs yn y gegin. Dw i'n cael ail fowlen ac yna'n agor fy mocs bwyd cyn ei roi yn fy mag. Brechdan jam, Penguin ac afal. Perffaith. Dw i'n gwisgo fy sgidiau a 'nghot, ac yn camu allan o'r tŷ. Dw i'n cloi'r drws ac yn edrych lan a lawr y stryd. I'r gogledd, mae'r pwll glo i'w weld ar y gorwel, fel ysbryd o'r gorffennol yn atgoffa'r dref o'r hyn a gollwyd; ond dw i'n troi i'r de ac yn dechrau cerdded yr hanner milltir i Ysgol Gyfun Gerddi Hwyan.

Ag un llygad yn edrych dros f'ysgwydd, dw i'n ochrgamu'r cachu ci gwyn sy'n britho'r palmentydd fel rhithiau malwod marw, ac yn cyrraedd pen fy nhaith yn ddiffwdan. Y rheswm dw i'n cadw golwg i bob cyfeiriad yw bod Pooley weithiau'n cerdded ffor' 'ma. Mae e'n byw yn y Wern, sef ystad tai cyngor mwya'r dref, ond rhaid bod yn wyliadwrus, rhag ofn i'r un peth ddigwydd i fi ag a ddigwyddodd i Phillip Tench rhyw fis yn ôl; sef ymosodiad cïaidd, milain a hollol ddirybudd, a achosodd Tench i dreulio gweddill y dydd yn A&E a Pooley i gael ei wahardd o'r ysgol am ddeuddydd. Deuddydd gorau'r tymor 'fyd. Roedd yr ymosodiad ar Tench yn ddigon gwael, ond yn ddim byd o'i gymharu â'r hyn wnaeth y bwli i Simon Coombes rai dyddiau ar ôl dychwelyd, sef torri ei wallt gyda siswrn di-awch oedd e wedi'i ddwyn o'r ystafell decstiliau. Ddigwyddodd dim byd iddo am wneud hynny chwaith, yn bennaf achos roedd Simon yn gwrthod dweud wrth yr athrawon pwy oedd ar fai. As if nad o'n nhw'n gwybod. Mae rhywbeth mawr yn bod ar Pooley, mae hynny'n hollol amlwg. Ac mae pawb, gan gynnwys y rhan fwyaf o'r athrawon, yn ei ofni fe hefyd. Y peth mwyaf brawychus amdano yw ei faint. A gyda hynny, sa i'n golygu ei fod e'n gawr cyhyrog na dim. Mae Pooley'n fyr ac yn fach ond, er gwaethaf hynny, yr hyn sy'n ei wneud mor arswydus yw ei eofnder didostur. Fel broch-mêl, so Pooley'n ofni neb – cyfoedion, oedolion nac unrhyw un arall mewn awdurdod. Yn y chwe wythnos gyntaf yn yr ysgol uwchradd, dw i 'di ei weld yn ymladd â bois o bob maint ac oed, gan gynnwys capten tîm rygbi blwyddyn pedwar. Wythwr chwe throedfedd o'r enw Richard Boon. Daeth y frwydr honno i ben ag ymyrraeth yr athrawon, ond nid cyn i Pooley gnoi boch Boon tan iddo dynnu gwaed. Mae sibrydion ar led bod ei dad yn debyg iddo; yn fwli â hanes o guro ei wraig a'i blant, sydd hyd yn oed wedi bod yn y carchar am ddiffodd sigaréts ar gyrff aelodau ei deulu. Sdim unrhyw brawf 'da fi o hynny, ond mae'n gwneud rhyw fath o synnwyr o ystyried gwallgofrwydd y mab. Yn ogystal â'i ffrâm fechan, mae gan Pooley graith gyllell ar ei foch ac mae'n hercian yn barhaol oherwydd iddo ddioddef o polio rai blynyddoedd yn ôl, cyn iddo fynd i'r ysgol gynradd. Ond, er gwaethaf ei goesau ciami a'i ddiffyg taldra, mae e'n ddigon hapus i ymladd ag unrhyw un, a dyna pam bo rhaid i fi fod yn wyliadwrus.

Yn ogystal â Pooley, dw i'n edrych mas am Carl a Ger, fy ffrindiau o'r ysgol gynradd ar yr iard, ond sdim sôn amdanyn nhw eto. Mae ychydig o genfigen yn codi ynof wrth weld pawb mewn parau neu grwpiau, yn sgwrsio ac yn chwerthin gyda'i gilydd yn ddi-hid. Ac fel rhywbeth o raglen natur, gallaf glywed llais David Attenborough yn atseinio yn fy mhen:

"Without the protection of the pack, this young male is vulnerable to attack."

Ond cyn myfyrio'n ormodol ar hynny, gwelaf Lowri Jones yn cerdded heibio, ei gwallt melynfrown mewn cwt merlen uchel, a'i sgert, heb os, yn fyrrach heddiw nag oedd hi ar ddechrau'r tymor. Mae hi yng nghwmni tair o'i ffrindiau, sydd hefyd yn hynod brydferth, er nad y'n nhw'n dod yn agos at Lowri yn fy llygaid i. Hi yw pêr gantores fy mreuddwydion. Lois Lane fy Clark Kent. Mary Jane fy Peter Parker. Siân fy Siôn. Olive Oyl fy Popeye. Chi'n deall be sy 'da fi. Hi yw'r rheswm dylai Mam brynu cyfranddaliadau yn Kleenex. Dw i'n ymgolli yn ei phrydferthwch ac mae'r byd yn sefyll yn stond. Mae trydar yr adar yn tawelu a phob llais a char yn gwneud yn debyg. Dw i eisiau rhedeg draw ati a mwytho ei hwyneb, byseddu ei gwefusau a chusanu ei gwddf. Dw i mo'yn ei chodi a'i chario i ben draw'r cae chwarae, lle bydd blanced yn aros amdanom, a gorwedd gyda hi tan i'r gloch ganu ar ddiwedd dydd.

Ond, o na, nid dyna beth sy'n digwydd. Yn hytrach, mae Pooley'n ymddangos fel ninja o nunlle, ac yn rhoi wedgie anhygoel o heger i fi, gan dynnu fy mhants i fyny dros gefn fy mhen. Mae fy ngheilliau'n cael eu hollti'n ddau a'r boen yn aruthrol wrth iddo losgi i fyny fy mol. Dw i'n ceisio, ond yn methu peidio â sgrechen fel merch, neu gastrato i fod yn fanwl gywir. Mae'r tân yn tasgu o fy mheli i fy mherfeddion, ac o fy mola i fy mron. Mae'r dagrau'n llifo a 'nghroen yn gwrido wrth i'r iard gyfan droi i syllu ar y sioe.

Wrth ochr Pooley, yn gwenu'n foddhaus, gwelaf Nantlais; sort-of cariad Lowri, capten y tîm rygbi, capten y tîm pêl-droed a chefnder fy arteithiwr. Boi golygus a hyderus; y gwrthwyneb llwyr i fi.

Mae'n ymddangos bod Pooley eisiau rhwygo fy mhants yn rhacs, a'r unig beth sy'n ei atal rhag gwneud yw llais Mr Rees yn gorchymyn iddo roi stop arni. Nid yw Pooley'n gwrando ar unwaith, ond mae'n gadael fynd yn y pen draw, gan achosi i fi gwympo'n bentwr truenus ar lawr. Mae'r byd ar ben cyn i'r gloch gyntaf ganu, a phan dw i'n edrych i fyny o dywyllwch fy anobaith, dw i'n synnu gweld bod Lowri'n dal yno, yn edrych arnaf yn bryderus. Wrth i Mr Rees fy helpu i godi ar fy nhraed, mae llygaid Lowri a fi'n cwrdd ond, gyda fy mhants ar ddangos i'r byd ac yn debycach i hwyl galion o'r ddeunawfed ganrif bellach, mae hynny'n gwneud y sefyllfa'n waeth fyth rywffordd, yn hytrach nag yn well.

Ar ôl goroesi'r ddwy wers gyntaf, sef Mathemateg a Hanes, sa i'n mynd mas i'r iard gyda gweddill yr ysgol; yn hytrach, dw i'n mynd yn syth i ystafell Mr Davies Celf. No way bod fi'n mentro allan yn gyhoeddus eto heddiw. Yn ffodus, fi'n credu bod Mr Davies yn gweld lot ohono'i hun ynof i, felly mae'n gadael i fi lochesi yma heb ofyn pam na gwneud unrhyw fath o ffys. Tra'i fod e'n treulio'r egwyl yn y storfa'n paratoi ar gyfer y wers nesaf, dw i'n dwdlan yn fy llyfr braslunio, ond sdim ysbrydoliaeth heddiw, dim ond hunanatgasedd, cywilydd ac annifyrrwch. Mae fy ngheilliau'n dal ar dân, rhych fy mhen-ôl yn amrwd a fy mhants mor llac fel nad oes swyddogaeth iddynt bellach. Man a man 'mod i'n mynd yn commando.

Dw i'n neidio ar glywed llais yn codi tu ôl i fi, ond rhyddhad sy'n dilyn, gan mai Mr Manning sydd yno, nid Pooley. Er hynny, nid yw'r wefr yn para'n hir.

"Mas!" Mae Mr Manning yn mynnu.

Dw i'n cecian mewn ymateb, ond so fe'n gwrando gair.

"Mas!" Mae'n ailadrodd, ei fochau'n cochi â diffyg amynedd.

Codaf ar fy nhraed, â'r dagrau yn bygwth, ac yn anelu'n araf am y drws. Ond, cyn mynd heibio i'r clytwaith lliwgar sy'n hongian ar y wal, hyd yn oed, mae Mr Davies yn camu o'r storfa i achub fy nghroen.

"Ma Rol yn fy helpu i, Mr Manning."

Mae Manning yn troi ac yn syllu'n gyntaf ar Mr Davies. Nid yw'n ei gredu, mae hynny'n amlwg, ond so fe'n mynd i godi stŵr chwaith. Yn hytrach, mae'n troi ei olygon tuag ata i, cyn stelcian o'r dosbarth gan syllu'n syth i'm henaid tan iddo ddiflannu rownd ffrâm y drws. Trof i ddiolch i Mr Davies, ond mae e wedi dychwelyd i'r storfa.

Gyda pheth rhyddhad, dw i'n ailafael yn fy llyfr braslunio, ond ar ôl methu'n llwyr â meddwl am unrhyw beth i dynnu llun ohono, dw i'n gafael mewn llyfr am Salvador Dali oddi ar y silff ac yn dechrau troi'r tudalennau yn edrych am fy hoff lun gan y swrealydd enwog. Ond, cyn dod o hyd i *Dream Caused by the Flight of a Bee around a Pomegranate a Second Before Awakening*, teimlaf bresenoldeb arall y tu ôl i fi, sy'n f'ysgogi i droi ar fy eistedd gan weddïo unwaith eto nad Pooley sydd yno'r tro hwn.

Dw i'n dod yn agos at lewygu ar weld Lowri'n sefyll yno. Mae fy ngheg yn crino ar unwaith a 'nhafod yn dyblu mewn maint. Teimlaf fy mochau'n cochi pan mae'r angel yma'n gwenu arnaf. Mae holl annifyrrwch y bore'n diflannu, a'r artaith yn angof pell. Yn sydyn, caf fy nharo gan y ffaith nad ydw i erioed wedi siarad â merch go iawn o'r blaen. Ddim un fel hon, ta beth.

"Hia," mae Lowri'n gwenu, a fi'n gwneud yr un peth, er nad ydw i'n gallu ymateb ar lafar. "O'n i jyst mo'yn neud yn siŵr bod ti'n ok."

Dw i'n nodio fy mhen y tro hwn, gan nad yw'r geiriau'n llifo o hyd. Fi eisiau datgan fy nheimladau; dweud wrthi fy mod yn ei charu ac eisiau ei phriodi a gofalu amdani am byth bythoedd a-men. Ond, sdim gobaith o hynny heddiw, diolch i fy mudandod yn bennaf, ond hefyd oherwydd bod Nantlais yn ymddangos wrth y drws, ei ysgwyddau'n sgwâr ac yn syth a'i wên yn ddigon cynnes i doddi cerflun iâ.

"Ti'n dod, Low?" mae'n gofyn, sy'n peri iddi droi.

Yn stelcian wrth y drws, tu ôl i Nantlais, gwelaf wallt sinsir a llygaid gwyllt Pooley, ei fochau creithiog o dan orchudd o frychni haul. Mae ei bresenoldeb yn gwneud i fy nghalon daranu, ond nid yw e'n cymryd unrhyw sylw o'r hyn sy'n mynd 'mlaen yn yr ystafell gelf.

"Gweld ti, Rol," medd Lowri â gwên cyn gadael, ond dw i braidd yn sylwi ar hynny, yn bennaf achos ei bod hi'n gwybod fy enw. A jyst fel 'na, mae'r byd yn lle gwell unwaith yn rhagor.

Gwers fioleg ac awr ginio yn yr ystafell gelf, ac wedyn i lawr i'r adran chwaraeon. Er nad ydw i yn yr un dosbarth cofrestru â Pooley a Nantlais, mae'n dosbarthiadau yn cael gwersi chwaraeon yr un pryd. Ond rhaid bod Pooley wedi cael rhybudd difrifol ar ôl digwyddiad y bore, achos mae e'n newid yn dawel yn y cornel heb edrych i gyfeiriad neb. Dw i'n gwisgo fy nghit ac yn ymuno â gweddill y bechgyn tu allan yn yr oerfel, lle mae'r glaw yn disgyn yn drwm a'r aer yn llawer rhy fferllyd i fod yn gwisgo fest. Mae'r merched eisoes yn chwarae hoci ar y cae, ond sa i'n gallu gweld Lowri yn eu plith. Ry'n ni'n socian cyn cychwyn, ond erbyn i ni gyrraedd yn ôl hanner awr yn ddiweddarach, mae epidemig hypothermia yn bygwth effeithio ar y flwyddyn gyfan ac, am y tro cyntaf eleni, sneb yn ceisio osgoi cael cawod.

Dw i'n crynu wrth i'r don gyntaf o fechgyn gamu i'r gawod, gan nodi bod Pooley a Nantlais yn eu plith. Mae'r stêm yn llenwi'r ystafell ac yn hongian uwchben cyrff noeth fy nghyfoedion wrth iddynt olchi o dan lif anghyson y dŵr. Mae'r olygfa'n fy atgoffa o ddisgrifiad o gawodydd erchyll gwersyll Auschwitz glywais i yn ystod gwers Hanes bore 'ma. Dw i'n aros nes bod Pooley'n gadael y gawod, y tywel o amgylch ei ganol a'i goesau cam fel rhywbeth allan o gartŵn. Mewn a fi i'r gawod, lle af ati i dwymo 'nghnawd yn gyntaf, cyn golchi 'nghorff yn ail. Fi mewn a mas mewn llai na dwy funud, ond pan dw i'n dychwelyd at fy machyn, gallaf weld ar unwaith bod fy nillad wedi mynd.

Edrychaf o gwmpas yn y gobaith o'u gweld nhw gerllaw, ond dw i'n gwybod yn reddfol mai Pooley sydd wedi eu dwyn. Yn hytrach na gwneud dim byd, eisteddaf i lawr yn fy nhywel â 'mhen yn fy nwylo.

Unwaith eto, dw i'n brwydro i gadw'r dagrau draw, ond y tro hwn dw i'n methu â gwneud.

"Gwisga!" clywaf eiriau Mr Evans yn taranu dros bob man, ond sa i'n dweud dim achos sa i mo'yn beio Pooley'n gyhoeddus.

"Siapa hi, Price!" Mae'r athro'n gweiddi, ond sa i'n symud.

"Fi methu, syr. Mae rhywun wedi dwyn dillad fi," dw i'n sibrwd.

"Pooley!" Mae Mr Evans yn gweiddi, gan wybod yn iawn pwy sydd tu ôl i'r ffwlbri. "Rho ddillad Price 'nôl iddo fe nawr!"

Ac yn rhyfeddol, mae Pooley'n gwrando ar unwaith ac yn llithro fy nillad i fy nghyfeiriad ar draws llawr yr ystafell newid, gan fopio'r budredd a'r lleithder i fyny ar hyd y daith.

Dw i'n plygu i'w casglu, ond wrth wneud, gwelaf Pooley'n rhuthro tuag ataf o gornel fy llygad. Rhewaf, gan ddisgwyl y gwaethaf, ond diolch byth mae Mr Evans yn dal yno, un o'r athrawon prin sy'n fodlon herio'r bwli ac amddiffyn yr anffodusion y mae'n eu targedu.

"Paid hyd yn oed meddwl am y peth, Matt!" Mae Mr Evans yn mynnu, ond nid yw Pooley'n gwrando'r tro hwn. Mae'n plygu i lawr ac yn codi fy mhants estynedig o dop y pentwr, cyn eu dal nhw i fyny fel troffi a throi i'w dangos i'r athro ac i weddill y disgyblion.

"Blydi hel, syr, edrych ar hwn! Edrych ar skidpants Price."

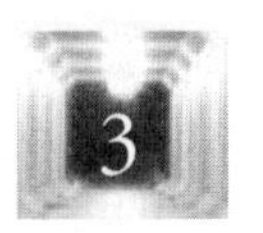

Gwlad y Sgids Brown Hir

I'r mwyafrif o bobl canol oed, mae nos Wener yn golygu cyfuniad o'r canlynol: potel o win, detholiad o gwrw, swper blasus, falle têc-awê, traed lan o flaen box-set neu ffilm ac, yn ddibynnol ar hwyliau'r wraig, gwagiad.

Ond nid dyna'r gwir yng nghyd-destun bywydau Rolant a Lowri Price. Ddim heno, ta beth. Ac er bod Lowri *yn* y bàth, nid ymgolli mewn nofel gyffrous neu gylchgrawn sothachlyd mohoni. So hi 'di cyffwrdd â'r gwydr llawn Cloudy Bay sych sy'n aros amdani ar y bwrdd bach wrth ochr y baddon hyd yn oed. Mae ei iPhone 7+ yn dywyll ac yn dawel am nawr, er nad yw'r llonyddwch byth yn para'n hir, ac mae Lowri wrthi'n darllen nodiadau manwl ei bòs am gwmni o Gaerfaddon sy' o ddiddordeb iddo. Anaml iawn yw'r adegau pan mae Lowri'n gallu anghofio am ei gwaith yn gyfan gwbl y dyddiau hyn. Dyna ddiben a realaeth ei bywyd ers blynyddoedd a dweud y gwir.

Bellach, hi yw Pennaeth Marchnata StreamTecTwo, cwmni technoleg modern a'i bencadlys yng Nghaerdydd, ond a ddechreuodd ei fywyd rhyw bymtheg mlynedd ynghynt, a hynny yn Silicon Valley, California. StreamTec oedd enw'r cwmni gwreiddiol a Nantlais Williams, hen ffrind ysgol i Lowri a Rol, oedd wrth y llyw. Gan ddechrau gyda dim byd ond breuddwyd, uchelgais a syniad da, datblygodd Nantlais un o storfeydd cwmwl cynta'r byd, cyn gwerthu'r cysyniad a'r cwmni i Dropbox yn 2007 am $48 miliwn. Ond, yn hytrach na phrynu ynys yn y Caribî fel person normal, ac ymddeol yno cyn troi'n dri deg i yfed Lilt a chwarae tennis, sefydlodd Nantlais gwmni arall, yr un yma'n ymwneud â thechnoleg sy'n integreiddio rhwydweithiau a chymwysiadau cwmwl, cyn gwerthu hwnnw am hanner can miliwn pellach yn 2012, a dychwelyd i Dde Cymru er mwyn dechrau o'r dechrau. Ac er nad oedd angen i Nantlais godi bys byth eto, nid oedd ei gyfoeth di-ben-draw wedi pylu dim ar ei angerdd a'i egni. Buddsoddwr oedd StreamTecTwo yn bennaf; ffatri freuddwydion i'r rheiny oedd yn cael eu dethol i fod yn rhan o'r 'teulu', cyn i Nantlais ysgwyd ei hudlath a throi syniadau yn realiti a realiti yn arian mawr. Yn y rhan fwyaf o achosion, ta beth. Yn ystod ei thair blynedd gyda'r cwmni, dim ond un methiant (allan o naw menter) gallai Lowri gofio.

Cyn symud at StreamTecTwo, gweithiodd Lowri i nifer o gwmnïau gwahanol yn Llundain ers graddio o'r brifysgol; pob trosglwyddiad yn cynrychioli dyrchafiad. O Gynorthwyydd Marchnata i Swyddog Marchnata; o Swyddog Marchnata i Uwch Swyddog Marchnata; o Uwch Swyddog Marchnata i Bennaeth Marchnata Ar-lein; o Bennaeth Marchnata Ar-lein i Bennaeth Ymchwil a Strategaethau Hyrwyddo, tan iddi gael ei phenodi yn Rheolwr Marchnata cwmni cyhoeddi Granta Books rhyw bedair blynedd yn ôl, er na arhosodd yn y swydd yn hir. Cafodd ei herwhela gan Nantlais o fewn chwe mis, ar ôl iddo ddod o hyd iddi ar LinkedIn, ac roedd ei gynnig yn rhy hael i'w wrthod.

Yn ddiarwybod iddo fe, roedd yr amseru'n berffaith. Roedd Lowri a Rol wedi bod gyda'i gilydd am flwyddyn ar y pryd, a'r ddau'n teimlo tynfa Cymru fach fwy-fwy wrth iddynt agosáu at eu canol oed. Gwelodd Rol agoriad gyda Heddlu De Cymru yng Nghaerdydd, ac felly adref â nhw, gan setlo yn ardal Pontcanna'r brifddinas am ddwy flynedd. Rhyw flwyddyn yn ôl, dechreuodd y pâr priod geisio am fabi a phenderfynu symud yn ôl i Erddi Hwyan ar yr un pryd, yn bennaf i Lowri allu bod yn agosach at ei rhieni a'i chwaer, ond hefyd achos i Rol gael swydd gydag adran dditectifs y dref. Yn anffodus, hyd yn hyn, doedd dim sôn am bitran traed pitw, ac roedd Lowri'n beio'u bywydau prysur am hynny. A hithau'n treulio mwy o amser gyda'i chyd-weithwyr nag yng nghwmni ei gŵr, a fe'n fwy ymroddedig i'w yrfa nag unrhyw heddwas arall roedd hi erioed wedi cyfarfod, roedd hi'n ei chael hi'n anodd cofio'r tro diwethaf iddyn nhw geisio gwneud babi hyd yn oed; a heb gyfathrach nac unrhyw fath o gyffyrddiad nwydus, doedd dim gobaith. Doedd dim angen gradd yn y gwyddorau i wybod hynny. Bioleg sylfaenol. Dim byd mwy.

Gosododd y gwaith papur ar y bwrdd wrth ochr y bàth, gan daflu cip cyflym ar ei ffôn, am nad oedd y teclyn wedi gwneud unrhyw sŵn ers amser. Crwydrodd ei llygaid o amgylch yr ystafell ymolchi eang, fodern, a gwerthfawrogodd Lowri ei lwc. Gwerthodd hi a Rol fflat un ystafell wely yr un yn Llundain a'u troi'n dŷ pedair ystafell wely yng Ngerddi Plasturton, Pontcanna, cyn cyfnewid y tŷ teras dinesig am blasty yng Ngerddi Hwyan. Roedd y tŷ'n rhy fawr i'r ddau ohonynt, dyna'r gwir, o leiaf tan y byddai'r babis yn cyrraedd. *Petai'r* babis yn cyrraedd, hynny yw. Cododd y gwin at ei gwefusau ac yfed, gan sawru sychder y ddiod a'r blas cwsberins cyfarwydd. Cipiodd y llond ceg hi i ben draw'r byd ac ymweliad Rol a hithau i Aotearoa, gwlad y cwmwl gwyn hir. Rhoddodd y gwydr yn ôl ar y bwrdd a suddo o dan y dŵr, gan gau ei llygaid a gadael i'w hatgofion ei thylino. Diffoddwyd ei synhwyrau wrth i'w dychymyg danio ac aeth i lesmair llwyr wrth i'w hanadliadau lyfnhau. O Gulfor Milford i winllannoedd Marlborough ac o rewlif Franz Josef i Barc Cenedlaethol Abel Tasman, roedd y cipluniau mor felys, fe fyddai'n syniad da iddi frwsio'i dannedd ar ôl gadael y bàth.

Tra bod Lowri'n ymweld â Seland Newydd ei synfyfyrdodau, brasgamodd Rol i'r bathrwm gan ddad-wneud ei wregus a'i gopis ar frys. Gwyddai na fyddai Lowri'n hapus â'r hyn roedd ar fin ei wneud, ond doedd dim gobaith ganddo gyrraedd y toiled lawr stâr mewn pryd, felly doedd dim dewis mewn gwirionedd. Roedd pen y crwban yn cyffwrdd â'r clwtyn, a chorff yr ymlusgiad yn bygwth dilyn. Dyma argyfwng nad oedd modd ei osgoi. Tarodd y seigen y dŵr gan dasgu, cyn i groen gwelw ei goesau gyffwrdd â'r orsedd blastig. Ymlaciodd Rol gan anadlu yn llawn rhyddhad. Roedd hi'n arferiad rhyfedd ganddo i aros tan yr eiliad olaf i gachu ar bron pob achlysur. Doedd dim syniad ganddo pam ei fod yn gwneud y fath beth, ond gallai gofio aros am oriau maith a thrwy gydol teithiau hir mewn car neu ar fws pan oedd yn blentyn er mwyn cael cachu ar ôl cyrraedd adref. Cofiodd Lowri'n sôn rhywbeth am 'anal stage', damcaniaeth datblygiad seicorywiol Sigmund Freud, ond nid oedd

Rol erioed wedi edrych mewn i hynny, yn bennaf am ei fod yn poeni am yr hyn y byddai'n ei ddarganfod.

Gan bwyso'i beneliniau ar ei bengliniau, trodd ei olygon at Lowri, oedd yn dal i ymdrochi o dan y dŵr, ei llygaid ar gau ac yn hollol anymwybodol o'i bresenoldeb. Ei thrwyn a'i thraed oedd yr unig rannau o'i chorff allan o'r dŵr, a disgleiriodd y band arian syml oedd yn addurno un o'r bodiau yng ngolau llachar yr ystafell. Gallai Rol gofio hi'n prynu'r fodrwy, mewn marchnad awyr agored yn Auckland. Doedd Rol ddim yn deall y peth ar y pryd, ond roedd rhywbeth hudol o rywiol am y fodrwy, heb os. Beth fyddai Freud yn dweud am hynny?

Crwydrodd ei lygaid i fyny ei chorff, o'i thraed at grothau ei choesau, lle sylwodd ar yr holl flew oedd yn tyfu arnynt. Tynnodd wyneb llawn atgasedd, ond yna sylweddolodd yn drist fod presenoldeb y blew yn adlewyrchu stad esgeulusedig eu perthynas. Roedd hi'n deg dweud bod cols eu cariad yn llugoer bellach; a doedd dim amser gan yr un ohonynt i danio'r cynnud ac adfywio'r goelcerth. Roedd Lowri'n gweithio mor galed yn ei swydd a galwedigaeth Rol, oedd gyda'r mwyaf beichus ar wyneb y ddaear, yn mynnu ymroddiad llwyr. Roedd wedi gorfod gweithio'n galetach ers dod i Erddi Hwyan nag erioed o'r blaen ac roedd y rheswm am hynny'n ddeublyg. Yn gyntaf, teimlai fod rhaid iddo brofi ei hun bron yn ddyddiol, yn bennaf i'w bartner, DS Richard King, oedd yn dal i alaru am ei hen ffrind, Danny Finch. Ac yn ail, roedd llygad Rol ar swydd wag dirprwy'r adran, ar ôl i DI Clements ymddeol oherwydd salwch chwe wythnos ynghynt. Rol oedd penodiad cyntaf DCI Aled Colwyn, ar ôl i hwnnw gymryd lle DCI Crandon a fu farw y llynedd, ac roedd perthynas broffesiynol gadarnhaol tu hwnt ganddynt. Roedd Rol yn ffyddiog y câi'r cyfle pan fyddai Heddlu Gerddi Hwyan yn hysbysebu'r swydd, ond yn y cyfamser roedd rhaid dangos i bawb ei fod yn gymwys i wneud y gwaith. Yn enwedig i Richard King.

A dyna fe eto'n meddwl am ei swydd yn lle gwerthfawrogi ei wraig. Dringodd ei drem i fyny coesau Lowri a gwenodd ar y llwyn trwchus lle arferai rhedfa lanio fod, a dechreuodd ei ddyndod fywiogi diolch i fronnau perffaith ei gymar. O dan y dŵr, roedd ei hwyneb arferol brydferth wedi'i ddirdynnu braidd, a'i nodweddion yn rhyfedd ac afreal. Fel rhai pysgodyn grwper, meddyliodd. Neu Mickey Rourke. Gwenodd ar y gymhareb, gan wneud nodyn meddyliol i beidio â rhannu hynny gyda Lowri ar unrhyw gyfrif. Crwydrodd i lawr at ei bola, oedd mor wastad ag erioed. Syllodd ar y fodrwy yn ei botwm bol. Yna edrychodd i weld a oedd ganddi glustlysau. Na. Roedd ganddi un fodrwy arall yn addurno'i chorff, er fod honna ar goll o dan y das wair a heb weld golau dydd ers peth amser.

Ceisiodd Rol gofio'r tro diwethaf iddynt gnychu. Methodd, a diflasodd hynny fe'n llwyr. Penderfynodd yn y fan a'r lle, wrth wthio talp arall allan o'i dwll-pwps, i wneud mwy o ymdrech, cyn y byddai'n rhy hwyr. Roedd e'n gwbl ymwybodol y gallai Lowri wneud yn well na fe, ac felly ei gyfrifoldeb ef oedd gweithio'n galed er mwyn cynnal y berthynas a pheidio â rhoi rheswm iddi ei adael. Edrychodd o gorff ei wraig i lawr ar ei gorff ei hun. Roedd ei groen yn welw a'i goesau'n frith o wythiennau glas. Fel Stilton aeddfed oedd ar fin troi. Roedd ei fol cwrw yn gwneud i'w goc canolig ymddangos yn fach a gwyddai fod pâr o fŵbs yn cwato o dan ei grys. Nid Magic Mike mohono.

Cyn digalonni ymhellach, gafaelodd yn y rholyn papur tŷ bach a thynnu chwe dalen yn rhydd. Gwell iddo ddiflannu cyn i Lowri ei weld, gan nad oedd cachu o'i blaen yn mynd i wneud dim i ailgynnau'r tân ar yr aelwyd hon. Cododd a gwingo wrth i'w glochben gyffwrdd ag ymyl y badell; yna sychodd ei din. Yn anffodus, dyna'r union eiliad y cododd Lowri o'r dŵr, agor ei llygaid a gweld yr erchylldra oedd yn aros amdani.

"Blydi hel, Rol! O's rhaid i ti pan fi fan hyn?"

Rhewodd Rol, y papur gwyn yn ei afael wedi'i anharddu â'i ysgarthion.

"Ti'n ffycin afiach!"

Taflodd Rol y papur i'r badell a mynd ati i dynnu ei drowsus amdano, ond ddim cyn i Lowri weld y sgids anochel ar ei bants melynwyn. Wrth weld y marciau mawnog atseiniodd llysenw ysgol Rol rhwng ei chlustiau, ond cafodd ei ddisodli bron ar unwaith gan y drewdod anorchfygol.

"Cer o 'ma'r mochyn!" gwaeddodd, yn gwbl ddi-wên, a gwnaeth Rol fel y gorchmynnodd, gan fynd heb hyd yn oed olchi ei ddwylo.

Cododd Lowri i eistedd ac yna defnyddiodd fatsien i gynnau cannwyll beraroglus oedd yn sefyll ar silff y ffenest. Helpodd y swlffwr i waredu'r drewdod yn syth, a llithrodd Lowri o dan y dŵr unwaith eto, yn y gobaith y byddai pob ôl ohono wedi mynd mewn munud.

Wrth orwedd yno mewn tawelwch, ni allai Lowri beidio â gwenu. Er gwaethaf ei ffieidd-dra a'i holl ddiffygion, roedd hi'n dal i garu Rol. Er hynny, roedd rhaid i rywbeth newid. Dim byd mawr chwaith, ond roedd angen iddyn nhw atgoffa ei gilydd o rai ffeithiau. Roedd y cyfathrebu rhyngddynt bron wedi peidio erbyn hyn, ac roedd rhaid i hynny newid, cyn y gallai unrhyw beth arall ddigwydd.

Cododd i eistedd unwaith eto gan ddiolch bod y gannwyll wedi gwneud y job. Yfodd ei gwin ac estyn am y siampŵ. Yna clywodd gamau Rol yn rhedeg i fyny'r grisiau, cyn i'r dyn ei hun ymddangos wrth ei hochr. Trodd Lowri ei phen i edrych arno a gweld ei ffroenau'n plycio.

"O'n i'n dweud 'tho ti bod 'y nghachu i'n smelo o rosod!"

Gwnaeth hynny i Lowri wenu. "Sandlewood, actually, y blydi stinc-bomb!"

"Fi'n goro mynd."

Roedd Rol ar ei ffordd i'r orsaf i ddechrau shifft nos ac, am y tro cyntaf mewn misoedd lawer, nid oedd Lowri eisiau iddo fynd. Roedd hi mo'yn iddo fe aros gyda hi heno i'w helpu i ailgynnau'r gwreichion. Yn anffodus, gwyddai nad oedd hynny'n mynd i ddigwydd.

"Ok," meddai yn lle hynny.

Plygodd Rol a'i chusanu ar ei thalcen chwyslyd, a gwnaeth hynny i Lowri godi ei dwylo o'r dŵr, gafael yn ei fochau a'i dynnu tuag ati. Cusanodd y cwpwl fel nad oedden nhw wedi gwneud ers cryn amser, eu tafodau'n ymgodymu â'i gilydd a'r cols yn tanio oddi tanynt. Bu bron i Rol golli ei gydbwysedd a chwympo i'r dŵr, ond dylanwad allanol ddaeth â'r hwyl i ben. Canodd ffôn Lowri ac, yn reddfol, gwthiodd Rol i ffwrdd er mwyn gweld pwy oedd yn galw. Gwnaeth Rol yr un peth, a thorrodd ei galon pan welodd wyneb Nantlais yn gwenu arno o'r sgrin.

Cyn ateb yr alwad, gafaelodd Lowri yn ei goler, ei dynnu tuag ati unwaith eto a'i gusanu'n galed ar ei wefusau.

"To be continued..." medd Lowri ar ôl dod lan am aer, cyn gafael yn y ffôn a'i hateb.

Gadawodd Rol hi yno, yn siarad gyda Nantlais yn noethlymun, gan obeithio'n daer nad oedden nhw'n defnyddio FaceTime.

Yr Alwad

Gyrrodd Rol i'r orsaf yng nghyfforddusrwydd ei BMW M2. Anrheg pen blwydd wrth Lowri ddeufis ynghynt, ar ôl iddi gael bonws sylweddol gan Nantlais pan werthwyd un o fuddsoddiadau StreamTecTwo am filiwn neu ddeg yn gynharach eleni. Roedd Rol dal yn gorfod pinsio'i hun pan fyddai'n llithro tu ôl i'r olwyn a thanio'r injan; ni fyddai erioed wedi gallu fforddio'r fath fodur ar ei gyflog yntau, ac roedd ei gyd-weithwyr yn hoff o dynnu ei goes am y ffaith yn aml. Clywodd si tafod-yn-y-foch ei fod wedi cymryd cildwrn gan faffia Rwsia cyn gadael ei swydd gyda'r Met, ac mai dyna sut roedd yn gallu prynu car o'r fath, ond byddai'n cymryd llai na dwy funud i unrhyw un ar y ffors ddarganfod galwedigaeth ei wraig a'i chysylltiad hi ag un o entrepreneuriaid enwocaf y dref, os nad y wlad.

Trodd ei gefn ar ei gartref yn Ystad y Castell – oedd yn eithaf crand, rhaid cyfaddef, ond ddim cweit mor grand ag oedd yr enw'n awgrymu – ac anelu o'r faestref ar gyrion Gerddi Hwyan tuag at ei gyrchfan yng nghanol y dref. Gyda'r injan tair litr tyrbo yn awchu am dorri'n rhydd o gyfyngiadau a chyfreithiau'r ffordd fawr, gwyliodd Rol y dref yn gwibio heibio yn y cilnos, gan gau amdano'n araf bach. Roedd ei gartref yn sefyll ar odre'r dref, gyda golygfeydd dros borfeydd gwelltog a chopaon y Bannau i un cyfeiriad, a gerddi lliwgar ei gymdogion i'r llall. O ffenestr hyd-llawn y brif ystafell wely, roedd Môr Hafren i'w weld yn y pellter hefyd; tu hwnt i Erddi Hwyan, traffordd yr M4 a thref glan-môr Porthcawl.

O ystadau'r crach i faestrefi'r dosbarth canol, ymlaen aeth Rol a chadw at y terfyn cyflymder, a chyn hir, trodd y tai pâr yn derasau tynion. Pasiodd dafarndai'r Butchers, y Duke a'r Felin ar hyd y daith, a chyfri llond llaw o ysmygwyr yn sefyll tu allan i'r sefydliadau. Trwy'r ffenestri, gallai weld mor wag oedd y dyfrdyllau heno. Roedd hi'n dawel, meddyliodd. Yn *rhy* dawel. Yn enwedig am nos Wener. Ond wedyn, hawdd oedd hi i Rol anghofio bod gweddill y wlad yn dioddef dirwasgiad arall, pan oedd ei bartner e'n gallu prynu car gwerth deugain mil o bunnau iddo ar ei ben blwydd, a hynny ag arian parod. Gwnaeth hynny i'r euogrwydd brocio ei gydwybod, felly trodd y radio ymlaen er mwyn tawelu ei emosiynau.

Wrth yrru trwy ardal Pwll Coch y dref, sylwodd eto ar yr holl siopau elusen a Cash Generators, yn ogystal â'r holl fordiau yn ffenestri'r siopau gwag. Roedd Gerddi Hwyan heddiw yn dra gwahanol i Erddi Hwyan ei blentyndod, doedd dim gwadu hynny. Roedd Woolies wedi hen ddiflannu, a Home Bargains wedi ymddangos ar y safle. Teimlodd dosturi dros y rheiny oedd yn gorfod siopa yn y fath le, ond roedd e'n gwrthod teimlo unrhyw gywilydd am ei sefyllfa yntau. Roedd Rol, wedi'r cyfan, yn gweithio cyn galeted, os nad yn galetach, na'r 'dyn ar y stryd', er ei fod yn ei chael hi'n anodd cofio pam yn union y dychwelodd i'r dref, yn enwedig o ystyried nad oedd ganddo'r atgofion melysaf o dyfu fyny yn ei filltir sgwâr, a bod ei rieni wedi symud i fyw i Fethesda, lle cafodd ei fam ei magu, cyn gynted ag y symudodd Rol allan yn ddeunaw oed. Lowri, wrth gwrs, oedd eisiau symud adref, er mwyn bod yn agosach at ei theulu hi er mwyn croesawu'r plantos bach i'w plith. Roedd angen lot o waith ar y prosiect penodol yna, heb os, ond roedd Rol yn barod i roi cynnig arall arni, cyn gynted ag y byddai'n dychwelyd o'r gwaith yfory. Atseiniodd geiriau Lowri yn ei ben: *To be continued- To be continued- To be continued.* Gwenodd. Gwerthfawrogodd ei lwc unwaith eto wrth droi'r car mewn i faes parcio Gorsaf Heddlu Gerddi Hwyan.

Roedd hi'n gyfyng yma heno, er y byddai diwedd y shifft deuddeg-tan-wyth yn gwneud i'r lle wagio'n sylweddol maes o law, ond daeth Rol o hyd i le drws nesaf i Volvo 480 ugain mlwydd oed DS Richard King. Clasur o gar yn ei amser, ond croc a hanner erbyn heddiw. Nid oedd yn cael fawr o ofal gan Kingy ac, o ganlyniad, roedd y cerbyd gwyn wedi'i fritho gan rwd coch. Nid oedd Rol yn deall pam na fyddai ei bartner yn prynu car arall, er na fyddai erioed yn yngan gair am hynny. Roedd DS King yn ddigon oeraidd tuag ato fel ag yr oedd hi, heb i Rol roi rheswm arall iddo ei gasáu.

Wedi estyn ei got o sedd y teithiwr, camodd Rol o'r Beamer a cherdded tuag at ddrws cefn yr adeilad gan ddweud "helô" wrth ambell wyneb cyfarwydd oedd yn gadael am y dydd; yn dychwelyd adref at gyfforddusrwydd eu teuluoedd neu, mewn nifer o achosion, at gwmni'r ddiod gadarn. Clodd y car yn awtomatig tu ôl iddo, wrth i'r cerbyd synhwyro bod Rol, a'r allwedd oedd yn ei boced, yn cefnu arno. Defnyddiodd Rol ei gerdyn diogelwch i ddatgloi drws cefn yr orsaf, a'i ddal ar agor i weddill y gweithlu oedd yn gadael ar ddiwedd eu shifftiau. Yn eu plith, gwelodd DS Gethin Robbins a'i bartner, DC Paul de Wolfe.

"Geth," galwodd Rol, gan fynnu sylw'r henaf o'r ddau. Roedd DS Robbins gwpwl o flynyddoedd yn iau na Rol, ond roedd ei ben moel a'i groen gwelw, garw, yn gwneud iddo edrych yn hŷn o lawer. Wrth ei ochr, edrychai Paul fel plentyn. Glasfilwr oedd DS de Wolfe, neu 'Wolfie' fel y byddai pawb yn ei alw; ditectif gwyrdd a dibrofiad a gafodd ddyrchafiad i'w plith rhyw ddeufis ynghynt. Roedd mwy o gŵyr ar ei gopa o wallt trwchus nag a geid mewn ffatri ganhwyllau, ond roedd yn dditectif da, llawn brwdfrydedd, siniciaeth a syniadau amgen. Cofiai Rol ei frawd mawr, Simon, yn yr ysgol, ond fel nifer eraill o'i gyfoedion, roedd hwnnw hefyd wedi symud i ffwrdd o Gymru fach erbyn hyn.

Gwasgarodd y gweithlu gan adael y tri ditectif yn sefyll wrth y drws cefn. Roedd hi'n noson braf o wanwyn a'r lleuad eisoes yn uchel yn y ffurfafen.

"Iawn, Rol?" gofynnodd Geth yn ei acen Amlwch aflafar.

"Bydde well 'da fi fod yn 'ych sgidie chi, yn gorffen shifft yn lle dachre."

"Well i ni beidio dweud wrtho fo lle 'dan ni'n mynd," winciodd Geth ar Wolfie, a gwenodd hwnnw'n ôl.

"Galla i ddyfalu'n reit hawdd..." atebodd Rol, gan sylwi ar y staen ar grys glas golau Geth am y tro cyntaf. Doedd dim angen bod yn

Hercule Poirot i wybod mai sos brown o frechdan bacwn a achosodd y marc, a'i fod wedi bod yna ers oriau maith.

"Wel, ti *yn* dditectif wedi'r cyfan," medd Geth, yn nawddoglyd braidd, meddyliodd Rol.

Anwybyddodd hynny, a gofyn: "Beth sy'n digwydd lan 'na?"

"Dim byd mawr," atebodd Geth a throi at ei bartner. "Mae 'di bod yn reit dawel heddiw."

"Cwpwl o domestics," cynigiodd Wolfie.

"Ia. Un hegar peth cynta yn y Wern."

"Ffordd Celyn?" gofynnodd Rol.

"Ia," daeth y cadarnhad.

"Rhif un deg tri, per chance?"

"Bingo! Ma'r boi'n anifail."

Ysgydwodd Rol ei ben wrth feddwl am wraig y meddwyn, druan. Yn y swyddfa, roedd ffeil fwy trwchus nag ôl-gatalog Dante ar y boi, yr achosion yn mynd 'nôl degawdau, ond doedd dim ffordd o'i erlyn am nad oedd ei wraig yn fodlon gwneud dim am y peth.

"Prawf nad oes y fath beth â karma," cynigiodd Wolfie. Chymerodd yr uwch dditectifs ddim unrhyw sylw ohono, er fod gwirionedd digamsyniol yn perthyn i'r geiriau.

"Unrhyw beth arall?"

"Ffatri ganabis," cofiodd Wolfie, ar ôl i'r ddau frwydro i gofio unrhyw ddigwyddiad arall o bwys.

"O ia!" chwarddodd Geth, gan fynnu sylw Rol yn syth. "'Nei di ddim credu hwn chwaith…"

"Classic," cytunodd Wolfie.

"Ffycin reit, classic. Dau iwnifform allan yn chwilio am hen wraig sy 'di mynd ar goll ers oria, ia. Lawr ar safle'r sbyty meddwl. O'dd hi ar y ffor' i apwyntiad. Be bynnag, ma'n nhw'n mynd trwy'u pethe achos bod mab y fenyw yn un o'r ffycin Masons ac yn hen ffrind i Clements… a ti'n gwbod sut ma'r dref 'ma'n hoffi'r Masons, reit! Anywe, ma'n nhw'n edrych yn yr hen adeilada… ti'n gwbod ble dw i'n siarad am, yn d'wyt, ma safle'r sbyty'n llawn ohonyn nhw."

Nodiodd Rol ei ben.

"Adfail apparently. To ar ei ben, just about, ond boards yn lle ffenestri. So, mewn â nhw a ffyc mi pinc, dros gant o blanhigion aeddfed a system hydroponics sy'n…"

Oedodd Geth am eiliad ac mae ei wên yn lledaenu fwy fyth.

"…a gwranda ar hyn… ma'r holl beth yn rhedeg oddi ar gyflenwad trydan yr ysbyty!"

"Cheeky bastards!" ebychodd Rol, gan ei chael hi'n anodd peidio ag edmygu hyfrdra'r garddwyr. Roedd dadansoddiad y ditectifs o'r diwrnod yn adlewyrchu realiti bod yn heddwas yng Ngerddi Hwyan. Mewn gwirionedd, nid oedd llawer yn digwydd yma. Na, nid oedd hynny'n wir chwaith. Doedd dim byd mawr yn digwydd yma. Roedd y domestics a'r dwyn, y cyffuriau a'r crasfeydd yn ddigon cyson, ond doedd dim gwadu nad oedd Rol yn gweld eisiau ei ddyddiau gyda'r Met a Heddlu Caerdydd o bryd i'w gilydd. Yno, roedd pob shifft yn cynnwys elfen o gyffro. Profodd blwc o hiraeth am y dyddiau hynny a chafodd Rol ei hun yn dymuno bod *rhywbeth* yn digwydd heno, jyst i bylu'r diflastod a'r oriau o dawelwch lletchwith oedd o'i flaen yng nghwmni DS Richard King. Dim byd difrifol chwaith; dim ond rhywbeth i wneud i'r oriau basio bach ynghynt.

"Unrhyw leads?"

"Dim eto," atebodd Wolfie, cyn i Geth ymhelaethu.

"Ni'n mynd i gwestiynu gweithwyr yr ysbyty peth cynta bora Llun ac ma enw Pete Gibson wedi codi."

"Ie, wel, so hynny'n meddwl dim."

"Ti'n iawn," cytunodd Geth. "Tydi o'm yn *teimlo* fel rhywbeth bydda Pete yn neud i fi chwaith."

"Olreit 'te, bois, wela i chi wythnos nesa."

"Fi 'di rhoi popeth sy 'da ni i Kingy'n barod."

"O'n i'n gweld fod 'i gar e 'ma o 'mlaen i."

"Car?!" ebychodd Gethin. "Ffycin sgip, ti'n meddwl!"

Aeth Rol i'r adeilad a chwerthin. Roedd e'n hoff iawn o Gethin Robbins. A byddai Wolfie'n ffynnu fel ditectif o dan ei adain a'i arweiniad. Suddodd ei galon wrth feddwl am ei bartner ef. Byddai'r shifft yma'n un hir; gwyddai hynny cyn cychwyn. Nid oedd hwyl a sbort a sbri yn rhan o'u perthynas. Dim bants. Dim gags. Dim tynnu coes. Yn wir, roedd DS King yn ei chael hi'n anodd edrych arno ar adegau.

Cyn wynebu ei bartner, galwodd Rol i weld y bòs. Roedd DCI Aled Colwyn wrthi'n casglu ei bac yn barod i fynd adref pan gnociodd Rol ar ddrws agored ei swyddfa. Trodd Col i weld pwy oedd yno, a rhwygodd gwên ar draws ei wyneb.

"Ditectif Rolant Price!" ebychodd, gan gamu i gyfeiriad Rol ac estyn ei law i'w gyfarch.

"Syr," atebodd Rol wrth ei hysgwyd.

"Alla i helpu gyda rhywbeth?"

"Na, na, dim byd felly, syr. Jyst pasio. Touch base bach, 'na gyd. Dechre shifft a mo'yn tsheco o's unrhyw beth ddylwn i wybod am..."

Gallai weld bod y bòs yn barod i adael, ond roedd angen i Rol gymryd pob cyfle i'w atgoffa o'i allu i lywio'r adran yn ei absenoldeb. Byddai ychydig o seboni ysgafn yn helpu hefyd. Roedd Aled Colwyn yn gynghreiriad pwysig a phwerus ym mywyd proffesiynol Rolant Price, ac wedi hanner-addo swydd dirprwy'r adran iddo droeon yn ystod y misoedd diwethaf. Gwyddai nad oedd ei berthynas ag Aled Colwyn yn helpu pethau â Kingy chwaith, achos roedd y ddau'n arfer bod yn bartneriaid flynyddoedd lawer yn ôl, cyn i Col ddechrau dringo'r ysgol yrfaol a gadael Kingy ar lawr yn dal y bwced.

"Dim byd mawr, Rol... mae 'di bod yn reit dawel heddiw... ond ti byth yn gwybod beth sy rownd y cornel, cofia."

Cododd Aled Colwyn ei ddogfenfag ac estyn ei got o'r bachyn ar gefn y drws.

"Reit o," medd Rol a chamu i'r coridor. "Mwynhewch y penwythnos, syr. Chi'n neud unrhyw beth neis?"

"Fi'n mynd i briodas llys-chwaer Angharad yn Aberhonddu," atebodd y bòs, heb fawr o frwdfrydedd.

"To Brecknock!" ebychodd Rol ar glywed enw'r dref. "While my fearful head is on!"

Edrychodd DCI Colwyn arno'n syn, gan wneud i Rol gochi.

"Shakespeare, syr. Richard III. Cofio'r quote 'na o 'nyddie ysgol."

Torrodd gwên arall ar wyneb y prif swyddog. Nodiodd ei ben a gwyddai Rol ar unwaith ei fod wedi gwneud argraff dda arall ar DCI Aled Colwyn. Wedi'r cyfan, doedd dim llawer o dditectifs o amgylch y lle yn gallu dyfynnu Shakespeare.

"Da iawn, Rol. Wela i di ddydd Llun."

"Nos da, syr. Mwynhewch y briodas."

Gwyliodd Rol e'n mynd, cyn troi ac anelu am y peiriant coffi, lle prynodd latte bob un iddo fe a DS King. Byddai Rol yn gwneud hynny'n aml ar ddechrau shifft, mewn ymdrech i dorri'r iâ. Nid oedd wedi llwyddo i wneud hynny eto, ond nid oherwydd diffyg ymdrech. Nid Rol oedd y twat yn y senario yma. Roedd yr anrhydedd hwnnw'n perthyn i DS King yn unig. Nid bai Rol oedd iddo gamu i fwlch siâp Danny Finch yn yr adran. Ac nid bai Rol oedd beth wnaeth Danny Finch i gael y bŵt yn y lle cyntaf. Roedd angen i Kingy gallio a symud ymlaen nawr, ond nid oedd Rol yn mynd i awgrymu hynny heno. Byth, mewn gwirionedd. Yr unig beth oedd Rol yn mynd i'w wneud oedd parhau i weithio'n galed, cyflawni holl ofynion y rôl a mwy, a gobeithio y byddai DS King yn dihuno un o'r dyddiau hyn.

Â'r cwpanau crasboeth yn ei ddwylaw a'i got dros ei fraich, camodd Rol i swyddfa Adran Dditectifs Gerddi Hwyan. Roedd Kingy ar y ffôn, a golwg daer ar ei wyneb. Nid bod hynny'n synnu Rol. Rhoddodd goffi Kingy i lawr ar y ddesg o'i flaen, a nodiodd hwnnw ei ben i ddiolch. Doedd Rol ddim hyd yn oed yn disgwyl hynny, ond roedd yn falch o nodi'r peth. Un cam mawr i ddynolryw, ond un cam anferth i Richard King. Eisteddodd Rol ac adfywio'i gyfrifiadur, ond cyn iddo gael cyfle i agor ei fewnflwch neu restr o ddigwyddiadau'r dydd, daeth galwad ffôn Kingy i ben a throdd hwnnw'n syth ato.

"Der' a dy got a dy goffi 'da ti. 'Na i esbonio ar y ffor'."

Mewn blwyddyn o gydweithio, nid oedd Rol wedi clywed y fath dinc yn llais ei bartner. Ai cyffro oedd i'w glywed, neu arswyd pur? Gwyddai'n reddfol fod rhywbeth mawr o'i le ac, wrth godi o'i sedd a gafael yn ei lyfr nodiadau, ei goffi a'i got, cafodd Rol ôl-fflach i wasanaeth yn Ysgol Uwchradd Gerddi Hwyan, a Mr John y dirprwy yn adrodd hanes rhyw dorrwr cerrig tlawd mewn gwlad llawn hud a lledrith. Yna, yn dilyn y delweddau, cofiodd wers y chwedl a wnaeth i'r hen ystrydeb, *byddwch yn ofalus o'r hyn rydych chi'n ei ddymuno*, atseinio rhwng ei glustiau.

Lloches

Dw i mewn lifft. Gyda'r Diafol. Mae'r rhifau'n goleuo'n goch â thân bob tro ry'n ni'n cyrraedd, a phasio, lefel arall.

0.

-1.

-2.

-3.

-4.

-5.

-6…

"Dyma ni," medd y Diafol, gan wenu arnaf yn gyfeillgar, ei wyneb yn olygus a dilychwin, fel petai'n ffres oddi ar y gludfelt bore 'ma. "Lefel 6. Fy hoff lefel." Mae'r Gŵr Drwg yn sefyll i un ochr ac yn ystumio arnaf i gamu o'r lifft, a moesymgrymu fymryn, sy'n gwbl ddiangen, heb sôn am fod yn hollol wenieithus. Ond beth ydw i'n ddisgwyl gan y ffugffurfiwr hwn? Dw i'n gwybod nad dyma ei unig ffurf, ei brif hunaniaeth. Mae'n edrych fel rheolwr canol trwsiadus ac anfygythiol, ac mae hynny er fy mudd i. Pwy a ŵyr pa siâp fyddai arno fe petai'n croesawu gwir fwystfil, fel Ian Watkins neu Jimmy Savile i Uffern? Mae ei ffasâd Clooneyaidd i fod i wneud i fi deimlo'n saff a, chwarae teg, rhaid cyfaddef ei fod yn gweithio hyd yn hyn hefyd.

Camaf o'r lifft a gweld arwydd trawiadol ar y wal o'm blaen sydd, yn ôl Satan, wedi'i wneud o gyfuniad o aur pur a gwaed yr unbeniaid a'r teyrnedd sy'n preswylio yn Uffern am dragwyddoldeb.

LEFEL 6: TRAIS

Yng nghysgod yr arwydd mae rhes hir o bobl, o eneidiau, yn aros eu tro i gael eu prosesu gan un o'r Minotoriaid sy'n goruchwylio'r lefel hon. Bwystfilod hyll a tharwaidd, sy'n bodoli ar ddeiet o steroidau a chadachau coch a barnu 'nôl golwg eu cyhyrau a'u hagwedd. Fel VIPs tu fas i glwb nos, mae'r Diafol yn fy arwain yn syth at flaen y ciw ac yn newid ei ffurf er mwyn cyfathrebu ag arweinydd-shifft y dyn-deirw. Mae'r Minotor yn syllu arnaf wrth i Satan esbonio'r sefyllfa, yr anwedd yn gadael ei ffroenau fel mwg o simneiau diwydiannol Port Talbot. Mae'r Minotor yn camu o'r ffordd a'r Diafol yn newid yn ôl i'w ffurf ddynol, cyn fy arwain rownd y cornel, ac yna i lawr coridor cul sy'n teimlo fel petai'n mynd ymlaen am filltiroedd maith. Ar hyd y daith, mae'r Diafol yn stopio wrth ffenestri o bob siâp o bryd i'w gilydd, sydd wedi'u gosod yn y clogwyni. Ar ochr arall y ffenest gyntaf, gwelaf afon o waed, ar dân ag eneidiau damniedig. Fel tywyswr taith i dwristiaid, mae'r Diafol yn esbonio mai dyma Afon Phlegethon, sy'n rhedeg yn gyfochrog ag Afon Styx i gyfeiriad affwys anobaith y Tartarus.

"Dyma lle dw i'n cadw'r gwaethaf o'r gwael," esbonia Diablo, wrth fy ngwahodd i edrych yn fanylach. "Hil-laddwyr gwaethaf hanes. Rhyfelwyr. Llofruddwyr. Bwystfilod y ddynolryw. Edrych, co Milošević yn mynd heibio. A draw fyna, Idi Amin. Ar ôl ymdrochi mewn gwaed gydol eu bywydau, cânt eu tansuddo mewn gwaed berwedig am byth bythoedd yn y byd a ddaw."

Ymlaen â ni gan ddod at y ffenest nesaf maes o law. Syllaf drwyddi am sbel, wedi fy nrysu braidd gan yr olygfa heddychlon. Coedwig. Adar. Afon. Gwair o dan draed a blodau'n blaguro yn garped lliwgar ar lawr.

"Beth yn y…?"

Mae'r Diafol yn codi ei fynegfys main i fy nhawelu. "Gwylia'r aderyn 'na." Dilynaf ei fys at yr afiffawna sydd â'i gefn tuag ataf ar hyn o bryd. Yn gyntaf, dw i'n sylwi ar ei faint, sy'n gawraidd hyd yn oed o gymharu ag eryr aur neu gondor. Mae'n gloddesta ar gnawd y goeden, ac o edrych yn agosach, gwelaf fod y rhisgl yn tasgu gwaed. Yna, yn araf, mae'r aderyn yn troi ei ben gant wyth deg gradd i fy wynebu, a dw i'n cael fy arswydo'n llwyr wrth weld nad pig a nodweddion adarol arferol sydd ganddo, ond wyneb hen fenyw a chroen lledraidd a thrwyn mor gam â bwmerang. Dw i'n dod yn agos at lewygu, ac yn brwydro i gadw ffocws.

Rhwbiaf fy llygaid i waredu'r niwl ond pan dw i'n eu hailagor, caf sioc arall wrth weld cannoedd ar filoedd ar filiynau o wynebau dynol yn syllu arnaf o risgl boncyffion a changhennau'r coed; pob un yn dioddef poen aruthrol, a'u sgrechiadau uchel bron â malu'r gwydr yn deilchion.

Trof fy nghefn ar yr hunllef a dyna lle mae'r Diafol yn chwerthin yn groch ar fy mhen.

"Harpies," yw ei esboniad un gair, sy'n hen ddigon i mi gan nad ydw i eisiau gwybod beth sy'n mynd 'mlaen yn yr isfyd a dweud y gwir. Yr unig beth sydd ar fy meddwl i yw dianc.

Dyhead chwerthinllyd os bu un erioed.

"Sdim gobaith i ti neud hynny," medd y Diafol gan ddarllen fy meddyliau. "So ti yn Alcatraz nawr, Rol, a so'r Minotoriaid yn gweithio i G4S." Mae'n chwerthin am ben ei jôc ei hun, a dw i'n gwenu'n wan arno. Cerddwn am filltiroedd mewn tawelwch, gan aros wrth ffenest fan hyn fan draw, pob golygfa'n waeth na'r un flaenorol.

"Dyma ti," medd Satan, pan gyrhaeddwn ddrws dur yn y garreg drwchus ac arno fy enw i mewn llythyrau bras, yn blaen i bawb ei weld.

"Beth? Sa i'n deall."

"Mae'n ddigon syml," medd Tywysog y Tywyllwch. "Dyma dy uffern bersonol, a dy gartref am dragwyddoldeb."

Ac ar hynny, mae'r drws yn agor a'r ystafell yn fy llyncu'n llwyr. Dw i bron â thagu ar y sylffwr, yn gaeth ar ochr arall y gwydr. Mae'r Diafol yn diflannu, gan fy ngadael yno ar fy mhen fy hun. Wel, ddim cweit ar fy mhen fy hun, achos mae 'na ffigwr dynol yn eistedd yn y gornel, ei gefn wedi'i droi tuag ataf, ond siâp ei ysgwyddau'n procio atgof yn ddwfn yn fy isymwybod.

Fel dihiryn o ffilm James Bond, mae'r ffigwr yn troi i fy ngwynebu, gan gadarnhau mai dyma yn wir yw fy uffern bersonol.

"Hia, Rol," medd Nantlais, a gwenu'n groesawgar.

"Rol!" mae llais cras Lowri'n torri trwy'r tywyllwch ac yn fy llusgo'n ôl i dir y byw. "Ti'n iawn, Rol?" clywaf y pryder pur, felly dw i'n ymdrechu i fwmian rhyw fath o ymateb, er bod fy nhafod yn drwchus yn fy ngheg crimp. "Hunllef, ie? Sa i 'di clywed ti'n sgrechen fel 'na ers sbel. Wel, ers..." Mae ei geiriau'n pylu wrth i'r atgofion atseinio. "Ti mo'yn dŵr?" Mae Lowri'n troi cyfeiriad y sgwrs unochrog a dw i'n cydio yn y botel blastig ac yn llyncu llond ceg o ddŵr, gan droi fy mhen yn araf i'r cyfeiriad arall a gweld simneiau myglyd Port Talbot yn pasio. Aroglaf yr aer. Wyau pydredig. Sylffwr. Marwolaeth.

"Byddwn ni 'na mewn awr," esbonia Lowri, mewn ymgais i lenwi'r tawelwch; ac roedd hi'n iawn 'fyd, bron yn union i'r funud.

Wrth i Lowri barablu trwy gydol gweddill y daith, dw i'n edrych allan o'r ffenest ar y byd yn gwibio heibio. Dw i 'di bod mewn statis ers sbel yn yr ysbyty, ond gallaf deimlo rhyw sbarc bach yn tanio'n ddwfn ynof; rhyw lygedyn o obaith at y dyfodol. Y dyfodol sy'n eistedd wrth fy ochr, neu ddim hyd yn oed yn eistedd, ond yn hytrach yn arnofio mewn hylif amniotig ym mola Lowri. Mae gwellhad llawn yn hanfodol – yn gorfforol ac yn feddyliol – ond eto'n teimlo'n bell tu hwnt i 'ngafael ar hyn o bryd. Yn araf bach, mae'r niwl yn gwasgaru, ond nid yw'r gorwel yn glir o 'mlaen i eto.

Trwy San Clears, gan ddilyn arwyddion am Ddinbych-y-pysgod, Saundersfoot, Bluestone a Doc Penfro, ac yna ymlaen ar yr A40 tuag at Hwlffordd trwy Robeston Wathen a Slebech. Ie, Slebech. Ry'n ni'n troi tua'r de ar gyrraedd canol Hwlffordd, ac o fewn dwy funud ry'n ni'n ddwfn yng nghefn gwlad, lle mae'r tai'n teneuo ac yn cael eu disodli gan gaeau glaswelltog, clogwyni serth a thonnau tal yn torri o'r fan hyn i'r gorwel pell ac yn ôl unwaith yn rhagor. Gwelaf arwyddion am Little Haven a Dale, ond so ni'n dilyn yr un ohonynt. Yn hytrach, mae Lowri'n dod â'r car i stop wrth glwyd ddur dal sy'n dechrau agor yn araf ar ôl i'r camera, ar bolyn cyfagos, ddarllen ac adnabod y rhif cofrestredig. Wrth iddi wneud, edrychaf i'r chwith ac i'r dde, gan ddilyn y ffens derfyn i'r ddau gyfeiriad, a nodi'r weiren bigog ar ei brig a'r rhybuddion niferus am natur breifat y tir a natur drydanol yr atalfa. Tu ôl i'r ffens, mae 'na goed bythwyrdd tal a thrwchus yn cynnig rhwystr arall i unrhyw fusnesgi. Ar ôl i'r glwyd agor, mae Lowri'n gyrru'r car heibio i'r siecbwynt gan chwifio'n gwrtais ar y swyddog ar ddyletswydd, ac yna ar hyd dreif hir a llyfn sy'n arwain at ffermdy anferth ac adeiladau allanol graenus yr olwg. Hyd yn oed yn fy nghyflwr i, galla i weld nad oes buwch na dafad na hyd yn oed iâr yn byw ar y buarth hwn. Sdim dom na llaca o dan draed chwaith, na Ffyrgi fach yn tynnu aradr mewn cae cyfagos. Byddai'r holl beth yn amheus iawn, pe na fyddai Lowri wedi fy rhybuddio am y lle o flaen llaw. Nid fferm weithredol yw hon, ond mynedfa i gymuned ecsgliwsif a chaeedig Porth Glas. Y glwyd ni newydd basio drwyddi yw'r unig ffordd mewn ac allan o'r lle. Ar wahân i'r môr, wrth gwrs, er bod y llanw mor rymus a pheryglus yn y cyffiniau, byddai ceisio dianc ffor' 'na bron yn sicr o'ch lladd.

Mae Lowri'n parcio'r car ar y buarth, a gwelaf fod 4x4 â'r geiriau 'Heddlu Porth Glas' ar ei ochr wedi parcio rownd cornel yr hen ffermdy.

"Aros fyna," medd Lowri, sydd bron yn gwneud i fi chwerthin, am fod fy nghoesau fel jeli o hyd. "Bydda i 'nôl nawr."

Mae'n gadael y car ac yn honcian cerdded i gyfeiriad y tŷ. Yn ei habsenoldeb, dw i'n edrych o gwmpas y lle. Yn ogystal â'r ffermdy, dw i'n cyfri dwy sied amaethyddol anferth, ill dwy wedi'u gwneud o haearn rhychog ac wedi cael cot o baent yn ddiweddar; beudy; ysgubor; stablau a garej. Dw i'n dyfalu bod dwy swyddogaeth i'r ffermdy – derbynfa'r gymuned gudd a phencadlys y llu heddlu preifat. Mae'r lle'n drewi. Nid yn unig o arian ac uchelgais, ond o rywbeth mwy amheus a phydredig hefyd. Sylffwr efallai.

Mae Lowri'n ailymddangos mewn rhyw ddeg munud, gyda heddwas yn gwmni iddi. Ond mae ei wisg yn debycach i lifrai heddlu America na Bobbies on the beat y wlad hon. Chinos caci tywyll, crys caci ysgafn, cynheswr-corff caci tywyll. Nodaf y chwistrell bupur a'r gwn taser ar ei wregys. Dw i'n casáu'r twat ar unwaith.

"Chi'n gwbod ble i fynd, Mrs Price," medd y swyddog, gan agor y drws i Lowri.

"Ydw diolch, Rob," mae'n ateb, ar ôl i'r heddwas ei helpu i'r car. Mae Lowri wedi bod yma o'r blaen, achos dyma lle mae StreamTec yn cynnal eu cynadleddau blynyddol.

"Ma Caio'n aros amdanoch chi yn y maes parcio. Mwynhewch eich amser ym Mhorth Glas."

Mae Lowri'n tanio'r injan ac yn anelu at yr ail sied anferthol, rhyw bum can llath i ffwrdd o'r ffermdy ar hyd trac llyfn arall. Mae'r drws ar agor, a Lowri'n gyrru'r car yn araf i grombil yr adeilad. Wrth iddi chwilio am fan parcio rhif penodol, dw i'n gwerthfawrogi ambell un o'r cerbydau dw i'n eu hadnabod ar hyd y daith; Bugatti, Ferrari a Lamborghini yn eu plith. Petawn i'n gallu siarad, bydden i siŵr o ddweud 'wow'.

Mae dyn ifanc yn aros amdanon ni wrth ein man parcio. Nid yw'n gwisgo lifrai'r heddlu, ond mae'n gwisgo lifrai Porth Glas. Trowsus glas tywyll a chrys polo glas golau â logo bach dros y fron chwith. Mae'r llipryn yn sefyll wrth fygi golff â threlar y tu ôl iddo, a dw i'n cofio nawr nad oes ceir yn cael mynd yn agos at y safle, dim ond beics, Segways a bygis golff. Mae'r bachgen yn agor y drws i Lowri ac yn crymu ei ben i'w chyfarch. Mae ias oer yn rhuthro ar hyd fy asgwrn cefn, wrth i fi gofio fy hunllef yn gynharach. Yna, ar ôl gwagio'r bŵt a gosod yr holl fagiau ar y trelar, mae Caio'n fy helpu i allan o'r car ac at y bygi golff. Er nad yw'n foi mawr o bellffordd, mae e'n hen ddigon cryf i 'nghefnogi, ac ymhen dim, ry'n ni'n gadael y sied ac yn rholio i lawr y llwybr llyfn i gyfeiriad pentref Porth Glas, yn ymestyn o'n blaenau tua'r tonnau fel iwtopia ag islif amheus, neu'n hytrach Hobbiton yn llawn hunllefau.

So Caio'n dweud gair trwy gydol y daith. Na fi na Lowri chwaith. Dw i'n pwyso fy mhen yn erbyn ysgwydd fy ngwraig wrth i'r awel chwythu trwy fy ngwallt. Mae'n uffachol o oer ond sdim llais 'da fi i ofyn am het. Yn ffodus, mae cot fawr amdanaf a blanced dros fy nghoesau, felly so gweddill fy nghorff yn rhynnu. Am y tro cyntaf mewn wythnosau, os nad misoedd, teimlaf yn fyw. O fath.

Ar y ffordd i'n caban pren moethus wrth y môr, dw i'n nodi rhai o'r nodweddion ar hyd y daith. Campfa awyr agored, cwrt pêl-rwyd a chyrtiau tenis, lle ymarfer saethyddiaeth, cysgodfeydd beics, llwybr troed i'r traeth, isorsaf drydan, pwll nofio / sba a chlwb cymdeithasol. Mae pob caban ry'n ni'n eu pasio'n raenus, yn daclus ac yn groesawgar. Pob feranda'n llawn dodrefn pob-tywydd drudfawr, a phob storfa goed tân yn llawn dop. Mae Lowri'n chwifio llaw ar ambell berson sydd allan yn yr awyr agored, ond sdim syniad 'da fi a yw'n eu hadnabod neu yw hi jyst yn bod yn boléit.

Mae Caio'n dod â'r bygi i stop tu allan i'n caban, a Lowri'n diolch iddo am yrru mor saff.

"Edrych, Rol," mae'n mynnu, gan bwyntio at y môr fel model mewn catalog.

"Neis," llwyddaf i fwmial, sy'n dod â gwên falch i'w hwyneb.

"Byddi di'n gwella'n glou fan hyn," ychwanega, ond dw i'n dweud dim, yn bennaf achos sa i'n gallu adrodd y geiriau, ond hefyd oherwydd sa i'n siŵr os dw i'n cytuno â hi.

Heb air, mae Caio'n fy helpu i'r tŷ ac yn fy ngosod ar y soffa gornel ledr fel hen gês dillad, cyn gwagio'r trelar o dan oruchwyliaeth Lowri, sy'n dweud wrtho ble mae hi eisiau i bopeth fynd. Wrth iddyn nhw wneud y pethau pwysig, mae fy llygaid i'n crwydro o gwmpas yr ystafell, o'r teledu chwe deg modfedd ar y wal, i'r llosgwr coed newydd sbon yr olwg a'r ffotograffau du a gwyn trawiadol ar y waliau. Mae'r lle'n chwaethus ac yn gartrefol, heb os, ond sa i'n teimlo'n saff yma chwaith am ryw reswm. Falle bod hynny'n gysylltiedig â fy nghyflwr corfforol, ond yr unig beth alla i ei wneud nawr yw gwella, er mwyn i ni gael gadael y blydi lle 'ma a dychwelyd at ein bywydau go iawn.

Mae Caio'n mynd, ond nid cyn sibrwd wrth Lowri ei fod ar gael bedair awr ar hugain y dydd i'n gwasanaethu. Gwas bach ecsgliwsif i westai arbennig. Dw i'n teimlo dim byd ond tosturi drosto. Pŵr dab, yn gorfod llyfu tinau'r crach yn ddyddiol. Dw i'n benderfynol o ddod i adnabod y crwt cyn gadael, yn bennaf er mwyn profi iddo nad ydw i'n debyg mewn unrhyw ffordd i'r ymwelwyr eraill, ond mae angen egni arna i cyn gallu gwneud hynny. Egni ac eglurder meddwl.

"Co ti, Rol," medd Lowri wrth ymddangos wrth fy ochr yn dal tair tabled. Meddyginiaeth gwrth-iselder, gwrth-seicotig a thawelydd. Dim diolch. Dim os ydw i eisiau gwella'n glou. Pwy a ŵyr shwt siâp fydd arna i hebddyn nhw, ond rhaid mentro, er mwyn fy nghallineb.

Gyda dwylo crynedig, dw i'n cymryd y tabledi a'r gwydr o ddŵr, ac yn smalio'u llyncu. Mae hynny'n hawdd achos mae Lowri'n brysur yn gwagio bagiau ac yn chwilio i weld beth sydd yn y gegin ar ein cyfer. Clywaf hi'n wmian ac yn wwian ar gynnyrch lleol – cig organig, llysiau ffres, caws Cenarth, cwrw rhosmari Tomos a Lilford, jam ffigys, cafiar (!) a siampáen Moët Brut Imperial ac Armand de Brignac. So'r enwau'n meddwl dim i fi, ond mae tôn llais Lowri'n awgrymu eu bod nhw'n gwneud argraff fawr arni.

Dw i'n stwffio'r tabledi i lawr ochr y soffa ac yn hepian am sbel. Am unwaith, nid yw'r breuddwydion yn fy mhoenydio. Yna, clywaf gnoc gadarn ar y drws ffrynt. Gallaf weld y drws o lle dw i'n lled-orwedd, a phan mae Lowri'n ei agor, gwelaf mai Nantlais sydd yno. Ar ôl cyfarch Lowri â sws ar bob boch, a gwneud môr a mynydd o rwbio'i bol, mae'n camu at y soffa. Mae ei bersawr personol yn llenwi fy nwyffroen, ond dw i'n esgus cysgu. So fe'n dweud dim, ond gallaf deimlo'i drem yn llosgi 'nghroen.

"Shwt ma fe?" Clywaf e'n gofyn i Lowri, sydd wedi ymuno â fe wrth fy ochr; y geiriau'n cael eu sibrwd rhag tarfu ar y claf. Ond, so Lows yn ei ateb. Yn hytrach, mae'n arwain ei bòs i'r gegin er mwyn esbonio iddo'n llawn. Dw i'n lled-agor fy llygaid ac yn eu gwylio nhw'n mynd, llaw Nantlais ar waelod cefn fy ngwraig. Yna, caeaf fy llygaid unwaith yn rhagor a chwympo i drwmgwsg heb feddwl gwneud. Y tro hwn, mae'r hunllefau'n dychwelyd. Unwaith eto, mae gan y Diafol wyneb cyfarwydd. *Nantlais.*

Nicky

Erbyn i Rolant Price a Richard King gyrraedd ystad tai cyngor y Wern, roedd hwyliau'r ddau yn ddu a'r partneriaid yn disgwyl y gwaethaf. Yn anffodus, roedden nhw wedi bod yma o'r blaen, a hynny ar fwy nag un achlysur yn ystod eu gyrfaoedd.

Craidd yr alwad a dderbyniodd Kingy oedd bod merch ifanc wedi mynd i'r ysgol y bore hwnnw, ond heb ddychwelyd ar ddiwedd y dydd. Doedd hi ddim hyd yn oed wedi cyrraedd yr ysgol.

Wrth droi mewn i'r ystad, gallai'r ditectifs weld yn syth nad oedd heno yn nos Wener arferol. Oedd, roedd y Wern yn gymuned go glòs a chymdeithasol, diolch yn bennaf i'r ynys o borfa oedd yn ganolbwynt i'r ystad, ac a fyddai'n gweithredu fel magned wrth ddenu plant a phobl ifanc i gwrdd ar y glaswellt, yn enwedig yn ystod y gwanwyn a'r haf; ond nid wynebau ifanc yn unig oedd allan heno; roedd trawstoriad ehangach yn bresennol – o fabanod i bensiynwyr a phopeth rhwng y ddau begwn.

Anelodd Rol i gyfeiriad y car heddlu oedd wedi'i barcio tu allan i dŷ yng nghornel pella'r cylch, gan yrru'n araf wrth agosáu mewn ymdrech i beidio â tharo i mewn i un o'r dorf, oedd yn drwch ar drothwy cartref y teulu anffodus. Trodd nifer o wynebau tuag atynt yn gyhuddgar ac estynnodd Kingy ei fathodyn a'i ddal i fyny at y ffenest i bawb gael ei weld. Ac er i hynny ysgogi'r dorf i symud o'r ffordd, cododd ambell lais i'w cyhuddo o wneud dim byd i helpu. Roedd hynny'n rhan o'r swydd, wrth gwrs, ond roedd diffyg sail y cyhuddiadau wastad yn weindio Rol i fyny.

O'r diwedd, parciodd Rol a chamodd y ditectifs o'r car. Wrth wneud, roedd Rol yn disgwyl yr anochel, sef dirmyg cyffredinol ar ffurf rhochiadau mochaidd a rhegfeydd sarhaus, ond er iddo gael sioc wrth beidio â chlywed y fath beth heno, roedd hynny ynddo'i hun yn ategu difrifoldeb y sefyllfa. Doedd Rol ddim wedi gweld unrhyw beth tebyg i'r olygfa hon ers symud i Erddi Hwyan ac roedd y tensiwn a'r tyndra yn drydanol wrth iddo fe a Kingy wthio trwy'r dorf. Arogleuodd Rol y mwg a'r chwys a'r lleithder yn codi o'r cyrff, a gwnaeth bwynt o edrych ar gymaint o wynebau ag y gallai. Gwyddai fod herwgipwyr a llofruddion yn hoff o fod yn rhan o'r adladd; yn hoff o loddesta ar deimladau'r cymunedau roedden nhw wedi'u difrodi â'u gweithredoedd cachgïaidd. Saethodd ei lygaid o wyneb i wyneb, gan weld pryder yn aflonyddu pob un oedd yn ei amgylchynu, ond dim byd mwy amheus na hynny. O'r diwedd, daeth at glwyd dreif yr eiddo a cheidwad dros dro y porth, sef PC Eddie Fields. Agorodd y cwnstabl ifanc yr iet er mwyn galluogi'r ditectifs i gamu drwyddi, cyn ei chau eto drachefn er mwyn cadw'r cymdogion draw. Roedd yr olwg ar ei wyneb yn dweud y cyfan – doedd PC Fields erioed wedi delio â'r fath sefyllfa o'r blaen ac roedd yn falch iawn o weld yr uwch swyddogion yn cyrraedd. Er hynny, cofiodd ei hyfforddiant ac estynnodd ei lyfr nodiadau o'i boced er mwyn rhannu'r hyn roedd e'n ei wybod am y sefyllfa â Rol a Kingy.

Gwyliodd y ditectifs y cwnstabl yn ymgodymu â'r tudalennau fel petai ei fysedd wedi'u gwneud o does, ac yn y diwedd, Kingy gollodd ei amynedd gyntaf.

"Anghofia'r nodiadau!" gorchmynnodd. "Jyst dwed 'tho ni pwy sy'n byw 'ma a beth yw enw'r plentyn sy 'di mynd ar goll."

Oedodd PC Fields am eiliad a bron y gallai Rol weld y cledrau cocos yn troi yn ei ben. O'r diwedd, atebodd.

"Tony a Tanya Evans yw'r rhieni. Ma'n nhw mewn 'na nawr gyda WPC Morris."

Llyncodd Rol ar glywed enw'r blismones a gobeithiodd yn fawr na welodd Kingy e'n gwingo a gwrido. "Shwt siâp sy arnon nhw?" gofynnodd, er y gwyddai'r ateb cyn iddo wneud.

"Mewn bits, syr."

"Ac enw'r plentyn?"

"Nicky Evans."

"Ydy WPC Morris mewn 'da nhw?"

Nodiodd PC Fields ei ateb.

"Aros di fan hyn, 'te. Crowd control." Winciodd Rol ar Eddie, mewn ymgais i godi ei galon. Gadawodd Rol a Kingy fe ar y llwybr llwyd oedd yn arwain at ddrws ffrynt y tŷ, y dorf yn drwchus yr ochr arall i wal isel yr eiddo.

Agorwyd y drws gan WPC Morris a hynny cyn i Kingy gnocio hyd yn oed. Roedd ei hwyneb yn daer, ei chroen yn welw a'i gwallt glas-ddu wedi'i dynnu'n gwt tyn tu ôl i'w phen. Saethodd llygaid Rol i bobman ond i'w chyfeiriad, a dawnsiodd Sally i'r un dôn, diolch byth. Dyma oedd diben eu perthynas erbyn hyn, yn dilyn caff gwag o gusan ar ddiwedd sesiwn feddwol yn y Butchers rai misoedd ynghynt. Roedd yr ôl-fflachiadau yn dal i aflonyddu ar Rol hyd heddiw, ond chwarae teg i Sally, nid oedd wedi yngan yr un gair wrth neb, hyd y gwyddai ef. Aeth pethau ddim pellach chwaith, er na fyddai hynny'n gysur i Lowri, wrth gwrs. Roedd Sally'n greadures dra gwahanol pan na fyddai'n gwisgo'i lifrai, ac roedd ei minlliw coch llachar a'i bochau porselen yn poenydio breuddwydion Rol o hyd. Atgoffai Sally ef o Dita Von Teese, ond doedd dim colur yn agos at ei hwyneb heno; dim ond difrifoldeb proffesiynol diamod. Sibrydodd ei chyfarchion ac ystumio ar i'r ditectifs gamu dros y trothwy fel petai'n eu croesawu nhw i wylnos ar ôl angladd.

Dilynodd Rol ei bartner i'r tŷ. Fel yr ardd ffrynt a'r dreif, roedd crombil y cartref yn dwt ac yn daclus heb arddangos unrhyw arwydd o gyfoeth. Roedd Rol yn falch gweld mai llawr wedi'i laminadu oedd o dan draed. Doedd dim angen tynnu ei esgidiau, felly, fel y gorfodwyd iddo wneud ar fwy nag un achlysur ar hyd y blynyddoedd. Anodd, os nad amhosib, oedd cynnal eich awdurdod wrth wisgo sanau tyllog; eich bawd yn pipo ar y byd, fel mwydyn tew yn torri'r tir. Sychodd Kingy a Rol eu traed ar y mat cyn mynd mewn, a dilyn Sally Morris i'r lolfa. Yno, daeth y ditectifs wyneb yn wyneb â'r teulu cyfan, wedi'u huno mewn tor calon ac isgerrynt o ddicter.

Er yr wynebau gwelw a gwyngalchlyd, y peth cyntaf fynnodd sylw Rol oedd y teledu. Samsung â sgrin chwe deg modfedd, oedd yn edrych yn fwy na hynny hyd yn oed oherwydd cyfyngder yr ystafell. Roedd y teclyn mor fawr, doedd braidd dim lle i'r soffa a'r seddi cyfforddus.

Cyflwynodd WPC Morris y ditectifs i'r teulu cyfan ac, yn eu tro, ysgydwodd Rol a Kingy ddwylo Tony a Tanya, rhieni Nicky, Ray, tad Tony a thad-cu Nicky, a Chris a Paul ei brodyr. Wrth blygu'n agos at Tony a Ray, arogleuodd Rol y chwisgi ar eu hanadl, ond pwy allai eu beio nhw o dan y fath amgylchiadau. Nododd Rol fod gan Ray lygad du, er na ofynnodd beth ddigwyddodd. Gwyddai o brofiad y byddai'r gwir yn cael ei ddatgelu maes o law. Roedd cyfarch Tanya Evans fel ysgwyd llaw ysbryd, tra oedd llygaid y brodyr, ill dau yn hŷn na Nicky, yn goch ac yn wydrog. Wrth eistedd i lawr â'i gefn at y lle tân ar un o ddwy gadair nad oedd yn arfer bod yn y lolfa hon, sylwodd Rol ar sbardiau Tony a Ray: dau bâr Nike unionfath a newydd sbon, mor wyn a llachar â strydoedd Santorini.

Gadawodd Rol i Kingy gymryd yr awenau a dechreuodd hwnnw ofyn yr un hen gwestiynau sylfaenol i'r teulu. Roedd Tanya Evans bellach yn smocio Superking trwy ei dagrau, a'r mwg yn goglais ffroenau Rol a'i atgoffa o'i dad-cu, oedd wedi hen farw oherwydd yr arferiad. Wrth i Kingy fynd trwy ei bethau, crwydrodd llygaid Rol o amgylch yr ystafell, gan weld casgliad helaeth o ffotograffau wedi'u fframio, y plant yn bennaf, a phwyslais amlwg ar Nicky.

Esboniodd Tony Evans, yn bennaf oherwydd anallu ei wraig i siarad ar hyn o bryd, fod Nicky wedi gadael y tŷ y bore hwnnw am bum munud ar hugain wedi wyth, ddeg munud yn hwyrach nag y byddai'n ei wneud fel arfer, er mwyn cerdded i Ysgol Gynradd Gymraeg Gerddi Hwyan, oddeutu milltir i ffwrdd o'r ystad.

"Pam oedd hi'n hwyr bore 'ma?" gofynnodd Rol.

"Sa i'n gwbod. O'n i 'di mynd i'r gwaith."

Trodd Mr Evans at ei wraig.

"Tanya, ti'n gallu ateb y ditectif?" Rhodd Tony ei fraich am ysgwydd ei wraig a'i hannog yn dyner i ateb. Trwy ei dagrau, deallodd Rol fod Nicky wedi bod yn gorffen darn o waith cartref ac felly wedi gorfod cerdded ar ei phen ei hun i'r ysgol, yn hytrach na mynd yng nghwmni ei ffrindiau fel y byddai'n arfer ei wneud.

"A beth amdanoch chi?" gofynnodd DC King i'r brodyr.

"Ni'n gadael am half seven," atebodd Chris, yr hynaf, yn amddiffynnol braidd.

"Ma'r bois yn cerdded i'r ysgol hefyd," esboniodd Tony.

"Pa ysgol?" gofynnodd Rol.

"Pwll Coch," atebodd y brodyr yn unllais. Roedd yr ysgol uwchradd i'r cyfeiriad arall i'r ffordd y byddai Nicky wedi mynd, ond nododd Rol y manylion yn ei lyfr nodiadau ta beth.

Aeth y partneriaid trwy'r holl gwestiynau cychwynnol. Byddent yn siarad eto gyda'r teulu, a phwrpas yr alwad hon oedd sicrhau bod digon o fanylion ganddynt i gychwyn archwiliad. Wrth gwrs, y gobaith go iawn oedd y byddai Nicky'n dychwelyd cyn toriad gwawr, ond gwyddai Rol o brofiad nad oedd hynny'n debygol.

Prif fanylion y cyfarfod oedd i'r ysgol gynradd ffonio Tanya am ugain munud wedi deg y bore hwnnw i ofyn pam oedd Nicky'n absennol. Dyna oedd dechrau'r hunllef, wrth gwrs. Aeth Ray allan i chwilio amdani ar unwaith, gan ddilyn yr un llwybr ag y byddai ei wyres yn troedio bob dydd. Wrth i Ray chwilota, ffoniodd Tanya ei gŵr yn y gwaith a rhuthrodd hwnnw adref i gefnogi ei wraig ac i ddechrau chwilio am ei ferch.

Erbyn canol dydd, roedd ugain o bobl wedi ymuno â nhw i chwilio am Nicky ar hyd a lled y dref. Daeth yn amlwg bod pethau wedi tywyllu pan ddychwelodd y brodyr o'r ysgol a chlywed am yr hyn ddigwyddodd. Roedd y ddau'n gandryll na ffoniodd eu rhieni nhw'n gynharach, ac aeth hi'n flêr ac yn fygythiol rhyngddyn nhw a'r oedolion, gan arwain at anghydfod, ffisti-cyffs a llygad du i dad-cu. Ni ofynnodd y ditectifs am fwy o fanylion achos, o dan yr amgylchiadau, nid oedd hynny'n bwysig.

Erbyn i'r teulu ffonio'r heddlu am saith y nos i adrodd am ddiflaniad Nicky, roedd dros hanner cant o gymdogion a ffrindiau yn chwilio amdani.

"Pam arhosoch chi tan saith i ffonio?" gofynnodd Kingy yn anghrediniol.

Wfftiodd y brodyr yn ddirmygus mewn ymateb i'r cwestiwn ac aeth Tony ati i esbonio'n chwithig eu bod nhw, fel miloedd o bobl eraill yn y byd oedd wedi gwylio gormod o gyfresi teledu gwael, yn credu bod rhaid aros pedair awr ar hugain cyn y byddai'r heddlu'n fodlon ystyried bod Nicky wedi 'diflannu'. Wrth gwrs, datgelodd Google y gwir, a ffoniodd Tony'n syth. Yn anffodus, erbyn hynny, nid oedd unrhyw un wedi gweld Nicky ers yn agos at ddeuddeg awr.

Roedd hi'n amlwg bod y brodyr yn gweld bai ar eu rhieni a'u tad-cu am fod mor chwit-chwat, felly llywiodd Rol y sgwrs tuag at Nicky ei hun, er mwyn cael darlun mwy cynhwysfawr o'r ferch golledig. Â balchder amlwg, soniodd Tony a Ray, gydag ychydig o fewnbwn gan Tanya, am dalentau niferus Nicky. Daeth yn amlwg ei bod hi'n dda yn academaidd a hefyd ym myd y campau. Roedd hi'n chwarae pêl-droed a rygbi i'w hysgol ac yn gwneud tae-kuon-do hefyd, ac yn mynychu dau ddosbarth yr wythnos. Nododd hynny'n gyflym. Edrychodd eto ar y ffotograffau. Ynddynt, gwelodd Nicky y tomboi mewn cit pêl-droed cyn dechrau gêm, yn fwd i gyd wrth ddal pêl-rygbi, ac mewn lifrai gwyn yn dal tlws tae-kuon-do. Roedd lluniau o'i brodyr hefyd, ill dau yn gwisgo lifrai tebyg, er bod eu gwregysau mewn lliw gwahanol – coch i'r brodyr, melyn i Nicky. Doedd hynny'n meddwl dim i Rol, ond roedd y lluniau'n ddigon i'w ddarbwyllo na fyddai Nicky wedi mynd yn dawel. Ro'n nhw'n dangos merch gadarn, oedd wedi etifeddu corffolaeth fyrdew a solet ei thad, yn hytrach na chorff esgyrnog ei mam.

A oedd Nicky'n adnabod ei herwgipiwr? nododd Rol hynny yn ei lyfr, cyn i'r ditectifs ddiolch i'r teulu am eu hamser a throi i adael, gan addo cysylltu ben bore fan bellaf pan fyddai'r chwilio'n ailddechrau go iawn, oni bai i Nicky ddychwelyd yn y cyfamser.

Dan Draed

Efallai nad oedd Rol wedi profi'r fath ddigwyddiad yn ystod ei gyfnod byr yn Adran Dditectifs Gerddi Hwyan, ond golygai ei brofiadau blaenorol â'r MET a Heddlu Caerdydd, yn ogystal â'r holl hyfforddiant a dderbyniodd ar hyd y blynyddoedd, ei fod yn fwy na pharod am yr her oedd yn ei ddisgwyl heno.

Ar ôl dychwelyd o ystad y Wern i'r swyddfa, y peth cyntaf oedd yn rhaid ei wneud oedd codi'r ffôn er mwyn siarad â DCI Colwyn. Cipiodd y blaen ar Kingy er mwyn gwneud hynny, yn bennaf achos ei fod eisiau cymryd yr awenau ar yr archwiliad. Un oedd eisoes wedi dechrau a dweud y gwir. Gwyddai petai'n cael gafael ar DCI Colwyn cyn ei bartner, y byddai'r bòs yn siŵr o'i benodi fel prif swyddog yr archwiliad, a dyna'n wir ddigwyddodd. Mewn sgwrs ffôn fer, esboniodd beth oedd yn digwydd i'r chief, a gofynnodd hwnnw iddo ei ffonio am bump y bore ag adroddiad cynhwysfawr o unrhyw ddatblygiadau a fu yn ystod y nos. Yn y cyfamser, Rol fyddai wrth y llyw.

Daeth yr alwad i ben ac edrychodd Rol i gyfeiriad ei bartner, oedd eisoes ar y ffôn yn siarad â detholiad o gwmnïau a darparwyr preifat lleol oedd yn gyfrifol am wylio'r dref ar ran yr heddlu, mewn ymdrech i gael mynediad at ddelweddau teledu cylch cyfyng ystad y Wern a'r cyffiniau. Gyda chyllid yn dynn, penderfynodd y pwysigion rai blynyddoedd ynghynt mai diswyddo mewnol a chontractio allanol oedd y ffordd ymlaen, ond â'r rhan fwyaf o weithwyr y cwmnïau o dan sylw wedi gadael am y nos, nid oedd hynny'n taro Kingy fel syniad da heno. Yn wir, roedd y rhwystredigaeth yn amlwg iawn ar ei wyneb, hyd yn oed cyn i Rol rannu cyfarwyddyd Aled Colwyn ag ef.

Surodd ei wep fwy fyth gan nodio yn unig, cyn mynd ati i esbonio mewn monotôn ddienaid yr hyn roedd e'n ei wneud. Diolchodd Rol yn ddiffuant iddo am ei ymroddiad, gan anwybyddu ei osgo negyddol. Esboniodd Kingy mai'r un oedd ateb y ddau gwmni roedd eisoes wedi cysylltu â nhw; un swyddog diogelwch oedd ar ddyletswydd rhwng wyth y nos ac wyth y bore, ac nad oedd yr unigolion yma'n gwybod sut i anfon delweddau wedi'u harchifo at sylw'r heddlu.

Ochneidiodd Rol. Roedd y peth yn ffarsaidd, ond gwyddai beth oedd angen ei wneud.

Arwain.

"Ffonia nhw 'nôl," mynnodd ar ôl meddwl am eiliad. "Esbonia bod hyn yn argyfwng a bod angen y delweddau arnon ni ASAP. *Nawr* in fact. Mynna'u bod nhw'n ffonio pwy bynnag sydd *yn* gallu anfon y delweddau draw aton ni neu, worse case scenario, mynna'u bod nhw'n rhoi'r rhifau ffôn i ni a newn ni gysylltu â nhw yn lle 'ny."

Syllodd Kingy arno am eiliad, fel petai mewn sioc wrth glywed awdurdod y cyfarwyddyd. Yna trodd yn ei sedd, cododd y ffôn a mynd amdani. Gwenodd Rol ar ei gefn cyn codi ar ei draed a gadael yr Adran Dditectifs.

Ond cyn anelu am yr ystafell reoli ar y llawr gwaelod, prynodd Rol goffi du melys o'r peiriant ac, wrth iddo aros i'r hylif oeri fymryn, estynnodd ei ffôn er mwyn galw Lowri.

"Beth sy'n bod?!" atebodd Lowri'n llawn pryder. Fel rheol, ni fyddai Rol yn ei ffonio yn ystod shifft. Rhyw fath o reol anysgrifenedig oedd hon, lle roedd dim newyddion yn gyfwerth â newyddion da.

"Sori, babes, sdim byd yn bod… wel… ma *rhywbeth* yn bod ond fi'n iawn."

"Blydi hel, Rol, paid neud 'na i fi!" Sylwodd Rol y tinc o ryddhad yn ei llais, yn ogystal ag awgrym o annifyrrwch. "Pam ti'n ffonio, 'te?"

"Look, sa i'n meddwl bydda i adre bore fory."

"O," atebodd Lowri'n reddfol. Nododd Rol y siom wirioneddol yn ei llais y tro hwn ac, er nad oedd yn gwybod hynny ar y pryd, dyma fyddai uchafbwynt ei benwythnos.

"Ma merch fach wedi diflannu a full-blown manhunt ar fin dechre. Ma'r chief wedi rhoi fi in charge."

"Ma hynny'n bril, Rol!" ebychodd Lowri, cyn oedi ag embaras. "O dan yr amgylchiadau," ychwanegodd.

"Ydy," pylodd llais Rol, ei feddyliau yn bell, eisoes ar y trywydd.

"Faint yw ei hoed hi?" gofynnodd Lowri.

"Deg. Falle un ar ddeg."

"Be, so ti'n gwbod? Der nawr, Mr Lead Investigating Officer!"

Anwybyddodd Rol ei choegni. "Ma hi ym mlwyddyn chwech yr ysgol, bydd rhaid i fi tsheco'i hoed."

"Gwna'n siŵr bod ti'n gwbod cyn y press conference."

"Shit, sa i hyd yn oed wedi meddwl am hynny eto."

"Pob lwc," medd Lowri, ei llais yn atseinio yn ei ben yr holl ffordd i'r ystafell reoli.

Heb gnocio ar y drws cilagored, camodd Rol i'r ystafell reoli a chyfarch y ddau swyddog â gwên gynnes.

Trodd WPC Tanya Harding, y Swyddog Anfon, yn ôl at sgrin ei chyfrifiadur bron ar unwaith, er mwyn siarad â'r lleisiau yn ei chlustffonau, a derbyniodd Rol wahoddiad i eistedd wrth ochr Inspector Paul Foot, oedd yn arwain y shifft. Roedd y ddau'n gwybod am ddiflaniad Nicky, wrth reswm, felly doedd dim angen esboniad, dim ond cyfarwyddyd. Wel, cais. Roedd Paul Foot yn ei bumdegau a'i fol yn fawr ac yn flonegog o ganlyniad i'w waith. Eistedd, cyfarwyddo eraill a bwyta gormod o gacs oedd wrth wraidd ei wast chwyddedig, a'r ail elfen oedd rheswm Rol dros alw i'w weld heno.

"Shwt wyt ti, boi?" gofynnodd gan droi yn ei gadair i wynebu'r ymwelydd.

"Fi'n olreit, diolch, Paul. Hectic. Ond ok."

"Sa i 'di clywed dim byd wrth Fields a Morris ers sbel. Ti mo'yn i fi alw nhw?"

"Ddim 'na pam des i lawr 'ma."

"Be ti mo'yn, 'te?"

"Ffafr."

Gwgodd Paul ar hynny, er mai cogio oedd e mewn gwirionedd. "Un fach neu un fawr?"

"Un fawr," atebodd Rol gan glensio'i ddannedd yn orddramatig.

"Pa mor fawr? Ni'n brysur heno."

Edrychodd Rol o amgylch yr ystafell ar y sgriniau gwag a'r cyfrifiaduron segur. Doedd hi ddim yn edrych yn brysur iawn iddo fe.

"Sori, Paul, ond sdim dewis 'da fi."

Craffodd Paul arno, a gwingodd Rol yn ei gadair.

"Ti'n gwbod y ferch 'na sy 'di mynd ar goll?"

"Aye."

"Wel… rhaid i fi alw pawb mewn ben bore."

"All hands on deck, ife?"

"Ie. Ma'r chief yn dod mewn am chwech," rhaffodd Rol y celwydd yn y gobaith y byddai hynny'n ddigon i ddarbwyllo Paul, ond torrodd wên wybodus ar draws wyneb y swyddog profiadol, cyn troi'n chwarddiad boliog dwfn.

"Dim ond tynnu dy goes ydw i, mýn."

Pefriodd llygaid Rol mewn ymateb.

"Bydd hi'n *bleser* galw'r bastards mewn ar fore dydd Sadwrn. Dyma fy hoff beth i am y job 'ma!"

Gyda pheth rhyddhad, gadawodd Rol y dasg yn nwylo medrus Inspector Foot, er y gwyddai y byddai arweinydd y shifft yn gwneud yn siŵr bod pob swyddog a fyddai'n ateb yr alwad yn gwybod mai fe, DS Rolant Price, oedd tu ôl i'r gorchymyn. Ni fyddai Rol yn boblogaidd, wrth reswm, ond dyna ffawd arweinydd yn aml.

Ymlwybrodd y nos yn araf tuag at y wawr. Er gwaethaf siom, dicter a diffyg dealltwriaeth teulu Nicky Evans, doedd dim pwynt chwilio am y fechan yn y tywyllwch, felly ceisiodd Kingy a Rol achub y blaen ar yr hyn oedd i ddod trwy edrych ar gronfeydd data troseddwyr rhyw lleol ac unrhyw wybodaeth am folestwyr plant oedd wedi cael eu rhyddhau o'r carchar yn ddiweddar. Doedd dim byd yn mynnu eu sylw, felly am bump o'r gloch y bore, yn unol â'i gyfarwyddyd, ffoniodd Rol DCI Aled Colwyn a dod o hyd i'r bòs yn llawn brwdfrydedd ac yn barod amdano.

"O'n i'n gwbod na fydde hi'n dod adre," meddai Aled Colwyn ag awdurdod.

"Ma pethe'n dechre siapo 'ma'n barod, syr. Fi 'di galw pawb 'nôl mewn i helpu gyda'r archwiliad. Bydd y chwilio'n dechre am chwech."

"Da iawn, Rol. O'n i'n gwbod byddet ti'n gallu handlo pethe."

"Diolch, syr," meddai Rol, gan ddiolch nad oedd y chief yn gallu gweld y wên falch oedd yn dawnsio ar ei wefusau. "Ma DC King wrthi'n dechre mynd trwy'r CCTV."

"Dechre?"

"Ie, syr. Ni 'di ca'l bach o drafferth yn cael gafael ar Sabre Security, y cwmni sy'n gofalu am y camerâu."

"'Nes i anghofio nad ni oedd yn gwneud 'ny bellach."

"Cutbacks, syr."

"Paid sôn!" diawlodd DCI Colwyn.

"Bydd angen trefnu cynhadledd i'r wasg, syr."

"Bydd. Fi 'di cysylltu ag Elaine yn barod. Bydd hi mewn cyn saith."

Elaine oedd Cynorthwyydd Personol y chief; menyw yn agosáu at ei hymddeoliad oedd yn gwybod mwy am blismona na'r rhan fwyaf o Brif Arolygyddion y wlad.

"Drefnwn ni gynhadledd ganol dydd, 'te."

"Iawn, syr."

"Bydda i mewn cyn chwech."

A dyna beth ddigwyddodd. Cyrhaeddodd DCI Aled Colwyn yr orsaf am chwech y bore, yr un pryd â'r shifft ddydd a'r swyddogion ychwanegol, ond roedd Rol a Kingy eisoes ar eu ffordd i'r Wern erbyn hynny. Doedd dim torf yn aros amdanynt y bore 'ma, ond roedd fan newyddion yno, gyda'r dyn camera a'r gohebydd lleol, Aaron Joyce, yn smocio ar ochr yr ynys werdd yng nghanol yr ystad; y gwlith yn disgleirio o dan eu traed yn haul gwan y bore bach.

Gadawodd Kingy yn y car a gyda chyfeillgarwch yn ei lygaid a chadernid yn ei law, cyfarchodd Rol y cyfryngis fel dau hen ffrind. Ar ôl sgwrs fer, lle'u hysbyswyd gan Rol am y gynhadledd i'r wasg ganol dydd, anelodd Rol am gartref teulu Nicky Evans, ac ystumio ar Kingy i ymuno â fe. Camodd DC King o'r car a cherdded i'r un cyfeiriad, gan syllu i gyfeiriad y newyddiadurwr wrth wneud. Ar ôl y ffordd gafodd ei gyn-bartner, Danny Finch, ei drin gan y wasg y llynedd, roedd Kingy wedi magu casineb dwfn at fois fel Aaron Joyce.

"Fuckin vultures."

"Jyst neud 'u jobs ma'n nhw."

Syllodd Kingy ar Rol â chasineb pur yn pefrio yn ei lygaid, ond ni ynganodd yr un gair.

"Ma perffaith hawl 'da nhw i fod 'ma," ychwanegodd Rol. Mwmiodd Kingy rywbeth o dan ei anal mewn ymateb y tro hwn, ond anwybyddodd Rol ei bartner. Yn wahanol i DC King, gwyddai Rol fod gan y cyfryngau rôl bwysig i'w chwarae mewn achosion fel hyn, felly roedd hi'n hollbwysig gwneud yn siŵr eu bod nhw ar eich ochr.

"Bore da, syrs," torrodd y llais ar draws y tyndra a throdd Rol i'w gyfeiriad, gan gyfarch PC Tom Chaplin yn daer.

"PC Chaplin. Shwt noson?"

"Rhyfedd, syr."

"Pam, be sy 'di digwydd?"

"Lot o fynd a dod, syr..."

"Pa *fath* o fynd a dod?" gofynnodd Kingy'n ddrwgdybus.

"Mynd a dod, syr," atebodd Chaplin yn ddryslyd, cyn esbonio'i hun yn llythrennol. "Pobl yn cyrraedd a gadael y tŷ trwy'r nos."

"Ond dim byd amheus?"

"Na. Sneb wedi cysgu ers i fi a PC Boult gyrraedd am dri. Ond ma hynny i'w ddisgwyl o dan y circumstances, reit."

Trodd Kingy ac edrych ar y tŷ. Roedd goleuadau ymlaen ym mhob ystafell a'r teulu'n ymbrysuro ar gyfer yr hyn oedd i ddod.

"Lle ma PC Boult?" gofynnodd DC King.

"Yn gwneud coffi, syr."

"Good timing," meddai Kingy, gan gerdded tuag at y drws ffrynt.

Diolchodd Rol i'r heddwas ifanc a dilyn ei bartner. Agorwyd y porth gan un o'r brodyr, ac i mewn â nhw i ganol yr halibalŵ.

Erbyn chwarter i saith, roedd ugain o swyddogion yn chwilio am Nicky, ynghyd â deugain o breswylwyr a chymdogion y teulu anffodus o ystad y Wern. Am wyth y bore, dechreuodd y swyddogion gnocio ar ddrysau, ond erbyn hynny roedd Rol a Kingy 'nôl yn yr orsaf yn edrych ar y delweddau teledu cylch cyfyng o'r diwrnod blaenorol oedd wedi cyrraedd o'r diwedd. Er ei gyflwr simsan, dirprwyodd Rol y cyfrifoldeb o chwilio ar lawr gwlad i Geth Robbins, ac er nad oedd yn teimlo'n gwbl gyfforddus yn gwneud hynny, roedd y tapiau fel petaent yn ei alw. Er na allai Rol esbonio'r wefr, gallai ei enwi mewn un gair. Greddf.

Gyda choffi cryf yn cadw Huwcyn Cwsg rhag y drws, dilynodd Rol a Kingy'r ferch ysgol o gornel ei stryd ar hyd ei thaith. Roedd camerâu ar bron pob stryd bellach, yn gwneud gwaith y ditectifs yn weddol hawdd. Siwrne o ryw dri chwarter milltir oedd ganddi, yn bennaf ar hyd y ffordd gyhoeddus, ond hefyd trwy goedwig fach ac i lawr un ali gefn. A dyna lle y diflannodd hi. Aeth Nicky Evans i fewn i'r ali, ond wnaeth hi ddim ailymddangos yn y pen arall.

Gyrrodd Rol a Kingy yn syth at yr ali o dan sylw. Wedi sgrialu i stop, neidiodd Kingy o'r car ac estyn rholyn o dâp melyn o'r gist, er mwyn cau'r llwybr ar y pen yma ac atal unrhyw un rhag cael mynediad, tra gyrrodd Rol ar frys i ben arall yr ali er mwyn gwneud yr un peth. Wedi gorffen, galwodd Rol SOCO, sef swyddogion arbenigol lleoliad y drosedd, ar ei ffôn symudol, er mwyn iddyn nhw gael dod i wneud eu gwneud. Erbyn iddo ddod â'r alwad i ben, roedd Kingy wedi ailymddangos ar ôl cerdded at y car ar hyd y stryd, yn hytrach nag i lawr yr ali. Nid oedd y ditectif profiadol eisiau llygru'r llwybr troed lle diflannodd Nicky, ond roedd llond bocs o sanau lleoliad-y-drosedd yng nghist y car, ac ar ôl gwisgo pâr yr un dros eu hesgidiau, cerddodd Rol a Kingy yn araf ar hyd yr ali, yn chwilio am unrhyw dystiolaeth bosib o dan draed.

Cerddodd y ditectifs i fyny ac i lawr yn araf, eu llygaid yn sganio'r llwybr am unrhyw fath o gliw a'u hanadliadau'n mynd a dod mewn cytgord perffaith. Er eu hymdrechion, ni welodd yr un o'r ddau unrhyw beth o bwys. Yn ôl ym mhen yr ali, wrth aros i'r SOCO gyrraedd, torrodd Kingy ar y tawelwch lletchwith oedd yn gydymaith parhaus i'r partneriaid proffesiynol hyn.

"So fe'n neud unrhyw sens i fi."

"Beth?" gofynnodd Rol, ar ôl dod dros y sioc o glywed Kingy'n arwain y sgwrs.

"Wel… ni'n gwbod ddath hi mewn i'r ali… reit? A ni'n gwbod na ddath hi mas… reit?"

Edrychodd ar Rol am gadarnhad, a nodiodd ei bartner arno i barhau.

"So… ble a'th hi?"

Cododd Rol ei ben ac edrych i lawr yr ali eto.

"Un o'r gerddi?"

"Mwy na thebyg," atebodd DC King. "Neu falle'i bod hi yn un o'r sieds 'na o hyd."

"Dere," medd Rol, gan arwain y ffordd i lawr y llwybr unwaith eto. Y tro hwn canolbwyntiodd y ditectifs ar y cloddiau, y prysgwydd a'r ffin oedd yn gwahanu'r ali rhag y gerddi cefn cyfagos, gan barhau i droedio'n ofalus rhag llygru'r llwybr. Roedd gan nifer o'r gerddi fynediad uniongyrchol at yr ali, un ai trwy gatiau neu'n amlach fyth, trwy ddiffyg cloddiau neu ffens. Chwiliodd Rol a Kingy am unrhyw arwyddion o frwydr ond ofer fu eu hymdrechion.

Cyrhaeddodd y fan SOCO pan oedd y partneriaid yn sefyll hanner ffordd i lawr yr ali gefn. Roedd Rol wrthi'n cyfri'r holl siediau yn y gerddi, â'i gefn at y newydd ddyfodiaid.

"SOCO," meddai Kingy a chamu ar unwaith i'w cyfeiriad, ond ni aeth yn bell cyn llithro ar lwmpyn go fawr o gachu ci oedd yn cuddio yn y borfa wyllt ar ymyl y llwybr concrit. "Fuckin hel!" ebychodd, cyn hopian gweddill y ffordd ar un goes, er mwyn osgoi gwasgaru'r sgarthion ar hyd a lled y llwybr.

Doedd dim modd i Rol atal ei hun rhag gwenu wrth wylio'i bartner, ond ar ôl craffu ar y budredd ar lawr wrth gamu heibio'n ofalus, sylwodd ar dalp arall o gachu ci, o dwll pwps yr un bwystfil yn ôl y lliw, a hwn hefyd yn cynnwys ôl-troed wedi'i hysgythru i'r sgarthion.

Exhibit A, meddyliodd, cyn galw am gymorth swyddogion lleoliad-y-drosedd a'u gadael nhw yno i ddelio â'r baw.

Carchar Agored

Fy enw yw Tom. Tom Aat'o. Ditectif preifat yn arbenigo mewn troseddau is-sero. Mae fy swyddfa wedi'i lleoli ar silff uchaf yr oergell, drws nesaf i'r cyflenwad caws, gyferbyn â phencadlys B. N. Burghur, y trydanwr trwyn cefnbant cyfeillgar. Dw i'n gweithio'n llawrydd bellach, ar ôl cael fy niarddel o'r heddlu lleol rhyw flwyddyn yn ôl nawr, ond stori arall yw honna.

Gallaf gofio ein cyfarfod cyntaf fel tasai wedi digwydd neithiwr. Er, wedi meddwl, dyna'n union pryd ddigwyddodd y cyfarfod. Ta waeth am hynny, y gwir yw bod Aubrey Gene yn amhosib i'w *hanghofio*. Â'i chroen porffor, ei thin bonet-Beetle a'i gwallt melyn tonnog, dyma lodes mewn loes ro'n i'n fwy na pharod i'w chysuro. Rhoddais hances iddi gael sychu ei dagrau, cyn iddi allu hyd yn oed gychwyn datgelu pam y daeth i'm gweld.

"Cyflafan."

Un gair i anfon ias i lawr fy asgwrn cefn. Ddim bod gen i asgwrn cefn, ond chi'n gwbod beth sydd 'da fi.

Tynnais becyn o Winstons o ruban fy ffedora a'u cynnig i Ms Gene. Cymerodd un; ewinedd melyn ei bysedd main yn adlewyrchu lliw ei gwallt. Taniais fy Zippo ac estyn y fflam.

"Diolch, ditectif," sibrydodd.

Cynnais y brigyn canser. Llenwais fy ysgyfaint. Chwythais y mwg tua'r nenfwd. Heb dynnu fy llygaid oddi arni am amrantiad. Dyna'r fath o ferch oedd hi. Magnetig.

"Cyflafan?" gofynnais.

"Cyflafan," cadarnhaodd Ms Gene.

"Allwch chi ymhelaethu?"

"O, ditectif, roedd e'n erchyll."

"Cymerwch eich amser," darbwyllais hi, wrth i'r mwg raeadru o fy ffroenau.

"Ar y ffordd adre o'r Rhewgell o'n i..." Y Rhewgell yw clwb nos tanddaearol y dref hon. Lle cŵl iawn, ym mhob ystyr y gair. "Roedd hi'n hwyr, ro'n i bach yn tipsi, ond roedd fy nghariad, Mo Ron, eisiau 'un bach arall' cyn mynd adre."

Codais fy aeliau ar hynny, gan fethu'n llwyr â masgio'r ffaith 'mod i'n gwbod yn iawn pwy oedd Mr Ron. Un o brif gyflenwyr Caws Fel Mwydyn y dref. Sgymbag a hanner â rhestr faith o droseddau i'w enw.

"Syniad Mo oedd mynd i'r Drôr Salad. Ro'n i mo'yn mynd adre, ond mynnodd Mo a..." ffrwydrodd y dagrau wrth i'r atgofion am un o ffeuau yfed anghyfreithlon y dref ei haflonyddu. Codais a chamu tuag ati, gan benglinio o'i blaen a'i dal yn dynn. Ceciodd ei chorff mewn cytgord â'r bonllefau, ond yn y diwedd, ar ôl i fi estyn brandi yr un i ni, roedd Ms Gene yn barod i fynd yn ei blaen.

"Pan chi'n barod, Ms Gene," anogais.

"'Na i byth anghofio beth weles i, ditectif. *Byth*. Agorodd Mo'r drws i fi..."

Am ŵr bonheddig, meddyliais yn faleisus.

"...a phan gamais i mewn... wel..." y tro hwn, er bod y dagrau'n bygwth unwaith eto, rheolodd Ms Gene ei hemosiynau, a llwyddodd i barhau. "Roedd y llawr yn fôr o hadau gwynion."

Tawelodd ei geiriau wrth i'r atgofion ei hatal rhag mynd yn ei blaen. Ceisiais ddychmygu'r olygfa. Roedd yr hadau llaethog wedi dechrau ymfudo i'r dref fwy a mwy yn ystod y misoedd diwethaf, wrth iddynt ddianc rhag rhyw ryfel pellennig, tu hwnt i waliau'r Oergell. Wrth gwrs, roedd digon o breswylwyr y dref yn gwrthwynebu eu presenoldeb, ond nid oedd modd eu hatal bellach. *So nhw'n fodlon integreiddio yn ein cymdeithas,* oedd un o'r cwynion mwyaf cyffredin. *Ma'n nhw'n cymryd ein swyddi*, oedd un arall. Yn bersonol, ro'n i'n eu croesawu. Roedden nhw'n weithwyr caled ac yn ddigon cyfeillgar, cyn belled â'ch bod chi'n gwneud ymdrech i ymgysylltu â nhw. Ta waeth, nid oedd pawb yn y lle 'ma mor oleuedig â fi.

"Beth ddigwyddodd wedyn?" gofynnais yn dyner i Ms Gene.

"Ceisiais adael, ditectif, ond roedd hi'n anodd symud achos y gweddillion gludiog. Yn y pen draw, llwyddodd Mo i fy nhynnu'n rhydd. Rhedais o 'na heb edrych yn ôl, ond sa i wedi gweld Mo ers hynny."

Beichiodd Ms Gene unwaith yn rhagor. Taniais sigarét arall wrth aros iddi dawelu.

"Pryd, Ms Gene?"

Syllodd arnaf, y masgara'n rhedeg a'i hwyneb bellach yn fwgwd erchyll. "Wythnos yn ôl i heddiw."

Codais ar fy nhraed er mwyn camu ati i'w chofleidio, ond cyn cyrraedd, cefais fy nallu gan yr haul llachar, fel y byddai'n digwydd lond llaw o weithiau bod dydd. Codais fy llaw at fy llygaid, a phan bylodd y golau unwaith eto, roedd Ms Gene wedi diflannu, ynghyd â fy hen ffrind Pam O'Gian.

Nawr, fy nhro i oedd crio.

"Rol!" clywaf lais Lowri'n galw arnaf o bell. "Rol!" teimlaf fy nghorff cyfan yn crynu'n wyllt. "Ers pryd ma fe 'di bod yn cysgu, Caio?"

"Ddim yn hir, Mrs Price," sibryda Caio, ei lais fel un plentyn hanner ei oed.

"Lowri," medd fy ngwraig. "Plis galwa fi'n Lowri. Ti'n neud i fi swnio fel athrawes gyda'r Mrs Price 'ma!"

"Ok, Mrs… Lowri," cywirodd Caio ei hun.

Dw i ar ddihun erbyn hyn, fy llygaid led y pen ar agor.

"Iawn, Low?" Dw i'n dweud, gan ddylyfu gên wrth wneud. "Iawn, Caio?" ychwanegaf, gan ymestyn fy mreichiau a gwneud i'r blanced Melin Tregwynt trwchus lithro oddi ar fy nghorff eiddil.

"Nag wyt ti'n oer mas fan hyn?" yw cwestiwn cyntaf fy ngwraig, wrth iddi blygu a chusanu fy nhalcen. "Mae'n ganol gaeaf, Rol." Does dim gwadu'r ffaith yma, wrth gwrs, a hithau'n fis Ionawr. Ond does dim gwadu trwch y blancedi sy'n fy ngorchuddio chwaith. Na'r long-johns dw i'n eu gwisgo. Na'r sanau thermol. Na'r hwdi a'r crys a'r fest oddi tano. Chi'n deall be sy 'da fi. Y gwir yw, ar ôl bod mewn ysbyty am dros fis, dyma lle dw i eisiau bod – ar y decin o flaen y caban yn teimlo'r gwynt main yn tylino fy mochau a gwylio'r tonnau'n torri'n ddramatig ar y creigiau o 'mlaen. Treuliais bedwar diwrnod cyntaf fy nghyfnod ym Mhorth Glas yn y gwely, yn brwydro symptomau diddyfnu go heger, a barhaodd am ryw dri deg chwech awr i gyd. Ond, â'r cyffuriau wedi gadael fy system, dw i'n gwella bob dydd ac yn cryfhau'n gorfforol ac yn feddyliol, diolch yn bennaf i sgiliau arlwyo ardderchog Caio a'r awyrgylch llonydd a heddychlon o'm cwmpas.

Doedd Lowri ddim yn hapus â fy mhenderfyniad i gychwyn, ond doedd hi ddim mewn sefyllfa i 'ngorfodi i lyncu'r tabledi, o ystyried ei chyflwr. Dw i ddim 'di gweld na chlywed Nantlais chwaith, sydd wedi helpu'r achos yn ddi-os. Ar ben hynny, sa i hyd yn oed wedi *meddwl* am yfed unrhyw alcohol. Diolch i fy nervous breakdown, dw i 'di llwyddo i dorri'n rhydd o'r arfer yna hefyd, a hynny heb orfod gwneud unrhyw ymdrech na mynd ar gyfyl Canolfan Adsefydlu New Leaf yn Aberhonddu. Amseru perffaith, chwarae teg.

Dihunais ar y pumed diwrnod ym Mhorth Glas yn crefu brecwast llawn. Codais o'r gwely ar goesau sigledig a chwympo'n syth ar y llawr. Yn ffodus, roedd Caio'n cadw llygad a daeth i'r adwy mewn dwy ffordd. Yn gyntaf, daeth â chadair olwyn i fi; ac yn ail, coginiodd y brecwast gorau i fi ei flasu erioed: Selsig Aur Preseli, bacwn a phwdin gwaed Cwm Gwaun, wyau buarth Porth Glas, bara saim a thomatos ceirios â basil a halen môr. Ar ôl treulio'r wledd, ces help Caio i gerdded unwaith eto. Ag amynedd Job, anogodd fi i godi o'r gadair a defnyddio ffyn baglau am gwpwl o ddyddiau, wrth i gyhyrau fy nghoesau adfywio ar ôl wythnosau o ddiogi. Yn araf bach, trwy boen a rhwystredigaeth gyson, gwaredais y ffyn rhyw ddeuddydd yn ôl nawr ac, er na fydda i'n herio Usain Bolt yn y dyfodol agos, o leiaf dw i'n gallu mynd am bisiad heb eistedd erbyn hyn.

Yr unig ffactor negyddol am fod yn rhydd o gyffuriau yw bod fy mreuddwydion yn fwy byw ac erchyll nag erioed. Dweud mawr, rhaid cyfaddef, achos maen nhw wedi bod yn hollol wallgof trwy'r cyfan. Ar ben hynny, mae'r achos a chwalodd fy mhen yn dal i fy aflonyddu'n gyson a'r delweddau'n troi yn fy mhen fel fideo arswyd ar sgrin IMAX.

"Fi'n fine, Low, serious nawr. Falch bod yn fyw, fel ti'n gwbod." Gwelaf ddeigryn yn cronni yn llygad fy ngwraig wrth i fi ynganu'r geiriau yna, felly llywiaf y sgwrs i gyfeiriad gwahanol. "Ni hyd yn oed yn meddwl mynd am dro prynhawn 'ma, reit, Caio?"

Mae fy nghynorthwyydd personol yn nodio ei ben a gwenaf arno. Sdim lot 'da fe i'w ddweud wrth unrhyw un o beth wela i, ond teimlaf ein bod ni wedi bondio dros y dyddiau diwethaf. Rhwng y gloddesta a'r ymarferion cerdded a'r cryfhau, ni 'di chwarae cardiau am oriau maith, ac wedi gwylio ambell i ffilm hefyd. Mae'r dewis yn ddi-ben-draw 'ma, diolch i'r rhwydweithiau ffrydio ym mhob caban, a dw i 'di cyflwyno Caio i rai o fy hoff ffilmiau. *True Romance*, *Life of Brian*, *Chopper* a *The Big Lebowski* yn eu mysg. Yn wahanol i fi, does dim ffefryn gan Caio, heb sôn am *ffefrynnau*. I gychwyn, tarodd hynny fi'n rhyfedd tu hwnt, ond wedi meddwl am y peth, mae plentyndod a magwraeth pawb yn wahanol, ac efallai nad oedd sinema leol ganddo wrth dyfu lan.

"Ma hynny'n grêt," medd Lowri â gwên, cyn troi at Caio. Ond paid gadael iddo fe neud gormod, ok."

Mae Caio'n nodio'i ben fel bachgen da.

"Fi'n gorfod mynd nawr," mae Lowri'n troi yn ôl ata i, ei dwylo'n mwytho'i bola pêl-fasged yn dyner ac yn gwbl ddifeddwl. "Dylen i fod 'di gorffen erbyn dydd Gwener, ac wedyn..."

Mae'n dechrau plygu ataf unwaith eto, ond codaf o'r gadair gan fod yr ymdrech yn amlwg yn anferthol iddi. Dw i'n gafael ynddi'n dynn ac yn ei chusanu, cyn gwenu arni ar ôl gorffen.

"Wow. Impressive." Mae'n ymateb i fy ystwythder.

Dw i'n ei dal hi'n dynn unwaith eto, a dw i'n siŵr 'mod i'n teimlo'r babi'n fy nghicio wrth wneud, hyd yn oed trwy'r holl haenau.

"Peidiwch mynd yn bell," mae'n ailadrodd yn llawn awdurdod, a diflannu i'r caban i gasglu ei bag gwaith. Mewn dim, gwelwn hi'n gyrru i ffwrdd i gyfeiriad caban Nantlais mewn bygi golff, yn codi llaw dros ei hysgwydd wrth fynd.

Ar ôl cinio anhygoel arall – stecen Porterhouse suddlon, tatws newydd Sir Benfro yn morio mewn menyn a medlai o bys, brocoli a moron – gwisgaf fy esgidiau cerdded a fy nghot drwchus, yn barod i fynd am dro am y tro cyntaf ers misoedd.

"Lle ti mo'yn mynd?" gofynna Caio wrth i ni adael y caban.

"Sa i'n gwbod," atebaf. "Am dro, 'na gyd. Fi 'di bod 'ma am ddeg diwrnod nawr, a'r peth mwya diddorol fi 'di gweld yw dy wyneb di. *Rhaid* bod 'na fwy i'r lle 'ma na hynny." Gwenaf ar fy nghydymaith ifanc ond nid yw'n gwenu yn ôl. Yn hytrach, mae ei lygaid yn troi am lawr, fel tasen i wedi cyffwrdd â nerf. Dw i'n ystyried procio ymhellach, gofyn ychydig o'i hanes falle, ond o fewn ugain llath dw i allan o wynt ar fy nghoesau jeli, a dw i'n gorfod cael hoe fach ar glogfaen sy'n edrych i lawr dros draeth preifat ein caban.

Edrychaf allan tuag at y gorwel. Mae'r môr yr un lliw ag ysgytlaeth siocled heddiw, a'r tonnau'n torri'n dreisgar dros greigiau'r arfordir cyfagos. Mwyaf sydyn, dw i'n cael teimlad o déjà vu ac, heb rybudd, mae fy mhen yn llenwi â delweddau tywyll: afon o waed, ogofâu llawn artaith, tân a beddau tanddwr.

"Ti mo'yn mynd lawr i'r traeth?"

"Ydw," atebaf o'r diwedd.

Mae Caio'n fy helpu i godi, ond dw i'n benderfynol o wneud hynny fy hun. Yn araf bach, llwyddaf i gamu i lawr y grisiau serth, gan gyrraedd y lan yn ddigon didrafferth. Mae 'nghalon yn carlamu'n go wyllt, felly dw i'n sefyll yno'n hollol ddisymud tan fod y curiadau'n arafu. Mae'r gwynt yn chwipio fy ngwallt a 'mochau'n gwrido dan rym yr elfennau. Â fy llygaid ar gau, gallaf deimlo presenoldeb Caio wrth fy ochr. Mae'r taflunydd yn tanio yn fy mhen unwaith yn rhagor, felly agoraf fy llygaid er mwyn osgoi artaith pellach. Anadlaf i mewn trwy fy nhrwyn, ac allan trwy fy ngheg, gan arogli'r gybolfa gyfarwydd: pysgod, halen, petrol. Plentyndod.

Clywaf gerbyd yn gyrru uwch ben y bae a throf fy mhen mewn pryd i weld Jeep Heddlu Porth Glas yn hwylio heibio'n araf bach. Mae Caio hefyd yn ei wylio'n mynd, ond nid yw'r un ohonom yn dweud dim byd am y peth. Er ei bod hi'n anarferol gweld neu glywed car go iawn i lawr fan hyn, nid yw'n ddigwyddiad hollol estron chwaith.

Trof yn ôl i edrych ar y môr a diolchaf fod fy sgidiau'n dal dŵr wrth i'r llanw dorri dros fy nhraed. Edrychaf i'r chwith ac i'r dde, gan nodi garwedd y creigiau miniog.

"Sawl traeth arall sydd 'ma?" gofynnaf i Caio.

"Pedwar. Tri reit fach, ac un lot mwy o seis."

"Gad i fi ddyfalu. Traeth Mawr?"

Mae Caio'n nodio'i ben. "Bingo," mae'n ychwanegu'n hollol ddigyffro, sy'n gwneud i fi ei hoffi fwy fyth.

Ry'n ni'n troi ein cefnau ar y traeth a'r tonnau, ac erbyn cyrraedd pen y llwybr serth, dw i'n tuchan fel tarw ac yn chwysu fel dyn ugain stôn. Ar ôl pwyso ar garreg am funud fach, dw i'n barod i fynd unwaith eto, felly ry'n ni'n anelu am ganol y pentref, finnau'n awyddus i weld Traeth Mawr â'm llygaid fy hun. Mae synnwyr o déjà vu yn fy nilyn o hyd, a rhywbeth yn tanio fy nychymyg rownd bob cornel.

Mae Porth Glas yn dawel heddiw, diolch i'r tywydd garw mae'n siŵr, a so ni'n gweld neb ar hyd ein taith, ar wahân i gwpwl o wylanod cecrus ac ambell i frân anturus. Ar ôl mynd heibio i'r maes bwa a saeth, gwelaf lwybr bach wedi'i hanner cuddio sy'n arwain i goedlan a phwy a ŵyr beth y tu hwnt. Stopiaf a gwrando. Ar ôl i 'nghalon dawelu ddigon, dw i'n siŵr fy mod yn gallu clywed sŵn dŵr yn llifo gerllaw.

"Afon?" gofynnaf, gan anghofio popeth am Draeth Mawr mwyaf sydyn.

"Ble?" Mae Caio wedi'i ddrysu'n llwyr.

"Lawr fyn 'na," atebaf, gan fodio i gyfeiriad y llwybr. Ond, yn hytrach na llenwi â brwdfrydedd bachgennaidd am antur, fel o'n i wedi gobeithio, mae wyneb Caio'n gwelwi.

"So ni'n ca'l mynd lawr fyn 'na," mae llais Caio'n crynu fymryn.

"Pam?"

"Achos," ac mae Caio'n pwyntio at arwydd wedi'i hanner cuddio gan ddail.

Warning. No unauthorised access.

Trespassers will be prosecuted.

Ond, er ei bod hi'n amlwg ei fod e'n dweud celwydd, sa i'n pwyso ar Caio ymhellach. Yn hytrach, dw i'n penderfynu dychwelyd yn ystod y nos pan fydd fy nghoesau'n caniatáu, ac ar ôl i Lowri fynd i gysgu, er mwyn cael gweld â'm llygaid fy hun.

"Fi mo'yn go ar y bwa a saeth," dw i'n troi 'nghefn ar y llwybr, er mwyn rhoi'r argraff i 'nghysgod nad oes unrhyw ddiddordeb gyda fi mewn dilyn y trywydd ymhellach.

"Cool," ateba Caio.

Mae Caio'n fy arwain yn ôl at y maes saethu, ac yn estyn sedd i fi o'r caban storio gerllaw. Yna, mae Caio'n mynd ati i osod yr offer ar ein cyfer. O'r storfa, mae'n estyn bwa lot mwy o faint nag o'n i'n ddisgwyl, llond bag golff o saethau, tab bys bob un, pad ysgwydd a gwarchodwr braich.

"Blydi hel, Caio, sa i'n gwbod os alla i fod yn arsed nawr!" ebychaf ar ôl gweld yr holl git.

"Wel, gwylia fi gynta, ac os ti mo'yn go wedyn, 'na i helpu ti, ok?"

Mae Caio'n gwisgo amdano'n ofalus, yna dw i'n gwrando arno'n esbonio bod y targed hanner can troedfedd i ffwrdd ac, o ystyried cryfder a natur y gwynt, ei bod hi'n bur annhebyg y bydd e'n gallu dod yn agos at fwrw'r bull's-eye heddiw. Yna, yn gwbl ddiymdrech, mae'n mynd ati i fwrw'r targed â'r chwe ergyd gyntaf, dwy ohonynt yn sodro llygad y tarw. Dw i fel rhyw riant balch yn clapio a gweiddi anogaeth ond, cyn iddo saethu am y seithfed tro, clywaf lais y tu ôl i fi, sy'n dod â'r miri i ben am heddiw.

"Hoffech chi lifft yn ôl i'ch caban, Mr Price?"

Dw i'n hanner cofio'i wyneb o'r amser pan gyrhaeddon ni Borth Glas, ond dw i ddim yn cofio'r enw.

"Dim diolch, cwnstabl, sa i 'di cael tro 'to." Trof yn ôl at Caio a'i annog i gario 'mlaen, ond gallaf weld o'i osgo na fydd hynny'n digwydd.

"Dim cais yw e, Mr Price, ond gorchymyn."

"Gorchymyn?" gofynnaf, gan droi a phoeri'r geiriau yn hollol anghrediniol. "Gan bwy?"

"Y chief."

Mae Caio eisoes wedi dechrau clirio'r offer.

"Pam?"

"I chi gael gwella," daw'r ateb â gwên.

"Fi lot gwell, diolch yn fawr."

"Plis, Mr Price, so ni mo'yn drama, y'n ni?"

Codaf o'r gadair yn bwyllog. "Beth yn y byd y'ch chi'n siarad ambytu? Alla i fynd a dod fel fynna i, diolch yn fawr, neu ydw i'n garcharor fan hyn, cwnstabl?"

Mae'r heddwas yn chwerthin, ei wallt yn codi yn y gwynt i ddatgelu cromen foel ei ben. "Nag y'ch siŵr, Mr Price. Er eich lles eich hun, 'na gyd. Mae hi mor wyntog heddiw, ac mae angen i chi wella'n llwyr cyn gadael, 'yn does e?" Mae ei eiriau'n cael eu hadrodd mewn ffordd gyfeillgar, ond mae'r islif oeraidd yn swnio fel rhybudd i fi.

"'Newn ni gerdded," atebaf yn styfnig.

"Lan i chi," medd y swyddog, a dychwelyd i'w gerbyd ac yn eistedd yno tan i fi a Caio adael funud neu ddwy yn ddiweddarach.

Wrth gerdded yn ôl am y caban, ceisiaf ysgogi Caio i rannu gwybodaeth am yr heddwas a'i gyd-weithwyr ar y ffors leol breifat, ond nid yw fy ffrind yn dweud gair, er fod ei lygaid llawn braw yn adrodd cyfrolau.

9

Ystumiau Gwag

Â'r cloc yn hercian tuag at ganol dydd, safai Rol tu allan i ystafell gynhadledd Gorsaf Heddlu Gerddi Hwyan yng nghwmni DC King, DCI Colwyn ac Elaine, ei gynorthwyydd personol. Dyma gefn y llwyfan, fel petai; yr ystafell werdd lle nad oedd mynediad i'r cyhoedd na'r wasg. Roedd teulu Nicky gerllaw; y dynion yn edrych yn welw ac yn wyllt, eu llygaid yn goch ar ôl noson ddigwsg, a'r fam yn adfeilio o'u blaen; ei phen a'i hysgwyddau'n araf suddo i'w thorso. Safai WPC Catrin Pritchard, swyddog cyswllt teulu'r heddlu, wrth ei hochr, yn siarad yn dawel ac yn dyner mewn ymdrech i dawelu Mrs Evans cyn iddi ymddangos o flaen meicroffonau a chamerâu'r cyfryngau. Gwyddai Rol o brofiad bod rhieni yn y fath sefyllfa yn wynebu'r her annheg o droedio llinell denau iawn rhwng ysgogi cydymdeimlad a chodi amheuon y newyddiadurwyr a'r cyhoedd. Roedd *peidio* â dangos unrhyw emosiwn yn gallu gwneud i chi ymddangos yn galed ac yn ddiedifar, gan arwain pobl i amau eich bod wedi chwarae rhan yn niflaniad y plentyn; tra oedd dangos *gormod* o emosiwn yn gallu arwain at gyhuddiadau o'i gor-wneud hi a chwarae lan i'r camerâu, ac unwaith eto yn gwneud i bobl amau eich bod yn rhan o'r cynllwyn. No win situation os bu un erioed. Wrth gwrs, roedd yna enghreifftiau hanesyddol di-rif o rieni, perthnasau a chyfoedion euog yn ymddangos ar y teledu neu'r radio i erfyn am gymorth y cyhoedd, cyn i'r rhwyd gau amdanynt a datgelu eu rhan yn y diflaniad a'r llofruddiaeth anochel. Gallai Rol gofio tri achos diweddar off top 'i ben: Ian Huntley, llofrudd Jessica Chapman a Holly Wells yn Soham 2002, a'i gyfweliad teledu drwg-enwog ar Sky oedd yn ddosbarth meistr mewn diffyg emosiwn;

Stuart Hazell yn crio o flaen y camerâu tra bod corff marw Tia Sharp, ei lys-wyres, yn gorwedd yn atig ei gartref, lai na deg llath i ffwrdd; tra aeth Mitchell Quy ar *This Morning* gyda Richard a Judy, a nifer o raglenni eraill i apelio ar i'w wraig, oedd 'ar goll' ar y pryd, gysylltu â fe, er mai'r gwir oedd ei fod wedi ei llofruddio, ei bwtsiera a gwasgaru darnau o'i chorff mewn amryw leoliadau yn yr ardal gyfagos. Oedd, roedd 'na fwystfilod yn llech-hela'r strydoedd. Edrychodd Rol i gyfeiriad y teulu wrth ystyried yr uchod. Roedd e'n amau pob un ohonynt i wahanol raddau, er nad oedd sail i'w amheuon ar hyn o bryd, ac roedd yn gobeithio'n fawr na fyddai'r gwir yn datgelu eu rhan yn niflaniad Nicky.

Agorwyd drws yr ystafell gynhadledd ac ymddangosodd Amanda Thomas yn ei siwt siarp a'i sbectols Prada drudfawr. Prif Swyddog Cyfathrebu Heddlu De Cymru oedd Amanda, ac roedd pris ei sbectolau yn adlewyrchu maint ei hunanbwysigrwydd. Oherwydd diffyg archwiliadau proffil-uchel cyffredinol yng Ngerddi Hwyan, doedd dim angen Swyddog Cyfathrebu llawn-amser ar yr orsaf, felly byddai un aelod o dîm y pencadlys yn cael ei barasiwtio i mewn ar adegau prin fel hyn. Wrth gwrs, ag achos mor fawr â diflaniad merch ifanc, lle'r oedd golygon llygaid y wasg Brydeinig wedi troi at gymoedd de Cymru, anfonwyd y Prif Swyddog i wneud y gwaith. Nid heddwas oedd Amanda Thomas, ond arbenigwr ym maes y cyfryngau, y wasg a chysylltiadau cyhoeddus. Roedd hi wedi gweithio i Golley Slater ac Equinox yng Nghaerdydd wrth ddysgu a datblygu'n broffesiynol, cyn cael ei phenodi'n bennaeth ar Adran y Wasg BBC Cymru ac yna Heddlu De Cymru. Roedd hi'n gyfforddus yn ei chanol oed, yn golur trwchus i gyd ac yn mynychu dosbarthiadau sbin bob bore cyn mynd i'r gwaith. Doedd Rol ddim yn or-hoff o Amanda Thomas, ond doedd dim gwadu nad oedd hi'n gwybod ei stwff.

Caeodd y drws y tu ôl iddi, gan dawelu'r lleisiau oedd yn sibrwd yn gyffrous a chynllwyngar yn yr ystafell gynhadledd drws nesaf.

"Ni'n barod pan fyddwch chi'n barod," cyfeiriodd y geiriau tuag at DCI Colwyn, a throdd hwnnw at WPC Pritchard a'r teulu yn ei gofal.

"Mr a Mrs Evans, ma'n nhw'n barod amdanoch chi," ategodd y chief. "Bydda i a DS Price yn siarad yn gyntaf, yn apelio am gymorth y cyhoedd, ac yna bydd cyfle i chi ailadrodd yr apêl ac ateb cwestiynau."

Camodd Mr Evans at ei wraig a rhoi ei law am ei hysgwydd. Crynodd corff cyfan mam Nicky, ac roedd Rol yn hanner disgwyl i'w choesau blygu wrth ei phengliniau o dan bwysau ei hanobaith. Ond, canfu rhyw rym o rywle, ac i mewn â nhw i wynebu'r wasg.

DCI Colwyn siaradodd yn gyntaf, gan dywys y dorf trwy fanylion yr achos. Enw'r ferch ac aelodau ei theulu. Y llinell amser. Yr ali. Ymdrechion arwrol y gymuned leol. Ac ar ôl iddo orffen, ychwanegodd Rol ambell fanylyn digon di-werth a gasglodd oddi ar HOLMES, system wybodaeth ganolog yr heddlu; ond y gwir oedd bod angen ychwanegu ychydig o gig at gnawd yr archwiliad hwn, oedd yn teimlo braidd yn ddisylwedd ar hyn o bryd. Wrth ateb cwestiynau'r newyddiadurwyr, roedd hi'n amhosib i Rol osgoi'r ffaith nad oedd llawer ganddynt i'w archwilio. Roedd y cachu ci a'r ôl-troed o'r ali yn y labordy ym Mhen-y-bont, ond fyddai'r canlyniadau ddim yn ôl am ddeuddydd o leiaf. Ac nid oedd yr ymholiadau drws-i-ddrws wedi datgelu dim chwaith. Ar ôl bore cyfan o chwilio a chanfasio, doedd dim leads ganddynt o gwbl. Roedd alibis gan y teulu cyfan a dim byd wedi codi o'r delweddau cylch cyfyng na'r cyfweliadau stepen drws. Wrth gwrs, y gobaith oedd y byddai'r gynhadledd hon i'r wasg yn ysgogi rhywun i gysylltu â'r heddlu, i godi amheuon ac i'w hanelu yn y cyfeiriad cywir. Byddai tip anhysbys yn galluogi Rol a Kingy i wneud rhywbeth; i weithredu yn lle crafu'u pennau wrth aros i'r cipiwr wneud camgymeriad, neu fynd â phlentyn arall. Wrth i'r cloc agosáu at un o'r gloch, roedd y gobeithion o ddod o hyd i Nicky yn fyw ac yn iach yn pylu â phob eiliad oedd yn pasio, er na fyddai neb yn dweud hynny'n gyhoeddus.

Eto.

Eisteddodd Rol a throdd sylw'r camerâu a'r meicroffonau at Tony a Tanya Evans. Roedd rhieni Nicky yn eistedd rhwng Rol a Col; fflachiadau'r camerâu yn eu dallu a chwestiynau'r wasg yn gwneud i'w hysgwyddau grymu fwy fyth â phob ymholiad. Mr Evans wnaeth y rhan fwyaf o'r siarad, ond roedd dagrau ei wraig a'i chryniadau greddfol yn adrodd cyfrolau hefyd.

Ar ôl i'r cyfryngau wasgaru a'r teulu ddychwelyd i dywyllwch eu cartref, aeth Rol a Kingy i ystafell DCI Colwyn i drafod y camau nesaf.

"Greddfau. Teimladau. Disgwyliadau," mynnodd y chief, wrth sipian coffi y tu ôl i'w ddesg.

Eisteddodd Rol a'i bartner ar ochr arall y pren, yn gwneud yr un peth.

"Mae Nicky Evans wedi marw," atebodd Kingy'n brudd. Cyfuniad o reddf, profiad ac ystadegau wrth wraidd y proffwydo.

Nodiodd y chief ei ben. "Fi'n disgwyl y gwaetha hefyd, rhaid cyfadde."

"Sdim leads 'da ni…" dechreuodd Rol, ond torrodd DCI Colwyn ar ei draws.

"Dim eto, Rol, dim *eto*. Gobeithio bydd rhywun yn cofio rhywbeth ar ôl y gynhadledd 'na, dagrau'r fam yn arwain at alwad fydd yn agor y drws."

"So'r teulu o dan amheuaeth. Ma alibis gyda phob un ohonyn nhw," esboniodd Kingy.

"Ni 'di tsheco," ychwanegodd Rol pan welodd yr uwch swyddog ar fin holi.

"Beth am yr ali?" gofynnodd DCI Colwyn.

"Dal ar gau, ac mae SOCO'n mynd trwyddi â chrib fân. Croesi bysedd dewn nhw o hyd i rywbeth."

"Beth am y tai â gerddi'n cefnu ar yr ali?"

"Yr iwnifforms wedi bod o ddrws-i-ddrws, ond sneb yn gwbod dim…"

"Ma Fields a Morris yn tsheco alibis pob preswylydd i ni," dylyfodd Rol ei ên wrth geisio rhoi bach o gig ar y ffeithiau simsan, yn bennaf achos nad oedd unrhyw beth arall ganddynt. Teimlodd yn gwbl ddiymadferth. Os nad oedd amser Nicky ar ben yn barod, gwyddai Rol nad oedd ganddi amser hir ar ôl. Gallai hi fod yn unrhyw le yn y wlad erbyn hyn – o uwchdiroedd yr Alban yn y gogledd i Land's End yn y de, ac o Lynnoedd Norfolk yn y dwyrain i Aberdaron yn y gorllewin – yn cael ei charcharu mewn caban neu garafán, cell danddaearol neu fflat ar y pymthegfed llawr. Doedd dim syniad ganddynt. Wrth gwrs, byddai eu hymdrechion yn aros yn lleol i gychwyn, oni bai bod tystiolaeth yn dod i'r amlwg oedd yn awgrymu bod Nicky wedi cael ei chludo o'r ardal. Yn y cyfamser, byddai'r ditectifs yn gwneud beth oedd ditectifs yn ei wneud yn fyd-eang yn y fath sefyllfaoedd – archwilio, cwestiynu, ailedrych, yfed coffi a gweddïo am ychydig o lwc.

A dyna wnaeth Rol a Kingy hefyd. Treuliasant y prynhawn yn ailedrych ar y delweddau cylch cyfyng, nid yn unig ar hyd llwybr Nicky tua'r ali a'r ysgol, ond hefyd ar draws yr ardal a'r dref yn gyffredinol, yn y gobaith o weld unrhyw beth amheus neu rywbeth a fyddai'n dal eu llygaid. Er gwaethaf eu hymdrechion, dim oedd dim.

Pan aeth Kingy i weld WPC Morris a PC Fields i glywed a oedd alibis pob preswylydd ger yr ali'n dal dŵr, trodd Rol at y gofrestr troseddwyr rhyw cenedlaethol, er mwyn gweld a oedd unrhyw berf o'r ardal wedi ei ryddhau'n ddiweddar. Roedd jyst darllen eu henwau'n ddigon i godi cyfog ar Rol, ac atgofion tywyllaf ei fywyd yn ei aflonyddu wrth wneud. Am y tro cyntaf mewn amser maith, meddyliodd am y dyn a ymosododd arno ef. Er na welodd ei wyneb ar y diwrnod hwnnw, gallai arogli ei bersawr – cyfuniad egr o chwys a chwisgi – hyd yn oed heddiw, dros ugain mlynedd ar ôl y digwyddiad. Ond gwyddai na chafodd unrhyw un ei erlid am yr hyn a wnaeth. Mewn pwff o fwg, diflannodd y diawl i'r twnnel, gan gipio diniweidrwydd Rol gydag e. Y digwyddiad hwnnw a ysgogodd Rol i ddilyn gyrfa fel plismon, ac roedd y methiant i ddod o hyd i Nicky Evans yn gyfwerth â gadael i arteithiwr ei atgofion gerdded yn rhydd unwaith yn rhagor.

"Ma alibis dilys 'da phawb ar wahân i un," meddai Kingy wrth gamu i'r swyddfa ac ysgwyd Rol o'i synfyfyrdod.

"Pwy?" Codwyd gobeithion Rol mewn amrantiad.

"Paid mynd yn rhy ecseited. So nhw 'di gallu cael gafael ar berchennog un o'r tai, 'na gyd."

"O," diflannodd y gobaith.

"Fi'n mynd gytre am gwpwl o oriau, 'te," datganodd Kingy. "Fi'n nacyrd a sdim byd allwn ni neud am nawr."

Ac i ffwrdd â fe heb air pellach. Penderfynodd Rol ei ddilyn ar ôl trosglwyddo'r awenau i Paul Foot, arweinydd y shifft, gyda chyfarwyddyd i'w ffonio ar unwaith os oedd angen. Gyrrodd adref yn araf trwy'r dref wrth i'r nos gau am Erddi Hwyan, yr awyr yn goch mewn mannau, er nad oedd y ditectif hwn yn rhannu hapusrwydd y bugail wrth ei gweld. I Rol, roedd yr awyr yn cynrychioli gwaed Nicky Evans. Gyrrodd heibio i sgwâr y dref, lle roedd degau o bobl wedi ymgasglu i weddïo ac i gynnau canhwyllau dros Nicky. Ystum gwag os buodd un erioed, ond o leiaf roedd yna gamerâu heddlu'n ffilmio'r dorf. Roedd yna dystiolaeth bod herwgipwyr a llofruddwyr yn hoffi mynychu'r fath ddigwyddiadau, gan fwydo oddi ar y galar a magu ynni a phŵer wrth wneud hynny.

Cyrhaeddodd Rol adref a dod o hyd i Lowri'n bwyta pasta eog a chaprys yn y gegin. Nid oedd hi byth yn stopio gweithio ac roedd ei iPad o'i blaen ar yr ynys wenithfaen loyw.

"Ti mo'yn pasta?" gofynnodd, wrth i Rol estyn cwrw o'r oergell. "Ma digon yn y pan."

Llyncodd Rol y cwrw'n farus, cyn rhoi'r botel hanner gwag i lawr a phwyso'n bengrwm ar yr ynys. Sylwodd Lowri a chodi o'i heistedd i roi cwtsh i'w chymar.

"Sdim gobaith, Low," meddai Rol yn ddigalon.

"Pam, be sy 'di digwydd?"

Trodd Rol i wynebu Lowri. Gafaelodd ynddi'n dynn, y blinder yn agos at ei lorio yn y fan a'r lle.

"Ddylet ti fwyta rhywbeth," newidiodd Lowri gyfeiriad y sgwrs, gan wybod o brofiad nad oedd pwynt dweud dim i geisio codi calon ei gŵr yn y fath amgylchiadau.

"'Na i mewn munud," atebodd Rol, wrth i'w ddwylo grwydro ar hyd cefn ei wraig, i lawr at fochau ei thin. Synnwyd Lowri gan ddyndod ei gŵr yn caledu yn erbyn ei choes. Grwniodd yn reddfol mewn ymateb. Cusanodd Rol ei gwddf yn dyner, yna trodd ei olygon at ei gwefusau a chusanu ei wraig yn chwantus. Llwyddodd Lowri i anwybyddu halitosis coffi a chwrw Rol ac ymatebodd yn y ffordd draddodiadol. Wedi'r cyfan, roedd hi'n ofylu ar hyn o bryd. Gwyddai hynny diolch i'r app ar ei ffôn.

Ymhen munud, roedd y ddau'n noeth ac yn gwingo a labswchan ar y gwely. O fewn dwy funud, roedd Rol yn ymddiheuro i Lowri am ei ddiffyg rheolaeth. Roedd wedi saethu ei ddynol-laeth o fewn eiliadau i dreiddio ei gwain. Wfftiodd Lowri ei blediadau; roedd hi jyst yn falch eu bod wedi ffeindio amser i ymgysylltu mewn rhyw ffordd.

"Fi 'di gweld dy ishe di, Rol," sibrydodd yn ei glust, yn y gobaith mai dyma'r rownd gyntaf, ond roedd Rol eisoes yn chwyrnu, felly gadawodd Lowri ef a dychwelyd at ei phasta oer a'i llechen.

Dihunodd Rol o drwmgwsg difreuddwyd, a chael ei ddrysu'n llwyr gan y tywyllwch. Canodd y ffôn yn aflafar wrth ochr y gwely, a gwelodd mai naw o'r gloch y nos oedd hi. Enw Paul Foot oedd yn fflachio ar y sgrin.

"Ie?" atebodd yr alwad.

"Sori i ddistyrbio ti, Rol, ond ni 'di cael galwad ffôn gan rywun sy'n byw wrth yr ali…"

"A?"

"Mae hi mo'yn siarad gyda ti."

AWOL

Ar ôl sgriblo enw, cyfeiriad ac ambell fanylyn personol am yr alwraig yn ei lyfr nodiadau, diolchodd Rol i Paul, cyn brasgamu i lawr y grisiau ac esbonio i Lowri bod yn rhaid iddo fynd.

"Lead posib, Low, rhyw fenyw sy'n byw wrth yr ali."

Edrychodd Lowri i fyny'n bryderus o'r soffa; roedd y teledu ymlaen yn y cornel, ond roedd ei wraig yn talu mwy o sylw i'r hyn oedd ar yr iPad ar ei chôl. Nododd y gorffwylltra yn osgo ei gŵr, a gwyddai o brofiad na allai wneud unrhyw beth i'w atal rhag mynd; roedd yr adrenalin yn pwmpio ac angenrheidrwydd y sefyllfa wedi meddiannu Rol yn llwyr. Wrth gwrs, roedd hi wedi ei weld fel hyn nifer o weithiau dros y blynyddoedd; pan fyddai achos yn gafael fel gogwrn tro ac yn gwrthod gadael fynd. Fel canser trosiadol, byddai'r achosion gwaethaf yn treiddio i waedlif Rol, cyn goresgyn ei esgyrn, llygru ei gallineb, plethu ei isymwybod a'i feddiannu'n llwyr ymhell cyn i'r achos gael ei ddatrys. Tueddai Rol droi at y botel er mwyn ymdopi, a gobeithiai Lowri'n arw na fyddai'n ailadrodd helynt ei achos olaf gyda'r MET yn Llundain, pan gollodd reolaeth yn llwyr a threulio wythnos mewn canolfan adsefydlu yn Sussex cyn dychwelyd i ddechrau gweithio gyda Heddlu De Cymru. Gallai weld egin gwallgofrwydd yn ei lygaid hyd yn oed heno, lai na phedair awr ar hugain ers iddo glywed am ddiflaniad Nicky Evans.

"Jyst bydd yn ofalus, ok."

Cusanodd Rol hi ar ei phen, ond ni ddwedodd yr un gair. Gallai Lowri weld ei fod eisoes yn bell i ffwrdd, yn rhoi trefn ar ei feddyliau a'i lygaid gwydrog yn gwestiynau i gyd.

Ffoniodd Rol ei bartner gwaith cyn gynted ag iddo lithro i'r Beamer a thanio'r injan. Gallai ddweud o dôn llais Kingy iddo ei ddihuno, ond doedd dim byd yn mynd i'w atal rhag gadael ar unwaith i gwrdd â Rol i glywed beth oedd gan y fenyw 'ma i'w ddweud. Er mai cwta hanner munud barodd y sgwrs ffôn, gallai Rol glywed babi ei bartner yn sgrechen yn y cefndir. Ar ôl dod â'r alwad i ben, teimlodd yn euog am eu distyrbio. Roedd protocol yr heddlu'n mynnu bod dau swyddog (o leiaf) yn bresennol wrth siarad â thyst, yn enwedig ar eiddo preifat, ond gallai Rol fod wedi galw'r swyddfa a gofyn am gwmnïaeth un o'r iwnifforms ar ddyletswydd. Fodd bynnag, wedi meddwl am y peth, daeth Rol i'r casgliad y byddai gwneud hynny ond yn cythruddo Kingy pan fyddai'n clywed yr hanes y diwrnod canlynol, gan roi rheswm arall iddo gasáu Rol.

Wrth yrru i rif 14 Heol Gilwern, i'r de o'r ali lle ddiflannodd Nicky, pendronodd Rol pam fod Mrs Mary Francis wedi gofyn i siarad â fe'n benodol. Ceisiodd gofio a oedd cyd-ddisgybl â'r un cyfenw'n mynychu'r ysgol ar yr un pryd â fe, ond doedd neb yn dod i'r cof. Dyna oedd diben dychwelyd i weithio fel heddwas ym mro eich mebyd; roedd hi'n anochel croesi llwybrau â chymeriadau o'r gorffennol. Roedd rhai i'w croesawu, wrth gwrs, ond eraill i'w hosgoi.

Cyrhaeddodd Rol y cyfeiriad a pharcio'r car yn uniongyrchol gyferbyn â chartref Mrs Francis. Nid oedd jalopi Kingy wedi cyrraedd eto, felly trodd Rol ei olygon at y tai cyngor dros y ffordd. Roedd golau ymlaen ym mhob tŷ ar hyn o bryd, llenni agored prif ystafell wely rhif 10 yn gweithredu fel set deledu ac yn cynnig mewnwelediad am amrantiad i fywydau'r preswylwyr: matriarch yr eiddo yn dadwisgo i'w dillad isaf cyn i'w gŵr ymddangos yn fronnoeth ar ei hôl a chau'r cyrtens. Byddai ei fronnau blonegog, blewog yn aros yn atgofion Rol am wythnosau a'r wên ar ei wyneb yn awgrymu nad cwsg oedd yr unig beth ar ei feddwl.

Wrth aros i Kingy gyrraedd, porodd Rol yn ei lyfr nodiadau. Yn ystod y sgwrs gynharach â Paul, dysgodd bod Mrs Mary Francis yn chwe deg pedwar oed. Yr un oed â'i fam, fel oedd hi'n digwydd. Ysgytwodd hynny Rol rhyw fymryn, gan nad oedd wedi meddwl amdani hi ers amser maith. Gwnaeth nodyn meddyliol i'w ffonio; cyn gynted ag y byddai'r achos hwn ar ben, os nad cynt. Yn ôl y wybodaeth a gasglwyd gan yr iwnifforms y bore hwnnw, roedd Mary Francis yn byw ar ei phen ei hun, yn dioddef o glefyd y siwgr, ffibriliad atrïaidd a phwysau gwaed uchel. Yn wir, roedd hi yn y feddygfa leol adeg diflaniad Nicky. Doedd dim amheuaeth o hynny, achos roedd y dderbynwraig wedi cadarnhau ei halibi. Felly, pam alwodd Mrs Francis yr heddlu heno? Roedd Rol yn gobeithio bod ganddi rhyw wybodaeth amheuthun, er nad oedd yn mynd i godi ei obeithion eto.

Ymhen pum munud, gwelodd Rol gar Kingy'n ymddangos rownd y gornel a dod i stop hanner can llath i lawr y stryd. Trwy'r dafnau glaw mân ar y sgrin wynt, gwyliodd Rol ei bartner yn cerdded i'w gyfeiriad a chamodd o'r car i ymuno â fe. Ar ôl cyfnod o dywydd sych, roedd y glaw yn ddieithr ar ei groen. Ddim yn amhleserus, jyst rhyfedd.

Arweiniodd Rol y ffordd at y drws ffrynt. Nododd foelni'r ardd. Dwy lawnt fach anniben a llwybr concrid yn arwain at y drws. Dim borderi. Dim blodau. Dim byd. Roedd sŵn y teledu'n treiddio trwy'r drws UPVC, ond tawelodd yr ynfytyn-flwch ar unwaith pan gnociodd Rol yn awdurdodol ar y porth. Llenwodd ffurf Mrs Francis y ffenest wydr, farugog o'u blaen, ond ni agorodd y drws ar unwaith.

"Pwy sy 'na?" gofynnodd yn swta.

"Nosweth dda, Mrs Francis. Ditectifs Rolant Price a Richard King, Heddlu Gerddi Hwyan. Ffonoch chi'r swyddfa a gofyn i gael siarad â fi."

Ar hynny, agorodd y drws i ddatgelu menyw fyrdew, bron yn sgwâr â chroen melynwyn a gwallt cochlyd wedi'i fritho â phatsys llwyd a gwyn. Roedd Mrs Francis yn ei dillad gwely a'i dresin-gown, er nad oedd ei llygaid glaslwyd yn gysglyd o gwbl.

"Wel, wel, do'n i ddim yn 'ych disgwyl chi heno."

"Sori, Mrs Francis," atebodd Rol. "Ond os oes 'da chi unrhyw wybodaeth am ddiflaniad Nicky Evans, ni mo'yn clywed e nawr."

Arweiniodd yr hen fenyw y ditectifs i'r lolfa, lle roedd y teledu dal ymlaen yn dawel yn y cornel. Teledu go iawn oedd gan Mrs Francis, nododd Rol; doedd dim flat-screen, plasma, HD, SMART TV yn hongian ar y wal fan hyn diolch yn fawr, ond yn hytrach, behemoth o bren ar olwynion. Doedd Rol ddim wedi gweld ei debyg ers blynyddoedd, ac roedd yn synnu bod yr hen beth yn gweithio o gwbl yn y byd digidol hwn.

"O's unrhyw un ishe dishgled?"

"Dim diolch," atebodd Rol, wrth i'w lygaid grwydro'r ystafell yn reddfol. Nododd dri pheth – y diffyg ffotograffau (dim plant, wyrion na theulu o unrhyw fath); y diffyg llyfrau (dim cyfrol ar gyfyl y lle); a'r pâr o sliperi siec treuliedig oedd yn aros yn amyneddgar i rywun wrth y drws patio oedd yn arwain i'r ardd. O gornel ei lygaid, taflodd Rol gip ar draed yr hen ddynes. Roedd ei bodiau hi eisoes yn cael eu twymo gan bâr o slipers blodeuog, tra oedd y rhai wrth y drws cefn, heb os, yn perthyn i ddyn.

"So ni mo'yn 'ych cadw chi, Mrs Francis," ychwanegodd Kingy. "Mae'n hwyr yn barod a ma pob eiliad yn y fantol mewn achos fel hwn."

Nododd yr hen wraig yr awgrym cynnil o anobaith yn llais Ditectif King. Eisteddodd yn ei chadair gyfforddus a gwahodd yr heddweision i blannu'u tinau ar y soffa flodeuog. Heb anogaeth, dechreuodd Mrs Francis barablu, gan anelu ei geiriau i gyfeiriad Rol.

"Pan weles i chi gyda rhieni Nicky ar y teledu bore 'ma, gofies i ddau beth."

Tawelodd ei geiriau wrth iddi godi a diffodd y teledu.

"Beth?" gofynnodd Rol, er mwyn ei harwain yn ôl at y trywydd.

"Wel, yn gynta, chi."

"Fi?"

"Wel. Na, ddim chi yn union. Eich mam. O'n i'n arfer 'i nabod hi, ch'wel, blynyddoedd maith yn ôl."

"O," atebodd Rol, gan geisio masgio'i rwystredigaeth. Nid dod yma i glywed hen hanesion oedd e heno. Craffodd arni. Roedd rhywbeth cyfarwydd amdani, ond nid oedd Rol yn gallu meddwl beth.

"A'r ail beth, Mrs Francis?" torrodd DC King ar draws, er mwyn annog Mrs Francis i ymhelaethu.

"Shwt ma hi dyddie hyn?" Cadwodd Mrs Francis i edrych ar Rol, gan anwybyddu Kingy'n llwyr.

"Uh… iawn… diolch… mae'n byw ym Methesda."

Pesychodd Kingy. Tawelodd Rol.

"Wel, cofiwch fi ati . . ." unwaith eto, pylodd ei geiriau'n ddisymwth, a syllodd yr hen fenyw i'r gofod o'i blaen. Ar ôl peth amser, dechreuodd Rol amau bod Mrs Francis wedi cwympo i gysgu â'i llygaid ar agor.

"Mrs Francis," prociodd.

Aildaniodd Mrs Francis, gan droi ei golygon at y ditectifs ar ei soffa unwaith yn rhagor, er mai golwg ddryslyd oedd ar ei hwyneb.

"A'r ail beth?" gofynnodd DC King, ei amynedd yn cael ei brofi i'r eithaf.

"Beth?"

"Yr ail beth gofioch chi adeg y gynhadledd i'r wasg?"

"O, ie. Jack Williams."

Pan na ymhelaethodd Mrs Francis, gorfodwyd Rol i'w hysgogi.

"Jack Williams, rhif dau ddeg?" gofynnodd Rol.

Pwyntiodd Mrs Francis at y wal wrth ei hochr. "Tri drws lawr."

"Reit," meddai Rol. Jack Williams oedd unig breswylydd y stryd oedd heb gael ei gwestiynu yn ystod ymdrechion drws-i-ddrws y bore hwnnw.

"Wel, fi'n cofio'i weld e bore ddoe."

"Yn ble, Mrs Francis?" gofynnodd Kingy, pan oedodd yr hen fenyw eto.

"Yn yr ardd. Tua chwarter i ganol dydd."

"Unrhyw beth arall, Mrs Francis? Beth oedd Mr Williams yn ei wneud yn yr ardd?" Roedd calon Rol yn pwmpio â'r posibiliadau a'r disgwyliadau.

"Dim byd lot. Chwynnu, falle?"

Datchwyddodd holl obeithion y ditectifs gyda'r tri gair bach yna. Am wastraff amser. Caeodd Rol ei lyfr nodiadau, ond cyn iddo gael cyfle i ddiolch i Mrs Francis am ei hamser, dechreuodd hi siarad unwaith eto. "Ond o'dd e'n ffitio gyda beth o'ch chi'n siarad am bore 'ma. Y time-line, ie?"

"'Na ni," medd Rol, er nad oedd hynny'n ffitio o gwbl mewn gwirionedd. Diflannodd Nicky tua naw o'r gloch yn y bore, ddim am ganol dydd.

"Beth o'dd e'n wneud yn yr ardd, Mrs Francis?" gofynnodd Kingy.

"O'dd e mewn a mas o'i sied." Mynnodd hynny sylw'r ditectifs.

"Weloch chi unrhyw beth arall?"

"Naddo. Ond, fi 'di bod yn cadw llygad mas am Jack, ch'wel."

Aeth Mrs Francis ymlaen i ddisgrifio'i chymydog i'r ditectifs. Dyn yn ei saithdegau yn byw ar ei ben ei hun. Alcoholic honedig. Digon cyfeillgar fel arfer, ond ag ochr dywyll pan fyddai'n dal cath yn cachu yn ei ardd. Roedd Mrs Francis wedi ei weld yn taflu cerrig at bwsis yr ardal ar fwy nag un achlysur. Yn ôl Mrs Francis, dau beth yn unig oedd ar feddwl Mr Williams o hyd – alcohol a'i ardd; cartref i gatrawd o gorachod bach o bob lliw a llun.

Ar ôl rhoi ei gerdyn i Mrs Francis, iddi gael cysylltu â fe'n uniongyrchol pan / pe deuai Mr Williams adref, diolchodd Rol am ei help ac anelu'n syth at dŷ Jack Williams, dri drws lawr. Roedd y glaw yn dal i gwympo er bod ambell i seren yn pipo trwy'r cymylau hefyd. Yn wahanol i erddi eraill yr ardal, roedd gardd ffrynt Mr Williams yn llawn planhigion diddorol – yn flodau, perlysiau, rhedyn ac roedd dwy balmwydden aeddfed yn sefyll y naill ochr i'r drws ffrynt. Ymhlith yr holl dyfiant, gwelodd Rol nifer o gorachod yn ysbïo arnynt o ganol y prysgwydd.

Roedd y tŷ mewn tywyllwch a gwyddai Rol wrth reddf nad oedd Jack Williams ar gyfyl y lle. Yn ôl Mrs Francis, byddai ei chymydog yn mynychu tafarndai'r dref bob nos yn ddiffael, er nad oedd syniad ganddi ble fyddai heno. Penderfynodd Rol yn y fan a'r lle y byddai'n galw mewn i'r un agosaf ar y ffordd adref, yn y gobaith o ddod o hyd iddo ar y cynnig cyntaf. Diolch i ddisgrifiad manwl Mrs Francis, roedd Rol yn ffyddiog y byddai'n adnabod Jack yn syth.

Ond, cyn gwneud hynny, cerddodd y ditectifs ar hyd yr ali gefn, oedd bellach ar agor i'r cyhoedd unwaith yn rhagor. Daethant o hyd i gefn tŷ Jack Williams yn ddigon hawdd, ond siom oedd yn aros amdanynt achos doedd dim mynediad i'r ali o'i ardd, un ai trwy iet neu glawdd. Er hynny, roedd rhaid dod o hyd i'r hen ddyn, er mwyn ei ddileu o'u harchwiliadau, os dim byd arall.

Edrychodd Rol ar ei oriawr wrth i'r ddau ohonynt gerdded yn ôl i gyfeiriad Heol Gilwern mewn tawelwch.

"Ti mo'yn galw yn yr Oak, rhag ofn?" Roedd hi'n ugain munud i un ar ddeg, a byddai'r gloch olaf yn canu mewn rhyw chwarter awr.

Gyrrodd y ditectifs eu ceir yr hanner milltir i'r dafarn agosaf at dŷ Jack Williams. Roedd yr Oak wedi'i hynysu wrth weddill tafarndai'r dref, diolch i'w lleoliad ar gyrion Ystad y Wern. Doedd neb yn 'galw mewn' i'r Oak wrth slotian o dafarn i dafarn, achos roedd hi allan o'r ffordd i'r rhan fwyaf o yfwyr Gerddi Hwyan. O ganlyniad, pobl leol oedd yn yfed yno – preswylwyr y Wern a'r ardal amgylchynol – a braidd neb arall.

Yng nghysgod y goeden anferth hynafol a roddodd yr enw i'r sefydliad, parciodd Rol ei gar a chamu i'r glaw unwaith eto. Cwympodd dafn gwlyb o'r brigau uwch ei ben, gan sglefrio rhwng ei goler ac asgwrn ei gefn a gwneud iddo wingo mewn ymateb. Edrychodd Kingy arno'n syn wrth iddo ddawnsio o'i flaen, ond ni ddwedodd yr un gair. Ar wahân i'w ceir nhw, roedd dwy fan wen wedi'u parcio gerllaw – eu perchnogion yn siŵr o'u casglu yfory ryw ben, ar ôl sobri. Nid oedd angen i'r rhan fwyaf o yfwyr yr Oak yrru yma achos eu bod nhw'n byw gyfagos. A hefyd achos nad oedd nifer ohonynt yn gallu fforddio car. O dan draed, roedd arwyneb y maes parcio mor donnog â Phorth Neigwl yn ystod storm, ac roedd y lloches smocio'n llawnach na'r bar. Yn wir, wrth gerdded i mewn, un person yn unig oedd yn yfed o dan do ar yr eiliad honno, a Ray Evans, tad-cu Nicky, oedd hwnnw. Roedd Ray yn eistedd ar stôl dal reit ym mhen pella'r ystafell ac, er iddo droi ei ben jwg Toby i gyfeiriad y ditectifs, ni chydnabyddodd eu presenoldeb mewn unrhyw ffordd. Trodd 'nôl at y wisgi mawr ar y bar o'i flaen, a gwnaeth Rol nodyn o hynny, er nad oedd yn siŵr a oedd ei ymddygiad yn amheus, neu'n gwbl dderbyniol o dan yr amgylchiadau.

"Beth alla i ga'l i chi, bois?" gofynnodd y barmon â gwên groesawgar, yn falch o weld cwsmeriaid newydd, o ystyried pa mor dawel oedd hi a hithau'n nos Sadwrn. Mewn cytgord, tynnodd Rol a Kingy eu bathodynnau o bocedi eu siacedi, a wnaeth i lygaid y barmon agor fymryn. Trodd i edrych yn gyflym i gyfeiriad Ray, cyn pwyso dros y bar a sibrwd.

"Dewch trwyddo i'r lownj i ni ga'l siarad," awgrymodd, cyn codi rhan o'r bar ac arwain y ditectifs drws nesaf, i ystafell ychydig bach yn fwy moethus. Wel, roedd carped ar lawr fan hyn, o leiaf. Er hynny, nid oedd unrhyw un yn yfed yma, na neb yn gweini tu ôl i'r bar. Ystumiodd y barmon ar y ditectifs i eistedd a chamu at y bar a gweiddi ar "Del", pwy bynnag oedd hi, i ofalu am y bar drws nesaf.

"Bydd last orders mewn munud," esboniodd, cyn ymuno â Rol a Kingy wrth y ford. "Reit, shwt alla i'ch helpu chi?"

"Fi yw DS Price a dyma DS King, Heddlu Gerddi Hwyan."

"Clive Stevens," cyflwynodd y barmon ei hun.

"Mr Stevens, fel mae'n siŵr 'ych bod chi'n gwbod, ni wrthi'n archwilio diflaniad Nicky Evans."

Nodiodd Clive ei ben yn araf ac yn ddifrifol, ei dagellau niferus yn crychu fel megin wrth iddo wneud.

"A ni'n ceisio dod o hyd i Jack Williams, er mwyn ei ddileu o'n harchwiliadau," medd Rol.

"Chi'n adnabod Mr Williams?" gofynnodd Kingy.

Nodiodd y barmon ei ben unwaith eto. "Jack? Ydw, glei. Un o'r locals. Ma fe mewn 'ma bob nos."

"Bob nos?" Cododd Rol ei olygon, fel petai'n disgwyl gweld yr hen ddyn yn eistedd yn y gornel.

"Ie. Wel, fel arfer, ta beth."

"Pam, pryd weloch chi fe ddwetha?" gofynnodd Rol.

"Wel, so fe 'di bod mewn heno, a weles i mohono fe neithwr chwaith, nawr 'mod i'n meddwl am y peth. So, nos Iau. Ie, 'na ni, nos Iau."

"Wedodd e os o'dd e'n mynd i ffwrdd am y penwythnos neu rywbeth?"

Ysgydwodd y barmon ei ben. Yna gwenodd.

"Naddo. Dyma lle ma Jack yn cael ei beint ola cyn mynd adre."

"A?"

"Wel, so fe'n neud lot o sens erbyn bod e'n cyrraedd. Fi'n gwrthod syrfo fe gan amla."

"O," methodd Kingy â rhwystro'r siom rhag treiddio i dôn ei lais.

"Ma fe'n hen foi iawn, credwch chi fi, ond meddwyn yw e erbyn hyn. Full-blown alckie. Cyn-filwr sy 'di colli pob rheswm dros fyw ers gadael y fyddin. Ar wahân i'r blydi corachod 'na ma fe'n siarad ambytu trwy'r amser! Gath e bensiwn llawn yn bumpdeg chwech ac ma fe 'di bod ar y piss ers 'ny."

"Ydy fe 'di diflannu cyn hyn, Mr Stevens?"

"Diflannu?"

"Wel, falle dim diflannu, ond o's 'na gyfnode pan dyw e ddim yn galw mewn o bryd i'w gilydd?"

"Dim bo fi'n cofio. Sa i'n meddwl bo teulu 'da fe. Ma fe'n lico gwisgo'i iwnifform a saliwtio pawb o bryd i'w gilydd. Ma lot o bobl yn cymryd y mic, ond so Jack yn sylwi hanner yr amser, ma fe mor gaib."

"Ok, Mr Stevens, diolch am 'ych amser," meddai Rol, gan godi ar ei draed. Canodd y gloch wrth i'r ditectifs adael, a rhuthrodd yr ysmygwyr o'r lloches tu allan i'r bar i archebu mwy o ddiodydd.

"Greddfau. Teimladau. Disgwyliadau," meddai Rol yn y maes parcio, gan ddynwared DCI Colwyn a gwneud i Kingy wenu ar ei ymdrech, rhywbeth nad oedd erioed wedi ei wneud o'r blaen.

"Greddf. Ma'r boi un ai wedi pasio mas mewn twll yn rhywle, neu wedi marw. Teimladau. Dim hwn yw ein herwgipiwr ni. Ma fe'n rhy hen ac yn rhy feddw. Disgwyliadau. Bydd e'n troi lan mewn cwpwl o ddyddie, un ai adre neu yn y môrg."

Ystyriodd Rol ei resymeg. Roedd hi'n anodd dadlau â'r un gair.

"Ond rhaid i ni ddod o hyd iddo fe, reit?"

"Oes. Ond dim heno. Fi'n mynd adre. Fi'n hollol fucked."

O grombil ei gar, gwyliodd Rol ei bartner yn gyrru i ffwrdd ond, cyn ei ddilyn o'r maes parcio ac adref at Lowri, gwelodd Ray Evans yn gadael y dafarn ar goesau sigledig, i gorws o gefnogaeth wrth y rheiny oedd yn smocio gerllaw. Wrth gerdded yn syth o flaen car Rol ar hyd y maes parcio dwmp-damp, trodd yr hen ddyn i edrych i'w gyfeiriad a nodio, cyn mynd ar ei ffordd a'i gefn yn grwm dan bwysau annirnadwy.

Gwano

Pedwar diwrnod ar ôl cael copsen gan PC Plod wrth y safle bwa saeth, mae fy nghoesau i'n llawer cryfach, diolch yn bennaf i Caio, sydd wedi fy annog, fy ngorfodi a f'ysgogi i ymgymryd ag oriau lu o ymarferion dros y dyddiau diwethaf. Treulion ni ddiwrnod cyfan yn cerdded o amgylch y pentref, ar hyd yr arfordir i gychwyn ac yna trwy'r coed sy'n amgylchynu'r gymdeithas gaeedig hon, gan gadw at y ffens derfyn dal, weiren bigog ar ei phen a thrydan yn ei threiddio. Yn ôl Caio, cadw ymwelwyr annisgwyl *allan* yw nod y ffens, am nad yw'r rheiny sy'n treulio'u hamser yma eisiau croesi llwybrau â riff-raff o ddosbarthiadau cymdeithasol gwahanol iddyn nhw. Digon teg, mwn, o ystyried natur ecsgliwsif yr encil. Ond, o gofio islif bygythiol y sgwrs a gefais â'r heddwas, mae'r ffens yn teimlo mwy fel modd o'n cadw ni i mewn. Wrth i ni basio'r wirfan wrth unig fynedfa / allanfa Porth Glas, teimlaf y clostroffobia'n cydio ynof.

"Ti ffansi trip i Arberth prynhawn 'ma?" gofynnaf, ac mae Caio'n edrych arnaf yn syn.

"I be?" Mae'n gofyn o'r diwedd, ar ôl oedi am orig hynod hir o ystyried symlrwydd y cwestiwn.

"Fi ffansi pip fach yn y siop gaws 'na, ti'n gwbod yr un fi'n meddwl?"

"Na," ateba fy ffrind.

"Ar y stryd fawr. Dros ffordd i'r theatr. Deli yn y ffrynt, bwyty bach a bar yn y cefn."

Mae Caio'n codi ei ysgwyddau ac mae'r bwlch rhyng-genedlaethol yn ymddangos yn eang iawn mwyaf sydyn. Trown ein cefnau ar y glwyd a'r gwarchodwr, gan barhau â'n taith – y ffens ar ein hochr chwith a choed bythwyrdd trwchus ar y dde. Ar ochr arall y ffens, mae llond cae o ddefaid yn pori, eu gwlân llwydaidd yn adlewyrchu lliw'r cymylau uwch ein pen.

"Sa i'n gallu gyrru anyway," medd Caio, y bwlch rhwng y brawddegau yn fy nrysu'n llwyr i ddechrau.

"Beth?"

"I Arberth. Sdim leisens 'da fi."

"So ti byth wedi dysgu dreifo?"

"Na. Sdim angen fan hyn, o's e? I mean, fi'n gallu gyrru'r bygis a stwff, ond sdim ceir yn cael dod ar y safle."

"Beth ti'n neud os ti mo'yn mynd i rywle, 'te?"

"Ble?"

"Sa i'n gwbod," atebaf. "Unrhywle."

Treulion ni'r ail ddiwrnod yn y gampfa a'r pwll nofio; fy nghoesau bach yn pwmpio ar y peiriannau trwy'r bore ac yn cicio a sblasio yn y pwll trwy'r prynhawn. Ar ddiwedd y dydd, ro'n i braidd yn gallu cerdded, ond ar ôl noson dda o gwsg (y gyntaf i fi beidio â dihuno mewn pwll chwyslyd ers gadael yr ysbyty), roeddwn i'n barod unwaith yn rhagor. Ar ôl artaith y cyfleusterau hamdden, daeth Caio â dau feic i'r caban y bore wedyn, ynghyd â dillad addas a helmed bob yr un, ac ar ôl llenwi'n boliau, allan â ni am antur ar ddwy olwyn. Do'n i ddim wedi bod ar feic ers blynyddoedd lawer, a rhaid dweud bod yr holl beth yn hudolus. Ar ôl bore'n gwneud bunny hops a wheelies dros bob man ar hyd y lonydd, aeth Caio â fi ar grwydr trwy'r coed yn y prynhawn, gan ddilyn llwybrau pwrpasol trwy'r prysgwydd oedd mor gyfarwydd i fy ffrind i mi ddechrau amau nad oedd wedi gadael y lle 'ma erioed yn ei fywyd.

Am y tro cyntaf mewn dros wythnos, roedd noson rydd gan Lowri heno ac, ar ôl swper hyfryd a sgyrsiau hir am ddim byd o bwys – lle roedd modd teimlo'n perthynas yn ailegino yn y gofod rhwng y geiriau – aeth y ddau ohonon ni i'r gwely, gan gwympo i gysgu yn gafael yn ein gilydd, cyn i'n pennau gyffwrdd â'r gobenyddion plu gwyddau hyd yn oed. Yn ffodus, roeddwn wedi paratoi o flaen llaw at fy nghyrch cudd, ac wedi gosod larwm fy oriawr i ddirgrynu am un o'r gloch y bore, ac felly, ar ôl tair awr o gwsg difreuddwyd heddychlon, agoraf fy llygaid gan gofleidio'r tywyllwch fel hen ffrind. Codaf o'r gwely mor dawel ag y gallaf, ond er gwaethaf fy ymdrechion, mae Lowri'n troi ar ei hochr a rhochian fel baeddes, er nad yw'n agor ei llygaid diolch byth. Ar goesau cadarn ond blinedig, dw i'n gadael yr ystafell wely, ac yn gwisgo fy nillad rhedeg – legins du, sbardiau gwyn, fest goch, crys chwys coch a het wlanog gynnes – cyn sleifio i'r nos er mwyn gweld beth sydd ben draw'r llwybr cyfyngedig i'r coed.

Yn reddfol rywsut, dw i'n gwybod bod calon bydredig gan Borth Glas. Rhyw islif cythreulig sy'n llifo o'r brig, sef Nantlais, i lawr trwy geunentydd ac isafonydd y gymdeithas gaeedig, gan effeithio ar bawb mewn ffyrdd mor gynnil nad oes modd rhoi eich bys arnynt a dweud y gwir. Dw i wedi gweld yr ofn pur yn fflachio yn llygaid Caio droeon ers bod yma, ac mae'r ffordd mae e'n osgoi ac yn ochrgamu pob ymholiad neu gwestiwn uniongyrchol yn awgrymu ei fod yn cuddio rhywbeth. Beth? Sa i'n gwbod, ond efallai ga i ambell ateb heno.

Dw i'n gwneud môr a mynydd o dwymo i fyny wrth y drws ffrynt, gan ymestyn cyhyrau fy nghoesau i'r eithaf. Mae'r oerfel yn ddigon i wneud i fi agor y drws yn ofalus unwaith eto, er mwyn gafael yn y menig ar y bwrdd bach ar yr ochr draw. Yna, dw i'n ailafael yn fy ymarferion. Wrth grwydro Porth Glas dros y dyddiau diwethaf, dw i 'di dod i'r casgliad nad oes modd osgoi'r holl gamerâu cylch cyfyng sy'n goruchwylio'r anheddle digymeriad hwn, fel gweledigaeth Orwelaidd yng nghefn gwlad Cymru. Maen nhw ym mhobman. Yn wir, galla i weld un ar y golau stryd gyferbyn yn fy ngwylio i'r eiliad hon. Felly, fy nghynllun yw mynd i redeg ac, os ga i stop gan un o'r heddweision sy'n gofalu am y lle, ni fydd angen esgus nac esboniad, oherwydd bydd yr hyn dw i'n ei wneud yn ddigon amlwg i bawb, hyd yn oed i'r horwths hurt sy'n patrolio Porth Glas.

Bant â fi, fy nghoesau'n cwyno o'r cam cyntaf. Mae'r niwl yn drwchus dros y tir a'r môr, a'r tonnau'n torri'n dyner ar y traeth caregog i'r chwith o lle dw i'n tuchan. Gallaf weld ambell seren yn disgleirio fry, tu hwnt i'r clogyn tarthog sy'n fy amgylchynu, a gwelaf setiau teledu yn fflachio trwy ffenestri rhai o'r cabanau dw i'n eu pasio. Dringaf yr allt sy'n arwain at y pwll nofio, sba a chlwb cymdeithasol; pob cam yn ymdrech oruwchnaturiol. Ar gyrraedd y copa, y poer yn drwch ar fy ngên, gallaf weld y glanhawyr wrth eu gwaith trwy'r ffenestri llawr-i'r-nenfwd, yn tacluso ar ôl i'r gloddestwyr a'r preswylwyr droi am adref. Tair merch ifanc yn hŵfro, dwsto a brwsio, heb yngan gair wrth ei gilydd.

Ymlaen â fi, heibio i'r gampfa awyr agored, y cwrt pêl-rwyd a'r cyrtiau tenis, y safle bwa saeth a'r isorsaf drydan, cyn dod at geg y llwybr. Dw i'n loncian heibio yn gwbl ddi-hid i ddechrau, gan fwrw golwg dros fy ysgwydd i weld a oes unrhyw un o amgylch. Ymhen ugain llath, trof am 'nôl, ac ochrgamu ar yr eiliad olaf, gan adael tarmac llyfn y ffordd a theimlo cerrig mân y llwybr yn crensian o dan fy ngwadnau clustog. Mae'r coed pinwydd yn codi mor drwchus bob ochr i'r llwybr nad oes unrhyw olau yn fy nghyrraedd, sy'n ei gwneud hi'n amhosib i fi barhau i redeg, felly dw i'n arafu ac yn dod i stop, yn plygu o 'nghanol a gosod fy nwylo ar fy nghoesau, gan anadlu'n ddwfn. Sythaf fy nghefn a sefyll yn stond, fy llygaid ar gau ond fy nghlustiau'n llydan agored. Dw i'n gwrando. Gallaf glywed afon yn llifo'n dawel gerllaw a thylluan yn galw yn y pellter. Ond yn bwysicach na hynny, ni allaf glywed yr un car yn gyrru i 'nghyfeiriad, na sŵn traed yn agosáu. Fodd bynnag, rhaid i fi gymryd yn ganiataol fod rhywun wedi fy ngweld i'n loncian ar y camerâu cylch cyfyng, felly rhaid i fi frysio, cyn i'r cafalri anochel gyrraedd. Estynnaf fflachlamp o 'mhoced, a'i thanio er mwyn goleuo'r ffordd, a bant â fi unwaith yn rhagor, gan frasgamu ar hyd y llwybr. Ar ôl cwpwl o funudau, mae'r llwybr yn dod i ben, diolch i glogwyn serth o wenithfaen bygythiol yr olwg sy'n codi ar ongl sgwâr o'r llawr. Dw i'n dod i stop ac yn syllu ar geg yr ogof o 'mlaen; hunllefau cignoeth diweddar yn fflachio yn fy mhen, mewn cystadleuaeth uniongyrchol ag atgofion amrwd fy arddegau, fel petai fy isymwybod yn fy ngwawdio'n ddigyfaddawd. Er gwaethaf yr oerfel, teimlaf y chwys yn diferu oddi ar fy mhen a defnyddiaf faneg i sychu fy nhalcen. Llyncaf boer sych, ac anadlaf yn ddwfn mewn ymdrech i leddfu fy ofnau.

Mae'r fynedfa i'r ogof yn gul ac yn isel, a rhaid i mi blygu fy mhen er mwyn mynd mewn. Nid yw hynny'n gwneud dim i helpu gyda'r clostroffobia, wrth gwrs, ond ar gamu i'r gofod, synnaf at faint y ceudod. Yn wahanol i'r ogof ym Mhorth Hwyan, mae hon yn wompen. Defnyddiaf y fflachlamp i'w harchwilio. Mae hi ryw ugain llath o'r chwith i'r dde ac mor ddwfn â hyd dau gar. Trof y golau tua'r nenfwd a gweld ei bod yn gartref i haid o ystlumod. Mae'r golau'n gwneud iddynt wingo, felly trof fy sylw at y llawr, sy'n goncrid llyfn wedi'i orchuddio gan haenen o gwano, ac yn brawf nad yw'r ogof yn gwbl naturiol. Ar wahân i'r ystlumod a phentwr o halen garw mewn un cornel, sy'n cael ei ddefnyddio i glirio'r llwybr yn ystod cyfnodau rhewllyd, heb os, mae'r ogof yn wag. Ond yn y wal bellaf, gallaf weld drws dur a bysellbad bychan wedi'i osod wrth ei ochr. Heb oedi, camaf draw i gael golwg agosach. Yn ôl y disgwyl, mae'r drws ar glo, ond er hynny, dw i'n tynnu ar y carn, rhag ofn. So'r drws yn symud o gwbl felly trof fy mhen a gosod fy nghlust yn erbyn y dur. Unwaith eto, diffoddaf y dorch a chau fy llygaid er mwyn ffocysu ar un synnwyr yn unig. Mae'r dripian parhaus yn yr ogof a gwichiadau isel yr ystlumod yn fy ngorfodi i godi bys at fy nghlust agored ac, ar ôl gwneud, y peth cyntaf dw i'n ei glywed yw sŵn traed yn agosáu ar ochr arall y drws. Heb oedi, defnyddiaf y fflachlamp i gyrraedd y domen halen a chyrcydio y tu ôl iddi. O fy nghuddfan, gwyliaf y drws yn agor a dau heddwas yn ymddangos; eu cyrff fel silwetau ar y cefndir llachar. Tu hwnt i'r drws, gwelaf goridor hir sydd unwaith eto'n gwneud i'r hunllefau gorddi. Mae'r swyddogion yn gadael i'r drws gau yn hamddenol y tu ôl iddynt, heb unrhyw syniad fy mod i'n eu gwylio nhw'n mynd, ac yn yr eiliadau cyn i'r mecanwaith electroneg gloi drachefn, clywaf ddau sŵn digamsyniol.

Afon yn llifo.

Merch yn wylo.

Cyn gynted ag y mae'r swyddogion yn gadael yr ogof, dw i ar fy nhraed a draw at y drws. Tynnaf y carn ond nid yw'r drws yn ildio. Unwaith eto, pwysaf un glust yn erbyn y porth gan gau y llall â mynegfys fy llaw chwith. Dw i'n ceisio 'ngorau i glywed beth sy'n digwydd ar yr ochr draw, ond diolch i gyffro'r munudau diwethaf mae curiadau fy nghalon yn fy myddaru'n llwyr. Caeaf fy llygaid mewn un ymdrech olaf, ond daw delweddau erchyll i feddiannu fy meddyliau. Corff Nicky i gychwyn, yn gorwedd ym mhabell Quincy, ceudyllau ei llygaid fel ogofâu yng nghlogwyn ei phenglog anaeddfed; yna celain Ceri wedi'i faglu i ford. Gwelaf frasluniau anweddus ac erchyll, ynghyd â rhestr faith o enwau; afon o waed a mynwent danddwr; celloedd llawn plant; artaith eithafol. Mae'r darluniau dychmygol yn atal unrhyw sŵn rhag treiddio trwy'r drws. Tynnaf fy mys allan o 'nghlust mewn pryd i glywed cerbyd yn sgrialu i stop yn y pellter, a dw i'n gwybod ei bod hi'n amser gadael.

Tu allan i'r ogof dw i'n cloriannu fy opsiynau yn glou. Dim ond un llwybr sy'n arwain yn ôl at y ffordd, a gallaf glywed sŵn traed yn rhedeg i fy nghyfeiriad ar ei hyd; y tywyllwch yn eu seinchwyddo rhywffordd. Mae'r coed yn drwchus i'r dde ac i'r chwith o geg yr ogof, a'r clogwyn yn f'atal rhag diengid y ffordd yna. Bydd rhaid i fi wynebu fy ymlidwyr. Ateb eu cwestiynau. Dweud celwydd dros Gymru. Ond, gyda'r swyddogion ar fin ymddangos rownd y gornel, teimlaf law yn gafael yn fy mraich a chaf fy nhynnu'n ddiseremoni i'r istyfiant gerllaw. Mae hi mor dywyll fel nad oes modd gweld dim byd mwy nag amlinell dywyll fy ngwaredwr, ond dw i'n adnabod y llais ar unwaith.

"Dilyn fi," medd Caio, a sdim angen ail wahoddiad arna i. Fel rhyw lwythddyn brodorol, neu gath fawr wyllt, mae fy ffrind yn fy nhywys trwy'r coed, esgidiau a lleisiau'r heddweision yn pylu wrth i ni bellhau. Sa i'n gallu gweld dim a dweud y gwir; fi jyst yn gafael yn llaw Caio ac yn gadael iddo arwain y ffordd. Mae'r pridd o dan ein traed yn galed diolch i'r tywydd oer, sy'n gwneud pethau'n haws o ran llithro. Er hynny, mae fy nghoesau'n gwegian yn sgil yr holl gyffro.

Caf fy chwydu'n ôl i dir y byw heb fod yn bell o'r safle bwa saeth, ond nid yw Caio'n gadael gorchudd y dail. Pan welaf nad yw e'n sefyll wrth fy ochr, trof i ddiolch iddo, ond mae e eisoes wedi diflannu.

Dechreuaf loncian am adref ond, â'r caban o few cyrraedd, clywaf gar yn agosáu y tu ôl i fi. Dw i'n stopio rhedeg ac yn dechrau ymestyn unwaith eto. Daw'r car i stop wrth fy ochr a, thrwy'r ffenest agored, gallaf weld dau swyddog ym mlaen y car. Mae'r gyrrwr, yr un sy'n eistedd agosaf ataf a'r un gafodd air 'da fi wrth y safle bwa saeth, yn troi ei ben i edrych arnaf, tra bod y llall, sydd llawer hŷn, yn syllu i'r cyfeiriad arall, fel nad oes ganddo ddiddordeb mewn unrhyw beth dw i 'di bod yn ei wneud.

"Ma'r ogof off limits," mae'n datgan, heb drafferthu ag unrhyw gonfensiynau cwrteisi. "Sdim *unrhyw* reswm i chi fynd ar ei chyfyl hi eto."

Ond roedd esgus gyda fi'n barod. "Sori. Ond weles i'r ystlumod a..."

"Jyst peidiwch mynd 'na 'to, Mr Price," torrodd ar fy nhraws, gan ochneidio ac adrodd ei eiriau fel petai wedi hen flino ar fy mhresenoldeb ym Mhorth Glas.

"Neu beth?" gofynnaf yn fyrbwyll, ond sa i'n cael ateb achos mae'r car yn rholio i ffwrdd yn dawel, gan fy ngadael i ar ochr y ffordd; y niwl yn drwchus o 'nghwmpas o hyd, ond sŵn y ferch yn crio mor eglur â chloch eglwys yn atseinio yn fy mhen.

Cysylltiadau Cyhoeddus

Pedwar deg wyth awr bron i'r funud ers i Nicky Evans ffarwelio â'i mam ar fore Gwener, a diflannu i'r ether fel ager, fel mwg, fel ysbryd. Pedair awr ar hugain ers y trothwy ystadegol sy'n dweud bod yr heddlu, neu un o'r degau o bobl oedd yn dal i chwilio amdani yng Ngerddi Hwyan a thu hwnt, yn fwy tebygol o ddod o hyd i gelain Nicky na chorff sy'n dal i anadlu. Chwech awr ers i Rol gwympo i drwmgwsg meddwol yn ei hoff gadair gyfforddus yn y lolfa, ar waelod potel o Ardbeg mawnog o ynys Islay. Gyda'i ben yn curo'n ddidostur, ei geg mor grimp â hen hosan halio, a'i lygaid cyn-goched â gwaed ei hunllefau, safai Rol o flaen llond ystafell o heddweision; sylw pawb ar arweinydd yr ymchwiliad, ond gobaith bregus y diwrnod cynt eisoes wedi pylu ymhellach. Gallai Rol arogli'r gwirod ar bob anadl, ond nid dyma'r amser i fyfyrio ar hynny. Rhedodd law sigledig trwy ei wallt. Teimlodd ddafn o chwys yn llithro i lawr ei dalcen. Wrth droi ei olygon at wyneb Jack Williams, oedd yn hongian ar y wal tu ôl iddo, pesychodd. O gornel ei lygad, gwelodd Kingy'n ysgwyd ei ben mewn atgasedd. Diolchodd Rol nad oedd DCI Colwyn wedi cyrraedd eto. Byddai'n rhaid iddo olchi ei ddannedd o leiaf, os nad cael cawod, cyn dod wyneb yn wyneb â'r chief.

"Jack Williams. Y dyn sy'n byw yn rhif dau ddeg Heol Gilwern." Pwyntiodd at y map ar y wal wrth ei ochr, a phenderfynodd Rol sgipio'r ffurfioldebau arferol. Roedd amser, wrth gwrs, yn eu herbyn, er mai'r gwir reswm dros wneud hynny oedd i gwtogi faint o amser oedd yn rhaid iddo sefyll a siarad o flaen ei gyd-weithwyr. Nid oedd yn disgwyl chwydu na dim byd mor ddramatig â hynny, ond roedd y chwisgi yn gorwedd yn anghyfforddus yn ei gylla, a'r bygythiad yn ddigon i wneud iddo frysio trwy'r manylion er mwyn dianc i'r awyr iach. "Sneb wedi gweld Mr Williams ers bore dydd Gwener, pan welodd ei gymydog, Mrs Mary Francis, rhif un deg pedwar Heol Gilwern, ef yn yr ardd rhwng hanner awr wedi un ar ddeg a chanol dydd."

Oedodd Rol a chodi ei ben i weld môr o wynebau'n syllu arno'n fud. Ar ôl wynebu sawl methiant dros y diwrnodau blaenorol, roedd Jack Williams yn cynrychioli gobaith newydd i'r gweithlu.

"Jack Williams yw'r *unig* berson o'r stryd yma sydd heb ateb ein cwestiynau a chynnig alibi am le'r oedd e adeg diflaniad Nicky Evans. Yn amlwg, ein blaenoriaeth heddiw yw dod o hyd iddo a'i ddileu o'n harchwiliadau, ar ôl ei arteithio am oriau, wrth gwrs."

Ni chwarddodd unrhyw un ar jôc dila Rol, felly ymlaen yr aeth i ailadrodd yr hyn roedd pawb yn ei wybod yn barod, ac yna'r hyn roedden nhw'n amau ac yn gobeithio darganfod dros y diwrnod i ddod.

Ar ôl pennu dyletswyddau – oedd yn cynnwys parhau â'r ymgyrch drws-i-ddrws, chwilio coedwigoedd yr ardal a glannau'r hen gamlesi diwydiannol â chŵn synhwyro, a lledu'r rhwyd o ran cyrhaeddiad y delweddau CCTV – aeth Rol yn syth i'r swyddfa, er mwyn estyn llond cledr o boenladdwyr o'i ddesg. Llyncodd yr ibuprofen a'r co-codamol â dŵr oer o'r ffynnon yng nghornel yr ystafell, cyn eistedd i lawr a chau ei lygaid. Heb os, gallai fod wedi mynd i gysgu yn y fan a'r lle, ond byddai hynny'n annerbyniol ar y diawl, heb sôn am amhroffesiynol. Â'i gefn at y drws, clywodd esgidiau cyfarwydd yn camu tuag ato, felly agorodd ei amrannau a throi yn ei sedd, gan ymdrechu i edrych yn sobor, ond llwyddo serch hynny, i ymddangos yn hanner call.

"Jesus, Rol!" ebychodd Kingy ar ei ymdrechion, gan fethu â chuddio ei atgasedd. "Paid edrych arna i fel 'na. Plis."

"Sori," ysgydwodd Rol ei ben yn ysgafn, ei wên wallgof yn diflannu fel braslun brawychus ar Etch-A-Sketch. "O'n i methu cysgu ar ôl mynd adre neithiwr..."

"Sdim ishe i ti esbonio," torrodd Kingy ar ei draws. "Ŷf hwn."

Diolchodd Rol i'w bartner am y coffi melys a osodwyd ar y ddesg, gan nodi'r awgrym lleiaf o gyfeillgarwch estron yn ei osgo. Petai Rol yn sobor, byddai wedi taeru bod Kingy'n dechrau meddalu tuag ato, ond yn ei gyflwr presennol, doedd dim modd bod yn siŵr.

"Pan ti'n barod, ewn ni trwy'r footage o'r dorf o wylnos neithiwr."

Nodiodd Rol a sipian y coffi. Llosgodd ei dafod ar y llymaid cyntaf. "Lle ma'r chief?" gofynnodd.

"Yn yr eglwys."

"Eglwys?" Roedd Rol wedi drysu'n llwyr am eiliad.

"Ie. Der, Rol, ti'n gwbod y dril. Candlelight vigil neithiwr, gwasanaeth gweddi a gobaith heddiw, disgwyl y gwaetha yfory. Na, sgrap that, *gobeithio* am y gwaetha yfory. Bydd y lle'n llawn dop a'r wasg yno'n llu i gipio anobaith y gymuned i gyd i'w becynnu'n daclus i'r genedl gael gweld y dre'n galaru ar y newyddion." Poerodd Kingy'r geiriau; roedd ei sinigiaeth yn syfrdanol ar un llaw, ond yn hollol gyfiawn ar y llall.

"Ydy'r uned wylio lawr 'na'n barod?"

"Wrth gwrs 'u bod nhw, so bydd mwy o footage 'da ni i wylio prynhawn 'ma, neu fory, mwy na thebyg..."

Gorffennodd Rol ei goffi, cyn ymuno â Kingy wrth ei ddesg i wylio'r delweddau. Nofiodd y lluniau o flaen llygaid Rol. Yn ffodus, roedd Kingy'n ddigon sobor i gwblhau'r gwaith ar ei ran. Yn anffodus, doedd dim byd amheus na diddorol i'w nodi yn y digwyddiad. Felly, gyda'r bore wedi dod i ben am ddiwrnod arall, gadawodd y ditectifs yr orsaf ac anelu am dafarn y Butchers; yn swyddogol i fynd ar drywydd Jack Williams, ond yn answyddogol i gael cinio ac i helpu Rol i adfer ei iechyd er mwyn parhau â'r gwaith y prynhawn hwnnw.

Edrychodd Kingy ar ei bartner yn llawn siom pan archebodd beint o Guinness i fynd gyda'i fwyd, ond anwybyddodd Rol ef ac, yn ôl y disgwyl, gweithredodd y stowt fel elicsir hudolus, ac erbyn iddo gladdu ei stêc a'i sglods, roedd e'n teimlo'n adnewyddedig ac yn barod i ddod o hyd i Jack Williams ac achub Nicky fach o grafangau'r hen feddwyn dieflig.

Yn anffodus, nid dyna beth ddigwyddodd. Ymwelodd Rol a Kingy â phob tafarn yng Ngerddi Hwyan yn ystod y prynhawn ac, er bod pob rheolwr ac aelod staff y siaradwyd â nhw yn gwybod yn iawn pwy oedd Jack, nid oedd unrhyw un wedi ei weld ers dydd Iau. Yfodd Rol dri pheint ar hyd y daith, er mwyn diwallu ei angen ac o ran cwrteisi i'r sefydliadau adfydus yn bennaf. Ond gwnaeth hynny'n bennaf er mwyn codi gwrychyn ei bartner.

Ar ôl diolch i reolwr Y Gath Goch, deuddegfed tafarn y dref a'r olaf ar eu taith, gyrrodd Kingy'r car i Ystad y Wern, a pharcio gyferbyn â chartref teulu Nicky, ond yn ddigon pell i ffwrdd i beidio â denu sylw naill ai'r preswylwyr petrusgar na'r iwnifforms oedd ar ddyletswydd. Roedd torf nos Wener wedi diflannu, a doedd dim arwydd o'r criw newyddion chwaith, ond roedd digon o fynd a dod o'r tŷ – yn gymdogion a ffrindiau a theulu estynedig; roedd y cwnstabl ifanc wrth y drws ffrynt yn nodi enwau pawb. Gwyddai Rol bod Swyddog Cymorth Teulu yn cadw cwmni i Mr a Mrs Evans o hyd, ond er hynny, doedd dim syniad gan Rol pam ro'n nhw'n eistedd yno'n gwylio'r tŷ.

"Be ni'n neud 'ma?" gofynnodd, ei lygaid yn drwm mwyaf sydyn.

Trodd Kingy yn ei sedd. Roedd yr olwg ar wyneb ei bartner yn ddigon i rewi ei waed.

"Gwylio," atebodd Kingy, gan droi'n ôl i gyfeiriad y tŷ.

"Pam?"

Tawelodd ei eiriau. "Sa i'n trysto nhw, 'na gyd."

Wrth gwrs, roedd hynny'n hollol naturiol, gan fod pob heddwas gwerth ei halen yn amau pawb tan iddo gael ei ddarbwyllo fel arall.

"Pwy?" gofynnodd Rol yn y gobaith bod gan Kingy ddamcaniaeth neu rywbeth mwy cadarn na hynny hyd yn oed.

"Pob un ohonyn nhw."

"Hyd yn oed y fam?"

Ysgydwodd Kingy ei ben yn ansicr. "Na. Dim y fam. Na'r tad a dweud y gwir, ond ma'r hen ddyn a'r brodyr yn dodgy os ti'n gofyn i fi."

Roedd Rol yn teimlo'r un peth, ond doedd dim sail i'w amheuon. Cafodd ôl-fflach i'r noson gynt a thad-cu Nicky yn yfed ar ei ben ei hun yn yr Oak. Beth fyddai Rol yn ei wneud yn yr un sefyllfa? Meddwi'n dwll, heb os. Roedd alibis pob aelod o'r teulu yn dal dŵr, a dim byd yn awgrymu fel arall. Roedd y ditectifs yn cwrso gwellt mewn gwynt, dyna'r gwir.

Eisteddodd y partneriaid mewn tawelwch am sbel; Kingy'n syllu tuag at gartref y teulu fel petai'n ceisio defnyddio pwerau'r Jedi i gael at wraidd euogrwydd honedig rhai o'r aelodau, a Rol yn hanner cysgu wrth freuddwydio am ei wely clyd a'i wraig oddefgar.

Torrwyd ar y tawelwch gan gnoc galed ar ffenest ochr y gyrrwr, a throdd y ditectifs i weld wyneb golygus Aaron Joyce, y gohebydd newyddion lleol, yn plygu i'w cyfeiriad yn dal meicroffon o'i flaen, tra bod y dyn camera'n ffilmio'r digwyddiad dros ei ysgwydd. Ond, ni chafodd Aaron gyfle i ofyn un cwestiwn am fod Kingy allan o'r car fel milgi o glwyd-gychwyn, a'r gohebydd ar ei din ar y pafin erbyn i Rol gamu o amgylch y car i roi stop ar y ddrama annisgwyl. Nid bod DC King wedi waldio Aaron; yn hytrach ei fomentwm wrth adael y car achosodd iddo faglu dros wifren a chwympo i'r llawr, er na fyddai'r delweddau'n ffafriol petaent yn cael eu darlledu. Â DC King yn sefyll dros y newyddiadurwr, ei groen wedi gwrido a'i lygaid ar fin bostio o'i ben, camodd Rol at y dyn camera a gosod ei law dros y lens. Gofynnodd iddo ddiffodd y camera, â gwên gyfeillgar, cyn troi at ei bartner a'i orfodi yn ôl i'r car. Protestiodd Kingy gan gyhuddo'r cyfryngis o sleifio i fyny arnynt a gweithredu mewn modd dan din. Wrth gwrs, roedd Rol yn cytuno i raddau, er nad dyma'r amser i ddatgelu hynny wrth y dioddefwyr, a gydag un edrychiad oeraidd, arferodd Rol ei awdurdod a dychwelodd Kingy i'r car. Estynnodd Rol ei law at Aaron a'i dynnu yn ôl ar ei draed, ac o fewn dwy funud, roedd Rol wedi sortio popeth. Ar ôl derbyn addewidion na fyddai'r lluniau'n gweld golau dydd, dychwelodd y ditectifs i'r orsaf heddlu, lle galwodd Rol gyfarfod arall i glywed am unrhyw ddatblygiadau. O leiaf y tro hwn, roedd arweinydd yr archwiliad yn sobor. Wel, falle ddim yn *hollol* sobor, ond doedd e ddim yn teimlo'n sâl. Diben y cyfarfod oedd na ddaeth unrhyw beth newydd i'r fei, ac aeth Rol yn ôl i'w swyddfa'n gwbl ddigalon. Syrthiodd yn swp i'w gadair droelli, wedi ymlâdd yn llwyr erbyn hyn. Y peth gorau i bawb fyddai iddo fe fynd adref i gysgu er mwyn dychwelyd ben bore yn gwbl ffres. Byddai Geth a Wolfie'n cyrraedd i gymryd yr awenau maes o law, felly doedd dim rheswm i Rol aros.

"Fi off," gwthiodd Kingy ei ben o amgylch ffrâm y drws, cyn diflannu eto mewn amrantiad.

Chwifiodd Rol ei law ar ei ôl, gan baratoi i'w ddilyn. Fflachiodd delwedd o Lowri o flaen ei lygaid gan gyffroi ei lwynau â breuddwydion gwag. Cododd ar ei draed, ond cyn iddo estyn ei got hyd yn oed, canodd ei ffôn a gwelodd rif Mrs Francis yn fflachio yn y ffenest fach.

Ffrwydrodd Rol trwy'r drws i'r maes parcio, a dod yn agos at gael ei lorio gan gar Kingy. Sgrialodd y Volvo i stop ac agorodd Kingy'r ffenest. Gallai weld yr angen ar wyneb ei bartner a dyfalodd yn anghywir bod rhywun wedi dod o hyd i gorff Nicky Evans.

"Ble ma hi?" gofynnodd Kingy.

"Sa i'n gwbod, ond ma Jack adre."

Camodd Rol i'r car a gyrrodd Kingy i Heol Gilwern mor gyflym ag y gallai'r Volvo fynd. Parciodd Kingy gyferbyn â chartref y drwgdybiedig. Roedd golau ymlaen yn yr ystafell fyw. Edrychodd Rol i gyfeiriad cartref Mrs Francis, gan weld yr hen fenyw yn codi llaw o ffenest ei hystafell wely. Chwifiodd Rol yn ôl, wrth groesi'r ffordd a chamu at ddrws ffrynt Jack Williams.

Cnociodd. Safai Kingy wrth ei ochr, ei ysgwyddau'n glymau i gyd o dan straen y sefyllfa. Er mor ddibwys oedd y digwyddiad ag Aaron a'r dyn camera ynghynt, yn enwedig o ystyried y darlun ehangach, roedd wedi ychwanegu at y straen, a doedd dim ffordd o wybod beth fyddai'n aros amdanynt ochr arall y drws. Mewn ymgais i reoli'r adrenalin, anadlodd Rol yn ddwfn, ond pan agorodd y porth diflannodd pob gobaith eu bod nhw wedi dod o hyd i'r herwgipiwr ar unwaith pan welsant Mr Williams yn y cnawd am y tro cyntaf.

Atebwyd y drws gan hen ddyn drylliedig; ei gefn yn grwm a'i groen yn felynwyn gwantan. Doedd afu Jack Williams ddim yn rhyw iach iawn, roedd hynny'n amlwg, a doedd dim angen bod yn Sherlock Holmes i ddyfalu pam. Roedd yr ateb i'w weld yn ei law chwith – gwydr llawn chwisgi. Ni edrychai Jack yn ddigon cryf i godi ei lais, heb sôn am herwgipio merch fel Nicky.

Ar ôl cyflwyno'u hunain i'r hen ddyn, gwahoddwyd y ditectifs i'r tŷ, lle arllwysodd Jack wisgi bob un iddynt o botel Tesco Everyday Value Blended Scotch Whiskey. Diolchodd y ditectifs am ei haelioni ac, wrth i Rol fynd ati i sipian y dram, gosododd Kingy y gwydr ar y bwrdd wrth ei ochr, heb fwriad o'i flasu.

Roedd waliau'r lolfa yr un lliw â chroen Jack, a fframiau di-rif llawn delweddau milwrol afliwiedig yn hongian ym mhob man – y rhan fwyaf ohonynt yn dangos dynion ifanc mewn lifrai caci, un ai'n gwenu ar y camera neu'n ddifrifol i gyd, yn dibynnu a gafodd y ffoto ei gymryd cyn neu ar ôl brwydr neu sesiwn ymarfer dwys. Ymhlith y ffotograffau o'r lluoedd arfog, nododd Rol ddau lun o Jack a'i wraig ddiweddar: un ar ddiwrnod eu priodas, yn ifanc a llawn gobaith; a'r llall rhyw ddeugain mlynedd yn hwyrach, y cwpwl yn dal i wenu, ond y gobaith wedi pylu o'u llygaid bellach.

Ar ôl datgelu wrth Jack pam ro'n nhw yno, esboniodd yr hen ddyn wrth y ditectifs ble roedd e wedi bod dros y penwythnos.

"Aldershot."

Nododd Rol enw'r dref yn ei lyfr nodiadau.

"Aduniad armi. Ma un yn ca'l i chynnal 'na bob blwyddyn, ond sdim lot o fy ngharfan i ar ôl erbyn hyn, dyna'r gwir."

"Ble yn union, Mr Williams?"

"Jack, plis. Galwch fi'n Jack."

"Iawn, Jack," medd Kingy'n amyneddgar. "Ble oedd yr aduniad 'ma?"

"A ble a gyda phwy o'ch chi'n aros?"

Yn bwyllog, a gyda chymorth y chwisgi, atebodd Jack yr holl gwestiynau. Teithiodd ar y trên i Reading brynhawn dydd Gwener, gan aros dros nos gyda David Paige, hen ffrind o'r lluoedd arfog. Darparodd docyn trên, a chyfeiriad a rhif ffôn David i'r ditectifs. Yna, aeth ymlaen i adrodd hanes gweddill y penwythnos. Gyrrodd David nhw i Aldershot fore Sadwrn, lle gwylion nhw gatrawdau cyfredol y fyddin yn gwneud eu gwneud oddeutu amser cinio, cyn treulio'r prynhawn yn bwyta, yfed a chofio rhai o'r ffrindiau oedd wedi cwympo dros y blynyddoedd. Cynhaliwyd cinio mawreddog nos Sadwrn ac arhosodd yr hen swyddogion ar safle'r barics, gan rannu ystafell fel yn yr hen ddyddiau. Unwaith eto, darparodd Jack enw a rhif ffôn cyswllt, cyn esbonio iddo ddychwelyd i Erddi Hwyan ar drên o Reading, y prynhawn hwnnw, ar ôl mynychu gwasanaeth coffa yn Eglwys Gwarchodlu Brenhinol Aldershot yn y bore.

Nododd Rol bob manylyn yn ei lyfr nodiadau, yn gwybod cyn

codi'r ffôn i wneud yn siŵr bod yr alibi yn dal dŵr, bod Jack Williams yn dweud y gwir.

"Allwn ni weld eich gardd gefn chi, Jack?" gofynnodd Kingy.

Gan adael yr hen filwr yn pwyso ar ffrâm y drws yn smocio sigarét yn ei slipers, cerddodd Rol a Kingy i lawr at waelod yr ardd, yn goleuo'r tir dan draed â thortsh yr un wrth wneud. Doedd dim arwydd o frwydr yn unman – dim patshys brown ar y borfa werdd, dim blodau drylliedig yn y borderi a dim un o'r corachod wedi ei symud. Yn wir, fel y nododd y ditectifs y noson flaenorol, doedd dim ffordd o gyrraedd yr ali o'r ardd. Camodd Rol at y sied ac edrych trwy'r ffenest lychlyd i'r fagddu ar yr ochr draw.

"Mae hi ar agor," cododd Jack ei lais, cyn peswch a thagu a diawlo wrth y drws cefn.

Agorodd Rol y drws pren ac anelu'r fflachlamp tua'r düwch. Gwelodd fower, rhaw, fforch, bwyell, secateurs, can dŵr, peledi lladd malwod a phob math o gyfarpar gardd arall; ond ni welodd unrhyw beth amheus.

Gadawodd y ditectifs Jack a gyrru'n ôl i orsaf heddlu Gerddi Hwyan mewn tawelwch marwaidd. Gwawriodd y gwir ar Rol yn ystod y daith. Ro'n nhw mewn gwaeth safle heno, ar ôl cyfweld Jack, nag o'n nhw ddoe neu bore 'ma pan oedd e'n dal i fod ar grwydr ac o dan amheuaeth. Doedd dim byd ganddynt i'w gwrso nawr.

Oergell

Gwyddai Rol fod rhywbeth o'i le cyn gynted ag y camodd yn betrusgar i swyddfa DCI Colwyn y peth cyntaf fore dydd Iau. Eisteddai'r chief y tu ôl i'w ddesg yn syllu arno fel petai Rol ei hun wedi herwgipio Nicky a'i dal yn un o gelloedd tanddaearol yr orsaf ers wythnos, o dan drwynau diarwybod pawb. Gyferbyn â'r Prif Arolygydd, ar ochr arall y dderwen loyw, eisteddai DS Richard King fel bachgen drwg o flaen y prifathro; ei bengliniau noeth yn fwd i gyd a phocedi ei flaser yn llawn da-das wedi'u dwyn o ffreutur yr ysgol.

"Eistedd," gorchmynnodd y chief, a gwnaeth Rol heb oedi, gan geisio dal sylw ei bartner wrth wneud. Ond ei anwybyddu'n llwyr y gwnaeth Kingy.

"Be sy 'di digwydd?" gofynnodd Rol yn hollol ddiniwed, ei ddwylo ar led a'i ddryswch yn gwbl ddilys.

Yn lle ateb ar lafar, cododd DCI Colwyn remôt control oddi ar y ddesg a'i bwyntio i gyfeiriad y sgrin blasma anferth oedd yn hongian tu ôl i gefnau'r bechgyn drwg, ar y wal gyferbyn â'r ddesg. Trodd Rol a Kingy i syllu ar y cyfarpar newydd. Nid oedd y teledu yno'r diwrnod cynt, pan alwodd Rol i weld y pennaeth i drafod cam nesaf yr archwiliad ond, ar unwaith, cipiodd y delweddau y ditectifs yn ôl mewn amser, i'r dydd Sul cynt, ac i leoliad cyfarwydd iawn: ystad tai cyngor y Wern.

Mewn tawelwch angladdol a chynyddol anghrediniol, gwyliodd Rol y newyddiadurwr, Aaron Joyce, yn siarad mewn i'r camera, gan ddisgrifio'r olygfa y tu ôl iddo i'r gwylwyr.

"Dyma ni unwaith eto ar ystad y Wern yng Ngerddi Hwyan, sef

cartref Nicky Evans, y ferch ddeg oed a ddiflannodd ddeuddydd yn ôl ar fore Gwener."

Yng nghefndir y llun, gallai Rol weld ei hun a Kingy'n eistedd yn y Skoda yn gwylio cartref y teulu. Gwyddai beth oedd ar fin digwydd ac, o ganlyniad, fe'i dryswyd yn llwyr gan agwedd DCI Colwyn. Cerddodd Aaron Joyce at ochr gyrrwr y car, gan gnocio ar y ffenest a dechrau gofyn cwestiwn. Ond, cyn i'r geiriau adael ei geg, agorodd drysau'r car ac allan o'r cerbyd fel dau darw hyrddiodd Rol a Kingy i'w gyfeiriad, yn cicio a dyrnu'r gohebydd i'r llawr ac yn parhau i wneud hynny tan fod y gwaed yn gronfa ysgarlad sgleiniog o gwmpas ei gorff.

Oedodd DCI Colwyn ar y llun a throdd Rol i edrych yn geg agored.

"Beth yn y byd o'dd hwnna, special effects?" gofynnodd Rol a gwên wan ar ei wep.

"So'r camera'n dweud celwyddau, DS Price," atebodd DCI Colwyn.

"Ond dim 'na beth ddigwyddodd," ailadroddodd Rol yn daer. "Dwed 'tho fe, Kingy!" Trodd Rol at ei bartner ond roedd hwnnw'n eistedd yno fel claf catatonig mewn cartref preswyl; yr unig arwydd o fywyd oedd deigryn gloyw yn llithro'n araf i lawr ei foch.

"Beth yn y byd sy'n mynd mlân, syr?"

"Nag yw hynny'n hollol amlwg?"

"Ond dim 'na beth ddigwyddodd!" ebychodd Rol gan bwyntio dros ei ysgwydd at y sgrin.

"So'r camera'n dweud celwyddau, DS Price," ailadroddodd DCI Colwyn yn araf, yn pwysleisio pob sill. Ond, cyn i Rol gael cyfle i ystyried arwyddocâd y neges, ymddangosodd dau iwnifform wrth y drws, gan syllu ar y ditectifs yn brudd; yr atgasedd a'r siom yn diferu o bob ceudwll ar eu cyrff.

"Syr?" Trodd Rol at ei uwch swyddog, y panig yn dechrau corddi.

"Ma Aaron Joyce wedi marw o'i anafiadau," medd DCI Colwyn yn llawn difrifoldeb.

"Ond nath hwnna ddim digwydd!" gwaeddodd Rol dros feichiadau ei bartner.

Cyn cael ei lusgo trwy'r drws ac i'r ddalfa ym mherfeddion yr orsaf, gafaelodd Rol yn dynn yn ffrâm bren y porth, gan wrthod ildio i orchymyn corfforol ei geidwad.

"Beth am Nicky, chief? Beth am yr archwiliad?" poerodd Rol.

"Paid poeni am y peth," atebodd DCI Colwyn. Synnwyd Rol gan y geiriau, ac yn fwy fyth gan y peth nesaf a ddaeth o geg y bòs: "Ma hi'n saff nawr."

Pwyntiodd y chief at y teledu unwaith yn rhagor, a dilynodd Rol ei fynegfys. Cododd Rol ei aeliau pan welodd y delweddau, doedd e ddim yn credu ei lygaid i gychwyn. Yna gwelodd yn glir Nicky fach yn syllu arno trwy ffenest sied mewn gardd anhysbys, yng nghysgod helygain wylofus dal; gwaed yn llifo o geudyllau gwag ei llygaid a'i sgrechiadau yn ddigon i ddihuno'r dref i gyd.

"Rol! Rol! Dihuna, Rol! Come on! ROOOOL!"

Agorodd Rol ei lygaid yn llydan a dod wyneb yn wyneb â rhai lledagored ei wraig. Teimlodd ei phoer yn tasgu ar ei fochau. Gwenodd. Ond ni ymatebodd Lowri yn yr un modd. Roedd ei llygaid yn llawn pryder, a llwydni ei nodweddion yn adlewyrchu golau gwan y wawr oedd yn treiddio i'r ystafell trwy'r bylchau rhwng y llenni trymion.

"Fuckin' hel, Rol, beth sy'n bod arnot ti, dwed?"

Ond doedd dim angen iddo ei hateb. Roedd hi'n gwybod yn iawn. Dyma'r drydedd noson yn olynol iddi orfod ei ysgwyd ar ddihun, diolch i'r delweddau oedd yn ei aflonyddu a'i boenydio'n feunyddiol.

"Sori," medd Rol yn dawel. Gorweddodd Lowri wrth ei ochr unwaith eto, y clustogau plu gwyddau yn anwesu cefn ei phen.

"Paid bod yn soft!" ebychodd Lowri, gan ysgwyd ei phen a rholio ei llygaid, er na welodd Rol y weithred. "Fi jyst yn poeni amdano ti, 'na gyd. Mae'n amlwg bod yr achos 'ma'n…"

Teimlodd Rol law gynnes ei gymar ar ei ysgwydd noeth.

"Ti mo'yn coffi?" gofynnodd, a chodi ar ei thraed ac estyn ei gŵn nos drwchus o'r bachyn ar gefn y drws.

"Aye, go on, 'te," atebodd Rol, gan droi i'w gwylio'n gadael yr ystafell. Pan glywodd ei chamau'n cyrraedd gwaelod y grisiau, trodd at y bwrdd wrth erchwyn ei wely ac agor y drôr yn dawel bach. Gafaelodd yn y fflasg-boced arian oedd wedi'i hysgythru â'i enw a'i ddyddiad geni, anrheg gan ei gyd-weithwyr ar ei ben blwydd y flwyddyn gynt, a llacio'r cap â bysedd sigledig. Cododd y botel at ei geg a llyncu'r fodca'n farus. Ciliodd y cryndod ar unwaith, ond nid oedd modd dweud yr un peth am y delweddau yn ei ben.

***

Bore dydd Gwener. Pythefnos, bron i'r funud ers i Nicky Evans adael ei chartref am y tro olaf, ffarwelio â'i mam a cherdded i gyfeiriad yr ysgol. Roedd y cyfryngau wedi gadael Gerddi Hwyan erbyn hyn ac roedd hanes y ferch ifanc yn ddim mwy na throednodyn mewn papurau newydd, a phrin yn cael unrhyw fath o sylw ar raglenni newyddion lleol, heb sôn am rai cenedlaethol. Diolch i'r sianeli newyddion pedair-awr-ar-hugain, ac erchyllterau pell ac agos o bob cwr o'r byd, roedd diflaniad Nicky wedi hen foddi o dan donnau di-ben-draw y trychinebau beunyddiol. A heb gorff, doedd dim llawer gan yr asiantaethau i'w adrodd, ta beth. Yn ôl ystadegau swyddogol yr heddlu, ar gyfartaledd yn y Deyrnas Unedig, roedd rhieni ac unigolion eraill yn cysylltu â'r awdurdodau bob tair munud i adrodd achosion am blant yn mynd ar goll. Ac oherwydd bod y mwyafrif ohonynt yn dychwelyd yn ddiogel, gallai Rol ddeall pam fod y cyfryngau'n colli diddordeb yn gyflym. Roedd e fel cludfelt dynol, a Nicky Evans oedd yr eitem ddiweddaraf i gael ei sganio; er na roddwyd hi mewn bag eto, yn llythrennol nac yn drosiadol. Wrth gwrs, byddai'r asiantaethau newyddion yn llawn brwdfrydedd, cyffro a chynnwrf unwaith eto petai rhywun *yn* dod o hyd i'w chelain; neu'n well fyth, Nicky ei hun yn fyw ac yn iach ac wedi dianc rhag ei chipiwr. Gwyddai Rol mai'r cyntaf o'r ddau opsiwn yna oedd fwyaf tebygol, ond roedd yn dal i afael yn dynn i'r llygedyn bach o obaith y byddai'r ferch yn ailymddangos o nunlle a dychwelyd at fynwes ei theulu – wedi'r cyfan, dyna'r *unig* beth oedd yn ei gadw rhag colli ei gallineb yn llwyr. Wel, hynny a fodca.

Yn y cyfamser, heb unrhyw leads, roedd achosion eraill ac agweddau dydd i ddydd, digon diflas y swydd yn hawlio'i sylw: gwaith papur yn bennaf, ac ysgrifennu adroddiadau i'w llwytho i system HOLMES yn benodol. Roedd Rol wrthi'n sgwennu adroddiad ar achos o gam-drin domestig; a Kingy'n gwneud yr un peth, ond mewn perthynas â lleidr ceir lleol oedd yn hoff iawn o ddwyn cerbydau gyriant pedair olwyn, a halio yn y blwch menig. Yn wahanol i'r cyfresi teledu oedd yn gorlwytho sgriniau a blychau recordio'r byd, dyma oedd bara menyn plismyn go iawn. Dim byd glam na chyffrous fel helfa geir neu gwrso dihirod ar doeon tai; dim ond diflastod dychrynllyd y ddynolryw.

Wrth synfyfyrio rhwng paragraffau, byddai Rol yn meddwl am deulu Nicky; ac, yn benodol, am greulondeb eu sefyllfa. Purdan arteithiol oedd yn siŵr o erydu eu heneidiau i gyd, fel bàth o asid dyddiol. Yn eu tŷ cyngor bach, doedd dim dianc rhag yr atgofion; rhag ei hysbryd. Aeth Rol a Kingy yno i archwilio'i hystafell wely gwpwl o ddyddiau ar ôl iddi ddiflannu. Mewn tawelwch marwol, tywysodd Mrs Evans nhw i fyny'r grisiau, gan ddod i stop tu allan i'r drws a dechrau crio. Yn ffodus, roedd WPC Morris wrth law i'w chysuro, felly cafodd y ditectifs gyfle i edrych yn fanwl trwy eiddo'r ferch ifanc. Gan fod mor drylwyr â phosib heb adael eu marc, fe fuon nhw'n chwilio am awr am unrhyw beth a fyddai'n helpu'r achos – nodyn, ffoto, dyddiadur cudd. Heb lwc. Syllodd ar ei chasgliad tedis. Syllodd ar ei phosteri Justin Bieber. Syllodd ar y mesuriadau inc yn dynodi ei datblygiad ar ffrâm y drws. Syllodd ar y globau eira o Borthcawl a Weston Super Mare, ei galon yn torri. Roedd wedi bod mewn ystafelloedd gwely tebyg nifer o weithiau yn ystod ei yrfa, ond roedd y diffyg gobaith yn llethol yn un Nicky Evans. Ni arweiniodd y delweddau cylch cyfyng at unrhyw beth o bwys ychwaith, ac er y cadarnhaodd olion DNA o ddarn o wallt, a ddarganfuwyd yn yr ali gan SOCO, bod Nicky wedi bod yno, doedd hynny'n helpu dim mewn gwirionedd, achos roedden nhw eisoes yn gwybod mai dyna'r ffordd yr oedd hi'n cerdded i'r ysgol bob dydd. Roedd Rol a'r tîm wedi mynd trwy gronfa ddata'r troseddwyr rhyw cenedlaethol â chrib fân, gan gnocio ar ambell ddrws o ganlyniad. Ond, roedd alibis pawb oedd wedi tynnu eu sylw yn dal dŵr ac roedd dod o hyd i Nicky'n fyw yn teimlo fel breuddwyd gwrach.

Roedd perthynas Rol a Lowri'n dioddef hefyd, â Rol yn encilio fwy-fwy i'w gragen, ni waeth beth fyddai Lowri'n gwneud i geisio ymgysylltu â fe. Nid oedd Rol *eisiau* troi ei gefn arni; greddf amddiffynnol a hunanddinistriol oedd wrth wraidd ei weithredoedd, nid malais. Ond roedd yn well ganddo gysur y botel na maldod a rhesymeg ei gymar.

Gwyddai fod hynny'n wirion bost, ond roedd yn gwbl ddiymadferth i newid y peth.

Ar yr orsedd roedd Rol pan ddaeth yr alwad a newidiodd gwrs yr archwiliad. Â'i drowsus o amgylch ei bigyrnau a'i fflasg boced yn ei law, clywodd ddrws y toiled yn agor a llais Kingy'n galw ei enw. Gwyddai ar unwaith, wrth dôn llais ei bartner, bod rhywbeth pwysig wedi digwydd.

"Beth sy 'di digwydd?" cyfarthodd, wrth gamu at ddesg DS King.

"Dispatch newydd dderbyn galwad anhysbys… Gwranda." Gwasgodd Kingy fotwm ar ei gyfrifiadur, a gwrandawodd y ditectifs ar y geiriau, yn amlwg yn cael eu hyngan drwy ddarn o ddefnydd; hances boced neu lewys siwmper wlanog mwy na thebyg.

"Fi'n gwbod pwy gipiodd Nicky Evans…" dechreuodd y llais benywaidd esbonio, cyn tawelu a chael ei hannog i fynd yn ei blaen gan WPC Harding, y swyddog anfon oedd ar ddyletswydd. "Weles i gar bach, lliw melyn llachar, wrth yr ali tu ôl i Heol Gilwern, bore dydd Gwener bythefnos yn ôl, a dyn heb wallt yn mynd â hi."

"Pa fath o gar? Weloch chi'r rhif cofrestredig?" gofynnodd WPC Harding, ond ni chafodd ateb, achos roedd y galwr wedi mynd.

Safodd Rol yna am eiliad, ei feddyliau yn troelli wrth amsugno'r wybodaeth.

"Chware fe 'to," mynnodd.

Ar ôl gwrando eilwaith, gofynnodd Rol, gan watwar DCI Colwyn: "Greddfau? Teimladau? Disgwyliadau?"

"Sa i'n gwbod," medd Kingy a chodi ei ysgwyddau'n ansicr. "Fi mo'yn credu, wrth gwrs, ond come on, anonymous tip-off?! Nawr!"

"Ti'n iawn. Pam ffonio heddi, pythefnos ar ôl y digwyddiad?"

"Yn union."

"Be yn y byd sy'n bod arno chi, bois?" Taranodd y llais y tu cefn iddynt. "Sa i'n gallu credu 'nghlustiau!" Roedd DCI Colwyn yn llawn anghrediniaeth. "I be chi'n aros? Archwiliwch, palwch, erlyniwch."

"Wrth gwrs, syr," atebodd Rol yn chwithig.

"Sdim ots *pwy* o'dd ar y ffôn 'na jyst nawr, lead yw lead yw lead, reit."

"Reit syr, jyst ddim eisie codi'n gobeithion yn ormodol, 'na gyd."

"Adroddiad llawn ar ddiwedd y dydd, ok?"

"Wrth gwrs, syr."

Diflannodd DCI Colwyn a throdd Rol i edrych ar ei bartner, ei fochau'n gwrido fymryn, ond roedd Kingy'n rhy brysur yn canolbwyntio ar sgrin ei gyfrifiadur i sylwi, diolch byth.

"Edrych," mynnodd Kingy a chyfeirio at y sgrin. "Dyma'r holl geir melyn sydd wedi'u cofrestru yng Ngerddi Hwyan, as of mis dwetha."

Roedd Kingy wedi mewnbynnu un manylyn arwyddocaol yr alwad – sef lliw y car – i gronfa ddata'r heddlu ac wedi trawsgyfeirio hynny gyda chronfa ddata yswiriant moduron cenedlaethol y DVLA. Darllenodd Rol y rhestr geir.

"Ma 'na bosibilrwydd bod lot mwy na hynny yn y dre, ond ma'r rhestr yma'n rhoi rhywbeth i ni neud, o leia."

Nodiodd Rol ei ben yn araf. Roedd yna obaith, wedi'r cyfan. "Ti'n meddwl beth fi'n meddwl?" gofynnodd, gan graffu ar y rhestr unwaith yn rhagor.

"Sa i'n gwbod am 'ny," atebodd DS King. "Ond dim ond un car *bach* sydd ar y rhestr yna."

Ymhen ugain munud, cyrhaeddodd y ditectifs ystad tai briciau coch Llwyn yr Eos, DS King yn dod â'r Skoda i stop rhyw ganllath o'r cyfeiriad o dan sylw. Doedd dim sôn am gar SMART melyn perchennog yr eiddo, ond ni stopiodd hynny'r partneriaid rhag camu o'r car a mynd i gnocio, rhag ofn. Tŷ pâr, tri llawr oedd cartref Mr Edward Sharman, gyda garej a drws ffrynt ar y llawr gwaelod a stafelloedd byw yr eiddo uwchben. Roedd potiau llawn blodau lliwgar yn sefyll naill ochr i'r drws, a'r stribyn tenau o laswellt oedd yn rhedeg yn gyfochrog â'r dreif wedi'i dorri'n daclus, yn go ddiweddar. Wrth i Kingy ganu'r gloch, nododd Rol yr arwydd uwchben y drws pren wedi'i beintio'n goch llachar: *Beware of the Pom.* Meddyliodd Rol am Awstralia i gychwyn, ond pan glywodd gyfarth o leiaf ddau gi bach cleplyd yn codi o lawr cyntaf y cartref, sylweddolodd mai cŵn Pomeranian oedden nhw, yn hytrach na Charcharwyr ei Mawrhydi yn y ddeunawfed ganrif.

Dychwelodd Rol a Kingy i'r car, gan benderfynu aros am sbel i weld a fyddai Mr Sharman yn dychwelyd.

"Rown ni awr iddo fe, ie?" Edrychodd Kingy ar ei oriawr, ei fola'n grymial a'i feddwl eisoes yn breuddwydio am fwyd.

"'Newn ni aros 'ma tan bydd e'n dod adre," atebodd Rol yn swta, gan bwysleisio ei oruchafiaeth. Fel un oedd wedi bod yn berchen ar gŵn yn y gorffennol, gwyddai'n reddfol nad oedd perchennog y poms yn bell.

Ni atebodd DS King, dim ond derbyn y gorchymyn a pharhau i syllu i gyfeiriad y tŷ. Roedd y fflasg yn llosgi twll ym mhoced Rol erbyn hyn, a'r ysfa i yfed ohoni bron yn orchfygol. Roedd ar fin anfon Kingy i'r siop leol i brynu coffi, er mwyn cael cyfle am ddracht, ond cyn crybwyll y peth dychwelodd Mr Sharman, gan stopio ei gar SMART ar y dreif o flaen y tŷ.

Roedd y ditectifs ar ei ben cyn iddo wthio'r allwedd i'r drws ffrynt, eu cardiau adnabod ar ddangos a'u nodweddion mor gadarn a diemosiwn â chlogwyni Dwnrhefn. Diolch i'w profiad helaeth fel heddweision, gwyddai Rol a Kingy ill dau o'r olwg ar wyneb Mr Sharman ei fod yn cuddio rhywbeth.

"Ditectif Price a Ditectif King, Heddlu Gerddi Hwyan," medd Rol ag awdurdod.

"S-su-sut alla i'ch helpu?" ceciodd perchennog y tŷ, gan droi yn ei unfan a gadael y drws ar gau ac ar glo.

Adlewyrchodd yr haul oddi ar ei dalcen, gan atgoffa Rol o Humpty Dumpty wrth i eiriau'r galwr anhysbys atseinio yn ei ben.

A dyn heb wallt yn mynd â hi – a dyn heb wallt yn mynd â hi – a dyn heb wallt yn mynd â hi...

Roedd Edward Sharman yn ei bumdegau. Roedd yn heini, yn drwsiadus ac, heb os nac oni bai, yn hoyw. Neu o leiaf yn fwy camp na Gwersyll Llangrannog.

"Mr Sharman," meddai DS King, ei lais fel melfed ag isgerrynt o gerrig mân. "Ni'n archwilio i ddiflaniad Nicky Evans a hoffen ni ofyn cwpwl o gwestiynau i chi."

Cododd Mr Sharman ei law chwith at ei geg mewn syndod. Trawyd Rol gan yr ystum ffuantus.

"Fi?" gofynnodd yn ddramatig i gyd. "Sa i'n gwbod dim am hynny."

"Jyst cwpwl o gwestiynau, Mr Sharman," ychwanegodd Rol. "Gewn ni ddod mewn am funud?"

Newidiodd ei osgo mewn amrantiad ac ysgydwodd ei ben ar y cais.

"Gewch chi ofyn i fi fan hyn."

"Mr Sharman, munud o'ch ams…"

Cododd ei law unwaith eto, a thorri ar draws llif geiriau DS King.

"Fi'n gwbod fy hawliau. Ma angen warant arnoch chi i ddod i'r tŷ, felly gofynnwch eich cwestiynau fan hyn, neu…"

Diawlodd y ditectifs yr holl sioeau teledu am heddlu oedd wedi rhannu'r wybodaeth yma â'r byd.

"Ble oeddech chi ar fore dydd Gwener y pedwerydd ar bymtheg o Fai, rhwng naw a deg y bore?" Tro Kingy oedd torri ar draws yn awr.

"Yn cerdded y cŵn, fel dw i'n neud *bob* dydd," atebodd Edward heb oedi. "Pam?"

"Oes rhywun all gadarnhau hynny, Mr Sharman?"

"Beth, alibi, chi'n meddwl?"

"Ie, 'na'n *union* beth fi'n meddwl." Gwelodd Rol fod y niwl coch bron ag amgau Kingy, a chafodd ôl-fflach o freuddwyd ddieflig ddiweddar.

"Wel, bydd rhaid i fi feddwl am y peth, sa i'n gallu cofio beth ddigwyddodd ddoe, heb sôn am bythefnos yn ôl," gwenodd Mr Sharman yn ddiniwed wrth ddweud hynny, ond ni ystyriai'r ditectifs fod unrhyw beth diniwed amdano.

Dim alibi = o dan amheuaeth.

"Diolch am eich amser, Mr Sharman," meddai Rol, gan nodio'i ben.

"Byddwn ni 'nôl gyda warant cyn diwedd y dydd," ychwanegodd Kingy, cyn i'r ddau droi a cherdded yn ôl at y car heb yngan gair wrth ei gilydd.

Yn hytrach na gyrru i ffwrdd a rhoi rhwydd hynt i Edward Sharman fynd a dod o'i dŷ heb gyfyngiadau, arhosodd y ditectifs yn y fan a'r lle, i wneud yn siŵr nad oedd hynny'n bosibl.

"Ma'r boi'n cuddio rhywbeth," medd Rol.

"Heb os," cytunodd Kingy.

Ac wrth i DC King godi'r ffôn i drefnu gwarant i archwilio cartref Edward Sharman trwy gyswllt brys yn y llys ynadon lleol, camodd Rol o'r car er mwyn ffonio DCI Colwyn a chael dracht ar y slei o'i fflasg ar yr un pryd. Roedd y cymylau wedi cau am y dref bellach, a'r diferion cyntaf o law yn dechrau cwympo, yn ysgafn i gychwyn, ond yna'n drymach a thrymach â phob munud oedd yn mynd heibio.

"Dwy awr, tops," medd Kingy, pan ailymunodd Rol â fe yn y car.

"Gwych." Gobeithiai Rol nad oedd ei bartner yn gallu arogli'r gwirod, ond roedd yn amau yn fawr y gallai hefyd. "Ma'r chief ar ei ffordd hefyd."

"Glory hunter!" ebychodd Kingy, gan wneud i Rol wenu.

"Bydd e'n siŵr o ffonio Aaron Joyce cyn dod hefyd, unrhyw beth i gael ei wyneb ar y teledu."

Dim ond hanner jocian oedd y ditectifs, wrth gwrs, a diolch byth na ddaeth eu proffwydoliaeth yn wir. Do, daeth DCI Aled Colwyn i'r adwy, y warant yn ei feddiant a'r adrenalin yn pwmpio fel yn yr hen ddyddiau; ond nid oedd sôn am Aaron Joyce nac unrhyw newyddiadurwr arall. Roedd dau iwnifform yn gwmni iddo, i ddiwallu protocol, yn hytrach nag oherwydd ei fod yn disgwyl y byddai Edward Sharman yn achosi trafferth. Yn ôl adroddiad cynharach Rol, nid oedd hynny'n debygol iawn. Yn wir, roedd y chief yn poeni mwy am y cŵn na'r meistr, ac roedd ei bryder yn deillio o brofiad.

Â'r warant yn ei afael, arweiniodd Rol y ffordd. Agorodd y drws ffrynt cyn iddynt gyrraedd, a dyna lle safai Edward Sharman, gan foesymgrymu'n goeglyd wrth i'r swyddogion gamu heibio iddo a dringo'r grisiau i'r llawr cyntaf. Arhosodd un o'r iwnifforms wrth y drws ffrynt. Yn unol â'u cynllun, aeth Rol a DCI Colwyn i'r ail lawr, i chwilio'r tair ystafell wely a'r ystafell ymolchi yn ogystal ag atig bychan yn y to; a gwnaeth Kingy a'r iwnifform arall yr un peth ar y llawr cyntaf, gan archwilio pob twll a chornel o'r gegin, y lolfa, yr ystafell fwyta a'r iwtiliti.

Ond siom oedd yn eu haros, gan nad oedd Nicky – nac unrhyw awgrym o ymddygiad gwyrdroëdig na dieflig ychwaith – yn agos i'r lle.

"Unrhyw beth?" gofynnodd Col wrth ailymuno â'i bartner yn y lolfa ar waelod y grisiau pren.

Ysgydwodd Kingy ei ben, y siom yn amlwg iawn ar ei wyneb.

"Lawr fan hyn!" gwaeddodd llais o'r garej, a throdd pawb eu golygon at y drws. "Fi 'di ffeindio rhywbeth!"

Ond cyn i unrhyw un ymateb, canodd ffôn DCI Colwyn, ac estynnodd y chief hi o'i boced gan ddweud: "'Na i ddilyn chi nawr."

Brasgamodd Rol, Kingy a'r iwnifform i lawr y grisiau, gan basio Mr Sharman yn dal i sefyll wrth y porth, ei ysgwyddau yn swp a golwg chwithig ar ei wyneb. Tu fewn i'r drws ffrynt, roedd tŷ bach a drws nesaf i hwnnw roedd drws arall yn arwain i'r garej. Fel gweddill y tŷ, roedd y garej yn dwt ac yn daclus, â digon o le i'r car SMART gysgodi rhag yr elfennau. Roedd bwlb noeth yn goleuo'r ystafell a'r iwnifform yn sefyll yn y cornel pellaf, wrth ochr oergell fawr â'r gair SMEG ar y drws mewn ysgrifen arian.

"'Drychwch ar hwn, syr," gwahoddodd y swyddog ifanc, gan agor y drws i bawb gael gweld. Doedd Rol ddim yn gwybod beth i'w ddisgwyl – pen dynol neu ddarnau o gyrff. Ond yn sicr doedd e ddim yn disgwyl gweld banc sberm yn llenwi'r ffrij chwaith.

Estynnodd i mewn a gafael yn y jar agosaf. Darllenodd y label a gweld dyddiad y diwrnod cynt wedi'i brintio'n daclus â llaw. Trodd i gyfeiriad y drws a gweld Mr Sharman yn syllu'n ôl, gan wenu'n chwithig, ond cyn iddo gael cyfle i gynnig esboniad, ymddangosodd DCI Colwyn y tu ôl iddo, ei lygaid yn bolio yn ei ben.

"Ma'n nhw 'di ffeindio Nicky Evans."

Cwningen

Hanner awr wedi saith ar nos Sadwrn yw hi, a dw i'n sefyll ar y decin yn y tywyllwch, yn gwylio'r tonnau'n torri dros y creigiau islaw, gan balu'n ddwfn yn fy mhen am esgus i beidio â gorfod mynd i'r blydi parti 'ma yn y clwb cymdeithasol mewn munud. Y gwir yw fy mod i wedi ei gadael hi'n rhy hwyr i dynnu'n ôl nawr. Dylen i fod wedi aros yn y gwely trwy'r dydd a honni bod yng nghanol y ffliw neu rywbeth, ond mae gormod o egni 'da fi i wneud y fath beth y dyddiau hyn. Unig ganlyniad gwrthod mynd ar y funud olaf fel hyn fyddai gwraig grac, ac a finnau a Lowri wedi bod yn dod mlân mor dda yn ddiweddar, dyna'r peth olaf dw i eisiau.

Yn unol â'r rhagolygon a'r rhybuddion, a bron i'r funud chwarae teg, mae Storom Roger wedi croesi'r Iwerydd a glanio ar arfordir gorllewinol Cymru fach. Mae'r gwynt cyn gryfed ag unrhyw beth dw i'n ei gofio; yn wir, mae Rog yn chwibanu fel trên stêm wrth ruo trwy'r coed ac o amgylch y caban, gan fygwth ei godi a'i adleoli mewn rhan arall o'r wlad. Mae fy nghorff yn cael ei chwythu i bob cyfeiriad, ond mae fy nghoesau'n gadarn a fy nhraed wedi'u hangori i'r pren. Yn annisgwyl braidd, dyw hi ddim yn bwrw. Dw i wastad yn meddwl bod storm yn golygu gwynt *a* glaw, ond nid dyna sy'n digwydd heno. Yn wir, er bod yna gymylau yn yr awyr uwchben, maen nhw'n rhannu'r nenlun â nifer o sêr.

"ROOOOOL!!!" clywaf lais fy ngwraig yn galw dros y gwynt. Trof a gweld wyneb Lowri'n pipo allan trwy ddrws y patio, sy'n gilagored oherwydd yr elfennau. Mae'n gweiddi rhywbeth i 'nghyfeiriad ond mae ei geiriau'n mynd ar goll, felly dw i'n cerdded tuag ati, ac yn ymuno â hi yn y caban clud, gan gau'r drws y tu ôl i fi.

"Ti'n barod?" Mae'n gofyn, gan godi un o'i haeliau wrth wneud.

"Ydw," atebaf, er fy mod i'n gwybod nad dyna oedd hi eisiau ei glywed. Yn wahanol i fi a fy jins a chrys-t, mae Lowri'n edrych fel petai ar fin mynd i briodas. Wel, parti nos falle. Mae'n gwisgo legins du a bŵts lledr, brown golau uchel gyda thrims ffwr jyst o dan ei phengliniau. Mae crys cotwm gwyn wedi'i dynnu'n dynn dros ei bola crwn perffaith, a chardigan wlanog frown dywyll wedi'i lapio o'i hamgylch. Mae ei gwallt yn sgleinio diolch i'r cyflyrydd cnau coco mae'n ei ddefnyddio bob dydd, a'r colur ar ei hwyneb yn hollol ddiangen, er na fyddai hi'n cytuno â fi.

"Ti'n siŵr?"

Gwenaf ac mae Lowri'n gwenu'n ôl, yn gwybod ar unwaith nad ydw i o ddifrif. "'Na i roi crys arall mlân, ie?"

"Bachgen da," daw ei hateb, ac mae'n rhoi slap bach ar fy nhin wrth i fi gamu heibio ar y ffordd i'r ystafell wely.

Wrth newid, mae fy meddyliau'n troi at Caio. Dw i ddim wedi'i weld ers y digwyddiad yn yr ogof y noson o'r blaen ac mae hynny, ynghyd â'r ffaith fy mod i'n siŵr i'r heddlu lleol fod yn cadw llygad arna i yn y cyfamser, yn gwneud i fi amau'n fawr bod y ddau beth yn gysylltiedig. Bob tro dw i 'di camu o'r caban yn ystod y dyddiau diwethaf, i fynd am dro neu jog neu beth bynnag, dw i 'di sylwi bod rhywun gerllaw. A dim o reidrwydd yr heddlu swyddogol chwaith, jyst unigolyn neu gwpwl allan am dro, yn cerdded ci neu'n loncian yn y cyffiniau. Wrth gwrs, dw i'n gwbl ymwybodol y gall y camerâu cylch cyfyng wneud y gwaith ar eu rhan, ac efallai mai un o sgileffeithiau dod oddi ar fy meddyginiaeth yw'r paranoia 'ma, ond mae'r ffaith bod Caio wedi diflannu yn peri gofid mawr i fi. Ar ôl ei gael fel cysgod ers cyrraedd, mae ei absenoldeb yn gwneud i fi deimlo fel ampiwti sydd wedi colli coes.

"Ti'n barod?" Daw llais Lowri o'r ystafell nesaf.

"Ydw," atebaf, gan ymuno â hi yn y lolfa a chau botwm olaf fy nghrys Ralph Lauren glas tywyll dros fy mola a fy mronnau gwastad. Mae fy hen gyfaill, y bol cwrw, wedi diflannu, diolch i ddeufis off y pop a chael fy mwydo trwy diwb ac, er bod lletygarwch a sgiliau coginio Caio wedi ychwanegu bach o fraster at fy ffrâm dros yr wythnosau diwethaf, dw i'n benderfynol o gadw'r bola a'r mŵbs fel ag y maen nhw, yn enwedig nawr 'mod i'n llwyrymwrthodwr damweiniol.

Mae'r corwynt sy'n aros amdanon ni tu fas yn wrthgyferbyniad llwyr i gyfforddusrwydd y caban bach clyd. Mae Lowri'n gafael yn dynn yn fy mraich wrth i ni frwydro i gyfeiriad y clwb cymdeithasol, fel petai'n ofni hedfan i ffwrdd a diflannu i gyfeiriad llinell Landsker a Mynyddoedd y Preselau tu hwnt. Mae'r elfennau mor eithafol nad oes modd i ni siarad ar y ffordd, ond gyda'n pennau i lawr a digon o benderfyniad, ry'n ni'n cyrraedd pen ein taith mewn llai na phymtheg munud, sy'n wyrth o ystyried cyflwr fy ngwraig, ond nid yn annisgwyl, serch hynny, o ystyried ei phenderfyniad a'i chadernid. Heb os, hi yw craig y briodas hon. Wrth aros i gael mynd mewn at y miri, edrychaf arni'n llawn edmygedd o gornel fy llygad, gan ymfalchïo yn y sicrwydd y bydd ein plentyn yn cael pob cyfle i ffynnu, diolch iddi hi. Bydda i wrth law i gynnig cefnogaeth, yn ddi-os, ond hi fydd yn ein harwain ar hyd llwybrau troellog y dyfodol.

Er i fi gerdded, seiclo neu loncian heibio i Glwb Cymdeithasol Porth Glas ddegau o weithiau dros yr wythnos ddiwethaf, dyma'r tro cyntaf i fi gamu trwy'r drws. O'r tu allan, mae'r lle'n edrych fel clwb golff crand. Pebble Beach neu rywle tebyg. Mae 'na lyn go fawr o flaen y fynedfa, a goleuadau ffenestri'r adeilad yn adlewyrchu ar wyneb y dŵr wrth i ni gerdded heibio. Mae'r adeilad yn drwsiadus tu hwnt o ystyried ei safle agored arfordirol, a'r waliau wedi cael cot o baent yn ddiweddar. Yn yr un modd, mae'r tu fewn wedi ei adnewyddu, y paent dal yn ffres ar y waliau a'r llawr llechi o dan draed yn y cyntedd llydan yn disgleirio yn y golau llachar. Mae hwnnw'n pylu ar ôl camu i grombil y clwb, ond ddim digon i fy atal rhag nodi'r holl heddweision preifat sydd ar ddyletswydd heno, yn sibrwd i'w meicroffonau wrth i'w llygaid symud o ochr i ochr fel Action Men llygaid eryr. Mae 'na ddwy ystafell fawr wedi'u lleoli i'r dde ac i'r chwith o'r grisiau derw crand, canolbwynt yr adeilad, a dau o'r swyddogion mwyaf yn atal rabsgaliwns fel fi rhag cyrraedd y llawr cyntaf. Yn ddigon naturiol, o ystyried popeth, mae fy nychymyg yn dechrau tanio wrth weld yr horwths yn gwirio'u rhestrau cyn gadael i ambell unigolyn detholedig gamu heibio i'r rhaff drwchus ac anelu am pwy a ŵyr beth sy'n aros amdanynt i fyny'r grisiau. Dilynaf Lowri i gyfeiriad yr ystafell ar y dde. Mewn un cornel, mae 'na far. Dim byd ffansi, jyst twll yn y wal wedi'i addurno'n chwaethus ac un dyn ifanc yn aros am gwsmeriaid. Edrychaf arno ddwywaith, gan ei fod yn fy atgoffa i o Caio, ond nid fy ffrind sydd yno. Yn y cornel arall ar lwyfan isel, gwelaf fand yn paratoi i berfformio. Mae'r aelodau i gyd yn gwisgo dici-bows a'r offerynnau sydd i'w gweld – bâs dwbl, trwmped, sacsoffon, trombôn, piano, gitâr a drwms – yn awgrymu'n gryf mai jazz fydd arlwy'r noson. Ar wahân i'r cerddorion a'r barmon, mae'r ystafell yn wag, felly ry'n ni'n troi ac yn cerdded heibio i'r grisiau unwaith eto, er mwyn cyrraedd yr ystafell arall, yn drwch o bobl, gan gynnwys ambell wyneb cyfarwydd o fyd y campau neu'r cyfryngau. Ond nid y selebs sy'n hawlio fy sylw. Yr hyn sy'n fy synnu i yw'r diffyg menywod. Mae 'na ambell un, wrth gwrs, ond wedi edrych o amgylch, dw i'n dyfalu bod y gymhareb dynion:menywod yn o leiaf 4:1. Parti selsig os welais i un erioed.

"Ti mo'yn i fi 'nôl drinc i ti?" gofynnaf i Lowri, sydd wrthi'n edrych o gwmpas am le i eistedd.

"Go on, 'te. Fi angen sit down. Fi'n buggered ar ôl y wâc 'na!"

Ond cyn i Lowri ffeindio rhywle i barcio'i thin a chyn i fi fynd i gefn y ciw ac ymuno yn y sgarmes, mae Nantlais yn ymddangos wrth ein hochr; y ffaith bod canhwyllau ei lygaid ar agor led y pen, ac nad yw'n gallu sefyll yn llonydd, yn bradychu'r ffaith iddo newydd fod yn hwfro'r Gwynfryn. Mae canhwyllau ei lygaid yn troi yn ei ben a gwyn ei lygaid yn goch. Dw i'n gwylio Lowri'n cusanu ei bòs, unwaith ar bob boch, wrth iddo fe wneud môr a mynydd o fwytho'i bola. Mae'r sioe fawr yn fy ffieiddio ac nid yw Nantlais hyd yn oed yn estyn ei law i 'nghyfarch i. Does dim perthynas yn bodoli rhyngddon ni bellach. Mae'r ddau ohonon ni'n ddigon cwrtais, ond goddef ein gilydd er mwyn Lowri ry'n ni'n ei wneud y dyddiau hyn. Dim mwy. Dim llai. Bob tro dw i'n ei weld, caf fy nghipio ar unwaith yn ôl i'r twnnel ym Mhorth Hwyan yr holl flynyddoedd yna'n ôl. Alla i *byth* faddau iddo am fy ngadael i yna yng ngafael digyfaddawd fy nhreisiwr, er fy mod i hefyd yn gwybod nad oedd unrhyw beth y gallai fod wedi ei wneud i fy helpu i chwaith. Ar wahân i alw'r heddlu, efallai. Chwalwyd ein cyfeillgarwch yn filiwn o ddarnau mân y diwrnod hwnnw, ynghyd ag unrhyw barch a ffydd oedd gen i tuag ato. Yn wir, mae bod yn ei bresenoldeb am fwy na rhyw funud yn troi fy stumog erbyn hyn. Fel pob aelod o'r 1% breintiedig dw i wedi bod yn ddigon anlwcus i gwrdd â nhw yn ystod fy mywyd, mae rhywbeth rhyfedd tu hwnt am Nantlais erbyn hyn; rhyw arwahanrwydd pydredig sy'n rhan annatod o fyw bywyd heb ganlyniadau i'ch gweithredoedd. Yn ôl Low, mae e'n mynd a dod mewn hofrennydd. Yn wir, mae Nantlais mor gyfoethog nad yw normau'r byd yn berthnasol iddo mwyach. Dyna pam ei fod e'n caru Porth Glas, mwy na thebyg, achos dyw'r lle ddim yn rhan o'r byd go iawn. Yma, Nantlais yw'r bòs. Na, mae e'n fwy na hynny hyd yn oed.

Nantlais yw Duw Porth Glas.

Wrth i Lowri a Nantlais siarad siop, pwysaf ar y wal a gwylio'r bownsers ar waelod y grisiau. Gwelaf un dyn yn ei chwedegau yn cael mynediad i'r llawr cyntaf; a dau ddyn ifancach, brodyr, o bosib, yn dod i'r cyfeiriad arall, ill dau yn siarad â'i gilydd yn gynllwyngar, eu llygaid yn saethu i bob cyfeiriad wrth iddynt ailymuno â'r plebs ar y llawr gwaelod.

"Fi'n clywed dy fod ti'n gwella'n dda, Rolant, a dy fod yn mwynhau awyr iach yr arfordir a holl gyfleusterau Porth Glas," mae llais Nantlais yn mynnu fy sylw, a'r islif Orwelaidd yn oeri fy ngwaed. Ar ben hynny, mae ei lygaid gorffwyll a'i wên dwyllodrus yn gwneud i fi fod eisiau torri ei drwyn.

"Be sy'n digwydd lan stâr?" anwybyddaf ei sylwadau.

"Ti'n gamblo, Rol?"

"Nadw. Pam?"

"Twrnament pocer ecsgliwsif sy'n cael ei gynnal lan stâr. Meddwl falle byddet ti mo'yn gêm. Can mil, cash, jyst i gael eistedd wrth y bwrdd."

Dyw'r ffaith ymffrostgar ddim yn gwneud argraff arna i. Ffyliaid cyfoethog. Dim mwy. Dim llai. Nodiaf fy mhen yn gwbl ddi-hid gan obeithio bod Nantlais yn synhwyro fy niflastod. Ffieiddiaf at yr holl le a phawb sy'n bresennol ac, am y tro cyntaf ers amser maith, dw i'n crefu bach o fodca. Mae fy nwylo'n dechrau chwysu a'r bar fel petai'n galw arna i o ochr draw'r ystafell.

Mae ceg Nantlais yn symud ond dw i ddim yn clywed yr un gair.

Yna, o nunlle, mae un o'r heddweision lleol yn camu trwy'r drws ar frys ac yn sibrwd yng nghlust Nantlais. Dw i ddim yn clywed gair achos bod y band jazz wedi dechrau chwarae, ond gwelaf yr arswyd yn ei lygaid. Mae'r heddwas yn gadael a Nantlais yn troi at Lowri.

"Fi'n gorfod mynd, Low. Wela i di wedyn. Joiwch y parti," a gwyliaf y ddau ohonyn nhw'n cerdded allan o'r clwb.

"Be sy'n bod 'not ti?" gofynna Lowri, gan syllu arna i â golwg bryderus. Ym mwrlwm yr ystafell, gyda nodau'r band yn dawnsio o'n cwmpas, dw i ddim yn credu iddi sylwi ar y newid yn Nantlais. "Ti'n welw."

Gwenaf arni, mewn ymdrech i fasgio fy mlys am Smirnoff mawr wedi'i arllwys dros domen o iâ. "Ma'r lle 'ma'n rhoi'r creeps i fi, 'na gyd. Nantlais yn enwedig."

"Blydi hel, Rol! Drop it, 'nei di. Ma fe 'di bod yn garedig iawn i ni'n ddiweddar."

Mae Lowri wastad yn cadw'i gefn pan dw i'n lleisio fy marn am fy hen ffrind, yn ddigon dealladwy, mwn, o ystyried mai fe sy'n talu ei chyflog. Ond dyw hynny ddim yn newid fy nheimladau i o gwbl.

"Gei di weld," dw i'n mwmian fel plentyn, ond cyn i Lowri gael cyfle i ymateb, mae'r goleuadau'n diffodd a'r tensiwn i'w deimlo fel trydan trwy'r dorf. Mae Lowri'n gafael yn fy mraich yn dynn, wrth i leisiau anhysbys o ganol y dyrfa sychedig ofyn "beth sy'n digwydd?". Gallaf glywed 'ts-t-t-ts' brwsys y drymiwr yn cadw rhythm yn yr ystafell arall, ynghyd â nodau dwfn y bas dwbl, ond mae gweddill y cerddorion wedi stopio chwarae am nawr. O'r hyn alla i ddeall, y consensws yw bod y storm wedi torri'r cyflenwad trydan, ond o fewn munud neu ddwy mae'r golau'n aildanio, diolch i'r generadur wrth gefn, y dorf yn bloeddio'n unllais mewn ymateb i'r lledrith a'r band yn codi ei lais mewn cytgord perffaith; yr adran rhythm heb andwyo'r un curiad, er gwaethaf y ffaith nad oedden nhw'n gallu gweld. Mae Lowri'n gollwng fy mraich ac yn eistedd ar gadair gerllaw, sydd wedi dod yn wag mwyaf sydyn.

"Fi angen piss," dywedaf. "A' i i ôl diod i ti ar y ffordd 'nôl." Mae Lowri'n ddigon hapus â hynny. Yn wir, mae hi eisoes wedi dechrau siarad â'r ferch sy'n eistedd wrth ei hochr, a honno'n pwyntio at ei bol yn llawn brwdfrydedd. Bant â fi, ond nid i'r toiled. Ar hast, cerddaf trwy'r brif fynedfa ac allan i'r gwynt, gan ddod i stop a sganio'r gorwel. Yn union fel o'n i'n gobeithio, sdim golau yn y cabanau ac mae lampau'r stryd i gyd yn dywyll. Mae hynny'n awgrymu'n gryf bod gan y clwb ei eneradur ei hun, a bod yna bosibilrwydd bod y camerâu cylch cyfyng wedi stopio gweithio hefyd. Efallai bod y drws electronig yn yr ogof ar agor. Teimlaf y cyffro'n corddi ynof. Dyma fy nghyfle. Trof a dychwelyd i'r clwb, gan ddilyn nodau'r band at y bar hanner gwag yn yr ystafell ar y dde. Mae'r chwant am fodca wedi diflannu'n llwyr, ond dw i'n archebu gin a slim i Lowri, a Diet Coke, rhag ofn nad yw hi eisiau alcohol. Dw i'n falch i weld ei bod hi'n dal i siarad yn ddwys â'i ffrind newydd. Gosodaf y gwydrau o'i blaen a cheisio edrych mor pathetig â phosib. Mae fy ystumio'n effeithiol, mae'n rhaid, achos mae Lowri'n deall yn syth ac yn gofyn ydw i'n teimlo'n iawn.

"Ddim yn wych," dw i'n cyfaddef, mewn llais llygoden lliprynnaidd. Rhedaf fy llaw trwy fy ngwallt ac anadlu'n ddwfn. "Fi'n meddwl a' i adre. Mae angen lie-down bach arna i."

Mae Lowri'n edrych arna i'n llawn tosturi. "Go on, 'te. Fe ddo i ar dy ôl di mewn rhyw hanner awr."

"Ti'n siŵr byddi di'n iawn i gerdded adre yn y gwynt 'ma?"

"Bydda i'n iawn," mae Lowri'n wfftio. "Fi lot trymach na ti dyddie hyn cofia!"

Gwenaf yn wan ar hynny ac, er nad ydw i'n gwbl hapus am y sefyllfa, dw i'n troi 'nghefn ar y parti, gan obeithio bod fy ngreddfau'n gywir a'r drws yn yr ogof ar agor led y pen. Dyma fy nghyfle. *Rhaid* i fi fynd amdani.

Tu allan i'r parti mae'r pentref yn dywyll. Mae'r cymylau wedi diflannu bellach, gan adael i'r sêr hawlio'r ffurfafen. Mae'r gwynt yn dal i hyrddio, yn gryfach nag o'r blaen, a'r heddlu'n gwibio o gwmpas y lle fel petaent yn ymateb i ryw ddigwyddiad argyfyngus. Yn fy meddwl, gwelaf yr olwg ar wyneb Nantlais pan sibrydodd yr heddwas yn ei glust. Rhaid bod y ddau beth yn gysylltiedig. Gwelaf fod mwy o geir wedi cyrraedd mewn dwy funud, wrth sefyll ar risiau ffrynt y clwb, nag yn yr holl amser dw i wedi bod yma. Yn ogystal â'r ceir, gwelaf nifer o swyddogion ar droed – eu fflachlampau fel llygaid cath yn y fagddu, yn adlewyrchu'r sêr uwchben. Mae'r olygfa'n fy nghipio'n syth yn ôl i'r coed sy'n amgylchynu Porth Hwyan, ond dydw i ddim yn gadael i'r hunanatgasedd fy meddiannu heno. Gwyliaf y criw chwilio'n diflannu o'r golwg, i gyfeiriad fy nghaban i ac, wedi gwneud yn siŵr nad oes unrhyw un yn fy ngwylio, trof ac yn anelu am y bwlch yn y coed lle gwelais Caio ddiwethaf.

Gan frasgamu i mewn i'r gwynt, dw i'n dod o hyd i'r llwybr yn ddidrafferth, diolch i'r ffaith fy mod wedi cerdded heibio i'r union fan lond llaw o weithiau ers ei ddefnyddio i ddianc y noson o'r blaen. Edrychaf o gwmpas unwaith eto, cyn camu i'r prysgwydd a chael fy llyncu gan y düwch llethol. Mae'r coed tal uwchben yn gwegian yn y gwynt, ond mae trwch y prysgwydd yn golygu nad yw'r elfennau'n treiddio rhyw lawer i lawr fan hyn. Estynnaf fy nhorch o 'mhoced, gan longyfarch fy hun am ei chario hi i bobman. Dw i'n olrhain fy nghamau heb fawr o drafferth. Mae'r llawr yn rhyfeddol o galed, ond pan gyrhaeddaf ben arall y llwybr gallaf weld bod swyddogion yn sefyll wrth geg yr ogof, ill dau yn cario gwn. Mae eu presenoldeb yn awgrymu dau beth. Yn gyntaf, ac yn unol â fy amheuon, nid yw'r drws dur yn yr ogof ynghlo, diolch i'r diffyg trydan. Ac yn ail, mae cyfrinach gwerth ei chadw yn aros amdanaf y tu hwnt i'r drws. Yn anffodus, oherwydd y ddau swyddog, ni fydda i byth yn canfod y gwir, a chyda'r ffaith honno'n gwawrio arnaf, dw i'n troi am adref yn gwbl siomedig.

Wrth agosáu at ben draw'r llwybr, clywaf leisiau ar y gwynt. Dw i'n diffodd fy fflachlamp ac yn cyrcydio wrth foncyff cyfagos, fy nghalon yn carlamu, gan wylio chwe swyddog heddlu yn cerdded heibio ar y ffordd i gyfeiriad Traeth Mawr. Clywaf un ohonyn nhw'n cyfeirio at 'road block' ac un arall yn sôn bod y 'bòs ar y war-path', er nad ydw i'n gwybod pwy yw'r 'bòs' yn y cyd-destun hwn. Sleifiaf o'r coed ar ôl eu gwylio nhw'n troi'r cornel a gwneud fy ffordd i gyfeiriad y caban, y gwynt yn codi a gostwng bob yn ail, gan fy hyrddio heb rybudd a gwneud i fi ddawnsio fel doli glwt.

Â'r caban o fewn cyrraedd, gwelaf gwningen yn croesi fy llwybr ac yn sboncio i'r clawdd. Anelaf y dorch ar ei hôl, gan feddwl efallai y gwela i deulu bach fflwfflyd yn aros amdani, ond caf sioc aruthrol wrth weld merch ifanc yn cuddio yn y cysgodion, ei llygaid ar agor led y pen a'r ofn pur yn pefrio ynddynt. Fel cwningen yng ngolau car, mae hi wedi'i hoelio i'r unfan. Camaf i'w chyfeiriad yn ansicr, heb fod yn siŵr a ydw i'n ei gweld hi go iawn neu ai rhith sydd o 'mlaen. Syllaf arni, gan sylwi ar ei nodweddion arddegol. Gwelaf y clais ar ochr ei hwyneb a'r gwaed yn llifo o'i cheg. Yn reddfol, estynnaf fy llaw tuag ati.

15

Hambwrdd

Dw i'n cofio'r diwrnod fel ddoe. Dydd Sadwrn, Ionawr y pumed, un naw naw un. Deuddydd cyn dychwelyd i'r ysgol ar ôl gwyliau'r Nadolig, a'r bythefnos orau i fi gael ers gwyliau'r haf. Dim Pooley. Dim problem. Ond byddai hynny'n newid eto ddydd Llun, yn ddi-os. Ar ôl fy medyddio i'n 'Skidpants Price' dros flwyddyn yn ôl nawr, mae Pooley wedi fy mhoenydio'n rheolaidd. Ddim bob dydd. Ddim bob wythnos, hyd yn oed. Ond yn ddigon aml i wneud i fi ofni fy nghysgod fy hun. Bobman dw i'n mynd – hyd yn oed wrth ymweld â theulu Mam yn Nyffryn Ogwen ym mis Awst – mae un llygad yn edrych dros fy ysgwydd o hyd; yn cribo'r gorwel, rhag ofn ei fod e gerllaw. A dyw e ddim hyd yn oed wedi gwneud unrhyw beth *rhy* wael i fi chwaith, ddim o'i gymharu â'r hyn y gwnaeth y bwli i eraill, ond mae'r bwlio dan-din cyson a'r bygythiad seicolegol parhaus wedi chwalu fy nerfau a 'nhroi i'n ysgymun cymdeithasol. Yn wir, dim ond dau ffrind sydd 'da fi, Carl a Ger, ac maen nhw hefyd wedi dioddef wrth law Pooley droeon. Er i'r tri ohonon ni fod yn ffrindiau ers yr ysgol gynradd, mae ein perthynas wedi ei hatgyfnerthu i raddau gan sylw digroeso ein harteithiwr. Sdim gobaith i ni frwydro'n ôl yn ei erbyn, er nad yw Pooley'n gorfforol fygythiol mewn gwirionedd. Ond, mae'r cythraul sy'n llechu yn ei lygaid a'i wallgofrwydd amlwg yn ei wneud yn fwy brawychus nag unrhyw beth dw i wedi ei weld ar WWF. Ac, er fy mod wedi ffantasïo a breuddwydio'n aml am ei herio, troi'r byrddau arno fel petai, dw i wedi gweld beth mae'r boi'n gallu ei wneud ac felly so hynny'n debygol iawn o ddigwydd. Er, os y dysgais i unrhyw beth o wylio'r Incredible Hulk, mae gan bawb dorbwynt. Torrodd Carl ei bigwrn yn sglefrio iâ yng Nghaerdydd ym mis Medi, ac roedd ei droed mewn plastr am bedair wythnos, o'i fodiau at ei benglin. Roedd yn absennol o'r ysgol am wythnos gyfan ond, pan ddychwelodd, yn hoblan ar ffyn baglau ac yn gwisgo trowsus tracwisg â gwasg elastigedig yn lle trowsus ysgol, gwnaeth Pooley bwynt o sleifio i fyny y tu ôl iddo'n ddyddiol, o flaen cynulleidfa gan amlaf, a thynnu ei drowsus a'i bants i lawr tan i Carl golli ei gydbwysedd yn llwyr, cwympo i'r llawr gan geisio cuddio ei fotwm-fadarchen, a cholli pob bripsyn o urddas oedd ganddo erbyn i'r plastr gael ei dynnu ar ddiwedd y mis. Dw i'n cofio gwylio'r sioe arswyd a gwneud dim byd i helpu fy ffrind, dim ond diolch i Dduw nad fi oedd testun sylw Pooley. Dim bod Carl yn disgwyl i fi na Ger ei gynorthwyo; roedd e'n gwybod yn iawn na fydden ni'n gallu stopio'r bwli, ond dw i'n dal i deimlo'n euog am beidio â cheisio ei amddiffyn o leiaf.

Er gwaethaf trychinebau cyson fy mywyd yn yr ysgol, o leiaf mae pethe wedi gwella gartref. Mae Dad wedi dod o hyd i swydd, un barhaol yn gweithio mewn siop arddio leol, Gibson's Garden Village. Dim byd ffansi i gychwyn, gweithio'r tils a symud cynnyrch, stocio'r silffoedd a delio â chwsmeriaid, ond mae e wedi cael dau ddyrchafiad yn barod ac, erbyn hyn, fe yw'r rheolwr shifft, beth bynnag yw ystyr hynny. Yr unig beth mae e'n ei olygu i fi yw bod Dad a Mam yn hapus unwaith eto, a bod y gwres canolog wedi bod 'mlaen dros y gaeaf eleni. Heb anghofio'r beic newydd ges i fel anrheg Nadolig: Raleigh Super Burner â ffrâm aur a phadiau du. Hollol lush ac yn union beth o'n i eisiau. A thra bod Carl a Ger wedi clymu cardiau chwarae at echelau ôl eu beiciau nhw, er mwyn gwneud iddynt swnio fel Vespas pan fo'r olwynion yn troi, dw i ddim yn bwriadu gwneud unrhyw beth i ddifetha estheteg fy march metel i, â'i sbôcs du plastig yn ei osod ar wahân i'w rhai nhw. Ac er nad ydyn ni'n gallu gwneud stynts, ar wahân i wheelies pathetig, bunny-hops truenus ac ambell i endo damweiniol, mae'r beics yn berffaith ar gyfer crwydro'r cymoedd a'r fforestydd sy'n amgylchynu Gerddi Hwyan.

Heddiw, ni ym Mhorth Hwyan, cyfres o ogofâu a thwneli wedi'u cysylltu â'r hen bwll glo, i'r gogledd o'r dref ac ar lethrau dwyreiniol Coedwig Afan. Diolch i'r tywydd garw diweddar, sneb ar gyfyl y lle, ar wahân i ni'n tri ac ambell berson yn cerdded ci. Mae'r ddaear yn stegetsh, sy'n ei gwneud hi'n anodd seiclo yma, hyd yn oed ar fy meic newydd. Yn yr haf, mae'r lle fel powlen lwch; yn y gaeaf, ar ôl glaw, mae'n debycach i fàth mwd.

Ar ôl bore o sgrialu o amgylch y lle, daeth y glaw unwaith yn rhagor, felly dyma ni'n cysgodi i gael cinio yn un o'r twneli. "Be sy 'da chi?" gofynnaf.

"Jam," yw ateb Carl.

"Ham," ateba Ger. "Ti?"

"Past samwn."

"Ych!" ebycha fy ffrindiau gyda'i gilydd, ond sdim ots 'da fi o gwbl, achos dw i'n caru past samwn. Bron cymaint â chaws fel mwydyn, ond ddim cweit.

Wrth fwyta, ry'n ni'n trafod beth wylion ni ar y teledu dros y gwyliau. Dim lot, a dweud y gwir, er mai *ET* oedd yr uchafbwynt, heb os, er nad ydw i'n meiddio cyfaddef i fi grio fel babi ar ddiwedd y ffilm. Yn hytrach, llywiaf y sgwrs i gyfeiriad gwahanol.

"Pa mor ddwfn chi'n meddwl yw'r twneli 'ma?"

"Dunnow," medd Carl. "Milltir?"

"Sa i'n gwbod," dw i'n cyfaddef. "Falle."

"Fi'n cofio Dad yn dweud bod e mwy fel saith cant metr," mae Ger yn rhannu. "O'dd e'n arfer gweithio 'ma..."

"Pa mor bell chi 'di bod mewn?"

"Eitha pell," yw ateb amwys Carl.

"Ti angen tortsh i fynd mwy na rhyw fifty yards."

"Tortsh?"

"Ie."

"Fel yr un yma?" gofynnaf, gan dynnu Mini Mag newydd sbon o'm gwarfag.

"Nice!" ebycha fy ffrindiau'n unllais.

"Fi'n gwbod. Ges i fe Nadolig."

Mae Ger yn cipio'r fflachlamp o 'ngafael, yn gwthio'r botwm ac anelu'r pelydr llachar i lawr y twnnel y tu ôl i ni.

"Ma hwnna'n well bright."

"Come on, 'te," dywedaf, gan godi ar fy nhraed a chipio'r Mini Mag yn ôl. Wrth gau fy mag a'i osod ar fy ysgwyddau, gwelaf edrychiad yn pasio rhwng Carl a Ger. "Chi'n dod neu be?"

Dy'n nhw ddim yn symud.

"Beth?"

Dy'n nhw ddim yn dweud gair.

"Chi'n ofnus neu rywbeth?" chwarddaf arnyn nhw, a chodi fy meic a'i wthio tua deg llath i'r tywyllwch er mwyn ei guddio o olwg unrhyw un a allai gerdded heibio. Ar ôl gwneud hynny, dw i'n dychwelyd at fy ffrindiau. "Be sy'n bod?"

Tawelwch.

"Come on!" ebychaf, gan ddechrau colli amynedd.

"Ma Carl ofn y tywyllwch." medd Ger, ac mae Carl yn ei fwrw ar ei fraich.

"Na fi ddim! Fi'n clostroffobic," esbonia Carl.

"Clostro-beth?"

"Scared of the dark!" ateba Ger ar ei ran, ac mae Carl yn ei fwrw unwaith eto.

"Dim scared of the dark... fi jyst ddim yn hoffi bod mewn enclosed spaces."

"Beth bynnag, bois. Fi'n mynd mewn." Dw i'n dechrau cerdded i lawr y twnnel, y golau'n treiddio'r tywyllwch. Yn sydyn, mae'r oerfel yn fy mwrw, yn treiddio trwy fy nillad tamp ac yn gafael yn dynn yn fy esgyrn. Dw i'n difaru bod mor fyrbwyll a dw i ar fin troi am 'nôl, ond ar yr eiliad olaf, clywaf y bois yn codi eu beics a'u camau'n dechrau fy nilyn.

"Aros, Rol!" Mae Ger yn gweiddi, a dw i'n gwneud fel mae'n ei orchymyn, gan droi'r golau arnyn nhw er mwyn eu hatal rhag gweld y rhyddhad ar fy ngwyneb.

Eu beics wedi cuddio, ry'n ni'n camu'n araf i'r düwch, ein hanadliadau'n seinchwyddo yng nghyfyngder y twnnel. Â'r dŵr yn drip-drip-dripian o estyll y nenfwd, camwn yn ansicr dros ganiau cwrw ac ysbwriel amrywiol eraill. Rhyw ganllath i mewn i'r twnnel, mae Carl wedi cael digon ac yn gorfod troi am 'nôl oherwydd ei 'gyflwr'. Dw i a Ger yn chwerthin am ei ben, ond o fewn degllath, ry'n ni'n ei ddilyn, gan redeg ffwl-pelt tua'r goleuni a sgrechian fel merched mewn cyngerdd New Kids on the Block, diolch i'r llygod ffyrnig sydd yn aros amdanon ni rownd cornel cyntaf y twnnel tanddaearol.

"Sawl un?" gofynna Carl.

"Deg o leia," ateba Ger.

"Mwy fel tri deg," ychwanegaf.

"Welest ti eu llygaid nhw?"

"O'n i'n meddwl mai Gremlins o'n nhw i ddechre!"

"O'n nhw'n ddigon mawr."

Ar ôl i'n calonnau ailafael yn eu rhythmau naturiol, ry'n ni'n casglu'r beics ac yn troi ein cefnau ar Borth Hwyan, gan anelu am adref yn y glaw mân. Mae fy nillad yn socian a 'nhrwyn yn rhedeg. Dw i angen bàth. Dw i angen gorweddian o flaen y tân, yn yfed siocled poeth ac yn aros i *Beadle's About* ddechrau ar ôl i Dad gael gwylio'r Vidiprinter yn mynd trwy ei bethau. Ond, cyn hynny, dw i eisiau prynu Wham Bar o Siop Anwaar. Dw i'n arwain y ffordd, gan arafu cyn troi pob cornel rhag ofn bod Pooley'n llechu yno'n aros amdanon ni. Yn ffodus, ry'n ni'n cyrraedd y siop yn ddidrafferth ac yn nodio'n pennau ar Si a Bri, dau frawd ychydig yn hŷn na ni yn yr ysgol sy'n chwarae kerbies ac yn bwyta da-das gerllaw. Ry'n ni'n pwyso'r beics ar ben ei gilydd yn erbyn y wal ac yn peilo i mewn i'r siop, y ceiniogau'n llosgi tyllau yn ein pocedi. Dim ond deg ceiniog sydd gen i, ond mae hynny'n ddigon i brynu Wham Bar a fydd, yn ei dro, yn para oriau. Gwerth am arian, go iawn. Mae Ger a Carl ychydig yn fwy fflysh na fi ac mae'r ddau'n cymryd ache i lenwi bag bob un o penny-sweets. Ar ôl talu Mr Anwaar, y perchennog, ry'n ni'n camu allan at ein beics, yn barod i ailddechrau ar gymal olaf y daith adref. Mae'r glaw wedi peidio ond mae Si a Bri wedi mynd. Wrth afael yn ein beiciau ac aros i Carl roi ei losin yn ei fag, gwelaf Lowri'n cerdded tuag ataf ar ochr arall y ffordd, yng nghwmni dwy o'i ffrindiau, er fy mod yn arogli'r hairspray ymhell cyn eu gweld nhw'n dod. Mae'r tair yn croesi'r ffordd ac mae 'nghalon yn codi gêr. Mae fy ngheg yn sychu ar unwaith a 'mochau'n gwrido fel betys. Dw i ddim yn gwybod ble i edrych ac mae pob ymdrech i edrych yn cŵl yn cael ei danseilio gan fy nghagŵl tsiep a fy nhrowsus tracwisg tyllog, heb sôn am y patshyn mwdlyd gwlyb ar fy mhen-ôl. Dw i'n gwneud yn siŵr fod fy nghefn at y wal ac, wrth basio, mae Lowri'n gwenu arnaf, ac mae 'nghalon yn oedi am eiliad. Ond, cyn gorfod galw am y diffibriliwr, clywaf un o'i ffrindiau'n fy ngalw'n 'Skidpants' a dw i'n cwympo i'r ddaear â chlec; fy ego wedi'i gleisio, ond gwên Lowri'n llenwi fy nghalon â gobaith gwag.

"Shit!" Mae'r panig yn llais Ger yn torri fy synfyfyrion, ond cyn i fi gael cyfle i ofyn beth sydd wrth wraidd y rhegi, mae fy ffrindiau ill dau wedi neidio ar eu beics ac yn pedlo i ffwrdd fel tasent yn cystadlu yn y Wacky Races. Edrychaf i fyny'r stryd a gwelaf pam fod y panig wedi eu meddiannu mor ddiamod: mae Pooley'n seiclo'n hamddenol i gyfeiriad y siop.

Dw i'n gafael yn fy meic ac yn neidio ar ei gefn, cyn gwthio i ffwrdd a'i heglu hi ar hyd y palmant. Dw i ddim yn edrych 'nôl tan i fi gyrraedd cornel y parc, rhyw chwarter milltir i ffwrdd, ond dw i'n difaru ar unwaith, gan fod Pooley ar fy nhrywydd, y bwlch yn cau â phob cylchdro olwyn. Unwaith eto, mae fy nghalon yn rasio, mewn cytgord â 'nghoesau, wrth i fi wibio trwy'r parc mewn ymdrech i waredu'r helgi ar fy nghwt. Dw i'n hedfan heibio i'r cyrtiau tenis gwag, yn sgrialu ar hyd llwybrau mwdlyd y goedlan, gan ddiolch i'r drefn mai BMX ges i'n bresant Nadolig, yn hytrach na beic rasio ag olwynion bregus. Bob tro dw i'n edrych dros fy ysgwydd, mae Pooley'n agosáu. Mae'r panig yn gafael ynof, a'r erchyllterau posib yn dechrau llenwi fy mhen a'i gwneud hi'n amhosib meddwl am unrhyw beth arall. *Rhaid* dianc, dw i'n gwybod hynny'n iawn, er mai dros dro yn unig y byddwn yn osgoi 'nhynged, achos pwy a ŵyr beth fydd Pooley'n ei wneud i fi yn yr ysgol dydd Llun? Yn wir, dechreuaf feddwl efallai y byddai'n syniad da delio â beth bynnag sy'n dod reit nawr fan hyn, yn hytrach na chythruddo Pooley ymhellach ac aros tan ddydd Llun i gael fy haeddiant. A chan gofio hynny, dw i'n gwneud penderfyniad, yn gwasgu'r brêcs ac yn arafu, gan ddod â'r beic i stop wrth y parc chwarae gwag, diolch i'r tywydd brwnt.

Pwysaf y beic yn erbyn cefn mainc a gobeithio'n fawr na fydd Pooley'n mynnu swopio meirch. Dyna fyddai'r canlyniad gwaethaf posib. Byddai'n well 'da fi gael crasfa na cholli 'meic. Anadlaf yn ddwfn a throi i wynebu fy heliwr, ond does dim arwydd ohono fe'n unman. Edrychaf o'm hamgylch yn wyllt, yn siŵr ei fod yn cuddio tu ôl i goeden, yn barod i lamu allan ar ôl i fi ddechrau ymlacio, ond wedi aros yn yr unfan am ddwy funud, dw i'n penderfynu ei throi hi am adref, gan geisio darbwyllo fy hun nad oedd Pooley ar fy ôl i yn y lle cyntaf. Efallai mai cyd-ddigwyddiad oedd yr holl beth.

Y noson honno – ar ôl hanner gwylio *Beadle's About* a *The Generation Game*, er ei bod hi'n amhosib canolbwyntio oherwydd y cwmwl du sy'n hongian uwch fy mhen yn barhaus – ac wrth orwedd yn fy ngwely yn aros i gwsg fy nghofleidio – dw i'n gwneud penderfyniad tyngedfennol. Dw i ddim yn mynd i redeg mwyach. Ddim wrth neb. Er mai Pooley yw'r unig un sy'n fy erlid mewn gwirionedd. Yn dair ar ddeg oed, dw i wedi cael digon ar fod yn gachgi. Wedi cael digon o guddio a ffoi. Mae'n bur debyg y ca i gweir a hanner am wneud, ond o leiaf bydd gen i fy urddas. A beth bynnag sydd gan Pooley mewn golwg i fi dydd Llun, fydd e byth yn disgwyl i fi frwydro'n ôl.

Yn ôl y disgwyl, does dim rhaid i fi aros yn hir tan i Pooley ymosod arnaf. Cyrhaeddaf amser cinio dydd Llun heb weld siw na miw ohono; yn wir, mae'r bwli ymhell o fy meddyliau wrth i fi giwio yn y ffreutur, fy hambwrdd yn dal sudd oren, sosej rôl, pecyn o greision ac afal. Dw i newydd weld Lowri'n cario'i chinio at ford gyfagos, yn gwenu arnaf yn glên wrth fynd heibio, felly dw i ar blaned arall pan mae Pooley'n ymddangos o nunlle, yn fy ngwthio yn fy nghefn yn y fath fodd bod fy mwyd yn hedfan i bob cyfeiriad. Efallai nad ydw i'n disgwyl yr ymosodiad, ond mae'r un peth yn wir am Pooley. Wedi gwneud ei wneud, mae'n sefyll yno wrth i'r ysgol gyfan – neu, o leiaf pawb yn y ffreutur – droi i edrych arno. Fel pob bwli, mae Pooley wrth ei fodd yn cael sylw, felly mae'n rhy brysur yn mwynhau'r holl lygaid wedi'u hoelio arno i 'ngweld i'n gafael yn yr hambwrdd gwag â dwy law chwyslyd, troi i'w gyfeiriad a'i fwrw ar bont ei drwyn ag ochr y pren nes i'r gwaed dasgu dros bob man yn ddramatig ac i'r ffreutur gyfan dynnu gwynt fel un. Mae Pooley'n cwympo i'w bengliniau ac, am hanner eiliad, dw i'n teimlo fel Rocky ar ddiwedd brwydr, yn siŵr fod y gwaethaf ar ben. Ond, yna, â'r gwaed yn pistyllu o'r cwt rhwng ei lygaid, coda'r bwystfil bach unwaith yn rhagor a rhuo tuag ataf, ei herc yn hwb, yn hytrach nag yn rhwystr.

Dihunaf dair awr yn ddiweddarach mewn gwely ysbyty, fy rhieni bob ochr i mi. Mae fy mhen mewn bandej, fy ngwyneb yn gleisiau i gyd a 'mraich chwith wedi torri ac mewn plaster. Dychwelaf i'r ysgol ar ôl pythefnos, ond ni welaf Pooley byth eto. Mae e wedi cael ei ddiarddel ac, yn ôl y sibrydion, wedi symud at ei fam-gu yng ngorllewin Cymru.

Mae popeth wedi newid bellach.

Ar wahân i fy llysenw.

16

Yr Anochel

Erbyn hyn roedd y glaw yn pistyllio, gan daranu yn erbyn to'r car wrth i Kingy yrru'r Skoda o gartref Edward Sharman tua'r gogledd i gyfeiriad Porth Hwyan, lle roedd Nicky Evans yn aros amdanynt.

Eisteddai Rol yng nghefn y car yn gwylio'r diferion yn llithro i lawr y gwydr; wedi'i alltudio gan bresenoldeb DCI Colwyn oedd yn cadw cwmni i Kingy yn y blaen. Roedd y fflasg ddur loyw, oedd yn galw ar Rol o boced fewnol ei siaced fel Seiren swyngyfareddol, yn gwasgu'n drwm ar chwantau'r ditectif, yn gorfforol ac yn feddyliol.

Tu ôl i'r olwyn, roedd Kingy'n colli ei amynedd yn gyflym â'r holl geir oedd yn rhwystro'i ffordd. Roedd e'n mwmian a rhegi o dan ei anal ac yn canu ei gorn o bryd i'w gilydd mewn ymdrech i annog y traffig i symud.

"Chi mo'yn i fi danio'r seiren, chief?" gofynnodd Kingy, ei lais yn gymysgedd o obaith a gwylltineb, ar ôl i'r dagfa eu hatal rhag symud o gwbl am sbel.

Cyn ateb, ystyriodd DCI Colwyn y sefyllfa. Trwy ffenest flaen y cerbyd, edrychodd ar y traffig trwm yn ardal Pwll Coch y dref, yn segura i'r ddau gyfeiriad, a'r holl geir wedi'u parcio bob ochr y ffordd, gan ddod i'r casgliad nad oedd unrhyw bwynt gwneud ffys. Roedd golau a seiren ceir di-farc yr heddlu i'w defnyddio wrth erlid troseddwyr, a hynny ar ddisgresiwn yr uwch swyddog presennol, DCI Colwyn yn yr achos hwn.

"Na," atebodd o'r diwedd, ei lais yn cael ei foddi gan daranu'r glaw ar do'r car. "Sdim unman 'da'r ceir 'ma i symud." Ac yna, fel ôl-ystyriaeth dorcalonnus, ychwanegodd yn dawel: "A so Nicky'n mynd i unman ta beth." Gadawodd y geiriau i grogi am eiliad neu ddwy, cyn ailafael yn ei awdurdod. "Ma SOCO ar y ffordd, a hanner yr orsaf yna'n barod."

"Iawn, syr," meddai Kingy, a gwelodd Rol ysgwyddau ei bartner yn ymlacio rhyw fymryn yn y sedd o'i flaen. "Beth arall y'n ni'n gwbod?"

"Dim lot. Yr un hen stori i ddechre. Rhyw foi yn mynd â'i gi am dro dda'th o hyd i'r corff."

"Yn ble?"

"Porth Hwyan." Synhwyrodd Kingy dinc diamynedd yn llais DCI Colwyn, ond nid dyna'r ateb yr oedd e'n ei ddymuno.

"Fi'n gwbod 'ny, syr, ond oedd hi *yn* un o'r twneli, neu mas yn yr awyr agored?"

"Sa i'n siŵr. Pam ti'n gofyn?" Disodlwyd y diffyg amynedd gan chwilfrydedd.

"Wel… os mai lawr un o'r twneli oedd hi, falle'i bod hi wedi bod yna ers peth amser, ond os o'dd hi mas yn yr awyr agored, rhaid bod pwy bynnag gipiodd hi wedi gadael hi yna heddiw."

"Pam felly?" gofynnodd y DCI, cyn ateb ei gwestiwn ei hun. "Achos ei fod yn lle poblogaidd i gerddwyr a pherchnogion cŵn."

"Reit, syr. Yn union. Ma dege o bobl yn cerdded yn y coed 'na bob dydd. Rhaid bod rhywun wedi gweld rhywbeth."

"Pwynt da."

"Diolch, syr."

Tawelodd y sgwrs a throdd Rol yn ôl at y dilyw. Wrth i'r car symud yn araf i gyfeiriad gorffwysle Nicky Evans, fflachiodd delweddau ac atgofion echrydus yn ei ben. Gwelodd lygod mawr di-rif yn cripian tuag ato, eu llygaid uwch-fioled yn goleuo tywyllwch twnelau ei isymwybod. Baglodd dros yr ysbwriel a'r ysgarthion o dan draed, gan gwympo i'r llawr ar ei bengliniau. Rhwygodd groen ei ddwylo ar y gwydr a'r malurion anhysbys ar lawr, a chaeodd y fermin amdano, gan droi'n ddynol eu ffurf wrth i realiti'r hyn ddigwyddodd dros ugain mlynedd ynghynt feddiannu ei ôl-fflachiadau. Mwyaf sydyn, gallai arogli anadl ei ymosodwr a chlywed ei eiriau'n atseinio yn ei ben. *Paid symud. Paid gwneud sŵn. Paid symud. Paid gwneud sŵn. Paid symud.*

Paid gwneud sŵn. Gwelodd ffigwr ar ben draw'r twnnel; silwét main ar gefndir gwyn. Ond diflannodd hwnnw heb wneud unrhyw beth i'w helpu. Nid oedd Rol wedi dychwelyd i Borth Hwyan ers y digwyddiad, ond doedd dim modd osgoi'r lle heddiw.

Daeth 'nôl i'r byd hwn mewn pryd i weld y stryd lle tyfodd i fyny yn fflachio heibio'r ffenest, a gwnaeth hynny iddo feddwl am ei rieni. Roedd ei dad wedi hen ffarwelio â'r byd hwn, ac er bod ei fam yn dal ar dir y byw, roedd e wedi ei cholli hi i raddau helaeth hefyd. Ble roedd hi heddiw, ar yr union eiliad hon? Gyda phwy ac yn gwneud beth? Pa mor aml byddai hi'n meddwl amdano fe?

Doedd dim sôn am draffig bellach, ac roedd y car yn cyflym agosáu at ei gyrchfan. Teithiodd y triawd heibio i'r hen bwll glo mewn tawelwch llethol. Trwy'r gwydr a'r glaw, gwelodd Rol fframin y pwll yn ymgodi ar ochr draw'r ffens derfyn; y strwythur cawraidd yn segur, fel y gweithlu a gollodd bob gobaith pan gaeodd y pwll chwarter canrif ynghynt.

O'r preswyl i'r diwydiannol a thu hwnt, newidiodd y tirlun unwaith yn rhagor wrth i'r car gefnu ar y pwll glo. Roedd gwregys o dir comin diffaith yn ffinio Gerddi Hwyan i'r gogledd, a gwelodd Rol geffylau gwyllt ar y gorwel aneglur; bwganod llwyd ar gefndir du. Doedd dim coed yn tyfu ar y tir anial yma, ac felly doedd dim unman gan y ceffylau i gysgodi. Ond doedd dim amser i bendroni ar hynny, achos ymhen dim daeth y car at ffin ddwyreiniol Coedwig Afan a'r trac a fyddai'n eu tywys at Borth Hwyan.

Arafodd Kingy'r car a dod i stop wrth y glwyd gaeedig. Gerllaw, ar erchwyn glaswelltog y trac, roedd fan heddlu wedi'i pharcio, ynghyd â thri char arall a fan newyddion gyfarwydd. Ond, diolch i'r tywydd garw, dim ond un person oedd allan yn yr elfennau, sef PC Tom Chaplin, yn gwisgo ponsio heddlu swyddogol dros ei lifrai arferol a golwg brudd ar ei wyneb gwelw.

Er yr holl erchyllterau oedd yn corddi ynddo'n ddwfn, dihunodd Rol wrth weld PC Chaplin yn camu at y car. Cofiodd mai fe, DS Rolant Price, oedd yn arwain yr archwiliad, felly roedd rhaid iddo osod ei broblemau personol i'r naill ochr. Gwasgodd y botwm er mwyn agor y ffenest a siarad â'r heddwas ifanc, a gwnaeth Kingy'r un peth â'i un yntau.

"DS Price, DS King. Syr." Cyfarchodd y cwnstabl ei uwch swyddogion yn eu tro.

"Beth sy'n digwydd?" gofynnodd Rol yn ddiseremoni.

"Ni 'di diogelu'r ardal, a gosod cordon o amgylch y corff. Yn anffodus, oherwydd y glaw, mae hi fel mudbath 'ma." Ar y gair, cododd y gwynt a dwysaodd y glaw, gan orfodi PC Chaplin i godi ei law at ei het er mwyn ei chadw yn ei lle. "Cyrhaeddodd SOCO rhyw ugain munud yn ôl."

"Ydy Quincy 'ma?" holodd DCI Colwyn.

"Ydy."

"Beth am y boi ffeindiodd y corff?"

"Ma fe yn y fan yn rhoi statement." Ystumiodd Chaplin at y fan heddlu.

"Ti 'di siarad 'da fe?"

"Do, syr."

"Be ti'n feddwl?" gofynnodd Rol. Dryswyd y cwnstabl ifanc gan y cwestiwn, gan nad oedd wedi arfer cael ei gynnwys yng ngweithgareddau'r bechgyn mawr.

"Ma fe mewn sioc, syr."

"Ti 'di gweld y corff?"

"Fi oedd y cynta i gyrraedd, syr," medd Chaplin yn falch.

"Shwt siâp sy arni?"

Diflannodd y balchder ac unrhyw islif o wagymffrostio a chymylodd llygaid yr heddwas ifanc. Tonnodd yr emosiwn dros wyneb Chaplin a theimlodd Rol ias yn llifo ar ras ar hyd a lled ei gorff.

"Well i chi weld drosto'ch hun, syr."

Camodd PC Chaplin at y glwyd ac, wrth aros iddo ei hagor, trodd Rol ei olygon tuag at y fan newyddion. Gwelodd Aaron Joyce a'r dyn camera'n eistedd yno, yn aros i'r glaw ostegu a chododd y gohebydd ei law ar Rol. Nodiodd y ditectif ei ben cyn i Kingy yrru'n araf i fyny'r lôn serth droellog, oedd yn debycach i afon fas diolch i'r elfennau, tan iddo ddod at faes parcio crwn yng nghanol y coed, yn llawn gweithgarwch, cerbydau heddlu a wynebau cyfarwydd. Pawb yn stegetsh. Pawb yn eu ponsios.

Parciodd Kingy'r Skoda yn yr unig le amlwg oedd ar ôl, a chamodd y tri ohonynt o gyfforddusrwydd cymharol y car i faddon lleidiog y goedwig. Bu bron i Rol lithro ar ei din, ond gafaelodd ei bartner yn ei benelin a'i atal rhag gwneud hynny.

"O's ponsios yn y bŵt, bois?" gofynnodd DCI Colwyn, ond doedd dim syniad gan Rol na Kingy, felly agorodd y chief y gist er mwyn cael yr ateb. "Dim ond un," datganodd a thynnu'r ponsio dros ei ben heb hyd yn oed ystyried ei chynnig i un o'r ditectifs. "Falle bod rhai yng nghar WPC Morris," awgrymodd DCI Colwyn, gan ystumio at Sally Morris oedd wrthi'n dychwelyd tâp melyn llachar lleoliad y drosedd i gist ei char ym mhen draw'r maes parcio.

"Peidiwch poeni am y peth, syr." Roedd y glaw wedi gostegu rhyw fymryn beth bynnag a niwl wedi disgyn dros y coed bythwyrdd trwchus.

"Os y'ch chi'n siŵr," atebodd y chief, cyn arwain y ffordd ar hyd trac cul yn syth i ganol y coed. Ymgymerwyd â'r daith mewn tawelwch, y tri ditectif yn paratoi yn feddyliol am yr hyn oedd yn eu disgwyl. Roedd yr olwg ar wyneb PC Chaplin yn siarad cyfrolau, ond nid oedd yr hyn roedden nhw'n ei ddychmygu yn dod yn agos at y realiti. Ar ôl cerdded am funud neu ddwy, a phasio ambell gyd-weithiwr yn mynd i'r cyfeiriad arall ar hyd y llwybr lleidiog, daeth y coed i ben, gan ddatgelu pebyll gwyn SOCO o'u blaenau, yn cuddio'r twneli oedd yn gorwedd y tu ôl iddynt. Roedd traed y triawd yn wlyb at y croen erbyn cyrraedd, ond roedd corff cyfan Rol yn ddiffrwyth ac nid y tywydd oedd y prif ffactor wrth wraidd y teimlad hwnnw.

Unwaith eto, fflachiodd yr atgofion i'w ben. Llygod mawr. Dynion mwy. Anadl troëdig. Poen. Cnawd yn rhwygo. Gwaed yn diferu i lawr cefn ei goesau. Cywilydd. Nid oedd wedi datgelu'r gwir wrth unrhyw un; dim ond byw gyda'r hyn ddigwyddodd.

Codwyd dwy babell yn y lleoliad, y naill wedi'i chysylltu â'r llall gan ddrws a sip, er mwyn galluogi'r swyddogion i fyned i'r brif babell, heb orfod camu i'r glaw a llygru eu siwtiau arbennig. Tu allan i'r babell lai, yr ystafell newid fel petai, safai Gethin Robbins yn y glaw mân, ei wyneb gwelw wedi ei fasgio gan fwg o'i sigarét. Wrth agosáu, gwelodd Rol fod llaw ei ffrind yn crynu'n anwirfoddol. Rhyw ddeg llath wrth Geth, yn ei gwrcwd wrth ochr y generadur symudol ac yng ngheg un o'r twneli, roedd Paul de Wolfe wrthi'n gwagio'i gylla – ei hyrddiadau'n atseinio oddi ar y waliau gwlyb ac yn tynnu Rol i berfeddion tywyllaf ei blentyndod.

"Cynddrwg â 'ny?" gofynnodd DCI Colwyn wrth Geth yn anystyriol braidd.

Ni atebodd y ditectif. Yn hytrach, tynnodd yn galed ar ei sigarét wrth edrych i ebargofiant. Ceisiodd Rol ddal ei lygad wrth gamu heibio, ond ni welodd Geth e hyd yn oed.

Allan o'r glaw ac i mewn i'r babell gyntaf, gan gau sip y drws y tu ôl iddynt. Roedd hi fel byd gwahanol ar yr ochr hon, diolch i'r dechnoleg rheoli hinsawdd ddiweddaraf. Roedd waliau, to a llawr y babell hon wedi'u gwneud o'r un defnydd, sef polyester trwm, a mat mawr wedi'i osod yn ofalus wrth y fynedfa lle roedd disgwyl i bawb oedd yn dod i mewn dynnu sanau plastig dros eu hesgidiau cyn camu ymhellach. Yn ogystal, byddai aelodau'r tîm SOCO a'r ffotograffydd yn gwisgo siwtiau DuPont dros eu dillad arferol er mwyn osgoi halogi'r lleoliad, ond ni fyddai angen i'r ditectifs wneud hynny am mai ymweliad gwib yn unig oedd hwn; cyfle iddynt weld celain Nicky mewn cyd-destun, yn hytrach nag mewn ffotograffau yn unig.

Agorodd Rol y sip i'r brif babell a gweld tri swyddog wrth eu gwaith – dau aelod o dîm SOCO ac un ffotograffydd.

"Quincy!" meddai Rol, cyn i'r patholegydd droi i'w gyfeiriad. Nodiodd ei ben i gyfarch y ditectif a sibrwd gorchymyn i'w gyd-weithiwr.

Camodd draw at y ditectifs ac agor y sip yn llydan at y llawr. Dyn difrifol oedd Quincy, gŵr yn agosáu at oedran ymddeol oedd yn hoff o wisgo siwtiau cordyroi a chlytiau lledr ar eu peneliniau ac o smocio pib. Doedd dim sôn am ei bib heddiw. Roedd ei ben mor foel ag un Bruce Willis a'i sbectols fel chwyddwydrau yn gwneud i'w lygaid ymddangos yn llawer rhy fawr i'w ben. Nid oedd yn hoffi siarad mân. Roedd Quincy'n fusnes i gyd ac roedd ei waith o'r safon uchaf. Er bod ei lysenw braidd yn amlwg, roedd yn addas iawn o wybod mai ei enw cyntaf go iawn oedd Quentin, heb anghofio ei alwedigaeth broffesiynol. Yn ei ôl ef, Quincy fyddai ei rieni'n ei alw pan oedd yn blentyn, ac felly *fe* oedd y Quincy gwreiddiol, yn hytrach na'r cymeriad teledu o'r saithdegau. Er hynny, nid oedd neb yn ei gredu.

Heb air, gwahoddodd y triawd i gamu i mewn er mwyn gweld Nicky ar ei gwely angau. Bu bron i Rol golli ei ginio ar unwaith, llygru'r lleoliad cyfan a difetha unrhyw dystiolaeth oedd heb ei gasglu.

"Iesu Grist," oedd ymateb DCI Colwyn, tra dwedodd Kingy ddim byd, jyst syllu ar y celain yn hollol anghrediniol.

Llyncodd Rol y cyfog, gan orfodi ei hun i edrych arni.

Roedd hi'n gorwedd ar ei chefn, yn gwbl noeth. Roedd ei chorff wedi'i fritho gan smotiau unffurf, lle roedd ei harteithiwr wedi'i marcio â sigaréts. *Defodol* oedd y gair cyntaf a neidiodd i ben Rolant. Cododd ei olygon ac edrych ar ei phen. Roedd socedi ei llygaid yn wag a'i gwallt wedi ei eillio'n llwyr. Ond nid dyna oedd y peth gwaethaf. Ddim o bellffordd. Roedd ei chlustiau wedi'u torri i ffwrdd yn gelfydd, gan adael dim byd ond tyllau yn eu lle.

Syllodd y tri arni; eu traed wedi'u hoelio i'r llawr a'u llygaid wedi'u glynu ar gorff Nicky Evans. Yr unig air a ynganodd unrhyw un ohonynt oedd 'fuck'.

'Nôl yn y babell arall, â'r drws ar gau, roedd Quincy, o leiaf, yn dal i allu gweithredu'n broffesiynol.

"Dyma fy argraffiadau cynta," dechreuodd yn awdurdodol. "Bydd y post-mortem yn datgelu mwy, wrth gwrs, ond am nawr dyma beth ni'n gwbod. Rhaid i chi ddeall, a sa i mo'yn datgan yr amlwg fan hyn, na sarhau eich deallusrwydd na'ch proffesiynoldeb, ond cafodd Nicky ei harteithio mewn ffordd eithafol iawn cyn iddi farw. Chi 'di gweld y marciau ar ei garddyrnau a'i phigyrnau. Tysiolaeth amlwg iddi gael ei chyffio a'i charcharu. Chi 'di gweld y llosgiadau sigaréts ledled ei chorff. Chi 'di gweld beth sy 'di digwydd i'w llygaid a'i chlustiau." Edrychodd y patholegydd ar ei gynulleidfa, ond roedd y tri'n rhy brysur yn ceisio'u gorau glas i beidio â dilyn esiampl Paul de Wolfe i ofyn cwestiwn neu wneud sylw. "Ond yr hyn nad y'ch chi wedi'i weld yw bod ei thafod wedi diflannu hefyd ac, o edrych ar yr endoriadau, mae'n amlwg bod pwy bynnag sy'n gyfrifol am wneud hyn wedi bod yn ymarfer… wel, un ai hynny, neu bod ganddo brofiad yn y maes."

"Beth, fel llawfeddyg?" gofynnodd Kingy.

"Llawfeddyg. Milfeddyg. Doctor. Nyrs. Cigydd. Cogydd. Saer coed. Arlunydd. Athro celf. Pastry chef. Sushi chef. Painter and decorator. Adeiladwr. Teiliwr. Unrhyw un sy'n defnyddio cyllyll fel rhan o'u bywyd bob dydd. Ma'r rhestr yn faith, a dim ond dyfalu dw i'n gwneud, ta beth."

"Beth am olion traed neu esgidiau o amgylch y corff?" synnwyd Rol gan ei lais ei hun, ond roedd y cwestiwn yn un dilys.

Ysgydwodd Quincy ei ben moel yn araf. "Yn anffodus, ma'r glaw wedi chwarae ei ran, a'r amseru'n berffaith o ran y tywydd. Diflannodd unrhyw olion cyn i ni ddod ar gyfyl y lle."

"Unrhyw beth arall?" gofynnodd DCI Colwyn.

"Wel, a chi'n gwbod hyn yn barod wrth gwrs, ond nid dyma lle bu Nicky farw ac ma rhywun wedi neud pob ymdrech i'w golchi a gwneud yn siŵr nad oes unrhyw waed ar ôl ar ei chroen. Stating the obvious, fi'n gwbod, ond 'na gyd sy 'da fi ar hyn o bryd."

'Nôl yn y car, eisteddodd y tri mewn tawelwch am amser hir, y delweddau o Nicky yn troelli yn eu pennau.

Ar ôl dychwelyd i'r orsaf, aeth Rol amdani ar auto-pilot, yr holl hyfforddiant yn ei helpu trwy ddüwch llethol y diwrnod. Cysylltodd â WPC Pritchard, y Swyddog Cyswllt Teulu, oedd eisoes gyda rhieni Nicky ac wedi rhannu'r newyddion â nhw. Diolch byth amdani. Dyna oedd un o agweddau gwaethaf y swydd. Yna, darllenodd yr adroddiadau cychwynnol am ddarganfyddiad y corff ar system fewnol yr orsaf – yr alwad, y galwr a'i ddatganiad, cofnod PC Chaplin o gyrraedd y lleoliad a dod o hyd i'r corff. Trwy'r cyfan, fflachiodd celain Nicky o flaen ei lygaid, pob delwedd newydd yn waeth na'r un flaenorol.

Roedd y fflasg yn wag erbyn iddo droi am adref a'r amser yn tynnu at un ar ddeg. Daeth o hyd i Lowri'n cysgu ar y soffa.

Pengliniodd wrth ei hochr a gafael ynddi'n dynn.

Atsain

"Fi'n goro mynd," sibrydodd Lowri yng nghlust Rol, gan wneud iddo agor ei lygaid er mwyn cadarnhau nad oedd yn breuddwydio.

"Faint o'r gloch yw hi?" gofynnodd yn gryg, heb wneud unrhyw ymdrech i godi.

"Deg munud i saith," atebodd hithau. "Fi'n mynd i Fryste heddiw gyda gwaith a bydda i'n hwyr heno. Ti'n mynd i fod yn ok?"

Agorodd Rol ei lygaid yn llydan, wrth i atgofion y diwrnod a'r noson flaenorol ei orlethu. Gwelodd Nicky ar ei chefn yng nghanol y baw, y llosgiadau sigarét yn batrwm pwrpasol dros ei chorff. Gwelodd ei phen moel a'r mannau lle bu ei chlustiau gynt; y cnawd pinc amrwd fel eog. Roedd ei hamrannau a'i cheg ar gau, er y gwyddai nad oedd ei llygaid a'i thafod lle y dylsent fod. Beth yn y byd oedd arwyddocâd hynny? Yna, cofiodd ddychwelyd at Lowri yng nghanol nos a datgelu'r cyfan wrthi.

"Fi'n fine," atebodd, gan geisio swnio'n sicr wrth godi i eistedd yn y gwely. "Ma gen i waith i neud. Ma gen i ddyn drwg i'w ddal."

Gwenodd Lowri wrth glywed hynny, er y gwyddai mai ymffrostio gwag ydoedd mewn gwirionedd. Gallai weld trwy ffasâd ei gŵr fel petai'n ffenest, ond ni ddwedodd unrhyw beth i'w wrth-ddweud.

"Ffonia fi os ti mo'yn fi, ok."

Plygodd Lowri unwaith yn rhagor a chusanu Rol ar ei geg. Gallai flasu'r fodca ar ei wefusau, ond ni ddwedodd unrhyw beth am hynny chwaith. Ar ôl iddi glywed y gwir am gyflwr Nicky Evans neithiwr, nid oedd modd iddi feio Rol am yfed i anghofio. Er hynny, byddai'n cadw tabs arno o nawr mlân.

Gwyliodd Rol ei wraig yn gadael yr ystafell ac, wrth glywed y drws ffrynt yn cau, estynnodd y fflasg arian o'r drôr wrth ochr y gwely a gwagio'r cynnwys mewn un dracht farus. Gwingodd mewn ymateb i'r gwirod poeth ond cododd o'r gwely heb oedi a chamu i'r gawod yn yr en suite, lle adfywiodd y dŵr cynnes ei gorff gwantan. Gwelodd Nicky'n gorwedd yn y babell SOCO bob tro y caeai ei lygaid, ond yn hytrach na'i aflonyddu, ategodd y ddelwedd ei benderfyniad i ddod o hyd i'w llofrudd a sicrhau ei fod yn treulio gweddill ei oes o dan glo. Roedd mor syml â hynny.

Yn y cwpwrdd dillad cerdded-i-mewn, gwisgodd siwt las dywyll drwsiadus, crys llewys byr, lliw llwyd golau, a Chelsea boots du am ei draed, cyn twtio'i wallt yn y drych hir ac anelu am y gegin. Yno, wrth i'r coffi ffrwtian a berwi yn y pot Bialetti ar yr hob, aeth ati i lenwi'r fflasg, gan ddefnyddio twndis i arllwys y Grey Goose er mwyn peidio â gwastraffu diferyn. Er nad oedd chwant bwyd arno o gwbl, gorfododd ei hun i fwyta tri Weetabix. Doedd dim syniad ganddo pryd fyddai'n cael cyfle i fwyta eto heddiw. Cyn gadael am yr orsaf, arllwysodd y coffi i gwpan teithio, gan ychwanegu mesur swmpus o fodca at yr hylif tarllyd. Caeodd y clawr yn dynn i osgoi ei sarnu tu fewn i'w gar a gwrandawodd ar y newyddion lleol wrth yrru i'r gwaith, yn llawn hanes Nicky Evans, er bod yr adroddiadau'n brin iawn o ffeithiau ac yn llawn dyfaliadau disail. Y gwir oedd y byddai'r cyhoedd yn cael eu syfrdanu a'u ffieiddio gan y gwir, a byddai Rol yn gwneud popeth i gadw'r ffeithiau oddi wrthynt; er y gwyddai o brofiad y byddai'r gwirionedd yn cael ei ddatgelu i'r cyhoedd rywffordd a rhywbryd yn y dyfodol.

Gyrrodd heibio i flaen yr orsaf a gweld bod y wasg a'r cyfryngau wedi dychwelyd i'r dref. Roedd sgrym reit swmpus eisoes wedi ymgynnull wrth y fynedfa, a'r peth cyntaf a wnaeth Rol ar ôl parcio'i gar a chamu trwy'r drws cefn oedd dod o hyd i DCI Colwyn yn ei swyddfa er mwyn trefnu cynhadledd i'r wasg, a hynny ar frys, yn bennaf er mwyn rhannu ffeithiau dethol â'r sylwebwyr mewn ymdrech i'w hatal rhag cyhoeddi celwyddau cywilyddus am lofruddiaeth Nicky Evans. Yn ffodus, cytunodd y chief i annerch y gynhadledd ei hun, oherwydd fod Quincy'n disgwyl Rol a Kingy ar gyfer y post-mortem ymhen awr.

Aeth Rol at ei ddesg a ffonio Catrin Pritchard, oedd yn dal i gadw cwmni i'r teulu ar Ystad y Wern. Esboniodd y swyddog cyswllt teulu bod Tony, tad Nicky, wedi cadarnhau mai Nicky oedd y ferch a ddarganfuwyd ym Mhorth Hwyan y diwrnod cynt, a hynny ar ôl i Quincy alw â chyfres o ffotograffau ar ei ffordd adref y noson flaenorol. Anadlodd Rol mewn rhyddhad. Dyna agwedd arall o'r swydd yr oedd yn hapus i'w hosgoi – yr eiliad roedd y llygedyn olaf o obaith yn diffodd am byth i aelodau teulu'r unigolyn coll. Nododd yn feddyliol y byddai'n diolch i Quincy am wneud hyn ar ei ran, er y gwyddai i'r patholegydd achub y blaen ar y sefyllfa er mwyn gallu cychwyn ar yr archwiliad post-mortem ben bore, yn hytrach nag er mwyn gwneud ffafr â'r ditectif.

"Close-ups o'i hwyneb yn unig, wedes di?" gofynnodd Rol.

"Ie. Wedodd e ddim byd arall wrthyn nhw."

"Diolch byth am hynny."

"Fi 'di clywed bod uffach o fes arni."

"Ti 'di clywed yn iawn," cadarnhaodd Rol, cyn diolch iddi eto a dweud hwyl fawr.

Am hanner awr wedi wyth, anerchodd Rol gyfarfod gorsaf-gyfan, er nad oedd hanner cymaint o swyddogion yn bresennol ag yr oedd yn ei ddisgwyl, gan fod nifer allan yn chwilio'r goedwig o amgylch Porth Hwyan mewn ymdrech i ddod o hyd i unrhyw olion o gipiwr, ac arteithiwr, Nicky Evans. Ar ôl gosod tasgau penodol i'r rheiny oedd yn bresennol, teithiodd gyda Kingy yn y Skoda i Ysbyty Tywysoges Cymru ym Mhen-y-bont ar Ogwr, ill dau'n paratoi'n feddyliol ar gyfer erchyllterau'r canfyddiadau oedd yn eu disgwyl. Roedd gweld celain Nicky y diwrnod cynt yn ddigon gwael, ond byddai clywed y manylion gwaedlyd yn waeth fyth.

Ar ôl parcio, aeth y ditectifs i lawr i'r gwaelodion mewn lifft cludo nwyddau ac anelu am yr elordy ymhell o dan y ddaear. Roedd meirwon yr ysbyty hwn ychydig yn is na chwe throedfedd o dan y pridd. Am nawr o leiaf. Ar ôl gadael y lifft gwelsant Quincy'n yfed coffi ac yn sgwrsio â phatholegydd yr ysbyty mewn swyddfa annisgwyl o gysurus.

Quincy oedd Patholegydd Swyddfa Gartref Heddlu De Cymru.

Byddai'n ymweld â lleoliadau troseddau ac yn cydweithio'n agos â'r heddlu ar achosion o lofruddiaeth neu ddynladdiad. Gan iddo gyfrannu at gannoedd o achosion yn y chwarter canrif a mwy y bu yn ei swydd, gellid yn saff ei alw'n 'arbenigwr' erbyn hyn.

"Wela i di mewn munud, Rhun, a diolch am y coffi," meddai Quincy, cyn i'r ditectifs gael cyfle i gamu i'r ystafell. Cododd Quincy o'r gadair ledr a cherdded allan o'r swyddfa a heibio i Rol a Kingy oedd yn tindroi yn y coridor rhynllyd.

"Dilynwch fi," mynnodd, heb edrych yn ôl dros ysgwydd ei got wen i weld a oedden nhw'n ufuddhau.

I ffwrdd â'r ditectifs ar drywydd y doctor, sŵn eu traed yn atseinio drwy brif ystafell yr elordy – heibio i ddrysau di-rif bob ochr, tebyg i wordrobs wedi'u ffitio, a chwe rhif ar bob drws yn dynodi faint o gyrff y gellid eu cadw ynddynt; byrddau archwilio haearn; sinciau sgleiniog; lampau a goleuadau llachar; cloriannau; trolïau, a mwy o grôm na'r Atomium ym Mrwsel.

Er eu bod mor agos at y meirw, yr unig arogl oedd elïau antiseptig amrywiol, gan fod y lle mor lan ag unrhyw ward yn yr ysbyty uwchben, os nad yn lannach.

Daeth Quincy i stop tu allan i ddrws dur ym mhen draw'r elordy ac estynnodd lond dwrn o allweddi o boced ei siaced wen. Ystafell wedi'i neilltuo ar gyfer achosion yr heddlu oedd hon.

"Gorffennes i'r PM rhyw awr yn ôl. Des i mewn yn gynnar. Methu cysgu neithiwr."

Diolch byth, meddyliodd Rol, gan nad oedd yn hoff iawn o'r holl dorri ac archwilio mewnol, er nad oedd wedi cyfaddef hynny wrth unrhyw un.

Wedi iddo ffeindio'r allwedd gywir ac agor y drws, camodd Quincy i'r ystafell a chynnau'r golau. Roedd bwrdd archwilio yn y canol a ffurf merch ifanc wedi'i orchuddio â lliain gwyn yn gorwedd arno. Aeth y doctor at y bwrdd a chwipio'r lliain o'r neilltu yn hollol ddiseremoni, gan ddadorchuddio corff noeth Nicky unwaith yn rhagor.

Gwisgodd Quincy bâr o fenig latecs glas am ei ddwylo, tynnu lamp gyfagos at y corff a chynnau'r bwlb er mwyn i'r triawd gael golwg agosach ar y celain a orweddai ar y bwrdd. Syllodd Rol ar ei chorff unwaith yn rhagor, yn methu'n lân â deall pam fyddai unrhyw un eisiau gwneud rhywbeth fel hyn i berson arall. Syllodd ar yr holl smotiau a orchuddiai ei chorff. Ceisiodd weld patrwm, cliw, yn eu plith, ond doedd dim byd amlwg. Jyst poen. Crwydrodd ei lygaid at ei phen, fel prop o ffilm arswyd, diolch i'w chorun moel a'i chlustiau coll.

"Fel gallwch chi weld, archwiliad allanol yn unig wnes i. Galla i archwilio'n fewnol hefyd, dim problem, os y'ch chi'n credu bod angen, ond alla i ddweud beth laddodd hi â pheth awdurdod yn seiliedig ar y dystiolaeth allanol." Cododd Quincy glipfwrdd o ddesg gyfagos a chraffu ar y llawysgrifen. "Cause of death," darllenodd. "Prolonged trauma resulting in excessive loss of blood and leading to hypovolemic shock."

"*Hypo*-beth?" gofynnodd Rol.

Yn fecanyddol, aeth Quincy ati i egluro. "Hypovolemic shock neu hemorrhagic shock. Yn syml, cyflwr sy'n codi pan fydd person, yn enwedig person ifanc fel hon, yn colli ugain y cant o'i chyflenwad gwaed neu fwy. Ar ôl colli cymaint o hylif â hynny mae'n amhosib i'r galon bwmpio digon o waed o gwmpas y corff, gan arwain, yn anochel, at fethiant yr organau a marwolaeth."

Tawelodd y patholegydd a syllodd y tri ar gorff Nicky Evans.

"Jesus," mwmiodd DS King.

"Fuodd Ef ddim help yn yr achos yma mae arna i ofn," atebodd Quincy.

"Gallwch chi gadarnhau un peth," dechreuodd Rol. "Pan chi'n dweud 'prolonged trauma', at beth yn union chi'n cyfeirio?" Gallai Rol ddyfalu yn ddigon hawdd, ond roedd angen cadarnhad arno.

"Y llosgiadau sigaréts. Dau gant a thri ohonynt, dros y corff cyfan, o'i thraed i'w hysgwyddau, ond ddim uwchben."

"Oes unrhyw arwyddocâd i hynny, sgwn i?" gofynnodd Kingy.

Cododd Quincy ei ysgwyddau'n drist. "Pwy a ŵyr beth sy'n mynd trwy ben rhywun sydd â'r gallu i wneud hyn?"

Tawelodd y patholegydd eto, ond eiliad yn unig cyn i Rol ei brocio i barhau, adfywiodd yn ddirybudd.

"Y clustiau. Y llygaid. Y tafod," ysgydwodd Quincy ei ben. Anadlodd trwy ei drwyn. "Byddai hyn yn ddigon i wneud iddi golli ugain y cant o'i chyflenwad gwaed… heb sôn am y treisio."

"Treisio?"

Nodiodd Quincy ei ben yn araf, cyn troi at ei glipfwrdd am gadarnhad. "Ar ôl archwilio ei gwain a'i anws, gallaf gadarnhau iddi gael ei threisio nifer o weithiau yn y ddau geudod. Er hynny, nid oedd unrhyw sberm na blewiach wedi eu gadael ar ôl."

"Beth am groen o dan ei hewinedd? Unrhyw arwydd iddi frwydro 'nôl?"

"Na. Dim byd." Cododd Quincy law dde Nicky a phwyntio'r golau yn syth at ei braich. "Chi'n gweld hwnna?" Ystumiodd at farc coch oedd yn creu cylch o gwmpas ei garddwrn.

Nodiodd y ditectifs, ac anelodd Quincy y golau at y fraich arall ac yna'r pigyrnau. Fel gwyfynod, dilynodd Rol a Kingy'r pelydryn a gweld marc tebyg ar bob cymal.

"Roedd hi'n gaeth," awgrymodd Kingy.

"Yn union," cadarnhaodd Quincy. "A ta beth, yn ôl yr adroddiad tocsicoleg, roedd ei system yn llawn asid Gamma Hydroxybutyrate, neu GHB, felly o leia ma gobaith nad oedd hi wedi teimlo'r rhan fwya o'r pethe wnaeth yr anifail 'ma iddi hi."

"Beth am time of death, doc?" gofynnodd Rol.

Cyfeiriodd Quincy at ei nodiadau unwaith yn rhagor er, o'r olwg ar ei wyneb, nid oedd yn ymddangos yn hapus â'i gasgliadau ei hun. Gwgodd ac ysgydwodd ei ben.

"Anodd dweud yn anffodus, oherwydd oed y dioddefwr a'r ffaith nad yw rigor mortis yn effeithio ar gyrff plant yn y ffordd arferol. Oherwydd màs cyhyrau bychan Nicky, fy nghynnig gorau yw o fewn dau ddeg a phedair awr i'w chorff gael ei ddarganfod."

Ymhen awr a hanner, chwydwyd Rol a Kingy yn ôl i'r awyr agored, eu pennau'n llawn hunllefau ffres.

Taniodd Kingy'r car a dechrau gyrru tuag at Erddi Hwyan. Ar gyrion y dref, trodd tua'r gogledd wrth i'r glaw ddechrau disgyn unwaith yn rhagor.

"Ble ti'n mynd?" gofynnodd Rol, er ei fod yn gallu dyfalu.

"Porth Hwyan."

"Pam?"

"Fi jyst mo'yn gweld y lle yn ei ffurf naturiol, heb y babell a stwff, ti'n gwbod."

Nodiodd Rol. Gallai ddeall hynny'n iawn.

Parciodd Kingy'r car yn yr un lle â'r diwrnod blaenorol, ond roedd y maes parcio'n wag o gymharu â ddoe. Roedd dau gar arall yno, a nododd Rol rif cofrestredig yr un nad oedd yn gar heddlu yn ei lyfr bach cyn camu o'r cerbyd. Gwisgodd y ditectifs eu cotiau glaw ac anelu i gyfeiriad Porth Hwyan ar hyd yr un llwybr gwlyb. Rhyw hanner canllath o'r man lle daethwyd o hyd i Nicky Evans, roedd tâp melyn safle'r drosedd yn atal eu ffordd ac, wrth droed coeden gyfagos, roedd tri thusw o flodau, un rhosyn coch a llond llaw o gardiau. Roedd y glaw'n pistyllio erbyn hyn, ond pan blygodd Rol a Kingy i fynd o dan y tâp, clywsant lais yn galw arnynt o'r coed.

"Esgusodwch fi!" Daeth y fonllef gwrtais, a throdd y ditectifs i wynebu'u herlidiwr, PC Tom Chaplin, yn wlyb at ei groen eto heddiw.

"Iawn Tom?" gofynnodd Rol.

"Ydw. Sori, syr. 'Nes i'm nabod chi."

"Dim problem. Ni ar recce bach, 'na gyd. Fi'n cymryd bod SOCO wedi mynd."

"Do, syr. Rhyw hanner awr yn ôl. Fi a WPC Morris jyst yn aros am yr alwad i dynnu'r tâp 'ma." Roedd y tîm SOCO wedi gwneud popeth y gallent o amgylch y man lle darganfuwyd corff Nicky Evans ac wedi symud ymlaen at achos arall. Ar ben hynny, roedd Heddlu Gerddi Hwyan wedi chwilio'r ardal gyfagos â chrib fân yn ystod y bore, ond heb ddod o hyd i unrhyw beth damniol.

"So'r tywydd 'ma'n helpu," medd Kingy.

"Na, syr. Ddim o gwbl."

Gan adael PC Chaplin lle'r oedd e, cerddodd Rol a Kingy dros y tir llithrig i gyfeiriad ceg y twnnel agosaf ac at orffwysle Nicky Evans, gan adnabod y man diolch i chwd Paul de Wolfe. Cysgododd y ddau yn eu cwrcwd yn y twnnel ac edrych allan ar yr olygfa. Mwd brown. Coed gwyrdd. Awyr lwyd.

"Dyfes di lan yn Gerddi Hwyan, reit?" gofynnodd Kingy.

Nodiodd Rol ei ateb.

"Faint o dwneli sy 'ma, 'te?"

"Sa i'n siŵr a dweud y gwir. Ydy 'lot' yn ateb dy gwestiwn di?"

"Ti byth wedi bod ynddyn nhw?"

"Unwaith neu ddwy," atebodd Rol, gan geisio trechu bwystfilod ei atgofion.

"Beth sy 'na?"

"Llygod mawr."

Chwarddodd Kingy ar hynny, er nad oedd Rol yn gwybod pam.

"Unrhyw stafelloedd cudd?"

"Oes."

Ni ddwedodd Kingy unrhyw beth am eiliad. Yna, estynnodd ei ffôn o'i boced a thanio'r tortsh. Trodd yn ei gwrcwd ac anelu'r golau i lawr y twnnel.

"Fi'n mynd am sgan," dywedodd. "Ti'n dod?"

Atseiniodd yr atgofion ar draws y degawdau. Ar yr un llaw, doedd dim awydd gan Rol i wneud unrhyw beth o'r fath. Ond ar y llaw arall, dyma gyfle iddo gladdu'r artaith unwaith ac am byth. Cododd ei ffôn. Taniodd y fflachlamp. A dilynodd ei bartner i lawr y twnnel. Aeth hi'n gyfyng arnynt o fewn hanner can llath, ond mynnodd Kingy gario 'mlaen, gan daeru ei fod yn gallu gweld agorfa oddi ar y twnnel o'i flaen. O'r diwedd cyfaddefodd Kingy mai rhith o ddrws a welodd yn y wal, ond ar ôl troi i wynebu'r ffordd mas fflachiodd delwedd gyfarwydd iawn o flaen llygaid Rol. Fel silwét o'i isymwybod, safai dyn yn yr agorfa, yn syllu i'r tywyllwch ac yn syth i'w cyfeiriad. Nid oedd modd gweld ei nodweddion, achos roedd yn rhy bell i ffwrdd, ond gallai Rol weld ei fod yn gwisgo dillad cuddliw, fel tasai'n filwr ar drywydd gelyn ar ffo.

"Aros fyna!" gwaeddodd Rol o'r gwagle; ei eiriau'n atseinio oddi ar y waliau llaith. Roedd rhyw reddf fewnol yn dweud wrtho bod y dyn yn gwybod rhywbeth a'i bod hi'n hanfodol siarad â fe. Ond, yn anffodus, nid oedd y ffigwr anhysbys yn teimlo'r un peth, ac wrth glywed llais Rol, diflannodd o'r golwg.

Cymerodd gryn amser i Rol a Kingy ddod allan o'r twnnel drachefn, ac erbyn gwneud roedd eu cyrff yn stiff fel syrffbords. Roedd y glaw yn dal i gwympo, yn galetach na'r diwrnod cynt hyd yn oed a doedd dim arwydd o'r dyn yn un man.

Roedd PC Chaplin wrthi'n tynnu'r tâp melyn pan ddychwelodd Rol a Kingy o'r twnnel

"Welest ti'r boi 'na?" gofynnodd Rol, ei lygaid ar dân yn edrych i bob cyfeiriad.

"Pwy?" atebodd Chaplin.

"Y boi 'na yn y got cammo."

Edrychodd y PC ifanc ar ei uwch swyddog yn syn. "Sa i 'di gweld neb, syr."

"Fuck!" ebychodd Rol yn llawn rhwystredigaeth, cyn martsio 'nôl i gyfeiriad y car gan adael ei gyd-weithwyr yn syllu arno'n mynd.

18

Datguddiadau

Dw i'n dod ataf i'n hun ar ochr y ffordd, lai na chanllath o ddrws ffrynt fy nghaban. Gwyliaf y ferch yn stryffaglan i ffwrdd ar ei phedwar, brigau'r cloddiau fel crafangau yn ei hatal rhag mynd yn rhy bell. Edrychaf dros fy ysgwydd i weld a oes unrhyw un gerllaw, ond nid yw'r heddlu lleol i'w gweld yn unman y foment honno, felly dw i'n mynd ar ei hôl, gan alw arni mewn llais tyner i aros lle mae hi i fi gael helpu, er fod fy ngeiriau yn mynd ar goll yn sŵn y gwynt. Nid yw'n syndod nad yw'n gwrando gair, felly sdim dewis 'da fi ond dilyn. Teimlaf y drain yn rhwygo fy nillad a 'nghroen, ac ar ôl rhyddhau fy hun o'u gafael, gwelaf ei bod wedi diflannu. Brwydraf ymlaen a thorri'n rhydd o'r prysgwydd, gan ffeindio fy hun yn sefyll mewn gardd gudd wedi'i hamgylchynu â chloddiau tal. Yng nghanol yr ardd mae 'na bwll dŵr addurnol, a gwelyau blodau ffurfiol, ond gwag, ar onglau sgwâr i bob cyfeiriad. Mae 'na ddwy fainc yn yr ardd a phorth bwaog yn fynedfa i'r werddon. Mae'r ferch yn eistedd ar un o'r meinciau, ym mreichiau Caio.

Yn araf bach, cerddaf i'w chyfeiriad, gan ddal fy nwylo i fyny o'm blaen mewn ymdrech i'w hargyhoeddi nad ydw i'n fygythiad.

"Paid gadael i fe dwtsho fi," clywaf y ferch yn pledio. "Sa i mo'yn mynd 'nôl, Caio."

Mae ei llais yn crynu a'i llygaid yn syllu arnaf, yr ofn yn gorlifo ohonynt, ynghyd â'r dagrau sy'n disgleirio o dan drem y lleuad hanner llawn. Mae'r gwynt wedi gostegu rhyw fymryn, diolch i'r cloddiau tal cysgodol. Dw i'n cymryd cam arall i'w chyfeiriad ac mae'r ferch yn ceisio rhedeg o 'na unwaith 'to, ond mae dwylo Caio'n gafael amdani'n dynn.

"Paid gadael i fe dwtsho fi," mae'r ferch yn ailadrodd.

"So fe'n mynd i neud dim i ti," medd Caio. "So fe fel y lleill. Rol yw'r boi o'n i'n sôn 'tho ti amdano fe ddoe. Y boi sy'n mynd i'n helpu ni."

Wrth glywed hynny, mae osgo'r ferch yn newid rhyw fymryn. Gwelaf ei hysgwyddau'n ymlacio ac yn datchwyddo'n gynnil, felly dw i'n bachu ar y cyfle ac yn ymuno â nhw ar y fainc. Reit ben pella'r fainc, mor bell i ffwrdd oddi wrth y ferch ag y galla i fod. Trof ac edrych ar y cwpwl truenus. Mae Caio wedi colli pwysau ers i fi ei weld ddiwethaf ac mae esgyrn ei fochau'n amlwg trwy groen gwelw ei benglog. Gwenaf arno, y rhyddhad o'i weld yn gwneud i fi fod eisiau crio.

"Lle ti 'di bod? O'n i'n poeni amdano ti."

Ond nid yw Caio'n dweud dim. Yn hytrach, mae'n cusanu'r ferch ar ochr ei phen ac yn gafael ynddi'n dynnach.

Dw i'n troi at y ferch, sy'n dal i syllu arnaf. "Beth ddigwyddodd i ti?" Ond fel Caio, nid yw'r ferch yn ateb. Gwelaf ei chorff cyfan yn crynu'n ddireol a'i llygaid yn llusgo tua'r llawr. "Dw i'n dditectif," dw i'n datgan, ond ar glywed hynny, mae corff y ferch yn tynhau a'r cryniadau'n cychwyn unwaith eto. Mae Caio'n ei shwshian ac yn mwytho'i gwallt cyrliog gwyllt yn dyner, a hwnnw mor ddu â phlu cigfran o dan y blanced serennog uwchben.

"Be sy?" gofynnaf.

"Yr heddlu sy tu ôl i hyn i gyd," clywaf y ferch yn sibrwd.

"Fi'n gwbod, fi'n gwbod." Mae Caio'n edrych dros ei phen i 'nghyfeiriad, ein llygaid yn cwrdd ond y dryswch yn parhau.

"Heddlu Porth Glas ma hi'n feddwl."

Ar y gair, clywn ddau gar yn pasio o fewn canllath i'r fainc, yr ochr arall i'r cloddiau.

"Dewch 'da fi," meddaf, gan godi ar fy nhraed. "Ma ishe golchi dy wyneb cyn i ti ga'l infection."

'Nôl yn y caban, heb drydan i danio'r tecell, arhosaf i'r sosban ferwi ar yr hob. Dw i'n syllu ar fy adlewyrchiad yng ngwydr y ffenest, yng ngolau gwan y gannwyll ac yn gweld wyneb Nantlais yn gwingo wrth glywed geiriau'r heddwas yn ei glust, gan wybod ym mêr fy esgyrn bod fy hen ffrind ysgol ynghlwm â'r arswyd yn y lolfa drws nesaf. Mae presenoldeb yr holl chwilwyr a'r ceir, heb anghofio'r gwarchodwyr arfog wrth geg yr ogof, wedi fy argyhoeddi bod rhywbeth sinistr iawn ar droed yma heno.

Gwelaf gar arall yn gyrru heibio a dw i'n cau'r cyrtens er mwyn osgoi tynnu sylw at y caban. Dw i'n gwneud tair paned o goffi melys ac yn eu cario nhw ar hambwrdd i'r ystafell fyw. Mae'r llenni ar gau fan hyn hefyd, ac yng ngolau cannwyll, mae Caio'n glanhau briwiau'r ferch â TCP. Elinor yw ei henw, er mai Els mae Caio'n ei galw. Mae hi'n eistedd wrth y ford fwyta, y gwaed wedi'i olchi o'i gên, ond mae ei llygad dde bron â chau oherwydd y chwyddi a'r clais mor amryliw ag enfys ar gefndir o gymylau glasddu. Dw i'n dosbarthu'r cwpanau ac yn eistedd ar gadair sbâr. Gwyliaf Caio wrth ei waith yn y golau isel, gan geisio meddwl am y ffordd orau o ddechrau eu cwestiynu. Mae car arall yn gyrru heibio ac mae cyrff Caio ac Elinor yn tynhau. Gallaf synhwyro eu pryder, eu poen, ond teimlaf yn hyderus ein bod ni'n saff fan hyn. Wedi'r cyfan, petai'r camerâu cylch cyfyng yn gweithio, byddai rhywun wedi ein gweld yn dychwelyd a'r heddlu wedi hyrddio trwy'r drws erbyn hyn.

"Elinor," dechreuaf, ac mae ei llygaid yn saethu i fy nghyfeiriad. Er bod yr ofn yn dal yno, teimlaf ei bod hi'n dechrau ymddiried ynddo fi nawr. "Ti'n barod i ddweud wrtha i beth ddigwyddodd?"

Mae ei llygaid yn troi at Caio, sy'n nodio arni'n gefnogol. Mae arogl cartrefol y diheintydd yn hongian dros y bwrdd, yn dawnsio â'r ager sy'n codi o'r cwpanau coffi. Fi 'di dysgu bod Elinor yn bymtheg oed, ond ar wahân i hynny, a'i henw, sa i'n gwybod dim amdani. "Ges i fy hala i'r parti 'na heno," mae'n sibrwd, ei llygaid yn saethu at Caio unwaith eto, ac yna'n ôl at ei chwpan. Dw i'n gorfod plygu 'mlaen er mwyn ei chlywed yn iawn. "Trwy'r twnnel sy'n dod mas yn y gegin. Tu ôl i'r ffrij. Ti'n gwbod yr un, reit, Caio?"

Mae Caio'n nodio a dw i braidd yn gallu credu'r hyn dw i'n ei glywed.

"Roedd dau foi yn aros amdana i lan stâr, yn un o'r stafelloedd gwely."

"Dau foi?" gofynnaf am gadarnhad, gan fod Elinor yn syllu i'w chwpan wrth sibrwd, mewn llesmair llwyr. Mae'n nodio. "Ti'n gallu disgrifio nhw i fi?"

Mae Elinor yn oedi ac yn ceisio'i gorau glas i gofio. Ond, yn y pen draw, mae'n ysgwyd ei phen. "Dau foi gwyn. Canol oed. Un tew. Bol cwrw. Un tenau. Sa i'n gwbod rili. Fel arfer, sa i *mo'yn* cofio."

"Ddim dyma'r tro cynta i hyn ddigwydd?"

Mae Elinor yn ysgwyd ei phen, ei llygaid yn llenwi â dagrau. "Taflodd un o' nhw fi ar y gwely so 'nes i orwedd yna am sbel, heb symud. Jyst claddu fy mhen yn y pilw. Glywais i nhw'n siarad. Un yn dweud bod dim byd off limits. Bod nhw wedi talu lot o arian i gael neud beth bynnag o'n nhw mo'yn 'da fi. O'n i'n gallu dweud nad oedd y llall mor keen."

Cododd Elinor ei chwpan at ei gwefus chwyddedig wrth i fi geiso prosesu ei geiriau. Gwyliais ei llaw yn crynu. Gafaela Caio yn y llall, er fod ei lygaid wedi'u hoelio arna i.

"Gafaelodd un o' nhw yn fy ngwallt a tynnu fi ar fy nhraed. Sgreches i. A bwrodd e fi 'da cefn ei law, gan neud hyn i 'ngwefus. A'th hi off wedi 'ny. Da'th y boi arall draw, ac ymosod ar ei ffrind, a ges i gnoc arall, fan hyn," mae'n pwyntio at ei llygad. "A that's it."

"That's it?" gofynnais yn gwbl anghrediniol.

"Ie," atebodd Elinor yn ddi-hid, gan godi ei hysgwyddau wrth wneud. Mae ei difaterwch am y profiad yn dorcalonnus ac yn awgrymu mai dyma beth yw normalrwydd bywyd iddi hi. Gwrthrych yw Elinor. Dol ryw i ddynion cyfoethog.

"Sut 'nest ti ddianc?"

"Neidio mas o'r ffenest wrth iddyn nhw ymladd."

"Neidio o'r llawr cynta?"

"Do. Wel. Arno i do'r gegin. Yr extension. A lawr i'r llawr."

"Beth wedyn?"

"Es i guddio. 'Nes i feddwl treial nofio bant. Ond sa i'n gallu nofio'n dda a sa i mo'yn marw. Fi jyst mo'yn dianc o'r lle 'ma."

"Beth yn y byd sy'n mynd mlân 'ma, Caio?"

"Ti rili ddim yn gwbod?" Mae cwestiwn Caio'n fy synnu.

"Galla i ddyfalu. Ond fi mo'yn clywed y gwir, Caio. Ffeithiau. Wedyn falle gallwn ni neud rhywbeth am y peth. Sa i mo'yn bod 'ma 'yn hunan chwaith, ti'n gwbod hynny'n iawn."

Mae Caio'n syllu arnaf ar hyd y bwrdd tra bod Elinor yn sipian ei choffi. O'r diwedd, mae Caio'n dechrau esbonio.

"Ges i a fy chwaer…" mae'n nodio'i ben i gyfeiriad Elinor ac am y tro cyntaf dw i'n gweld y tebygrwydd. Yr un trwyn. Yr un llygaid. Yr un siâp corff. Main. Rhy fain o lawer. "Ges i ac Els ein symud pan o'n i'n blant bach. So Els yn cofio, ond o'n i tua pedair oed. Mewn i ofal. Sa i'n gwbod beth ddigwyddodd i'n rhieni ni ond o'n ni'n byw mewn rhyw gartre ar y pryd."

"Ble?"

"Sa i'n gwbod."

"Pwy gymerodd chi?"

"Sa i'n gwbod. Sa i'n cofio. Dyn a menyw. Canol oed. Weles i byth 'nyn nhw eto ar ôl y diwrnod hwnnw."

"Ok. Beth ddigwyddodd nesa?"

"Fi'n cofio Mr Williams yn siarad gyda fi. Fi'n cofio'r gell."

"Mr Williams?"

"Rheinallt Williams. Perchennog cynta Porth Glas. Y boi nath seto'r lle 'ma lan."

"Tad-cu Nantlais ti'n meddwl?"

"Ie."

"Beth nath e?"

"Dim byd. I ddechre." Mae'r geiriau'n hongian uwch ben y bwrdd, yn plethu â gwres y fflamau. "Ddim ni oedd y cynta. Roedd y lle'n llawn hyd yn oed pryd 'ny. Er bod lot o fynd a dod dros y blynyddoedd."

"So chi *yn* cael gadael?"

"Nagy'n."

"Ond ti newydd ddweud…"

"Dim mynd fel 'na fi'n meddwl."

"Beth, 'te?"

"Wel, sa i'n gallu bod yn sicr, ond ma lot o blant wedi… wedi diflannu dros y blynyddoedd."

"Diflannu? Wedi mynd i gartrefi eraill?"

"Na. No way bydden nhw'n ca'l gadael fel 'na, ar ôl y stwff o'n nhw 'di gorfod neud. Popeth o'n nhw 'di gweld."

"Jesus." Eisteddaf yn ôl yn fy nghadair, gan geisio dygymod â'r datguddiadau. "So, be ti'n trio dweud, 'te?"

Ond nid yw Caio'n ateb fy nghwestiwn; yn hytrach, mae e'n mynd ati i esbonio, mewn monotôn dideimlad, fel petai'n disgrifio pethe sydd wedi digwydd i berson arall.

"Dechreuodd y cam-drin bron ar unwaith. I fi anyway. Weles i ddim mo Elinor am dair blynedd. A'th hi i fyw 'da Mr a Mrs Williams tan bod hi'n bedair."

"Hang on! O'dd mam-gu Nantlais yn rhan o hwn i gyd?"

"Hi o'dd yn rheoli popeth."

"Rheoli beth yn gwmws?"

"Pwy o'dd yn cael dod 'ma. Beth o'n nhw'n ca'l neud. Beth o'dd popeth yn costio. Pa gyffuriau o'dd pawb yn cymryd."

"Pa gyffuriau oedd *pwy* yn gymryd? Y gwesteion?"

"Ie. A ni'r plant. Dyna sut ma'n nhw'n cadw ni'n dawel, yn dyfe."

Dw i'n eistedd yno yn syllu ar Caio, heb wybod beth i'w ddweud.

"'Na pam ma Els yn crynu. Withdrawals."

"Fuck me," ebychaf, gan droi ac edrych ar Elinor sydd, heb os, yn crynu mewn cytgord â'r canhwyllau. "Beth yn *union* sy'n mynd mlân 'ma, Caio? Spell it out i fi plis."

"Ti *dal* ddim yn gwbod? O'n i'n meddwl bo ti'n dditectif."

"Fi yn gwbod, paid ti poeni. Ond fi mo'yn i ti gadarnhau, 'na gyd."

"Pedos!" Mae Elinor yn hisian trwy ei chyrls, y casineb yn ddiamod. Edrychaf arni, cysgodion anhysbys yn dawnsio ar ei gwedd yn y golau gwan. Er yn amlwg yn ifanc, ymddangosa Elinor yn hŷn o lawer na'i phymtheg mlwydd oed. Ar un llaw, mae ei hosgo mor fregus ag un hen wreigen. Ar y llaw arall, gwelaf galedrwydd a phendantrwydd llwyr yn ei llygaid.

A beth am ei chyflwr meddwl?

Ac un Caio hefyd.

"Pedos," mae Elinor yn ailadrodd o dan ei hanadl, gan atseinio a phwysleisio ei phwynt.

"Mewn gair," mae Caio'n ategu.

Ry'n ni'n eistedd yno eto mewn tawelwch. Fy ngreddf gyntaf yw achub y ddau ohonynt, i wneud iawn am fy methiant â'r achos yng Ngerddi Hwyan. Yn ail, mae angen datgelu'r gwir am yr uffern ar y ddaear 'ma. Ac yn olaf, mae angen i Nantlais dalu'n ddrud am ei weithredoedd. Ei rai ef a'i gyndeidiau cyffelyb.

"Rhwydwaith o bedoffiliaid sydd yma ym Mhorth Glas, reit?"

"Ie. Ond sa i'n credu bod pawb yn involved."

"Nantlais?"

"Defo."

"Yr heddlu?"

"Heb os."

"Y gwesteion?"

"Mae'n dibynnu ar y gwesteion. Ond, y mwyafrif, weden i. I mean, pam arall byddech chi'n dod 'ma?"

Cwestiwn da iawn, rhaid cyfaddef, un sy'n gwneud i fi ddechrau meddwl efallai bod mwy nag ewyllys da yng nghynnig Nantlais am le i mi wella. Pam yn y byd byddech chi'n gwahodd ditectif i'r fath le?

"A ble ti 'di bod ers y noson o'r blaen?" gofynnaf, er fy mod yn ofni clywed yr ateb.

Gwelaf lygaid Elinor yn saethu i gyfeiriad ei brawd, ac yna'n ôl at y mẁg coffi sydd bellach yn wag. Mae e'n ei hanwybyddu. Nid yw Caio'n awyddus i esbonio, mae hynny'n amlwg.

"*Rhaid* i ti ddweud, i fi ga'l helpu."

Mae Caio'n sythu ei gefn ac yn pwyso 'mlaen ar y bwrdd. Mae'n ysgwyd ei ben yn araf ac yn anadlu'n ddwfn trwy ei drwyn.

"Ok," mae e'n dweud o'r diwedd, er nad yw'n ymhelaethu yn syth chwaith. "Fi 'di bod mewn cell ers i fi dy weld di. Ges i ddim byd i fyta tan heno. Fi mor wan â rhech a fi 'di ca'l llond bol. Fi mo'yn gadael. *Rhaid* i ni adael. Rhaid…" Mae ei lais yn tawelu a dw i'n eistedd yna'n syllu arno, ei eiriau yn fy nharo fesul un.

"Ble ma'r gell 'ma?" gofynnaf.

"Yn y mynydd."

"Lle weles i ti'r noson o'r blaen."

"Yr ogof?"

"'Na lle ma'n nhw'n cadw ni."

"Tu ôl i'r drws 'na?"

"Ie."

"Pam? Pam bo nhw 'di cadw ti mewn cell? Pam bo nhw 'di starfo ti? So fe'n neud unrhyw sens."

"Achos 'nes i helpu ti."

"Ond shwt o'n nhw'n gwbod 'ny?"

"Ma'n nhw'n gwbod popeth. Ma'n nhw'n gweld popeth."

"Y camerâu?"

"Ie."

"Be naethon nhw i ti, 'de?"

"Dim byd lot. Fi'n gwbod shwt i chwarae'r gêm. Fi'n gwbod be ma'n nhw ishe."

"A beth yw hynny?"

Mae Caio'n tawelu eto, ei lygaid yn dawnsio yn y golau isel, ond yn methu'n lân â chwrdd â fy rhai i.

"Ffyddlondeb."

Mae ei ateb yn fy nrysu'n llwyr. Nid dyna beth o'n i'n ddisgwyl ei glywed. Er, wedi meddwl, sa i'n gwbod beth o'n i'n disgwyl clywed chwaith.

"Be ti'n meddwl?"

"Wel, ar ôl yr holl gwestiynau… am fy mherthynas gyda ti dros yr wythnosau diwetha… 'na gyd o'n nhw mo'yn gwbod o'dd fy mod i dal yn driw iddyn nhw. Ddim i ti."

"Sa i'n deall."

"Fi 'di bod yn sbio arnot ti. Cadw llygad. Adrodd 'nôl. Ond pan welon nhw fi'n helpu ti i ddianc, o'n nhw'n meddwl bo fi wedi troi."

Unwaith eto, yr unig beth alla i ei wneud yw syllu.

"O'n i'n meddwl bod ni'n ffrindie," fi'n llwyddo i ddweud o'r diwedd, gan wybod bod fy ngeiriau'n swnio mor pathetig â phlentyn.

"Ni *yn* ffrindie."

"Ond shwt nest ti…"

"Fel wedes i, fi'n gwbod beth ma'n nhw mo'yn clywed. Fi 'di byw 'ma ers ugen mlynedd, Rol, fi'n gwbod shwt ma'r lle 'ma'n gweithio. Ma'n nhw'n fy nhrysto i. I mean, fi yw un o'r unig rai sy wedi tyfu lan 'ma sy'n ca'l gwasanaethu'r gwesteion heb orfod neud beth ma Els fan hyn yn gorfod neud. Yn ffodus i fi, ma chwaeth y bobl sy'n dod yma yn tueddu i fod am blant ifancach na fi."

Mae clywed hynny'n codi cyfog arna i, ond dw i'n llwyddo i gadw'r chwd yn ei le.

"Ond shwt nest ti esbonio y ffaith bo ti 'di helpu fi'r noson o'r blaen?"

"Wedes i bod e'n haws cadw ti ar fy ochr i os ti'n trysto fi, a dyna pam 'nes i dy helpu di. Ma hwn yn fwy na ti a fi, Rol."

"Shwt?"

"Sa i'n siŵr, ond glywes i sôn am gynllwyn i fynd â'ch babi chi, a rhywbeth am Matthew Poole."

"Hang on, hang on. Un peth ar y tro. Cynllwyn i gipio fy mabi i?"

Dw i ddim yn gallu credu'r peth, ond mae'r olwg ar wyneb fy ffrind yn gwbl daer. Mor daer, mewn gwirionedd, fy mod yn dechrau cwestiynu ai Caio yw actor gorau'r blaned ac ai double-cross sydd ar waith. Mae'r paranoia'n gafael yn dynn yn fy ngwddf a'i gwneud hi'n anodd anadlu.

"Sa i'n gwbod. Jyst clywed rhywbeth yng nghanol nos 'nes i. O'n i'n hanner cysgu, a falle o'n i'n breuddwydio. Ma diffyg cwsg a diffyg bwyd yn gallu drysu dyn."

Edrychaf ar Elinor, yn cnoi ei hewinedd yn y golau gwan.

"Wouldn't put it past them," meddai, gan godi ei hysgwyddau unwaith eto. Mae'r gwynt yn dal i chwythu tu allan a'r ceir yn dal i grwydro Porth Glas, gan wneud i'r tri ohonon ni rewi pan glywn ni un yn gyrru heibio.

"A beth wedon nhw am Matthew Poole? Y'ch chi'n ei nabod e?"

Clywaf Elinor yn grwnial o dan ei hanal, er nad ydw i'n deall gair. Mae Caio'n gafael yn ei llaw yn dyner, gan fwytho ei chroen â'i fawd.

"Ro'dd e'n byw yma am flynyddoedd. Tan rhyw flwyddyn yn ôl. Diflannodd e un dydd..."

"Diolch byth!" ebychodd Elinor wrth ein hochr.

"Fe oedd y gwaetha."

"Ar wahân i'w dad," ychwanegodd Elinor, gan fy llorio yn y fan a'r lle.

"Ei dad?!" ebychaf, wrth gofio cynnwys y ffeil. "Diflannodd e yn naw deg pedwar."

"Falle," medd Caio gan ysgwyd ei ben. "Ond fe yw chief of police Porth Glas."

Ond, cyn i fi gael cyfle i godi fy ngên oddi ar y llawr, ry'n ni'n clywed allwedd yn troi yng nghlo'r drws. Mae'r tri ohonon ni'n troi ein pennau i gyfeiriad y sŵn, wedi ein hoelio i'n cadeiriau, heb obaith o ddianc rhag pwy bynnag sydd ar yr ochr draw.

Cuddliw

"Unrhyw lwc?" gofynnodd DS King, wrth ddychwelyd i'r swyddfa yn cario coffi bob un iddo fe a'i bartner. Ar ôl dychwelyd i'r orsaf a chael cyfarfod clou â DCI Colwyn roedd Rol a Kingy wedi troi eu sylw at y dasg o dan sylw, sef dal y bwystfil oedd yn gyfrifol am gipio, arteithio a llofruddio Nicky Evans.

"Sdim byd ar y CCTV. Yn llythrennol. Ma'r camera yn maes parcio Porth Hwyan wedi torri."

"Fucks-sake," diawlodd Kingy. "Beth am y car?"

"Wel," atebodd Rol, gan droi oddi wrth y sgrin a chymryd y cwpan polystyren poeth o afael Kingy. "Ma'r car wedi'i gofrestru yn enw Mrs Catherine Tucker, sy'n byw ar Heol Gilwern."

"Heol Gilwern?" Mynnodd enw'r stryd holl sylw Ditectif King. "Wel, 'na i ti gyd-ddigwyddiad."

"Fi'n gwbod," gwenodd Rol, gan sipian y coffi'n ofalus. Ysai am swig fach o fodca, ond gwyddai nad oedd cyfle i wireddu'r freuddwyd honno ar hyn o bryd.

"Pa rif?"

"Un deg saith."

"Shit."

"Be?"

"Jyst meddwl a oedd y tŷ'n cefnu ar yr ali, 'na gyd."

"A. Nagyw. Yn anffodus."

"Ti'n siŵr mai dyn welest ti bore 'ma?"

Syllodd Rol ar y wal tu ôl i gefn ei bartner am sbel. Yna caeodd ei lygaid, mewn ymdrech i ddwyn y ddelwedd i'w gof. Ysgydwodd ei ben yn araf. "Fi'n amau erbyn hyn os weles i unrhyw un."

"Pam 'ny?"

"Sa i'n gwbod. Fi mor desperate i ddatrys yr achos 'ma, falle 'mod i'n gweld pethe sy ddim yna." Ni ddatgelodd Rol unrhyw beth am ei hanes cythryblus yn nhwneli Porth Hwyan wrth Kingy, er y gwyddai bod hynny siŵr o fod yn ffactor yn helynt y bore hwnnw hefyd.

"Been there, done that," meddai Kingy, oedd yn wir yn achos y mwyafrif o blismyn, ym mhob cwr o'r byd. "Ond, ti *bron* yn sicr i ti weld rhywun yn gwisgo dillad cammo ym mhen draw'r twnnel, reit?"

"Bron," cadarnhaodd Rol.

"Wel, ma hynny'n ddigon i ddechre. I mean, sdim byd arall 'da ni, o's e?"

"Ti'n iawn," cytunodd Rol, gan godi o'i sedd ac estyn ei got o'r bachyn yng nghornel yr ystafell, oedd yn dal yn llaith diolch i'r cenlli cynharach. "Dere, 'de."

Ar ôl stopio mewn deli yn ardal Pwll Coch y dref, i brynu brechdan bob un ar y ffordd, cyrhaeddodd y ditectifs eu cyrchfan gyda'r cloc digidol ar y dash yn fflachio 14:04. Wrth fwyta'u cinio mewn tawelwch, gwyliodd y ditectifs eiddo Catherine Tucker. Roedd y car wedi'i barcio ar y dreif o flaen y tŷ, ond ar wahân i hynny, nid oedd unrhyw arwydd o fywyd ar gyfyl y lle. Wrth fwynhau ei frechdan gaws, stêc a saws pupur yn arw, crwydrodd llygaid Rol i ochr arall y ffordd, a gwelodd Jack Williams yn brwsio'r llwybr a arweiniai at ei ddrws ffrynt, yn hollol anymwybodol bod Mary Francis yn ei wylio'n gwneud hynny o ffenest ei hystafell wely, dri drws i ffwrdd. Ar y gair, trodd yr hen fenyw ei golygon at gar y ditectifs, gan chwifio ar Rol, er nad oedd unrhyw beth cyfeillgar am y weithred chwaith, yn bennaf achos nad oedd gwên yn agos at ei hwyneb. Dychwelodd gyfarchiad yr hen fenyw fusneslyd yn gwrtais, ond gwyddai y byddai wrth ei bodd yn eu gweld nhw'n cnocio ar ddrws ffrynt cartref ei chymydog maes o law.

"Mmmm-hmmmm!" ebychodd DS King wrth sychu ei weflau â napcyn tenau. "Ro'dd hwnna'n lyfli."

"A'n un i 'fyd," medd Rol, gan wneud yr un peth. "Ti 'di gweld pwy sy'n ein gwylio ni?"

"Aye. Weles i hi'n syth, ond ma hi probably yn sefyll 'na trwy'r dydd."

"Achos bod dim byd arall 'da hi i neud?"

"Ie," medd Kingy, cyn newid ei feddwl. "Na, actually. Achos bod hi'n hen gont fusneslyd."

Wrth gerdded i gyfeiriad cartref Catherine Tucker gallai Rol deimlo trem Mary Francis yn llosgi llafnau ei gefn. Er bod y car ar y dreif yn enw Catherine Tucker, roedd Rol yn mawr obeithio nad hithau oedd wedi ei yrru i Borth Hwyan y bore hwnnw. Gyda lwc, ei gŵr neu'i mab, neu hyd yn oed ei chariad, oedd wedi ymweld â'r goedwig, a chodwyd ei obeithion wrth weld cot guddliw ar fachyn yn y portsh – atodiad diweddar i flaen y tŷ cyngor sgwâr.

Ystumiodd Kingy ar y got a nodiodd Rol i gadarnhau ei fod ef hefyd wedi'i gweld hi. Camodd Rol i'r portsh, gan fod y drws ar agor led y pen. Yna, cnociodd ar y drws mewnol, a ffrwydrodd y tŷ mewn bonllef o gyfarth gwyllt. Camodd y ditectifs 'nôl yn reddfol, ond tawelwyd y cŵn gan lais benywaidd awdurdodol.

Agorwyd y drws gan fenyw yn ei chwedegau cynnar, gyda gwallt byr oedd yn britho a gwên gyfeillgar oedd yn datgelu dannedd unionsyth hufenfrown. Canlyniad degawdau o ysmygu, heb os.

"Helô," cyfarchodd y ditectifs yn gwbl ddifater.

Ar y cyd, cododd Rol a Kingy eu cardiau adnabod.

"Catherine Tucker?" gofynnodd Rol.

"Ie," atebodd gwraig y tŷ, ei difaterwch wedi'i ddisodli gan awgrym o bryder mwyaf sydyn.

"DS Price a DS King, Heddlu Gerddi Hwyan," esboniodd Rol.

"Beth sy 'di digwydd?" gofynnodd Mrs Tucker, y gofid yn amlwg yn ei llais.

Cododd Rol ei law i'w thawelu. "Dim byd i boeni amdano, Mrs Tucker. Dim ond cwpwl o gwestiynau am eich car..."

"Fy nghar?" Tonnodd dryswch pur drosti.

"Gewn ni ddod mewn am funud?" gofynnodd DS King. "Ma 'da ni gynulleidfa fan hyn..." Anelodd ei fys dros ei ysgwydd a deallodd Mrs Tucker pwy oedd yn eu gwylio ar unwaith.

"Dim syrpreis," mwmiodd wrth gamu o'r ffordd a gwahodd y ditectifs dros y rhiniog. "Dewch drwodd i'r gegin, i fi ga'l ffag."

Plyciodd trwyn Rol wrth ei dilyn. Roedd y tŷ'n drewi o sigaréts a chŵn llaith. Nid y cyfuniad mwyaf pleserus iddo ei arogli, ond nid y gwaethaf chwaith.

Yn y gegin, roedd pwyllgor croesawu yn aros amdanynt ar ffurf dau Jack Russell – un yn amlwg yn llawer hŷn na'r llall, ond y ddau yn ddigon cyfeillgar ac yn gwybod eu lle yn hierarchiaeth y tŷ hwn. Ar ôl iddyn nhw gael snwffian o amgylch traed y ditectifs am ychydig, gan glicio'i bysedd, anfonodd Mrs Tucker y ddau gi bach i'w basgedi yn yr iwtiliti. Yna, gwahoddodd y plismyn i eistedd wrth y bwrdd, tra aeth hi at y ffenest dros y sinc a thanio sigarét.

"Chi mo'yn paned neu rywbeth?" gofynnodd.

"Dim diolch," cipiodd Rol y blaen ar ei bartner; roedd eisiau mynd yn syth at wraidd eu hymweliad.

"Shwt alla i'ch helpu chi, 'te?" Chwythodd lond sgyfaint o fwg i gyfeiriad y ffenest agored, er i'r rhan fwyaf o'r llygredd chwythu'n ôl i'r ystafell.

"Roedd eich car wedi'i barcio ym Mhorth Hwyan bore 'ma, Mrs Tucker."

"Oedd," atebodd hi'r cwestiwn, er mai datgan ffaith oedd Rol mewn gwirionedd.

"Ai chi yrrodd y car yno, neu aelod arall o'r aelwyd?"

Gwenodd Catherine Tucker yn drist ar hynny.

"Fi yw'r unig berson sy'n byw 'ma erbyn hyn. Bu farw fy ngŵr llynedd ac ma'r bois wedi gadael gatre. Un yng Nghaerdydd a'r llall yn Llunden."

Sgriblodd Rol hynny yn ei lyfr nodiadau, felly parhaodd Kingy â'r cwestiynu.

"Pam aethoch chi i Borth Hwyan bore 'ma, Mrs Tucker?"

Edrychodd ar Kingy fel petai newydd ofyn iddi enwi line-up gwreiddiol Hawkwind.

"Fi'n mynd yna bob dydd i gerdded y cŵn. Wedi gwneud ers blynyddoedd."

"Aethoch chi yna bore ddoe?"

"Do. Pam?"

"Weloch chi unrhyw beth, neu unrhyw un, amheus yno?"

Crebachodd ei hwyneb wrth iddi fynd ati i geisio cofio, y rhychau ar ei chroen yn atgoffa Rol o amlinellau ar fap. "Sa i'n credu 'ny."

"Dewch nawr, Mrs Tucker, chi'n gwbod yn iawn i gorff Nicky Evans gael ei ganfod yna ddoe."

"Wel, ydw, wrth gwrs. Ma fe 'di bod ar y newyddion. Ond sdim dal pryd fi'n mynd – ma'n dibynnu pryd fi'n dihuno."

"Felly pryd aethoch chi 'na ddoe?" Ymunodd Rol i mewn yn yr holi.

"Gadewch i fi feddwl nawr," meddai gwraig y tŷ, gan sugno'n ddwfn ar y sigarét. "Rhyw wyth o'r gloch y bore. Falle hanner awr wedi. Rhywbeth fel 'na."

"O's rhywun yn gallu cadarnhau hynny?" gofynnodd Kingy.

"Sa i'n gwbod. Weles i ambell un arall mas yn cerdded eu cŵn."

"Unrhyw un chi'n nabod?"

"Fi'n adnabod y cŵn yn well na'r perchnogion."

Gwenodd Rol ar hynny. "Oes unrhyw un allai gadarnhau eich bod chi yno?"

"Ddim fel 'ny. Sa i'n gwbod wir."

"A beth am heddiw?" Roedd awch i lais Kingy nawr, ei amynedd yn cyflym ddiflannu.

"Weles i ddau heddwas," atebodd Mrs Tucker heb oedi, yn falch o ddod o hyd i alibi. "Un menyw ac un dyn. Y ddau mewn iwnifforms."

"A beth am y got 'na yn y portsh?" gofynnodd Rol.

"Yr un camouflage," cadarnhaodd Kingy.

"Un Gareth yw honna."

"Un o'ch meibion?" dyfalodd Rol.

"Ie. Ma fe'n byw yn Llunden."

"O's rhif ffôn gyda chi i Gareth, Mrs Tucker?"

"Wrth gwrs 'ny. Pam?"

"Bydd angen i ni tshecio lle'r oedd e dros y dyddiau diwetha, 'na gyd."

"Yn y gwaith, yn amlwg," diffoddodd Mrs Tucker y sigarét yn y blwch llwch yn ddiamynedd, a thanio un arall heb oedi.

"Bosib iawn, ond rhaid i ni tshecio pob ongl achos ni 'di cael gwbod am ddyn yn gwisgo cot debyg yn crwydro'r ardal."

"Wel, dim Gareth fi o'dd e. Sa i 'di gweld e ers y Pasg."

Er ei hanfodlonrwydd amlwg, rhoddodd Mrs Tucker rif ffôn ei mab i'r ditectifs a nododd Rol ef yn ei lyfr bach.

"Galla i ofyn rhywbeth arall i chi, Mrs Tucker?" dechreuodd Kingy. "Pam mynd i Borth Hwyan heddiw, o ystyried beth oedd wedi digwydd yno ddoe? Ma digon o lefydd arall allech chi fynd ffor' hyn..."

Cyn ateb, sugnodd Mrs Tucker yn ddwfn ar ei sigarét. Cododd ei hysgwyddau. "Morbid fascination, falle. Bach o gyffro," gwenodd wrth ddweud hynny. "Ac o'n i mo'yn gadael rhywbeth iddi hefyd."

"I Nicky?"

"Ie."

"Beth?"

"Rhosyn."

Fflachiodd delwedd yn mhen Rol – rhosyn coch ymysg tri thusw o flodau. "Ok, Mrs Tucker. Dyna ni am nawr," meddai Rol wrth godi ar ei draed a rhoi carden iddi. "Diolch am eich amser. Os feddyliwch chi am unrhyw beth arall, plis ffoniwch fi ar y rhif yma."

Aeth Catherine Tucker â'r ditectifs at y drws. Roedd hi'n amlwg yn hapus i'w gweld nhw'n mynd, ond ddim mor blês ag oedd Rol o weld nad oedd Mrs Francis dros ffordd yn dal i gadw tabs arnyn nhw. Cyn dychwelyd i'r Skoda â llinyn arall ar fin diflannu, cerddodd Rol o amgylch car Mrs Tucker, rhag ofn bod rhywbeth yn dal ei lygad ac yn arwain yr archwiliad ar lwybr newydd. Aeth o amgylch unwaith, gan oedi wrth y bŵt wrth weld marc bach amheus; ac yna'r eilwaith, a dychwelyd i'r un fan a galw ar Kingy i ymuno ag e.

Pwyntiodd at y marc cochfrown oedd yn pylu'n araf yn yr elfennau a phwysodd Kingy i lawr i gael golwg agosach.

"Gwaed?" gofynnodd Rol.

"Heb os!" ebychodd Kingy.

O fewn ugain munud, roedd y fan SOCO wedi cyrraedd ac Eleri Henderson, y swyddog ar ddyletswydd, yn mynd trwy ei phethau a Mrs Tucker yn taeru mai gwaed o gwt ar droed un o'r cŵn oedd ar ei char.

"Fi'n credu chi, Mrs Tucker," mynnodd Rol yn gwbl ddidwyll. "Ond rhaid i ni wneud yn siŵr."

"Ydw i under arrest?" gofynnodd Mrs Tucker, yn ddigon uchel i'r dorf fach oedd wedi ymgasglu gerllaw ei chlywed.

"Nac ydych," cadarnhaodd Rol. "Ond rhaid i ni archwilio pob lead posib, ac ma'r gwaed sy ar eich car – a ymwelodd â Phorth Hwyan ar fore canfod corff Nicky Evans a heddiw, y bore canlynol – yn lead go bwysig, fi'n siŵr eich bod chi'n gallu deall hynny."

Nid oedd Mrs Tucker yn blês o gwbl, ond nid oedd Rol am gyfaddef wrthi eu bod nhw'n anobeithio, heb gliw o unrhyw fath ynglŷn â phwy oedd wedi cipio, arteithio a llofruddio Nicky Evans.

Diflannodd hi yn ôl i'r tŷ, gan adael Rol a Kingy ar y dreif yn gwylio Eleri'n gwneud ei gwaith yn gelfydd.

"Beth ti'n meddwl?" gofynnodd Rol.

"Dead end arall," atebodd Kingy, gan godi un ael wrth wneud.

Trodd Rol ei olygon at y tŷ dros ffordd. Ni synnodd wrth weld Mrs Francis yn ffenest ei hystafell wely unwaith eto, a mwy nag awgrym o wên ar ei hwyneb y tro hwn.

20 Parsel

Fel Phil Connors yn Punxsutawney, teimlai Rol fel petai wedi ei garcharu mewn dolen greulon na fyddai byth yn dianc oddi wrthi. Dyma fe eto, y cloc ar y ffwrn yn dangos 07:23, yn llenwi ei fflasg â fodca; un llygad ar ei law grynedig yn arllwys y botel a'r llall ar y drws rhag ofn i Lowri ei ddal. Roedd y cur pen cefndirol yn gydymaith beunyddiol bellach, ond byddai'r hangover ond yn para tan iddo yfed digon o fodca i ymgyfartalu lefelau gwaed-alcohol ei gorff. Oddeutu deg y bore, fan pellaf, fel arfer. Yn y pellter, gallai glywed y gawod yn rhedeg i fyny'r grisiau, yn en suite y brif ystafell wely, felly cododd y botel Grey Goose hanner gwag at ei geg a llowcio ohoni'n farus. Gwnaeth y gwirod i'w gorff cyfan grynu, ond teimlodd yn well bron ar unwaith. Yn ôl yr arfer yn ddiweddar, roedd Lowri wedi bod o dan y llif ers peth amser y bore 'ma, ac ystyriodd Rol ddringo'r grisiau er mwyn ffarwelio â hi go iawn, ond yna penderfynodd beidio, rhag ofn y byddai'n arogli'r euogrwydd ar ei anadl. Edrychodd allan trwy'r ffenest, gan weld y cymylau du yn symud yn bwrpasol dros y Bannau, i'r de i gyfeiriad y dref, felly gafaelodd yn ei gwpan coffi teithiol ac estyn ei got law o'r bachyn yn y cyntedd, cyn gweiddi 'ta-ta' i fyny'r grisiau a diflannu trwy'r drws at ei gar.

Unwaith yn rhagor, roedd achos Nicky Evans wedi bwrw benben â mur diadlam, ar ôl i brofion fforensig ar y gwaed o gar Mrs Tucker ddychwelyd o'r labordy y diwrnod cynt a chadarnhau ei bod yn dweud y gwir, a mai cwt ar bawen un o'i chyfeillion pedair coes oedd tarddle'r diferion ysgarlad. Ar ben hynny, roedd alibi ei mab Gareth yn dal dŵr ac fe gadarnhaodd ei gyflogwr ei bresenoldeb adeg diflaniad Nicky, yn ogystal ag adeg darganfod ei chorff ym Mhorth Hwyan ddechrau'r wythnos.

Dechreuodd y glaw yn ystod ei daith i'r gwaith a throdd meddyliau Rol at deulu Nicky. Sut hwyl oedd arnyn nhw y bore hwnnw, ar ddiwrnod ei hangladd? Mor dywyll â'r awyr fry, dyfalodd.

Parciodd ei gar yn yr unig le gwag oedd ar ôl yn y maes parcio, mor bell o'r drws ag oedd yn bosib. Rhedodd drwy'r pyllau gan dasgu dŵr dros waelod ei drowsus, er bod gweddill ei gorff yn sych, diolch i'w got Patagonia Gore-Tex. Fel y byddai'n gwneud bob dydd, anelodd yn syth at swyddfa DCI Colwyn am touch-base bach cyn ailafael yn ei achosion, ond nid oedd y bòs yno eto, felly prynodd goffi o'r peiriant a mynd yn syth at ei ddesg. Roedd y swyddfa'n wag a'r tawelwch bron yn llethol. Y gosteg cyn y storm a fyddai'n sicr o gyrraedd wrth i gyfryngau'r wlad ddychwelyd i'r dref ar gyfer angladd Nicky ymhen teirawr.

Cyn i'w gyfrifiadur atgyfodi hyd yn oed, daeth cnoc ar y drws a throdd Rol i weld PC Tom Chaplin yn sefyll yno'n gafael mewn darn o bapur, a golwg ryfedd ar ei wyneb – cyfuniad o letchwithdod ac euogrwydd.

"Iawn Tom, be sy 'da ti?"

Ceciodd y cwnstabl mewn ymdrech i ddod o hyd i'r geiriau cywir. Ar y trydydd cynnig, rhannodd wraidd ei gywilydd â'i uwch swyddog.

"Fi 'di ffyco lan, syr."

Cododd Rol ei aeliau ar hynny, gan wahodd y swyddog ifanc i eistedd er mwyn esbonio.

"Daeth hwn wythnos diwetha, syr," dywedodd, wrth basio'r darn papur at Rol ac aeth ati ar unwaith i'w ddarllen. Wrth iddo wneud, ymhelaethodd PC Chaplin ryw ychydig. "O'r lab. Olion esgidiau o'r ali. Aethon nhw ar goll yng nghanol yr holl waith papur, ac wedyn anghofies i bopeth amdano fe pan ddes i o hyd i'r corff."

Tawelodd PC Chaplin pan sylwodd nad oedd Rol yn gwrando arno. Eisteddodd yno'n gwylio'r ditectif yn darllen, yn gobeithio'n daer nad oedd hyn yn mynd i fod yn farc du ar ddechrau ei yrfa. Ei uchelgais oedd bod yn dditectif rhyw ddydd, ond doedd pethau fel hyn ddim yn mynd i'w helpu i ddringo'r ysgol yrfaol.

O'r diwedd, cododd Rol ei olygon a syllu ar Tom, a golwg oer ar ei wyneb. Yn reddfol, roedd e'n teimlo'n reit grac â'r heddwas ifanc. Mewn achos fel hwn, lle nad oedd llawer o gliwiau, gallai unrhyw dystiolaeth fod yn hollbwysig. Ond, gwthiodd hynny i'r ochr, gan ei fod yntau hefyd yn euog o esgeulustod. Y gwir oedd ei fod wedi anghofio pob dim am yr olion esgidiau o'r ali hefyd. Roedd dod o hyd iddynt yn teimlo fel petai wedi digwydd yn ystod bywyd blaenorol ac, o ganlyniad, dadrewodd ei osgo a gwenodd ar PC Chaplin. Gallai Rol gofio bod mewn sefyllfaoedd tebyg ar ddechrau ei yrfa – achosion mawr yn sgrialu i bob cyfeiriad a'r gwaith papur yn pentyrru o'i gwmpas. Peth hawdd iawn oedd anghofio adroddiad o'r fath, hyd yn oed heddiw, yn enwedig o ystyried arfer hynafol y labordy o anfon pob adroddiad ar ffurf ffacs. *Ffacs!* Ni fyddai hyn wedi digwydd petai'r adroddiad wedi dod mewn e-bost. Ond, y gwir oedd bod angen iddo sicrhau na fyddai DCI Colwyn yn clywed gair am y camgymeriad casgliadol, gan na fyddai'n adlewyrchu'n ffafriol arno fe ac, o bosib, yn effeithio ar ei gyfle i gipio dirprwyaeth yr adran yn barhaol.

"Ti 'di darllen yr adroddiad?" gofynnodd Rol ar ôl meddwl.

"Do… syr…" atebodd PC Chaplin yn bwyllog.

"Greddfau. Teimladau. Casgliadau."

Sythodd PC Chaplin yn ei gadair, a bron y gallai Rol weld ei ymennydd yn tanio tu ôl i'w lygaid gwyrddlas gwelw.

"Ma esgid y plentyn yn cydfynd â'r hyn sy ar y system o ran beth oedd Nicky'n gwisgo pan gafodd ei chipio."

"Esbonia."

"George, syr. Chi'n gwbod, yn Asda. Roedd Nicky'n gwisgo sgidiau gan George. Cyffredin iawn, bydden i'n meddwl."

"A beth am y maint?"

"Match, syr. Maint pump, menywod. Roedd hi'n ferch reit fawr am ei hoed."

Nodiodd Rol ei ben yn araf; blaengarwch y cwnstabl yn gwneud argraff arno ar unwaith.

"A beth am yr oedolyn?"

"Maint naw. Y mwya cyffredin i ddynion. Ac ma'r grips yn dod o bâr o sgidiau sy ond yn cael eu gwerthu yn Mountain Warehouse."

"Ydyn. Ac ma'r ffordd mae gwadnau'r droed wedi treulio yn

awgrymu bod posibilrwydd cryf bod perchennog yr esgid yn hercan wrth gerdded."

"Ma hynny'n rhywbeth, nag yw e, syr?"

"Wel, ydy," cytunodd Rol, cyn cywiro ei hun. "Falle. Ond sdim sicrwydd bod yr olion traed yma'n perthyn i Nicky a'i chipiwr." Digalonodd Rol ymhellach. A oedd drws arall yn cau yn ei wyneb?

"O's rhywbeth alla i neud i helpu, syr?" gofynnodd y PC ifanc, mewn ymdrech i wneud iawn am ei esgeulustod.

Cododd Rol ei goffi at ei geg.

Llyncodd.

Ystyriodd.

"Oes. Fi mo'yn i ti gysylltu â head office Mountain Warehouse i holi faint o barau o'r esgidiau penodol hyn sy wedi cael eu gwerthu yn ne Cymru yn y chwe mis diwetha. Ac wedyn, faint ohonyn nhw sy wedi cael eu gwerthu yng nghanghennau Gerddi Hwyan a Phen-y-bont, a phryd, os yn bosib, i ni gael mynd ar ôl y CCTV." Doedd e ddim yn siŵr bod llawer o bwynt i'r dasg, ond byddai'n gwneud y tro fel cosb i'r PC ifanc. A phwy a ŵyr, efallai y byddai'n arwain at strocen o lwc.

"'Na i neud 'ny nawr, syr," cododd PC Chaplin ar ei draed. "A sori eto, syr," ychwanegodd yn wylaidd.

"Diolch, Tom. Dim gair, fi'n addo."

Eiliadau yn unig ar ôl i Chaplin adael y swyddfa, cyrhaeddodd Kingy, yn wlyb at ei groen, gan ddod yn agos at ddal Rol yn yfed o'i fflasg. Yn ffodus, oherwydd ei ddillad gwlyb, roedd DS King yn rhy bensyniol i sylwi ar ei bartner yn llithro'r fflasg yn ôl i'w boced.

"Fi'n mynd i fod yn 'lyb trwy'r blydi dydd!" ebychodd.

"Cer gatre i newid cyn yr angladd," awgrymodd Rol.

"Dim diolch! Bydden i 'di bod 'ma awr yn ôl, ond ma hi fel ffycin ffair yn tŷ ni ar y foment – y babi'n sgrechen trwy'r nos a neb yn cael digon o gwsg. No way 'mod i'n mynd adre i newid. Pwy a ŵyr pryd fydde Lucy'n gadael i fi fynd eto..."

***

Am hanner awr wedi deg, roedd strydoedd Gerddi Hwyan dan eu sang â galarwyr, yn aros i weld arch Nicky Evans yn ei chario ar daith olaf ei bywyd byr at Eglwys Santes Catherine yn ardal Pwll Coch y dref. Roedd y glaw wedi cilio a'r haul yn gwneud ei orau i wthio trwy'r cymylau. Yn ogystal â'r cyhoedd, roedd y cyfryngau yno yn eu cannoedd, gyda faniau â logos cyfarwydd arnynt wedi'u corlannu mewn maes parcio o fewn tafliad carreg i'r addoldy.

Eisteddai Rol a Kingy yng nghefn fan gludo ddinod ym maes parcio'r eglwys. Ond nid fan gyffredin oedd hon. Roedd Sarjant Amy Fowler yn gwmni iddynt, un o uwch swyddogion Uned Wylio Arbennig Heddlu De Cymru. Â'i phencadlys yng Nghaerfyrddin, byddai'r uned yn cynorthwyo gorsafoedd ledled de Cymru pan fyddai angen gwylio digwyddiadau tebyg i angladd Nicky Evans heddiw, yn ogystal â chadw llygaid ar dorfeydd gemau pêl-droed a digwyddiadau cyhoeddus mawr arall.

O'r tu allan, roedd y fan yn edrych yn union fel miloedd o faniau cludo eraill ledled y wlad. Ond, ar ochr arall y bwrdd tu cefn i sedd y gyrrwr, roedd crombil y fan yn debycach i stiwdio deledu fechan, neu bont Captain Kirk ar yr Enterprise. Roedd Sarjant Fowler a'i thîm, oedd yn cynnwys tri swyddog arall, wedi bod yma ers toriad gwawr, yn gosod eu camerâu yn y mannau gorau er mwyn monitro'r galarwyr. Roedd camerâu yn yr eglwys, wrth gwrs, ond hefyd ar hyd y palmentydd a'r strydoedd oedd yn arwain at yr addoldy, a hefyd mewn parc cyfagos lle roedd sgrin fawr wedi'i gosod er mwyn diwallu'r dorf anferth ddisgwyliedig. Roedd yr uned wedi gosod pedwar deg wyth o gamerâu o wahanol feintiau yn eu lle, gyda Sarjant Fowler yn eu rheoli nhw i gyd o gefn y fan. Roedd gweddill ei thîm allan ar y strydoedd, mewn cysylltiad parhaus â hi, rhag ofn bod angen iddynt drwsio neu newid safle un o'r camerâu, neu ymateb i gyfarwyddyd eu huwch swyddog er mwyn delio â sefyllfa oedd yn datblygu.

"O's unrhyw beth penodol angen sylw, DS Price?" gofynnodd Fowler, heb edrych i'w gyfeiriad.

"Unrhyw un mewn cot camo," atebodd Rol yn bendant, er fod sicrwydd ei eiriau yn masgio'r ffaith eu bod nhw'n chwilio am nodwydd mewn tas wair. Wrth gwrs, roedd yna bosibilrwydd go iawn y byddai llofrudd Nicky Evans yn dod yma heddiw i wledda ar alar torfol y dref, ond go brin na fyddai wedi newid ei got ers i Rol ei weld ym mhen draw'r twnnel. Ar ben hynny, nid oedd Rol yn siŵr iddo weld unrhyw un erbyn hyn, ar wahân i ellyll ei orffennol, hynny yw.

Roedd wyth sgrin ar wal y fan, a Sarjant Fowler yn torri rhwng y delweddau; gan gilio at y dorf neu dynnu allan yn ôl yr angen. Gwyliodd Rol a Kingy'r sgriniau, a meddwi ar y delweddau, ond heb unrhyw beth pendant i chwilio roedd y dasg yn rhwystredig ar y diawl, os nad yn hollol ddibwrpas.

Trodd meddyliau Rol yn ôl at gyfarfod y bore gyda Tom Chaplin. "Ac unrhyw un sy'n hercan," poerodd yn ddirybudd ac edrychodd Kingy arno a golwg ddryslyd ar ei wyneb.

"Ti'n cofio'r olion traed 'na o'r ali?" gofynnodd Rol ac, er i Kingy nodio'i ateb yn llawn sicrwydd, gallai weld o'r panig yn ei lygaid ei fod yntau hefyd wedi anghofio pob dim amdanynt. "Wel, dda'th yr adroddiad 'nôl bore 'ma ac, os mai ôl troed y cipiwr oedd hi – ac ma hynny'n os fawr iawn, cofia – ma'n suspect ni'n hercan wrth gerdded."

Nodiodd Kingy ar hynny eto, a throi'n ôl at y sgriniau i barhau â'r gwylio.

Ymhen pum munud, ymddangosodd gorymdaith Nicky Evans ar un o'r sgriniau. Tair hers: y gyntaf yn cario arch Nicky, wedi'i gorchuddio â blodau o bob lliw; a'r ddwy arall yn cario aelodau ei theulu – düwch y cerbydau yn adlewyrchu realiti diweddar eu bywydau.

Wrth wylio'r ceir yn gyrru'n araf tuag at yr eglwys, ffrwydrodd delweddau erchyll ym mhen Rolant Price a chlywodd Nicky druan yn sgrechian wrth i'w harteithiwr lifio'i chlustiau i ffwrdd yn gelfydd; y gwaed yn pistyllu i bob cyfeiriad, fel mewn ffilm arswyd o'r wythdegau. Cododd ei law at y fflasg yn ei boced. Ystyriodd yfed llond ceg slei, ond gwyddai ei fod yn eistedd yn rhy agos at ei gyd-weithwyr i wneud hynny. Teimlodd ddiferyn o chwys yn llithro i lawr ei dalcen ac ysai am ddianc o grombil clostroffobig y fan. Teimlodd don arall o ddelweddau arswydus yn codi, ond cyn iddynt ffrwydro unwaith yn rhagor yn ei ben, canodd ei ffôn symudol a gafaelodd ynddi ar unwaith, yn y gobaith y byddai hynny'n hawlio ei holl sylw, neu o leiaf yn rhoi rheswm iddo gamu o'r cerbyd.

Nid oedd yn adnabod y rhif, felly atebodd yn ochelgar.

"Ditectif Price?" gofynnodd llais anghyfarwydd.

"Siarad,"

"Catherine Tucker sy 'ma, Heol Gilwern."

"Helô, Mrs Tucker. Shwt alla i'ch helpu chi?"

"Fi yn Porth Hwyan, yn cerdded y cŵn..." tawelodd, er bod Rol yn gwybod bod ganddi fwy i'w ddweud.

"Ie?"

"Fi 'di ffeindio rhywbeth."

"Beth?"

"Parsel."

"Parsel?"

"Ie. Gyda'ch enw chi arno fe..."

Dryswyd Rol yn llwyr. "Chi'n siŵr, Mrs Tucker?"

"Wrth gwrs 'mod i!" Ni wnaeth unrhyw ymdrech i waredu'r melltith o'i llais.

"Ble ffeindio chi fe?"

"Gyda'r blodau a'r cardiau yn y goedwig, chi'n gwbod."

"Ydw," cadarnhaodd Rol, wrth i rosyn coch fflachio o flaen ei lygaid.

"Ma 'na rywbeth arall 'fyd."

"Beth?" gofynnodd Rol, y pryder yn cynyddu.

Atebodd Mrs Tucker, ac ar ôl diolch iddi, trodd Rol at ei bartner ar unwaith. "Kingy, fi'n goro mynd."

"I ble?" gofynnodd DS King yn llawn syndod.

"Porth Hwyan."

"I be?"

"I gasglu parsel."

Gyda'r ffyrdd ar gau, cymerodd hi ddeg munud i Rol hanner loncian, hanner ymlusgo ei gorff i'r orsaf; a deg munud arall i yrru i Borth Hwyan. Roedd y chwys yn rhaeadru oddi ar ei dalcen yr holl ffordd a'i galon yn dal i garlamu pan gyrhaeddodd ei gyrchfan, ond anwybyddodd gyflwr echrydus ei iechyd am heddiw. Unwaith eto, car

Mrs Tucker oedd yr unig un yn y maes parcio, gan fod y dref gyfan yn gwylio'r angladd. Dilynodd Rol y llwybr trwy'r coed a gweld Mrs Tucker a'i chŵn yn aros amdano ger y casgliad cynyddol o flodau a chardiau coffa.

"Sa i 'di cyffwrdd dim byd," oedd geiriau cyntaf Mrs Tucker.

Diolchodd Rol iddi, ac yna cyrcydiodd i archwilio'r hyn oedd yn aros amdano. Yn wir, roedd parsel yng nghanol y cyfarchion; amlen frown a'i enw wedi'i ysgrifennu arni mewn inc trwchus – "Ditectif Rolant Price, Heddlu Gerddi Hwyan". Roedd yr amlen bapur wedi'i gosod mewn bag clo-sip tryloyw. Yn ofalus iawn, â'i fawd a'i fynegfys, gafaelodd Rol yng nghornel y cwdyn plastig a chodi'r parsel gan ddyfalu'n gywir mai tâp oedd yn yr amlen.

Gwyliodd Mrs Tucker y ditectif wrth ei waith, yn syllu ar yr amlen yn gyntaf ac yna'n edrych ar hyd a lled y llawr am gofrodd fach arall. "Draw fyna, Ditectif Price."

Edrychodd Rol i fyny, gan ddilyn ei mynegfys melynwyn at foncyff onnen gyfagos. Cododd ar ei draed er mwyn edrych yn fanylach. Syllodd yn anghrediniol ar glustiau bach Nicky Evans, wedi'u hoelio i'r pren, ac ar ôl ceisio, a methu, deall ystyr y weithred, estynnodd ei ffôn er mwyn galw SOCO.

21
Ych-a-Fideo

Am yr eilwaith mewn llai nag wythnos, roedd pebyll SOCO ym Mhorth Hwyan a thâp melyn llachar yn amgylchynu lleoliad-y-drosedd er mwyn cadw'r cyhoedd a'r cyfryngau draw. Yn ffodus, roedd y wasg a'r camerâu'n brysur, diolch i angladd Nicky Evans rai milltiroedd i'r de, gan y byddai darganfyddiad Mrs Tucker yn ddelwedd drawiadol iawn ar gyfer tudalennau blaen papurau'r wlad, heb sôn am raglenni newyddion niferus y teledu ac ar-lein. Cyrhaeddodd y swyddogion SOCO o fewn ugain munud ac, wrth aros iddynt osod eu cyfarpar yn barod am yr ail rownd, clywodd y ditectif ddatganiad tyst Mrs Tucker. Yr un hen stori, ond â thro annisgwyl yn ei chwt. Allan am dro gyda'i chŵn. Aros i dalu teyrnged dawel i'r ferch farw. Gweld yr amlen ag enw cyfarwydd Ditectif Rolant Price arni, ac yna'r clustiau wedi'u hoelio i foncyff coeden gyfagos. Sioc o'r radd flaenaf, wrth reswm, a doedd dim gwadu iddi gael ysgytwad. Roedd dwylo Mrs Tucker yn crynu wrth iddi dynnu ar ei sigarét ac adrodd yr hanes bob yn ail. Wrth gwrs, roedd islif o amheuaeth yn tonni trwy feddwl Rol, ond dim ond greddf ditectif profiadol oedd hynny. Cyd-ddigwyddiad creulon oedd y ffaith iddi fod mor agos at ddarganfyddiad erchyll arall, ac roedd Rol yn cydymdeimlo'n llwyr â hi, yn enwedig ar ôl iddo bardduo ei henw da wrth wneud môr a mynydd o'r gwaed ar gefn ei char. Yn wir, roedd Rol yn ddiolchgar iddi am ei ffonio ef yn gyntaf, oherwydd gallai Mrs Tucker fod wedi gwneud ceiniog fach deidi trwy gysylltu â newyddiadurwr neu bapur newyddion.

Ar ôl gorffen â'r tyst, ffoniodd Rol ei bartner ac esbonio beth oedd wedi digwydd. Safodd â'i gefn yn erbyn coeden dal, rhyw hanner canllath o bebyll SOCO.

"Tâp. Neu dapiau hyd yn oed. Fi bron yn siŵr. Naw deg naw y cant."

Ni ddwedodd Kingy unrhyw beth am eiliad, er y gallai Rol ddyfalu beth oedd yn mynd trwy ei feddwl. O'r diwedd, siaradodd.

"Bydd rhaid i ni wylio fe."

"Fi'n gwbod," atebodd Rol, er mai *No shit, Sherlock* atseiniodd yn ei ben.

Tawelwch arall. Yr un yma'n drwm gan ddrwgargoel.

"Wel, ma pethe'n tawelu fan hyn a theulu Nicky newydd fynd i'w chladdu hi. Ma'r crowds yn dechre gadael..."

"Fi 'di gofyn i Quincy ddwsto'r bag, yr amlen a beth bynnag sy ynddi hi yn gynta. Wela i di yn yr orsaf nawr."

Wrth orffen yr alwad, cipiwyd sylw Rol gan symudiad yn y prysgwydd, rhyw ganllath i'r gogledd o'r lle y safai. Safodd yn stond a syllu. Yng nghanol yr amrywiol arliwiau gwyrdd-frown – rhedyn, glaswellt, coed, boncyff pydredig, deiliach ac ati – taerai mai ffigwr mewn cot guddliw a welai, yn llech-hela'r heddlu o bell. Syllodd yn galetach fyth ond, eiliad yn unig cyn iddo ddechrau rhedeg i'w gyfeiriad, ffrwydrodd carw o'r coed, gan ei synnu'n stond. "Fuckin' hell!" mwmiodd o dan ei anal, gan ysgwyd ei ben a gwylio'r carw'n stopio'n sydyn, codi ei olygon a'i weld, cyn diflannu i'r istyfiant. Anadlodd Rol yn ddwfn, troi a cherdded draw at y pebyll. Cyn iddo gyrraedd, ymddangosodd Quincy trwy'r drws, yn gwisgo siwt DuPont dros ei ddillad ac yn cario'r amlen frown yn ei law. Doedd dim sôn am y cwdyn clo-sip.

"Sdim ishe i ti ddod mewn. Fi 'di dwsto'r bag plastig, yr amlen a'r tapiau."

Gwelodd y patholegydd y cwestiwn yn dechrau ffurfio ar wefusau'r ditectif, ac atebodd cyn i Rol ynganu gair.

"Dim byd. O gwbwl. Ma'r boi'n gwbod beth ma fe'n neud, sdim amheuaeth o hynny. Dim olion bysedd. Dim ffabrig o unrhyw fath. Dim gwelltyn na blewyn na'r gronyn lleia o groen. Dim yw dim yw dim."

Nodiodd Rol ei ben yn siomedig, er nad oedd yn disgwyl dim arall. Gwyddai na fyddai'r un euog yn gwneud camgymeriad mor sylfaenol, yn enwedig wrth wawdio'r heddlu – a Rol yn benodol – fel hyn.

"Pa fath o dâp yw e?"

"*Tapiau*, Ditectif Price. Tri i fod yn fanwl gywir. Panasonic Mini DV, naw deg munud yr un."

"O's labels arnyn nhw?"

"Dim ond rhifau. Un, dau, tri."

Llyncodd Rol ar dafod sych wrth iddi wawrio arno y byddai'n rhaid iddo wylio pedair awr a hanner o'r erchylltra yn hwyrach heddiw.

"A beth am y clustiau?" gofynnodd.

"Beth amdanyn nhw?"

"Wel… y… ai rhai Nicky y'n nhw?"

"Wel, bydd angen aros am ganlyniad y prawf DNA i gadarnhau cant y cant, wrth gwrs, ond rhaid gobeithio mai rhai Nicky y'n nhw."

"*Gobeithio*?" Gair rhyfedd ar y diawl, meddyliodd Rol.

Nodiodd Quincy yn daer. "Wel, ie. Fel arall, ma 'na ferch fach arall rownd ffor' hyn sy'n methu clywed gair."

Diolchodd Rol iddo a dychwelyd i'r car, gan ffonio PC Chaplin yn yr orsaf â chais i ddod o hyd i beiriant chwarae tapiau Mini DV, a hynny ar frys. Roedd gan yr orsaf storfa lawn peiriannau, ond nid oedd gan Rol yr amynedd i fynd i dwrio heddiw, yn enwedig o ystyried yr hyn fyddai'n aros amdano ar y sgrin. Eisteddodd y tu ôl i'r olwyn yn nhawelwch y car, gan lowcio'n farus o'r fflasg. Caeodd ei lygaid am eiliad, a rhaid ei fod wedi syrthio i gysgu am orig fach annisgwyl oherwydd breuddwydiodd am ellylles ddi-glust Nicky yn marchogaeth trwy'r coed ar gefn carw, ac yn cael ei dienyddio gan wifren dynn anweledig rhwng dau foncyff. Rholiodd ei phen trwy'r glaswellt a dod i stop wrth draed Rol a, phan welodd fwydod yn cripian trwy geudyllau gwag ei llygaid, agorodd ei rai yntau a gorffennodd y fodca ar frys, cyn tanio'r injan a gyrru'n ôl i gyfeiriad yr orsaf, ei ddwylo'n crynu ar yr olwyn a'i gallineb yn gwegian ar ymyl dibyn serth.

***

Erbyn i Rol aros i brynu potel o fodca arall, dychwelyd i'r orsaf, dod o hyd i le parcio, llenwi'r fflasg mewn cuddygl cloëdig yn y tai bach, yfed llond bol, ail-lenwi'r fflasg a chyrraedd y swyddfa, roedd Kingy'n aros amdano yn bwyta brechdan BLT ac yn gwylio PC Chaplin wrthi'n gorffen gosod y chwaraewr DV a'r monitor ar ddesg anniben DS Robbins yng nghornel yr ystafell.

"Diolch, Tom," medd Rol, gan eistedd yn drwm yn ei gadair droelli. Trodd at DS King, a diawlo na phrynodd frechdan ei hun pan gafodd gyfle gynne fach. Byddai'n rhaid iddo brynu Mars Bar o'r peiriant, a gallai glywed Lowri'n ei ddwrdio am beidio â gofalu amdano'i hun yn iawn. Tristaodd wrth feddwl am ei wraig, yn bennaf achos y gallai gofio rhyw addewid gwag am geisio treulio mwy o amser gyda hi, yn ailadeiladu eu perthynas. Wrth gwrs, roedd y bwriad wedi crino ar dir diffaith, diolch i'r achos hwn a'i natur gyfareddol. Ac er bod llais bach rywle ym mhellteroedd ei ben yn ceisio'i ddarbwyllo nad oedd hi'n gwbl ddieuog o esgeuluso eu priodas chwaith, gan nad Rol oedd yr unig un oedd yn gweld mwy o'i gyd-weithwyr nag o'i gymar, gwyddai nad dyma'r amser i bwyntio bys. "Unrhyw beth i'w ddweud am yr angladd?"

Trwy geg llawn cig a llysiau, atebodd DS King. "Dim byd amlwg, ond ti byth yn gwbod. Bydd rhaid i ni wylio'r cwbl lot 'to, 'yn bydd e?"

Nodiodd Rol. Am ddiflastod. Ond byddai deuddydd o ddiflastod pur yn gwylio papur wal dynol yn well na beth oedd o'u blaenau nawr.

"'Na ni, syr," medd PC Chaplin yn llawn balchder, wrth gamu i ffwrdd oddi wrth y sgrin a'r peiriant oddi tano. "Ma fe'n barod i chi nawr."

"Diolch," cydadroddodd y ditectifs, ac i ffwrdd â'r cwnstabl ifanc heb air pellach.

"Be sy 'da ti, 'de?" gofynnodd Kingy, gan ystumio at yr amlen.

"Tri tâp." Arllwysodd Rol y cynnwys ar y ddesg.

"Tri?!" ebychodd Kingy.

"Fi'n gwbod. Naw deg munud bob un."

"Gwell chi na fi, bois bach," daeth llais DCI Colwyn o'r drws agored, cyn i'r chief gamu i'r ystafell yn llawn awdurdod.

"So chi mo'yn gweld beth sy arnyn nhw, syr?" gofynnodd Rol yn ddifrifol.

"Dim diolch. Ond dw i yn disgwyl adroddiad llawn cyn diwedd y dydd yfory, ok."

"Chi'n siŵr, syr?" gofynnodd Kingy. "Bydde dim angen adroddiad arnoch chi 'sech chi'n gwylio'r tapiau heddiw."

"Ymdrech dda, DS King, ond un o perks y job yw gallu dirprwyo tasgau ych-a-fi i eraill."

Trodd y chief i fynd, cyn stopio yn yr unfan a gofyn i Rol, "A beth ydw i'n clywed am glustiau ar goeden, DS Price?"

Ysgydwodd Rol ei ben yn araf wrth i'r ddelwedd lenwi ei feddyliau.

"Sdim byd arall i'w weud, syr, achos dyna'n union oedd yna. Clustiau. Ar goeden."

"Greddfau? Teimladau? Disgwyliadau?" Pwysodd DCI Colwyn ei ysgwydd ar ffrâm y drws.

"Ma fe'n chwarae gyda ni nawr, syr. Yn llythrennol. Ma'r amlen yma wedi'i chyfeirio'n uniongyrchol ata i, sy'n awgrymu ei fod e o leia wedi gweld y newyddion yn ystod yr wythnos ddiwetha. Ma fy enw i wedi bod yn y rhan fwya o adroddiadau fel prif swyddog yr archwiliad."

"Ond?" gofynnodd y chief.

Anadlodd Rol yn ddwfn cyn ateb. "Galle fe fod yn f'adnabod i."

"Be ti'n feddwl?" gofynnodd Kingy.

"Wel, ma 'na bosibilrwydd nad yw e'n gwylio'r teledu, nac yn gwrando ar y radio, nac yn darllen y papurau neu'r newyddion ar-lein. Mae 'na bosibilrwydd ei fod e'n ein gwylio ni wrth ein gwaith," fflachiodd y ffigwr ym mhen draw'r twnnel ym mhen Rol nawr, ac yna'r carw yn ffrwydro o'r coed.

Nodiodd DCI Colwyn ar yr ateb. "A beth am y teimladau a'r disgwyliadau?"

"Wel, fel chi, syr, fi'n teimlo fel shit ac yn disgwyl y gwaetha, ond sdim osgoi gwylio'r tapiau 'ma, o's e?"

Heb air pellach, dim ond nod fach ddidwyll o'i ben, camodd DCI Colwyn o'r swyddfa gan gau'r drws ar ei ôl, heb rannu'r rhyddhad llwyr na fyddai angen iddo wylio'r tapiau gyda'r ditectifs.

Mewnbynnodd Rol y tâp cyntaf i'r peiriant ond ni wasgodd PLAY. Yn hytrach, trodd at ei bartner a gofyn yn daer: "Ti'n barod?"

Llyncodd Kingy y darn olaf o'i frechdan. Nodiodd ei ben yn araf.

Y tair awr a hanner nesaf o blismona oedd y gwaethaf yng ngyrfaoedd y ddau dditectif, a hynny o bell ffordd. Wrth gwrs, roedd gweld corff Nicky y diwrnod o'r blaen yn ddigon gwael, ond roedd gwylio'r artaith gan gwaith yn waeth.

Gwyliwyd y tâp cyntaf mewn tawelwch llethol, ag ambell "fucking hell", "Iesu Grist", "dim eto" ac "o, my fucking god" yn torri ar y mudandod. Yr unig sŵn arall oedd rhochian a chrintachu anifeilaidd yr arteithiwr, wrth iddo dreisio'r ferch ysgol drosodd a throsodd a throsodd eto, am awr gyfan. Yn ddigyfaddawd, rheibiodd hi o'r tu ôl, a doedd dim modd gweld wyneb Nicky oherwydd ei bod yn wynebu'r ffordd arall trwy'r cyfan. Ni welwyd wyneb ei hymosodwr ychwaith, hyd yn oed am amrantiad, gan ei fod un ai'n dal y camera i fyny at ei lygad neu, ryw ffordd, yn gwisgo'r camera ar ei ben. Yr unig gysur oedd y ffaith nad oedd Nicky fel petai'n ymwybodol o beth oedd yn digwydd iddi, oherwydd y GHB oedd wedi ei llorio'n llwyr. Ond â'i garddyrnau a'i phigyrnau wedi'u clymu'n dynn i'r bwrdd pren cadarn, ni fyddai wedi gallu brwydro'n ôl, hyd yn oed petai hi ar ddihun.

Daeth y tâp i ben ar ôl awr, diolch byth. Trodd Rol i edrych ar ei bartner a chael sioc o weld fod y dagrau'n llifo'n dawel i lawr ei fochau. Estynnodd y fflasg o'i boced a'i chynnig i Kingy. Sychodd hwnnw ei fochau â chefn ei law, ac yfed ohoni'n farus. Tynnodd wyneb sur ar ôl gorffen a'i rhoi'n ôl i Rol heb air. Yna, wrth i Rol yfed ei siâr ei hun, cododd Kingy a rhoi'r ail dâp yn y peiriant.

Awr yn unig oedd yr ail dâp hefyd, er bod y chwe deg munud yn teimlo fel mis yn ffwrnes Uffern. Eto, gwyliodd y ditectifs yr arteithiwr wrth ei waith, y tro hwn fel petai'n creu celfyddyd gain ar gefn corff Nicky ar ffurf rhes ar ôl rhes o gylchoedd blaen sigarét. Mewn tawelwch – ar y sgrin ac yn y swyddfa – gwyliodd Rol a Kingy'r arlunydd yn dechrau ei waith ar bigyrnau'r ferch ysgol, gan weithio'i ffordd yn ddefodol ac yn gywrain i fyny ei choesau at fochau ei thin a thu hwnt. Unwaith eto, nid oedd Nicky'n wynebu'r camera ac, unwaith yn rhagor, nid oedd hi'n symud, oedd yn awgrymu ei bod hi'n anymwybodol. Daeth y tâp i ben ac yfodd y ditectifs o fflasg Rol unwaith eto. Ni chriodd Kingy'r tro hwn a diolchodd Rol nad oedd cynnwys yr ail dâp yn yr un cae o ran ffieidd-dra o gymharu â ffyrnigrwydd y cyntaf.

Ond, yn anffodus, roedd gwaeth o lawer i ddod.

Roedd y trydydd tâp yn awr a hanner o hyd a'r tro hwn, roedd Nicky'n wynebu'r camera. Dechreuodd bethau'n gymharol ddiniwed, â'r cipiwr yn eillio'i phen, a hynny mewn ffordd annisgwyl o dyner. Wrth gwrs, roedd y ditectifs yn gwybod beth oedd i ddod ac, o ganlyniad, gwagiwyd y fflasg cyn dechrau ar y prif ddigwyddiad. Ond, roedd gan Kingy botel o chwisgi ffres yn ei ddrôr; anrheg gan rywun roedd e wedi'i helpu rai misoedd ynghynt. Gyda pheth sgil, aeth yr arteithiwr ati i dorri tafod a chlustiau Nicky i ffwrdd. Rhyfeddwyd y ditectifs gan fedrusrwydd y cipiwr, er iddo droi'n anifeilaidd wrth dynnu'r llygaid o'u socedi. Bu bron i Rol chwydu yn y bin pan welodd y peli seimllyd yn cael eu twrio a'u tynnu o'u lle, cyn i'r gwaed dasgu dros lens y camera a'u dallu am eiliad, tan i'r rheibiwr lanhau'r gwydr drachefn. Yng nghanol yr erchylltra ac oherwydd bod Nicky braidd ar dir y byw, roedd hi'n amhosib dweud pryd fu farw'r ferch ifanc. Fodd bynnag, roedd y ffaith nad oedd wedi ymateb mewn unrhyw ffordd yn amgrymu bod y golau wedi diffodd cyn i'r hunllef olaf hon ddechrau. Canfu Rol ychydig o gysur yn hynny.

Tywyllodd y sgrin ar ddiwedd y darllediad ac eisteddodd y partneriaid yno mewn tawelwch marwol am amser maith. Roedd Rol ar fin codi i roi pwt i'r peiriant pan deimlodd law Kingy yn gafael yn ei ysgwydd. Trodd i'w wynebu ac, unwaith yn rhagor, gwelodd y dagrau'n disgleirio ar fochau ei bartner. Y tro hwn, cofleidiodd ef, gan ei dynnu'n agos ato a gadael i Kingy drochi ysgwydd ei siaced mewn dagrau hallt.

Y Peiriant

Ar ôl gorffen gwylio'r tâp y diwrnod cynt, aeth Rol a Kingy'n syth o'r swyddfa i dafarn y Butchers, a dyna lle y buont tan stop tap. Gwyddai'r ddau, hyd yn oed wrth i'r lluniau fflachio o flaen eu llygaid, y byddai'r delweddau yn eu haflonyddu am byth. Fodd bynnag, yn nyfnderoedd erchyll yr adladd arteithiol, blagurodd perthynas y ditectifs o'r newydd, a bachodd y ddau ar y cyfle i ddod i adnabod ei gilydd yn well. Claddodd Kingy unrhyw amheuon oedd ganddo am Rolant Price, diolch i ffraethineb darpar ddirprwy Adran Dditectifs Gerddi Hwyan, tra gwelodd Rol ochr arall i Richard King hefyd, gyda'r alcohol yn helpu i ddenu'r digrifwr cudd, oedd yn llechu o dan ei gragen sychlyd allan i chwarae am awr neu ddwy. Ni allai'r un ohonynt gofio gadael y dafarn, heb sôn am y daith adref mewn tacsi.

Dihunodd Rol ar y soffa, yn dal i wisgo dillad y diwrnod cynt pan glywodd Lowri'n galw ei enw o'r landin ar doriad gwawr. Roedd y glafoer o'i geg wedi gludo'i foch i'r clustog ac atebodd ei wraig trwy rintachu arni'n anifeilaidd, yn hytrach na defnyddio geiriau i'w darbwyllo ei fod yn iawn.

Aeth Kingy, ar y llaw arall, yn syth i ystafell ei fab blwydd oed a chodi Alwyn o'i grud er mwyn ei fwytho a'i gusanu ac addo na fyddai byth yn gadael i neb ei frifo. Daeth Lucy o hyd i'w gŵr yn beichio crio ac ar ei bengliniau wrth y cot; Alwyn bach yn syllu arno'n dawel o'r gawell, a'r stad ar ei dad ddim fel petai'n ei arswydo mewn unrhyw ffordd. Ymunodd Lucy ag ef ar y llawr, a gafaelodd Kingy ynddi mor dynn nes ei bod hi'n pryderu am eiliad y byddai'n gwasgu'r babi arall yn ei bol allan yn gyn-amserol. Gwrandawodd arno'n rhefru'n ddagreuol am Nicky Evans, rhyw fideo eithafol y bu rhaid iddo'i gwylio yn gwaith, yr hoffter o'r newydd a deimlai tuag at Rolant Price a'r atgasedd llofruddiol oedd yn berwi yn ei fol. Nodiodd arno a chydymdeimlo, er nad oedd modd deall pob gair. Nid oedd wedi gweld ei gŵr mor gaib erioed o'r blaen, a llwyddodd i'w orfodi i ddod ati i'r gwely yn y diwedd, yn hytrach na phaso mas ar lawr ystafell Alwyn, yn ôl ei ddymuniad, lle byddai'n siŵr o rochian chwyrnu trwy'r nos a chadw'r bychan ar ddihun am oriau.

Ond, er i'r ddau yfed tua'r un faint y diwrnod cynt, dim ond un ohonynt oedd yn dioddef y bore hwnnw. Gyrrodd Lucy ei gŵr i'r gwaith, gan fod DS King, heb os, yn dal i fod yn bell dros y trothwy cyfreithiol. Roedd ei ben yn taranu a'i geg yn teimlo fel petai ei dafod wedi ei wneud o bapur llyfnu. Llyncodd lond dwrn o ibuprofen a paracetamol cyn cychwyn am yr orsaf, er nad oedd y cyffuriau wedi gwneud unrhyw wahaniaeth i'w gyflwr erbyn iddo gyrraedd. Ffarweliodd â'i wraig a'i fab wrth y fynedfa i'r maes parcio cefn, a chyrraedd y swyddfa am ddeg munud wedi naw, oedd yn gyfwerth â gwyrth o ystyried ei gyfansoddiad. Ond, pan gyrhaeddodd, cafodd sioc ei fywyd o weld Rol yn brysur wrth ei waith yn barod, yn siarad yn awdurdodol ar y ffôn, gan gyfeirio'n wybodus at gamerâu fideo, tapiau DV a manylion technegol oedd yn bell tu hwnt i allu DS King ar ddiwrnod arferol, heb sôn am fore fel hwn. Gadawodd Kingy y swyddfa a mynd i brynu coffi du, gyda thri siwgr, er mai gwyn a di-siwgr oedd ei ddewis arferol.

"Jesus, Kingy, beth ddigwyddodd i ti?" gofynnodd Rol pan ddychwelodd ei bartner yn magu ei gwpan.

"Shwt yn y byd wyt ti'n edrych mor ffresh?" gwgodd Kingy.

"Dim ond cwpwl o beints gaethon ni, myn."

Syllodd Kingy arno. Ceisiodd weithio mas ai jocian oedd Rol ai peidio. Rhoddodd y gorau i hynny, am nad oedd ei ymennydd yn gweithio'n iawn. Eisteddodd wrth ei ddesg gan riddfan, a gwenodd ei bartner arno'n hoffus.

Digwyddodd rhywbeth hynod y prynhawn blaenorol, wrth i Rol a Kingy wylio eiliadau olaf Nicky Evans ar dir y byw. Unodd profiad y partneriaid ac, ar sylfeini erchyll, adeiladwyd eu perthynas o'r newydd. Efallai nad oedden nhw'n ffrindiau yn ystyr traddodiadol y gair, ond byddent yn cael eu rhwymo am byth gan y profiad eithafol hwn. O ganlyniad, ac er gwaethaf y siâp oedd ar DS King, roedd pethau'n well rhyngddynt heddiw nag erioed o'r blaen.

Eisteddodd Kingy yn ysgwyd ei ben yn araf, wrth wylio Rol yn troi'n ôl at ei gyfrifiadur a chodi ei gwpan coffi teithio at ei wefusau. Gwenodd Rol y tu ôl i'r gwpan, wrth i'r coffi Rwsiaidd crai fwrw cefn ei wddf. Yn ddiarwybod i DS King, roedd llanast arno fe hefyd ben bore, ond ar ôl i Lowri ei helpu i godi o'r soffa ac i gamu'n ansicr i'r gawod, a'i orfodi i lyncu detholiad o dabledi ac yfed hanner galwyn o ddŵr, roedd Rol yn teimlo lot yn well, hyd yn oed cyn iddo yfed fodca cyntaf y diwrnod, a hynny am hanner awr wedi saith. Gyrrodd Lowri ei gŵr i'r gwaith, cwpan coffi teithio bob un yn eu dwylo, er mai un Rol yn unig oedd yn haeddu rhybudd iechyd.

"Ti mo'yn y newyddion da neu'r newyddion drwg?" gofynnodd Rol heb droi ei ben i edrych ar ei bartner

"Sdim ffwc o ots 'da fi."

"Digon teg," atebodd Rol. "Y newyddion drwg yw bod modd defnyddio'r tapiau fuon ni'n gwylio ddoe mewn nifer o gamerâu gwahanol. Gormod i restru a dweud y gwir. Ac er bod technoleg wedi symud ymlaen a mwy a mwy o bobl yn defnyddio memory cards yn lle tapiau, ma'n nhw'n dal yn boblogaidd, yn ôl y sôn..."

"Yn ôl *pa* sôn? Lle ti 'di darllen hynny?"

"Unman. Ond yn ôl Mr..." gwiriodd Rol ei nodiadau. "Dilwyn Jones, perchennog y pawn shop 'na yn Tŷ Coch."

"Pawn Stars?"

"'Na fe, wel ma fe'n dal i brynu a gwerthu llwyth o gamerâu sy'n defnyddio tapiau mini DV, yn ogystal â chamerâu mwy diweddar."

"*So* dim Go Pro neu rywbeth fel 'na oedd y boi'n defnyddio wrth arteithio Nicky?"

"Anhebygol iawn. Ti'n cofio pa mor wobbly oedd y llun ar adegau? Wel, ma hynny'n awgrymu ei fod e'n dal y camera yn ei law."

"Ok," cododd Kingy ei ysgwyddau. "A beth am y newyddion da?"

"Wel," gwenodd Rol. "Dim ond un camera o'r fath ma Mr Jones

wedi gwerthu yn ystod y ddau fis diwetha, ac ma gen i enw a chyfeiriad y prynwr fan hyn." Cododd Rol ddarn o bapur o'i ddesg a'i ddal i fyny.

"Ond so hynny'n meddwl dim, yw e?"

"Ydy," meddai Rol wrth godi ar ei draed. "Mae'n meddwl bod gyda ni lead – mwy nag o'dd gyda ni hanner awr yn ôl."

Nid oedd Kingy wedi ei ddarbwyllo, ond doedd dim dadlau fod Rol yn dweud y gwir. "Beth am Cash Converters?" gofynnodd fel ôl-ystyriaeth.

"So nhw'n agor tan ddeg," atebodd Rol dros ei ysgwydd, wrth ddiflannu trwy ddrws y swyddfa.

Gyrrodd Rol i gartref David a Sara Parri ar Heol y Dderwen, un o strydoedd mwyaf cefnog Gerddi Hwyan, gan rannu'r mân fanylion oedd ganddo am y cwpwl priod ar y ffordd.

"Jyst Google Search clou 'nes i, ar ôl ca'l enw prynwr y camera wrth Mr Jones."

"Be?" gofynnodd DS King, ei lygaid ar gau a phob gair yn ymdrech anferthol. "Do'dd dim rhaid i ti gysylltu â'r banc neu gwmni cerdyn credyd?"

"Na. Bach o lwc am unwaith. Talodd Mr Parri gyda cheque, a mynnodd Mr Jones ei fod yn nodi ei gyfeiriad ar y cefn."

"Cheque?!" ebychodd Kingy, yr anghrediniaeth yn gwbl amlwg, er gwaethaf ei gyflwr bregus.

"Ie, fi'n gwbod. Old school iawn. Lwcus i ni, ma Mr Jones hefyd yn perthyn i'r genhedlaeth cyn-gyfrifiaduron, achos ma fe'n nodi pob eitem ma fe'n gwerthu mewn llyfr, gyda llaw."

"Fuckin' hell!" Ysgydwodd Kingy ei ben ar hynny, braidd yn rhy gyflym, cyn difaru ar unwaith a throi ei wyneb at y ffenest agored er mwyn i'r awel ei iacháu.

"Ta beth, ma'n nhw yn eu chwedegau ddweden i, ar sail ffotos Facebook Mrs Parri. Plant, wyrion ac ati. Ma Mr Parri'n bensaer a Mrs Parri'n gweithio'n rhan-amser i Cymorth Cristnogol. Ma'n nhw'n aelodau blaenllaw o Gapel Tabernacl, Tŷ Coch. Yn wir, Mr Parri yw trysorydd y capel, tra bod Mrs Parri'n trefnu'r ffair aeaf, ymweld â chartrefi hen bobl a'r hosbis canser. Ti'n gwbod..."

Ni atebodd Kingy, felly gyrrodd Rol yn ei flaen, gan geisio ochrgamu'r delweddau oedd yn fflachio yn ei ben yn gynyddol.

Clustiau Nicky.

Ceg Nicky.

Y llosgiadau sigarét ar hyd corff Nicky.

Llygaid Nicky.

Pen moel Nicky.

Nicky.

Nicky.

Nicky.

Nicky.

Teimlodd don o ryddhad ar gyrraedd cartref ysblennydd y Parris, wedi'i adeiladu yn ôl oddi ar y ffordd yn y 1940au, i lawr dreif byr deiliog a chysgodol, llawn coed derw tal, borderi aeddfed a lliwgar a lawnt streipiog, heb welltyn allan o le. Roedd y glwyd led y pen ar agor, felly gyrrodd Rol yn syth i mewn a dod i stop wrth ochr BMW 5-series dwy flwydd oed, lliw du â'r trimmings i gyd, ac Audi A3 newydd sbon, lliw coch, a dwy sedd i blant yng nghefn y cerbyd, oedd yn cadarnhau i Rol bod Mr a Mrs Parri yn helpu i ofalu am eu hwyrion.

Crensiodd esgidiau'r ditectifs ar gerrig mân y dreif wrth iddynt anelu at y tŷ a gwelodd Rol yr arswyd llwyr yn llygaid Mrs Parri ar unwaith pan ddangosodd ei fathodyn heddlu iddi ar stepen y drws.

"Mrs Sara Parri?" gofynnodd Rol.

"Ie," daeth yr ateb, wrth i'w llygaid saethu o un lle i'r llall, heb allu cwrdd â rhai Rol o gwbl. Sychodd Mrs Parri ei dwylo ar ei ffedog flodeuog, cyn gwthio'i gwallt llwyd tu ôl i'w chlust. Anwybyddodd Rol ei nerfusrwydd.

Am y tro.

"DS Price a DS King, Heddlu Gerddi Hwyan." Gwridodd gwraig y tŷ am ryw reswm, ac roedd ei bochau mor goch nes i Kingy sylwi hyd yn oed. "Ydy Mr Parri adre?"

"Y-y-ydy. Pam?"

"Ni mo'yn gair bach gyda fe."

"Am beth?" Daeth llais cadarn o'r tu cefn iddynt, a throdd y ditectifs yn reddfol, a dod wyneb yn wyneb â gŵr y tŷ, oedd yn cerdded tuag atynt ag awdurdod a hyder amlwg yn perthyn i'w osgo. Roedd David Parri dros ei chwe throedfedd yn hawdd ac yn ei ddillad garddio. Roedd ei ddwylo mawr yn frwnt ac yn frown. Er hynny, ysgydwodd y ditectifs ei law.

"Am gamera DV y prynoch chi o siop Pawn Stars rhyw ddeufis yn ôl."

Diflannodd yr hyder mewn amrantiad a thro Mr Parri oedd hi i arswydo yn awr. Syrthiodd ei ysgwyddau a gwelodd Rol y cwpwl priod yn cyfnewid edrychiad bach chwim.

"Well i chi ddod mewn," medd Mr Parri'n daer.

"'Na i roi'r tecell mlân," ychwanegodd ei wraig a diflannu i'r tŷ.

Mewn tawelwch, tynnodd Mr Parri ei welis a'u gadael nhw wrth y drws ffrynt, cyn arwain y ditectifs, yn eu sanau, trwy gyntedd crand oedd yn debycach i oriel gelfyddyd gain. Arweiniodd Mr Parri'r ymwelwyr i'r gegin fodern yng nghefn y tŷ, oedd yn gwrthdaro braidd â natur draddodiadol gweddill yr eiddo. Roedd Mrs Parri wrthi'n paratoi pot o de a cafetiere o goffi; ei symudiadau nerfus yn cael eu hadlewyrchu yn yr holl grôm oedd yn amlinellu'r cypyrddau isel a'r unedau tal.

"Steddwch," gwahoddodd Mr Parri, gan gyfeirio at y bwrdd. "Rhaid i fi olchi fy nwylo," esboniodd, cyn diflannu i'r iwtiliti i wneud hynny.

Eisteddodd y ditectifs. Edrychodd Rol ar ei bartner, oedd mor welw â'r tebot crochenwaith Portmeirion o'u blaenau. Yn ogystal â'r diodydd, gosododd Mrs Parri lond plât o fisgedi a chacennau ar y bwrdd. Gyda brwdfrydedd y dioddefwr, aeth Kingy ati i lenwi ei fol, gan deimlo'n llawer gwell ar unwaith bron. Ymunodd Mr Parri â nhw, tra arnofiodd ei wraig yn y cefndir; yn ddigon agos i glywed pob gair, ond yn ddigon pell i beidio â gorfod cyfrannu i'r sgwrs.

Ar ôl i Mr Parri lenwi cwpan y tri ohonynt – te iddo fe a choffi bob un i'r ditectifs – aeth Rol yn syth at wraidd y mater.

"Ni wrthi'n archwilio i ddiflaniad a llofruddiaeth Nicky Evans," dechreuodd, ag enw Nicky'n ennyn ymateb sobor o gyfeiriad Mr Parri. Ysgydwodd ei ben a mwmian rhywbeth o dan ei anadl. "Erchyll" neu "warthus" efallai, er na allai Rol fod yn gwbl sicr. "Ma'r achos wedi ein harwain at siop Pawn Stars a'r camera y gwnaethoch chi brynu yno."

"Sdim byd 'da fi i neud â Nicky Evans," atebodd ar unwaith.

"Wel," dechreuodd Rol, cyn oedi a dewis ei eiriau'n ofalus. "Â phob parch, Mr Parri, *ni* fydd yn penderfynu hynny. Ond cyn gallu gwneud dim, ma angen i ni weld y camera ac i'r swyddogion lleoliad-y-drosedd gynnal archwiliad fforensig."

Ar y gair, chwalodd cwpan coffi Mrs Parri'n deilchion ar deils llawr y gegin. Trodd y ditectifs i'w chyfeiriad, ond yn lle gafael mewn brws a phan er mwyn clirio'r llanast, rhedodd o'r gegin a'i llaw dros ei cheg.

Edrychodd Rol ar ei bartner yn gyntaf, ac yna draw at Mr Parri. Cododd Kingy ei aeliau'n awgrymog, tra rholiodd Mr Parri ei lygaid ac ochneidio'n hir. Â gwên letchwith, cododd ar ei draed yn araf, gan wahodd y ditectifs i'w ddilyn.

"Plis peidiwch â chamddeall ymateb fy ngwraig," llediodd wrth ddringo'r grisiau. "Sdim cysylltiad rhyngddon ni a'r hyn ddigwyddodd i Nicky Evans, rhaid i chi gredu fi, ond..." oedodd ar y landin eang ac aros i'r ditectifs ymuno ag ef cyn parhau. "Ond, fel pawb, mae gennym ni gyfrinachau. Cyfrinachau y bydden ni'n gwerthfawrogi'n fawr pe na fyddent yn cael eu datgelu wrth neb." Camodd Mr Parri at ddrws cloëdig, drws nesaf i'r ystafell ymolchi, gan bysgota yn ei boced am yr allwedd. Yn araf ac yn gwbl ddidwyll, aeth yn ei flaen â'i esboniad. "Fel blaenor yng Nghapel y Tabernacl, erfynnaf arnoch i gadw'r hyn rydych ar fin ei weld o dan eich hetiau, fel petai. Fel arall, ni fydda i na fy ngwraig yn gallu dangos ein hwynebau yn y gymuned byth eto."

Agorodd y drws a gwahodd y ditectifs i gamu mewn. *Sdim rhyfedd eu bod nhw'n cadw'r ystafell o dan glo*, meddyliodd Rol, wrth weld yr holl gyfarpar rhyw. Yn ogystal â'r nenfwd, roedd un wal lydan, o'r llawr i'r to, wedi'i gorchuddio yn gyfan gwbl gan ddrych. Roedd y ffenest wedi'i gorchuddio'n llwyr gan fleinds atal goleuni a'r llawr wedi'i orchuddio gan leino rhwber bochdyllog, hawdd i'w lanhau. Roedd detholiad o wisgoedd PVC ystrydebol yn hongian ar rheilen ddillad mewn un cornel a phedwar pen mannequin di-gorff wedi'u hoelio ar hyd y wal gefn, yn arddangos mygydau lledr amrywiol. Roedd siglen ryw yn hongian o'r to, ac yng nghanol y llawr, safai peiriant cnychu mecanyddol â dirgrynwr du deuddeg modfedd o hyd a phum modfedd o ddiamedr wedi'i osod ar ei flaen. Roedd Rol wedi gweld y fath gyfarpar ar fideos ar-lein, ond erioed â'i lygaid ei hun. Cist ddillad pedwar drôr oedd yr unig ddodrefnyn yn yr ystafell ac, yn sefyll ar ei ben, ar dreipod ac wedi'i amgylchynu gan ddetholiad pellach o ddirgrynwyr o bob maint, lliw a llun, roedd y camera fideo Mini DV.

"Ma'r stafell 'ma wedi achub ein priodas ni," meddai Mr Parri, rhyw islif o falchder yn amlwg yn ei eiriau. "Ond rhaid i chi gredu nad o's unrhyw gysylltiad rhyngddon ni a Nicky Evans."

"Fi *yn* eich credu chi, Mr Parri," meddai Rol, gan weld y rhyddhad yn tonni dros ysgwyddau gŵr y tŷ. "Ond…"

"Ond beth?" Dychwelodd yr arswyd ar unwaith.

"Ond rhaid i ni fynd trwy'r broses er mwyn gwneud yn siŵr. Nawr, sdim ishe i chi boeni, byddwn ni mor gynnil a chyfrinachol ag y gallwn ni fod, a bydd cynnwys eich stafell ddirgel yn aros yn breifat." Ar ôl codi cywilydd cyhoeddus ar Mrs Tucker y diwrnod o'r blaen, roedd Rol yn benderfynol o osgoi ailadrodd hynny heddiw.

"Diolch, Ditectif Price, newn ni unrhyw beth i helpu."

"Grêt. Yn gyntaf bydd angen i chi gadarnhau ble oeddech chi ar ddydd Gwener y pedwerydd ar bymtheg o Fai, rhwng naw y bore a chanol dydd."

"Bydd hynny'n ddigon hawdd," datchwyddodd ysgwyddau Mr Parri ymhellach. "Ni'n gweithio deuddydd yr wythnos, chi'n gweld, bob dydd Iau a dydd Gwener."

"Dechreuad gwych, felly," meddai Rol gan wenu. "Os allwch chi roi'r rhifau ffôn perthnasol i fy mhartner fan hyn, 'neith e wirio nhw ar unwaith, iawn, Ditectif King?"

Ar glywed ei enw, trodd Kingy i edrych ar Rol, er nad oedd wedi clywed y cwestiwn. Roedd Kingy wedi ei hypnoteiddio'n llwyr gan yr ystafell ryw, yn enwedig y bwystfil mecanyddol.

"Ditectif… Ditectif King… Gwiria alibis y Parris. Ti'n gwbod y dyddiad."

Diflannodd Kingy i'r ardd i wneud y galwadau, gan adael Rol yng nghwmni Mr Parri yn yr ystafell ryfeddol.

"Beth nesa?" gofynnodd Mr Parri.

"Dau beth," dechreuodd Rol esbonio. "Yn gynta, dw i'n mynd i ffonio un o'r swyddogion fforensig i ddod draw i ddwsto'r ystafell yma heddiw. Bydd hynny'n ein galluogi ni i gadarnhau na fu Nicky ar gyfyl y lle. Yn ail, a sa i'n hapus o gwbwl yn gorfod gwneud hyn, Mr Parri, credwch chi fi, ond bydd rhaid i fi a DS King wylio unrhyw dapiau ry'ch chi a Mrs Parri wedi'u ffilmio gan ddefnyddio'r camera."

"Croeso i chi wneud beth bynnag sydd ei angen er mwyn dod â'r artaith yma i ben," meddai Mr Parri yn daer a braidd yn ddramatig. "Ond rhaid i fi eich rhybuddio, bydd angen neilltuo cryn amser i wylio'r holl dapiau."

"Pam, faint sy gyda chi i gyd?" gofynnodd Rol.

Ond, yn lle ateb ar lafar, camodd Mr Parri at y gist ddillad yng nghefn yr ystafell ac agor y drôr uchaf. Syllodd Rol i mewn yn geg agored, gan weld degau o dapiau, oll wedi'u labelu'n daclus, ac arnynt ddyddiad pob sesiwn a theitlau'n cynnwys 'Fuck Machine 1' i 'Fuck Machine 10', 'Sex Swing 1' i 'Sex Swing 10', 'Ball Gag Bucking Bronco', 'Anal Pain', 'Watersports', 'Shitlover', 'Pegging 1' i 'Pegging 8', ymysg nifer eraill.

"Beth sy'n y drôrs eraill?" Gobeithiai Rol yn fawr nad 'tapiau' oedd yr ateb.

"Teganau, wipes, batris sbâr..."

"Unrhyw dapiau?"

"Na. Dim tapiau. Ond croeso i chi gael pip."

Gwnaeth Rol hynny, cyn diolch i Mr Parri am ei gymorth a mynd i ffonio Eleri Henderson, y swyddog SOCO ar ddyletswydd. Ar ôl sicrhau nad oedd neb o gwmpas, cyfunodd yr alwad â llond bol o fodca a chyrhaeddodd Eleri o fewn hanner awr, yn gwbl ymwybodol o'r sefyllfa a'r angen i fod mor anymwthgar â phosib.

Yn y cyfamser, cadarnhaodd Kingy alibis y cwpwl priod ac esboniodd Rol y sefyllfa i Mrs Parri. Roedd hi'n llawn rhyddhad na fyddai ei chyfrinach yn cael ei datgelu wrth y cyhoedd, ond aeth mor wyn â'r galchen pan esboniodd Rol y byddai'n rhaid iddo fe a Kingy wylio'r holl dapiau yr oedd hi a'i gŵr wedi'u recordio er mwyn gwneud yn siŵr nad oedd Nicky yn yr un ohonynt.

Gwnaeth Eleri ei gwaith yn gyflym, yn drylwyr ac yn hollol

broffesiynol, gan ddechrau â'r drôr tapiau, er mwyn i'r ditectifs allu cychwyn ar y gwylio. Ar ôl iddi ddwsto cynnwys y drôr, cariodd Rol a Kingy'r tapiau i swyddfa Mr Parri, lle roedd chwaraewr Mini DV wedi'i gysylltu â'r teledu yn barod ar eu cyfer.

Ar ôl dangos iddynt sut i reoli'r peiriant, gadawodd Mr Parri'r ditectifs, gan ddychwelyd i'r ardd.

"Byddwn ni 'ma trwy'r wythnos," cwynodd Kingy, er ei fod yn ddiolchgar iawn i fod yma mewn gwirionedd, yn magu'r fath ben tost, yn hytrach nag yn gwneud gwaith go iawn yn rhywle arall.

"Ni'n gwbod bo nhw'n ddieuog, reit?" gofynnodd Rol.

"Naw deg naw y cant. Fi'n teimlo'n reit sori drostyn nhw a dweud y gwir."

"A fi. Ta beth, fi'n awgrymu bod ni'n fast-forwardio trwy'r tapiau. I mean, so ni'n disgwyl gweld Nicky ydyn ni, a sa i really ishe gwylio Mr a Mr Parri'n ffwcio chwaith. Wyt ti?"

"Na... ond..."

"*Ond* beth?"

"Dim... jyst... wel... beth yn y byd yw'r peiriant 'na? Sa i 'di gweld dim byd tebyg."

Estynnodd Rol dâp o'r ddesg ar ôl edrych ar y teitl. "'Newn ni ddechre fan hyn, 'te," dywedodd, gan wthio 'Fuck Machine 1' i'r peiriant.

Ar ôl sgrolio trwy bob tâp, heb weld dim byd mwy damniol na chwpwl priod yn cadw'r fflam ar hen aelwyd ynghynn, dychwelodd y ditectifs i'r gegin yn cario hambwrdd yr un llawn platiau gwag, cwpanau coffi brwnt a cafetiere llawn gwaddod.

"Diolch yn fawr am eich holl help heddiw." Camodd Rol i'r ystafell a chododd y Parris eu pennau o'u papurau newyddion.

"A diolch am yr holl fwyd a diod," ychwanegodd Kingy, oedd yn teimlo'n llawer gwell o gymharu â phan gyrhaeddodd ben bore.

"Dim problem," atebodd Mr Parri gan godi, er mai gwrido wnaeth ei wraig unwaith yn rhagor.

"Bydd y canlyniadau fforensig yn ôl mewn cwpwl o ddyddie, ond so ni'n rhagweld problem."

Nodiodd Mr Parri ar hynny. "A diolch i chi... am gadw hyn yn dawel." Roedd hi'n hawdd dychmygu'r sgandal petai cyd-aelodau'r Parris yn y capel yn clywed am eu gweithgareddau allgyrsiol.

Gwenodd y ditectifs yn gwrtais a dechrau troi i gyfeiriad y drws. Ond, cyn gadael, trodd Kingy a wynebu Mr Parri unwaith eto. "Un peth bach ola. Oes seler 'ma?"

"Oes. Wel, *oedd* i fod yn fanwl gywir," atebodd Mr Parri. "Fel pob tŷ o'r cyfnod 'ma. Ond briciodd y perchnogion blaenorol hi i fyny, cyn i ni brynu'r lle yn un naw wyth tri. Ni wedi sôn am ei hagor hi lan a gweld beth sy lawr 'na, ond heb ddod rownd at hynny eto, ydyn ni, Sara?"

"A sa i'n meddwl byddwn ni nawr chwaith," ychwanegodd ei wraig.

"Allwch chi ddangos y fynedfa i ni plis, Mr Parri? Ddim 'mod i'n eich amau, ond rhaid gwirio popeth, rhag ofn," esboniodd Kingy.

"Wrth gwrs," daeth yr ateb, ac i ffwrdd â'r tri i'r ardd, lle cadarnhawyd dilysrwydd geiriau Mr Parri yn ddi-os.

***

Cyrhaeddodd Rol adref ychydig wedi wyth, lle cafodd groeso annisgwyl o gynnes – ac anhaeddiannol – gan Lowri. Roedd sianc cig oen yn cadw'n dwym yn y ffwrn, ynghyd â'r holl drimins disgwyliedig – tatws rhost a rhosmari, pys a pancetta a chêl cwrlog o ardd lysiau ei thad – a photel o Sauvignon Blanc rhewllyd yn yr oergell, er nad oedd Lowri wedi dechrau yfed ohoni eto. Ni allai Rol gofio'r tro diwethaf i Lowri goginio pryd o'r fath iddynt. Roedd bywydau'r ddau mor brysur, prin iawn oedd yr amser i eistedd i fwyta yng nghwmni ei gilydd. Roedd deiet Rol yn ymdebygu i un myfyriwr, ac yn bennaf yn cynnwys prydau parod a thameidiau tafarn, neu bacedi o greision a melysion diangen. Ac er bod deiet Lowri yn llawer iachach o gymharu, hi fyddai'r cyntaf i gyfaddef bod lle ganddi hithau i wella hefyd.

Synnwyd Rol gan y ffws. Ond ddim hanner cymaint ag y synnwyd Lowri gan ateb ei gŵr i'w chwestiwn agoriadol, sef "Shwt ma pethe'n mynd gyda'r archwiliad?" Doedd dim angen ail wahoddiad, ac aeth Rol ati i ddisgrifio ystafell ryw y Parris mewn manylder, gan deimlo peth rhyddhad bod rhywbeth go ysgafn wedi disodli erchylltra fideos cartref llofrudd Nicky. Dros dro, o leiaf. Ac er na fyddai erioed yn gallu dileu'r delweddau o'i ben, nid oedd eisiau eu plannu yn nychymyg ei wraig chwaith. Erbyn iddo gyrraedd diwedd yr hanes, roedd ei blât yn wag, y gwin wedi mynd a'r wên ar wyneb Lowri yn gynnes a llawn cariad.

Cododd Lowri a chofleidio'i gŵr, gan sibrwd yn ei glust fod clywed am beiriant y Parris wedi rhoi syniadau dieflig iddi. Ac felly, ar ôl clirio'r llestri, aeth y ddau i'r gwely, lle trodd y cofleidio'n gusanu a'r swsian yn rhywbeth llawer mwy nwydus na hynny.

Daeth y noson i ben â'r cwpwl yn gorwedd ar y gwely yn sudd blysig eu cyrff. Dyma oedd y cyfle roedd Lowri wedi bod yn aros amdano drwy'r wythnos, ond pan gododd ar ei phenelin i siarad â Rol, gwelodd yn y golau gwan fod ei lygaid ar gau a'i anadlu'n ddwfn a chyson. Trodd ei chefn arno, gan ddiawlo'i hun am beidio â dweud wrtho ynghynt.

***

Yn dilyn noson uffernol o gwsg, diolch i'r swper anferth oedd yn pwyso'n drwm ar ei fol a'r delweddau erchyll oedd wedi'u hoelio ar du fewn ei benglog, dihunodd Rol yn hwyr y bore canlynol, ei fladren yn llawn dop a'i geg mor sych â'r Sahara. Cododd o'r gwely ac anelu am yr en suite. Gallai glywed y gawod yn llifo ond, pan agorodd y drws, nid oedd Lowri'n sefyll o dan y dŵr fel yr oedd yn disgwyl; yn hytrach, roedd hi'n penglinio ar y llawr wrth y toiled, yn chwydu i'r badell, ei chefn yn grwm, ei gwallt dros y lle i gyd a'i hosgo yn lledwyllt o dan ei gwn-nos lac. Rhuthrodd Rol at ei hochr. Pengliniodd. Rhoddodd ei fraich o'i chwmpas a rhwbio'i chefn yn dyner. Mwythodd ei gymar a sibrwd geiriau diystyr mewn ymdrech i leddfu'r boen. Ar ôl gwag-gyfogi eto, trodd Lowri ac edrych i fyw llygaid ei gŵr. Roedd y dagrau'n llifo a'i gwallt wedi'i ludo i'w bochau a'i thalcen.

"Fi'n feichiog," datganodd Lowri, heb wybod sut y byddai ei gŵr yn ymateb.

"Shit," medd Rol.

Ac am ryw reswm, fe wenodd Lowri ar hynny.

Cnoc Cnoc

Ar glywed yr allwedd yn y clo, mae pennau pawb yn troi i gyfeiriad y drws, ein calonnau, mewn cytgord, yn stopio curo am eiliad. Dw i'n disgwyl gweld Nantlais, neu dad Matthew Poole, yn arwain criw o ddirprwyon ffyddlon i'r caban cyn cipio Caio ac Elinor a'u dychwelyd i'w celloedd tanddaearol, er nad ydw i'n hollol siŵr fy mod i'n credu rhan yna'r hanes chwaith. Er gwaethaf yr erchyllterau dw i wedi'u gweld dros y flwyddyn ddiwethaf, mae'r elfen yna tu hwnt i fy nychymyg am ryw reswm. A dw i ddim hyd yn oed mo'yn meddwl am yr hyn ddwedodd Caio am y cynllwyn i gipio ein babi. Mwyaf sydyn, wrth aros i'r drws agor a datgelu'r ymwelydd, mae delweddau erchyll yn fflachio yn fy mhen. Gwelaf frasluniau tywyll o isfyd uffernol, dwylo ifanc, esgyrnog yn gwthio trwy farrau, gan erfyn am help, er nad oes neb yn clywed eu pledio. Ar wahân i'r bwystfilod sy'n eu goruchwylio. Yn ogystal â'r brasluniau, gwelaf restr faith o enwau. Naw deg pedwar i gyd. Ac yna, clywaf eiriau'n atseinio yn fy mhen, a ias oer yn cripian ar hyd fy asgwrn cefn. *Nefoedd ar y ddaear. Iwtopia. Nirfana. Shangri-la.* Â chroen gŵydd yn fy ngorchuddio, caiff y drws ei chwipio ar agor gan y gwynt, a gwelaf Lowri'n sefyll yno, ei bochau'n goch a'i gwallt fel nyth aderyn. Mae'n pwyso yn erbyn y wal, ei hegni wedi diflannu ar ôl y daith fer ar droed o'r clwb i'r caban. Codaf a chau'r drws ar ei rhan, heb ddweud gair, gan aros i Lowri siarad yn gyntaf. A phan mae'n gwneud, mae ei geiriau yn hollol ddisgwyliadwy.

"Ti'n teimlo'n *well*?" Dyna'i chwestiwn cyntaf; y coegni a'r cyhuddiad yn diferu ar flaen ei thafod. Dw i'n gwybod ar unwaith nad yw hi'n disgwyl ateb; gwneud pwynt oedd unig bwrpas y geiriau. Yna, mae ei llygaid yn troi at ein gwesteion, ac yna'n ôl ata i. Mae Elinor yn troi ei phen rhyw fymryn ac yn ceisio cuddio ei chleisiau, ond mae hynny'n amhosib, hyd yn oed yng ngolau gwan y canhwyllau.

"Beth sy'n mynd mlân fan hyn?" Dyna'i chwestiwn nesaf, ond cyn i fi allu dweud gair mae'n eistedd wrth y bwrdd ac yn syllu'n syth at Caio. "A ble ti 'di bod? Ma Rol wedi bod ar goll hebddot ti."

Nid yw Caio'n dweud gair, felly fi sy'n torri'r tawelwch.

"Be ti'n 'neud 'nôl 'ma mor gynnar ta beth?"

Mae Lowri'n troi ac yn edrych arnaf, yr olwg ar ei hwyneb yn llawn dirmyg. Mae'n ysgwyd ei phen ac yn stryffaglan i dynnu ei sgidiau. Dw i'n penglinio wrth ei hochr ac yn ei helpu i'w tynnu i ffwrdd.

"Na'th pethe ddechre mynd bach yn weird, 'na gyd."

"Weird?" gofynnaf yn frwd.

"Jyst vibe rhyfedd. Y storm a'r power cut ddim yn helpu. Na'r blydi band jazz 'na. Ond sa i'n gwbod. Alla i ddim rhoi 'mys ar y peth. A ti'n gorfod cofio 'mod i'n hollol sobor a phawb arall un ai wedi meddwi, wedi cymryd cocaine neu'n hedfan ar gyfuniad o'r ddau."

Mae Lowri'n stopio siarad ac yn syllu ar Elinor am amser hir, ond nid dirmyg sydd ar ei hwyneb bellach, ond tosturi a phryder mamol, fel petai'n synhwyro bregusrwydd y ferch ifanc.

"Hia," mae'n dweud mewn llais melfedaidd, gan estyn ei llaw i'w chyfarch. "Fi yw Lowri. Ti mo'yn coffi arall?"

"Dim diolch." Mae Elinor yn gwenu'n gam; ei gwefusau fel dwy falwoden o dan ei thrwyn.

"O's enw 'da ti?"

"Elinor."

"Helô, Elinor," medd Lowri, yn dychwelyd gwên y ferch ifanc.

"Fy chwâr i," mae Caio'n esbonio, sy'n gwneud i aeliau fy ngwraig godi fel dwy wylan mewn darlun cyntefig.

"Beth sy 'di digwydd i ti?" Mae ei phen yn ysgwyd yn araf; ei llygaid yn llawn pryder.

A co ni off eto. Am yr ail waith heno, dw i'n gwrando ar yr hanes tywyll. Dihangfa Elinor i gychwyn, yna'r cefndir, ac yn olaf, y datguddiadau am gymhelliad Nantlais dros ein gwahodd ni yma, a'r gwir am Bennaeth Heddlu Porth Glas. Erbyn iddi orffen, mae'r canhwyllau wedi llosgi'n isel a Lowri'n eistedd yn y lled-dywyllwch, yn geg agored, ei llygaid yn llaith ac yn sgleinio yn y golau isel. Camaf i'r gegin a gafael mewn mwy o gŵyr a, phan dw i'n dychwelyd i'r ystafell fyw, gwelaf fod Lowri wedi estyn ar hyd y bwrdd ac yn gafael yn nwylo ein gwesteion.

"Pawb yn iawn?" gofynnaf, gan ddifaru gwneud ar unwaith.

"Hyd yn oed os yw hanner beth fi newydd glywed yn wir…" medd Lowri mewn llais isel, cyn tawelu, y geiriau'n diflannu i'r nos.

"Ti'n mynd i orffen y frawddeg 'na?" Taniaf ganhwyllau ffres oddi ar fflamau'r hen rai.

"Sa i'n gwbod beth o'n i'n mynd i ddweud nesa. Ma cymaint…"

"Ma fe i *gyd* yn wir," medd Caio'n ddiffuant ac mae Elinor yn nodio wrth ei ochr, ei llygaid yn pledio â'i ffrind newydd.

"Falle ddim y peth am y babi," ychwanegaf. "Falle mai breuddwyd o'dd hwnna, reit, Caio?"

"Falle," daw'r ateb. "Ond ma'r gweddill yn hollol wir. Ca'l 'yn cipio'n blant. Ca'l yn cam-drin a'n carcharu. A beth ddigwyddodd heno i Els."

"Sa i'n amau'r darn ola o gwbl," medd Lowri, gan droi i edrych ar y difrod ar wyneb y ferch ifanc. "Ond beth allwn ni neud am y peth, 'te?"

"Rhaid i ni ddianc," dw i'n datgan.

"*Ni*?" Mae Lowri'n troi i edrych arnaf. "Gallwn ni adael unrhyw bryd ni mo'yn, Rol."

"Falle, ond so hynny'n wir am y ddau yma."

"Na'r gweddill," ychwanega Caio.

"Y gweddill?" Mae Lowri'n gofyn.

"Y plant," mae'r epilod yn cyd-adrodd eu hateb.

Mae Lowri ar fin ymateb, ond mae'r cnocio bygythiol ar y drws ffrynt yn atal llif ei geiriau. Mae pennau pawb yn troi i gyfeiriad y porth, yr olwg yn llygaid y ddau ifanc yn adlewyrchiad o arswyd eu bywydau.

"Cer â nhw i'r stafell wely," sibrydaf wrth Lowri ac, heb air, mae'r tri'n diflannu o'r golwg tra 'mod i'n edrych o amgylch yr ystafell am arf. Â'r cnocio'n parhau, camaf at y drws a gweld ymbarél yn hongian ar fachyn gerllaw, er nad yw'n fy llenwi â ffydd, rhaid cyfaddef. Arhosaf i'r synau o'r ystafell wely dawelu cyn agor y drws y mymryn lleiaf, er mwyn gweld pwy sy 'na. Yr ateb, sy'n rhoi hwb i fy hyder, yw Nantlais. Jyst Nantlais.

Agoraf fy ngheg yn llydan a chodi fy llaw i'w gorchuddio. Yn

nhywyllwch eithafol y nos, heb gymorth arferol y goleuadau artiffisial, dw i prin yn gweld amlinell Nantlais yn sefyll ar drothwy'r caban. Mae fy nemesis a'r nos yn un. Tywyllwch ar ffurf dynol. Y Diafol ar y rhiniog.
"Fi ar y ffor' i'r gwely," esboniaf, yn gwbl fyrbwyll a diamynedd. "Be ti mo'yn?" No way bod hwn yn cael dod mewn heno.

"Gair," yw ei ateb.

Edrychaf arno yn y golau gwan, y casineb sydd wedi bod yn ffrwtian yn y cefndir cyhyd yn bygwth ffrwydro heno.

"Beth?" Dw i ddim yn symud modfedd.

"Ydy Lowri 'ma?"

"Ma hi yn y gwely," atebaf, yn ddigon uchel iddi glywed, rhag ofn y bydd angen iddi chwarae ei rhan.

"Ga i ddod mewn, 'te?" Mae llygaid Nantlais fel dwy ffrempan yn bolio yn ei benglog a'i wefusau yn grimp i gyd. Mae e'n camu o un droed i'r llall yn yr oerfel, tra bod y gwynt yn parhau i ruo o amgylch y pentref.

"Na," atebaf. "Ma hi'n cysgu'n barod. 'Na i ddweud wrthi bo ti 'di galw."

Yn amlwg, nid dyna'r ateb roedd Nantlais eisiau ei glywed ac, fel un sydd byth yn clywed y gair 'na' fel ateb i un o'i ofynion, mae e'n gosod ei droed yn y gofod rhwng y drws a'r ffrâm ac yn dechrau gwthio.

"Be yn y byd ti'n neud, y twat?" gofynnaf, fy llais yn codi octif neu ddau diolch i'r syndod o'i weld yn ymateb yn y fath ffordd.

"Agor y drws," mae e'n sgyrnygu, ond dw i ddim yn symud.

"Fuck off, Nantlais, cer 'nôl i'r parti a gad ni fod!"

"Agor y drws!" Mae'n codi ei lais, er nad yw ei ymdrechion i wthio'r drws ar agor yn llwyddo. Mae fy nghorff cyfan yn dechrau gwynegu oherwydd yr ymdrech, ond nid yw'r olwg ar fy ngwyneb yn newid dim. Mae'r adrenalin yn gwibio o amgylch fy nghorff ond fy egni'n cyflym diflannu; a diolch byth am Lowri unwaith yn rhagor, yn dod i'r adwy jyst mewn pryd.

"Beth ti mo'yn, Nantlais?" clywaf lais Lowri dros fy ysgwydd, sy'n gwneud i'w bòs roi'r gorau i wthio'r drws ar unwaith a chamu 'nôl, fel bachgen drwg yn cael copsen. Mae tôn llais Lowri yn froi ac yn ddiamynedd, ac mae'r ffaith ei bod hi'n gwisgo'i phajamas a'i gwn nos yn ategu fy honiad cynharach. Ar ben hynny, mae ei gwallt yn llanast llwyr a, fel fi, mae hi'n gwneud môr a mynydd o ddylyfu gên, cyn mynd yn ei blaen yn yr un modd. "Fi'n hollol nacyrd, so gwell bod hyn yn bwysig."

Mae'r drws ar agor bellach a Nantlais yn sefyll yno'n edrych ar Lowri. Yn y golau isel, o dan afael y Gwynfryn, does dim gwadu bod fy ngwraig i, a'i gyd-weithiwr ef, yn edrych yn *union* fel petai hi newydd godi o'r gwely. Gwelaf lygaid Nantlais yn saethu o amgylch yr ystafell, er nad oes digon o olau iddo weld unrhyw beth o bwys.

"Beth ti *mo'yn*?" gofynna Lowri eto.

"Dim byd," daw ei ateb llipa. "Wela i di fory." Cyn iddo droi a gadael, gwelaf lygaid Nantlais yn gwyro at fola fy ngwraig, sy'n anfon ias ar hyd fy asgwrn cefn gan wneud i fi eisiau ymateb i hynny mewn ffordd eithafol. Ond, brêns sydd angen arna i heno, nid bôn braich. Dw i angen sicrhau diogelwch y merched a Caio, a gobeithio y bydd Kingy'n barod i ateb fy neges SOS. Wedyn, geiff Nantlais dalu. Wedyn, gewn nhw i gyd dalu.

"Fucks sake!" medd Low, yn ddigon uchel i'w bòs glywed, gan chwarae ei rhan fel actores broffesiynol. Yna, gyda'r drws ar gau unwaith yn rhagor, trof ati a'i chofleidio.

"Ti'n haeddu BAFTA," sibrydaf yn ei chlust.

"Do'dd dim rhaid i fi acto rhyw lawer. Fi *yn* blydi knackered, Rol."

"Ti mo'yn lie down bach?"

"Na. Fi mo'yn gadael y ffycin lle 'ma. *Nawr*."

Edrychaf i fyw ei llygaid, yn disgleirio â dagrau dros ffawd anffodus y bobl ifanc sy'n cuddio yn yr ystafell wely. Dw i eisiau dweud wrthi y bydd 'popeth yn iawn' ac iddi 'beidio â phoeni', ond nid ffŵl mo Lowri. Felly, dw i'n ei thynnu ataf unwaith eto ac yn cusanu corun ei phen. "O't ti'n iawn, Rol," mae'n sibrwd. "Ma rhwbeth mawr yn bod ar y lle 'ma. Fi'n ca'l hi'n anodd credu bod Nantlais yn rhan o hyn i gyd, ond sdim gwadu'r mess ar wyneb Elinor, o's e?"

Erbyn hyn, mae'r brawd a'r chwaer wedi ailymuno â ni yn y lolfa, ac yn syllu arnon ni'n cael cwtsh.

"Lle ma'r ffôn agosa?" gofynnaf dros ben Lowri.

"Ma 'na land-line yn y swyddfa lan top. A mobiles pawb sy'n aros yma, wrth gwrs."

Dw i'n rhyddhau Lowri ac yn eistedd wrth y bwrdd, gan wahodd pawb i wneud yr un peth. "Ma angen cynllun arnon ni. Ni'n gadael, heno.

Mewn munud a dweud y gwir. Bydd rhaid i fi alw am help fy nghydweithwyr yng Ngerddi Hwyan."

"Kingy?" gofynna Lowri.

"Ie."

"Pam?"

"Achos pwy a ŵyr pa mor complicit yw'r heddlu lleol yn yr holl beth. A sa i'n golygu Heddlu Porth Glas chwaith. Heddlu Sir Benfro, Dyfed Powys, beth bynnag. Sa i'n gallu trysto neb lawr ffor 'ma, ond ma Kingy'n hollol sownd. A'r chief."

Edrychaf ar Caio, yna tuag at Elinor a Lowri. Yn y golau crynedig, mae pawb fel gargoeliaid o gig a gwaed. Er hynny, bydd hi'n ymdrech arwrol i ddianc, dw i'n gwybod hynny'n barod. "So, rhaid i ni adael y caban, cyrraedd y car yn y garej lan top, gadael y safle a chysylltu â Kingy. Unrhyw syniadau, Caio? Ti sy'n adnabod y lle 'ma orau."

Ond, yn lle rhoi hwb bach i'r hyder, mae Caio'n trywanu fy ngobeithion heb flewyn ar ei dafod. "Dim gobaith. Bydd Nantlais a'r gweddill yn ein lladd ni i gyd cyn gadael i'r gwir adael Porth Glas."

Syllaf arno unwaith eto, fy meddyliau ar ras, ond ddim un yn mynd i'r cyfeiriad cywir. "Beth am y twneli? I ble ma'n nhw'n arwain?"

"Lan top. Ma un llwybr yn arwain yn syth i'r garej." Mae hynny'n codi fy ngobeithion, am hanner eiliad. "Ond rhaid cyrraedd nhw gynta. Dim ond un mynedfa sy lawr fan hyn, a ti'n gwbod lle ma hwnna."

Codaf ar fy nhraed a mynd am bisiad. Wrth i'r dŵr lifo i'r badell, caf eiliad i feddwl. Yn anffodus, nid oes unrhyw beth cadarnhaol iawn yn dod i'r meddwl. Yr unig beth dw i'n sicr ohono yw'r ffaith ein bod ni'n styc, ac un o'r rhesymau mwyaf am hynny yw cyflwr Lowri a'r ffaith nad yw hi'n gallu cerdded yn bell nac yn gyflym. Ar ben hynny, ni allwn gymryd y bygi golff, yn bennaf oherwydd nad yw'n ddigon anhysbys ond hefyd oherwydd y gwynt. Mae angen car er mwyn cyrraedd yr ogof heb dynnu sylw. Ond cyn i fi gael cyfle i feddwl mwy am egin-gynllun, mae'r caban yn crynu, gan wneud i fi bisio dros bob man, ac mae ffrwydriad anferthol yn ysgwyd yr ardal gyfan. Clywaf regi o'r lolfa, a'r peth cyntaf sy'n croesi fy meddwl yw bod Nantlais a'i griw'n ymosod.

"Chi'n ok?" gwaeddaf dros fy ysgwydd wrth siglo'i blân hi. Ar ddychwelyd i'r ystafell fyw, mae'n amlwg bod pawb yn iawn ac nad oes neb yn ymosod arno ni. Ac, er fod hynny'n destun llawenydd, nid yw'n esbonio beth yn y byd sydd newydd ddigwydd. "Arhoswch fan hyn," gorchmynnaf, gan ruthro o'r caban ac allan i'r nos. Mae'r awyr yn oren a'r gorwel ar dân. Gallaf weld to'r clwb cymdeithasol yn y pellter, yn wenfflam, a chlywed lleisiau'n gweiddi a sgrechen ac yn wylo fel un. Mae car heddlu'n gwibio heibio. Ac yna injan dân. Un fach, breifat, yn hytrach na beth ry'n ni'n arfer ei weld yn y byd go iawn. Dychwelaf i'r caban.

"Beth sy'n digwydd?" gofynna Lowri.

"Ma'r clwb ar dân," atebaf, gan baratoi i adael unwaith eto. "Arhoswch fan hyn," dw i'n cyfarth yn llawn awdurdod wrth wisgo fy nghot. "Bydda i 'nôl mewn munud. Low, casgla beth bynnag sy angen arno ti. A phaid anghofio allweddi'r car. Caio, helpa hi i wisgo'i sgidiau, OK?"

Mas â fi unwaith eto, fy nghoesau jeli'n teimlo'n gadarn nawr, diolch i'r adrenalin a ffocws pendant y dasg dan sylw. Anelaf i gyfeiriad y fflamau, bysedd llachar y tân yn dawnsio'n wyllt ar gefnlen dywyll y ffurfafen a hyrddiadau anghyson y gwynt: arogleuaf sent digamsyniol cnawd wedi'i losgi yn yr aer. Mae'r oglau yn fy nghipio'n syth yn ôl at greithiau amrwd Nicky Evans, ond nid ydw i'n aros gyda hi'n hir heno, yn bennaf achos yr anhrefn sy'n aros amdanaf ar y lawnt o flaen clwb cymdeithasol Porth Glas. Mae hi'n ymdebygu i ffilm ryfel wedi'i chyfarwyddo gan Steven Spielberg. Mae 'na gyrff yn gorwedd yn ddifywyd ar lawr, rhai o'u hwynebau wedi'u gorchuddio gan dywelion neu lieiniau, ac eraill dal yn syllu ar y sêr. Gwelaf bobl yn rhuthro i bob cyfeiriad, rhai yn tywys ac yn arwain ac eraill heb unrhyw syniad ble i fynd. Mae'r injan dân yn silwét du ar gefndir fflamgoch, yn chwistrellu dŵr at ganol y tân, a'r heddlu lleol yn gwneud pob ymdrech i achub yr anffodusion sy'n dal yn yr adeilad. Mae hyd yn oed aelodau'r band jazz yn helpu.

Ond dw i ddim.

Fel o'n i'n gobeithio, mae cwpwl o geir heddlu wedi'u parcio'n anniben ar gyrion y gyflafan, felly anelaf yn syth at yr un agosaf. Wrth nesáu, gallaf weld bod y cerbyd yn wag. Yr unig beth sydd angen arna i nawr yw bach o lwc. Mae drws y gyrrwr ar agor ond, cyn eistedd, dw i'n edrych i weld a yw'r allwedd yno. Bingo! Mewn â fi a bant â fi, gan edrych yn y drych-ôl wrth yrru i ffwrdd, rhag ofn bod rhywun yn dilyn. Dw i 'nôl wrth y caban mewn dim a, chyn i fi ddod i stop yn iawn, mae'r drws yn agor a Lowri'n cerdded tuag ataf, a Caio ac Elinor yn ei dilyn. Heb air, mae'r tri'n gwthio eu hunain i'r sedd gefn. Anadlaf yn ddwfn, yn aros am y cam nesaf. Mwyaf sydyn, cofiaf am y swyddogion arfog wrth yr ogof. Shit! Ond un peth ar y tro, rhaid i ni gyrraedd yr ogof cyn delio â nhw.

Clywaf y drws yn cau ac i ffwrdd â ni heb oedi, gan yrru'n syth heibio i'r clwb; gwres y tân i'w deimlo trwy wydr y ffenestri, ond neb yn edrych ddwywaith ar y cerbyd swyddogol â'i gargo o garcharorion ar ffo.

24 Gweledigaethau

Roedd y delweddau yn ei ben mor real ac mor ddwys nes fod Rol bron yn gallu arogli chwys yr arteithiwr wrth ei waith, a blasu gwaed Nicky wrth i'r sgarlad dasgu o'i cheg pan gâi ei thafod ei sleisio o'i briod le fel offal o garcas mewn lladd-dy.

Yr un delweddau. Bob nos. Ers misoedd. Ac nid oedd boddi ei hun mewn fodca yn eu tawelu na'u dileu, hyd yn oed dros dro.

Yn drac sain i'r cyfan, clywai rith eiriau DCI Colwyn: *So'r camera'n dweud celwyddau. So'r camera'n dweud celwyddau. So'r camera'n dweud celwyddau. So'r camera'n dweud celwyddau. So'r camera'n dweud celwyddau. So'r camera'n dweud celwyddau.*

Yn chwys drybwn, dihunai Rol ar yr union eiliad bob nos, sef pan oedd y bwystfil yn camu 'nôl wrth gorff llonydd ei wystl gan droi, y camera yn dal yn ei law, er mwyn gosod y tafod mewn jar ar silff gyfagos. Fel Jac yn y bocs, cododd Rol ar ei eistedd yn y gwely, y dŵfe'n dynn amdano a'i lygaid ar agor led y pen, yn sganio'r ystafell am yr ymosodwr, y credai ei fod e'n llechu yn y cysgodion, yn aros am gyfle arall.

"Ti'n iawn?" mwmiodd Lowri'n gysglyd wrth ei ochr, er nad oedd hi'n ymwybodol mewn gwirionedd. Nid oedd trimis olaf ei beichiogrwydd wedi amharu o gwbl ar ei gallu i gysgu'n drwm, felly gadawodd Rol hi yno a sleifio i'r gegin ar drywydd ei foddion dewisol, sef chwisgi ar yr adeg yma o'r nos.

Â'r cloc ar y ffwrn yn dweud wrtho ei bod yn tynnu am bump y bore, llenwodd wydryn nadd â chwisgi drud – Glenfarclas brag sengl pymtheg mlwydd oed – a mynd i eistedd yn y gadair gyfforddus wrth y ffenest fawr yn y lolfa ym mlaen y tŷ, er mwyn syllu i lawr dros oleuadau'r dref, gan wybod fod y bwystfil yn dal i fod allan yna'n rhywle. Doedd dim pwynt mynd yn ôl i'r gwely. Roedd yr awyr yn dechrau goleuo'n barod, er na fyddai'r haul yn codi am dros awr arall. Roedd hi'n ganol mis Rhagfyr. Chwe mis ers i Lowri ddweud wrtho ei bod hi'n feichiog. Chwe mis ers i Nicky Evans gael ei chladdu. Ac roedd y bastard yn dal i fod yn rhydd. Aeth y trywydd yn oer ar ôl i'r tapiau eu harwain ar gyfeiliorn, a doedd Rol a gweddill Heddlu Gerddi Hwyan ddim agosach at ei ddal heddiw nag oedden nhw yn ôl ym mis Mai. Yr unig gysur i Rol oedd nad oedd yr anghenfil wedi taro eto. Yn y cyfamser, cafodd ei benodi'n ddirprwy yr Adran Dditectifs, er nad oedd yn teimlo ei fod yn haeddu'r dyrchafiad. Hyd heddiw, yn bennaf ar sail achos Nicky Evans, teimlai Rol fel methiant llwyr. Doedd y ffaith ei fod yn dal i yfed gwirod fel petai ei fywyd yn hollol ddibynnol arno ddim wedi ei helpu i gallio chwaith, ond dyna'r unig ffordd y gallai ymdopi â'r hunanatgasedd. Gwyddai nad oedd hynny'n gynaliadwy, hyd yn oed yn y byr-dymor, yn enwedig â babi ar y ffordd, ac roedd Lowri eisoes wedi crybwyll bod angen help arno ar fwy nag un achlysur. Llwyddodd i osgoi ymrwymo i unrhyw beth ffurfiol hyd yma, ond ni fyddai ei wraig yn gadael iddo barhau fel hyn am lawer hirach. Yn wir, roedd Rol eisiau sobri, yn enwedig cyn i'r bychan gyrraedd, ond roedd hyd yn oed meddwl am wynebu bywyd heb gymorth y botel yn gwneud iddo fod eisiau yfed mwy. Ac roedd hynny, yn ei dro, yn gwneud iddo gasáu ei hun fwy fyth.

Cododd Lowri o'r gwely am hanner awr wedi wyth a dod o hyd i'w gŵr yn chwyrnu yn y lolfa; potel hanner gwag o chwisgi rhwng ei goesau a'i groen mor llwyd â'r awyr tu allan. Mwythodd ei bol ac edrych arno'n drist. Am lanast. Yn ddiarwybod i Rol, roedd hi wedi trefnu iddo fynd i ganolfan adsefydlu yn Aberhonddu am bythefnos dros y Nadolig a'r flwyddyn newydd. Roedd angen iddo sorto'i hun cyn i'r babi gyrraedd, ac roedd hi'n mynd i wneud yn siŵr mai dyna'n union fyddai e'n ei wneud. Ond, yn yr un modd â phan roedd hi'n ceisio dweud wrtho ei bod yn disgwyl, roedd hi'n aros am yr amser perffaith i ddweud wrtho. Ac roedd hi'n hawdd dod o hyd i esgus i dewi. Roedd hi mor brysur ag erioed yn y gwaith, a Rol yn dal i gwrso bwganod – rhai yn real, ac eraill yn rhithiol – felly anaml roedd y cyfleoedd yn codi.

Gadawodd ef yn y gadair a'i throi hi am y gegin. Roedd chwant pancos arni. Rhai Americanaidd, gyda bacwn a surop i ddechrau, a llusu duon bach i bwds. Dydd Sadwrn oedd hi a byddai cwsg yn gwneud byd o les i'w gŵr, o gofio bod ei isymwybod yn llawn hunllefau yng nghanol nos. Caeodd y drws yn dawel ar ei hôl a mynd i fodloni ei thrachwant.

***

"O's *rhaid* i fi fynd 'da ti heno? Fi ddim rili yn y mŵd, ti'n gwbod."

Edrychodd Lowri ar ei gŵr yn adlewyrchiad y drych. Roedd e'n gorwedd ar y gwely yn ei bants yn ei gwylio hi'n ymbincio. Cododd un ael arno, ac roedd hynny'n ddigon i ateb ei gwestiwn. Er hynny, er mwyn lleddfu ei ofidiau ryw ychydig, ychwanegodd: "Bydd dim rhaid i ni aros yn hwyr, fi'n addo. I mean, edrych arna i, fi fel blydi balŵn a bydda i mo'yn mynd i'r gwely cyn hanner nos fan bella."

Nodiodd Rol. Doedd dim osgoi'r peth, felly aeth i'r gawod, lle eilliodd a golchodd, cyn ailymddangos i'w wraig, fel dyn o'r newydd, bymtheg munud yn ddiweddarach. Roedd Lowri bellach wedi gorffen gwisgo a gwelodd ei chyfle i siarad â'i gŵr.

"Rol…" dechreuodd yn ansicr, heb wybod yn iawn sut i gychwyn.

"Beth?" Tynnodd ei grys amdano ar ôl rholio dargludydd o dan ei geseiliau. Ond pan na atebodd Lowri, stopiodd wisgo ac edrych arni. Roedd hi'n syllu ar y llawr, fel petai'r carped wedi'i swyno, a gallai synhwyro'r loes a'r pryder yn pwyso'n drwm ar ei hysgwyddau. Camodd ati a phenglinio wrth ei hochr, gan afael yn dyner yn ei dwylo. Edrychodd i fyw ei llygaid llaith. Roedd y dagrau'n bygwth ffrwydro unrhyw eiliad, ond gwyddai sut i'w hatal heno. "Diolch, Low…" sibrydodd.

"Am beth?"

"Am neud be sa i'n ddigon o ddyn i neud fy hunan."

"Am be ti'n sôn?"

"New Leaf."

Agorodd ei llygaid mewn syndod llwyr. "Shwt ti'n gwbod am hynny?"

"Atebes i dy ffôn di wythnos dwetha rywbryd, pan o't ti'n y gawod. New Leaf Rehabilitation Centre o'dd 'na, ishe cadarnhau dyddiad fy arhosiad."

"Shit. Sori."

"Plis paid dweud sori. Fi ddyle fod yn ymddiheuro. Ma angen help arna i, Low, fi'n gwbod hynny'n well na neb."

Cofleidiodd Lowri ei gŵr, a gadael i'r dagrau lifo.

"Pam na wedes di?"

"Ti'n un dda i siarad," gwenodd arni. "Ond sa i'n gwbod rili. Falle achos bo fi'n bach o wreck a ddim ishe wynebu'r gwirionedd."

"Dyma'r gwirionedd," medd Lowri, gan bwyntio at ei bol.

"Fi'n gwbod," nodiodd Rol. "Dyna pam fi'n falch bod ti wedi neud hyn. Fi ishe bod yn dad da, Low. Ac yn ŵr gwell hefyd. A *rhaid* i fi sorto fy hun mas i hynny."

"Fi mor falch clywed ti'n dweud 'ny. O'n i'n dechre ystyried intervention."

"Wel, bydd dim angen nawr. Fi hyd yn oed wedi trefnu amser o'r gwaith."

Gwenodd Lowri ar ei gŵr a daeth y dagrau i'w llygaid. Ond nid tristwch oedd hi'n ei deimlo heno; yn hytrach llawenydd pur, â mwy nag awgrym o ryddhad.

***

Gyda Lowri tu ôl i'r olwyn, teithiodd y pâr priod yn y BMW ar draws y dref i ystad ddiwydiannol Tŷ Gwyn, heb yngan yr un gair wrth ei gilydd. Diolch i ddatguddiad Rol yn yr ystafell wely, roedd meddwl Lowri'n dawelwch heno nag oedd wedi bod ers amser maith. Roedd wedi bod yn poeni'n fawr am ei gyflwr ers misoedd, ac yn ofni'r sgwrs ers wythnosau. Ond nawr, teimlai gyfuniad hudolus o falchder a rhyddhad llwyr am y ffordd yr ymatebodd ei gŵr. O'r diwedd, gallai edrych ymlaen â gobaith newydd.

Roedden nhw ar eu ffordd i barti Nadolig Stream Tec Two, ond nid dyna oedd wrth wraidd hwyliau tywyll y ditectif. Nac ychwaith ei ymrwymiad i fynd i'r ganolfan adsefydlu yn Aberhonddu. Os rhywbeth, roedd e'n falch bod hynny allan o'r ffordd. Roedd Rol wedi laru ar fod yn gaeth i'r gwirod fel hyn; yn wir, roedd e'n edrych ymlaen at dorri'r cadwynau a chefnu ar yr arfer, mewn pryd i ddechrau ar bennod nesaf eu bywydau. Yn hytrach, taniwyd mudandod Rol pan yrrodd heibio i Ystad y Wern. Trodd ei feddyliau at deulu Nicky Evans ar unwaith. Sut Nadolig fydden nhw'n ei gael eleni? Ni allai Rol ddychmygu sut roedden nhw'n teimlo. Brathodd yr euogrwydd ef unwaith eto, a ni allai osgoi teimlo ei fod wedi eu siomi nhw i gyd.

Trodd Lowri'r radio ymlaen a ffidlan tan iddi ddod o hyd i orsaf oedd yn chwarae carolau Nadolig, yn gydymaith perffaith i'r goleuadau lliwgar oedd yn addurno'r tai ar hyd y daith.

"Ti'n siŵr bo ni yn y lle iawn?" gofynnodd Rol, ar gyrion yr ystad ddiwydiannol.

"Ydw," atebodd Lowri. "Ma Nantlais wedi bod yn trefnu'r parti 'ma ers misoedd. Gei di weld nawr…"

Ymlaen aeth y car, heibio i warysau ac unedau tywyll, cyn troi cornel a gweld eu cyrchfan ddigamsyniol o'u blaenau.

"Iesu ffycin Grist, dylen i fod 'di dod â sbectols haul."

"Waw!" ebychodd Lowri wrth ei ochr.

Roedd Nantlais wedi llogi pencadlys unig ficro-fragdy'r dref, ac wedi talu'r perchnogion, oedd yn digwydd bod yn ffrindiau iddo, i addasu'r uned ddiwydiannol yn lleoliad ar gyfer parti Nadolig mwyaf ecsgliwsif yr ardal. Yn ogystal â thalu'r bragwyr i gynhyrchu cwrw arbennig yn unswydd ar gyfer y parti, sef 'Cwrw Nadolig Nantlais', roedd wedi buddsoddi degau o filoedd yn y noson ac wedi sicrhau'r trwyddedau angenrheidiol, ffens derfyn i gadw'r riff-raff mas, swyddogion diogelwch i oruchwylio'r digwyddiad, system PA anferthol a pheiriannydd, dau fand, DJ, cwmni arlwyo i ddarparu bwyd o'r ansawdd gorau a gweinyddion, cymysgwyr coctêls proffesiynol, perfformwyr syrcas, tri chonsuriwr ac arddangosfa tân gwyllt fawreddog i gloi'r noson.

Parciodd Lowri a cherdded law yn llaw gyda Rol at y fynedfa, lle roedd un o weinyddwyr ifanc Stream Tec Two yn gwirio enwau'r gwahoddedigion ar iPad. I mewn â nhw, ond cyn cyrraedd y bar, daeth Nantlais draw i'w cyfarch, yn gusanau i gyd ac yn gynnes iawn ei groeso. Mwythodd y cynffongi fola Lowri, gan wneud i Rol deimlo fel cyfogi, ond llwyddodd i gadw ei ben a bod yn gwrtais, cyn sleifio o 'na ar y cyfle cyntaf er mwyn bwrw'r bar a thorri'i syched. Yn ogystal â'r cwrw a'r siampáen diwaelod, roedd bar penodol yn gweini coctêls, felly draw â Rol ac aros ei dro. Gwyliodd y cymysgwyr yn mynd trwy eu pethau: yn dynwared Tom Cruise tua 1988, gan daflu a jyglo diodydd; diawlodd nhw'n fewnol gan ei fod yn marw o syched.

O'r diwedd, daeth y sioe i ben ac archebodd Rol ddau fodca LoneWolf dwbwl, un â rhew a'r llall heb. Roedd y siom yn amlwg ar wyneb y barmon, gan na fyddai angen iddo droi'r ddiod yn berfformiad am unwaith, ond anwybyddodd Rol y pwdu a diolch iddo'n ddidwyll. Yn y fan a'r lle, tolltodd y ddiod ddi-rew i lawr ei gorn gwddwg a gosod y gwydr yn ôl ar y bar, cyn codi'r llall ac anelu'n ôl am y lle gadawodd e Lowri gynne fach, a chasglu ffliwt siampáen iddi ar y ffordd. Daeth o hyd iddi'n eistedd ar soffa yng nghwmni detholiad o gyd-weithwyr, gan gynnwys Nantlais; ei choesau o dan flanced wlanog drwchus a'r gwresogydd awyr agored gerllaw yn cynhesu gweddill ei chorff.

Nawr, y peth olaf roedd Rol eisiau ei wneud oedd eistedd yng nghwmni ei hen gyfaill ac esgus bod popeth yn cŵl ond, drwy drugaredd, cafodd ei achub pan deimlodd ei ffôn yn dirgrynu yn ei boced.

Camodd allan o'r uned ddiwydiannol am fod y band ffync naw aelod yn ei gwneud hi'n anodd iddo glywed llais Kingy ar ochr arall y lein.

"Rol," meddai ei bartner, a synhwyrodd y difrifoldeb yn ei lais ar unwaith.

"Ie," atebodd, heb wybod beth i'w ddisgwyl.

"Ma fe 'nôl," clywodd DS King yn datgan, a daeth dathliadau Nadolig Rol i ben am flwyddyn arall.

Ceri

Hanner awr ar ôl ateb galwad DS King, roedd Rol a'i bartner yn cnocio ar ddrws ffrynt Iwan a Delyth Lloyd, rhieni Ceridwen, aka Ceri, y ferch ddeg oed oedd wedi diflannu, ac Awen, ei chwaer hŷn, oedd hefyd yn bresennol y noson honno. Roedd PC Chaplin a Boult yno'n barod, eu car heddlu wedi'i barcio ar y dreif anferth o flaen y tŷ sengl swmpus, briciau coch, wedi'i leoli dafliad carreg yn unig o gartref Mr a Mrs Parri. Roedd yr heddweision ifanc yn sefyll wrth ddrws y lolfa foethus a'r ditectifs yn eistedd ar soffa, gyferbyn â'r hyn oedd yn weddill o'r teulu. Roedd un wal o'r ystafell yn llawn portreadau proffesiynol ar hyd y blynyddoedd, rhai mewn fframiau pren o wahanol liw, ac eraill yn gynfasau. Nododd Rol bod darlun gan Kyffin yn hongian dros y lle tân, fel rhyw darian, neu fathodyn anrhydedd y dosbarth canol. Doedd Rol erioed wedi deall yr apêl ei hun, ond roedd dosbarth canol Cymru yn obsessed â'r arlunydd o Ynys Môn am ryw reswm. Er y gwahaniaeth amlwg o ran dosbarth cymdeithasol y dioddefwyr, nid oedd modd anwybyddu'r teimlad o deja vu. Fodd bynnag, daeth nifer o wahaniaethau i'r amlwg yn ystod y cyfweliad cychwynnol, yn bennaf ynghlwm â'r ffordd y diflannodd Ceri.

"Porth Hwyan?" gofynnodd Rol, ei lygaid fel soseri ar glywed yr enw yn agos at gychwyn y sgwrs.

"Ie. Chi'n gwbod, y goedwig wrth yr hen dwneli..." atebodd Mrs Lloyd mewn llais llygoden; y rhieni'n eistedd bob ochr i'w merch ar y soffa ledr yn y lolfa. Roedd Mrs Lloyd yn ei phumdegau ac yn athrawes mewn ysgol gynradd ym Maesteg, ei gŵr yn Gynghorydd Tref a bargyfreithiwr, a'u merch hynaf yn bedair ar ddeg oed, gyda gwallt coch trawiadol a llygaid gwyrdd llachar. Ar hyn o bryd, roedd dagrau'n llifo dros y brychni haul oedd yn britho'i bochau.

"Ma'r merched yn mynd â'r ci am dro ar ddydd Sadwrn, fel arfer yn hwyr y prynhawn, os y'n nhw o gwmpas, hynny yw," esboniodd Mr Lloyd, ei wyneb yn welw tu ôl i'w farf lwyd-goch daclus. "Ond ma Awen fan hyn yn lico mynd i'r dre i gwrdd â'i ffrindiau, chi'n gwbod, felly aethon ni'n dau gyda Ceri heddi."

"Faint o'r gloch adawoch chi'r tŷ?" gofynnodd Rol, ei feiro'n hofran dros ei lyfr nodiadau.

"Hanner awr wedi tri. Wedi troi falle; doedd hi ddim yn hanner amser yn y pêl-droed eto, felly fi'n eitha siŵr. O'n i'n gwrando ar y radio, ch'wel."

Nododd Rol yr amser yn ei lyfr bach.

"A beth ddigwyddodd wedyn? Pa ffordd aethoch chi?" gofynnodd Kingy mewn llais meddal.

Sychodd Mrs Lloyd ei llygaid â hances boced a rhoi ei braich am ysgwydd ei merch, gan adael i'w gŵr esbonio. "Aethon ni o fan hyn, lan y llwybr troed ar waelod y ffordd, heibio i'r cwrs golff a dros yr hen drac trên. Ni'n mynd yr un ffordd bob tro. Wedi neud ers blynyddoedd." Fel un oedd wedi tyfu i fyny yn y cyffiniau, gallai Rol ddilyn eu siwrne yn glir yn ei atgofion. Roedd wedi troedio'r llwybr cyhoeddus oedd yn ffinio'r cwrs golff droeon yn ystod ei fywyd ac wedi chwarae am oriau maith ar yr hen drac trên yn ystod hafau hir ei blentyndod. Ac er nad oedd croeso i'r cyhoedd ar y cwrs golff yn ystod tywydd mwyn, byddai'r ffyrdd teg a'r glasloriau pytio'n cael eu trawsnewid yn ystod cyfnodau o eira trwm â'r dref gyfan bron yn heidio yno i sledio am oriau maith. "Ma Ceri'n dal i ddwlu ar chwarae cwato," aeth Iwan Lloyd yn ei flaen. "A phan gyrhaeddon ni'r coed, off â hi, gan wneud i ni aros yn yr unfan a chyfri i gant." Caeodd y tad ei lygaid wrth gofio, a dychmygodd Rol ei fod yn gwylio'i ferch fach yn diflannu i'r coed. Torrodd ei galon. Llyncodd yn galed. Tyngodd lw na fyddai'n siomi'r teulu yma. Ar ôl anadlu'n ddwfn, agorodd Mr Lloyd ei lygaid unwaith yn rhagor. "A dyna'r oll allwn ni ddweud wrthoch chi. Cyfron ni i gant, ond ddim go iawn. Sa i'n gwbod os o's plant 'da chi, ond so chi byth yn cyfri'r holl ffordd."

"Faint gyfroch chi, 'te?" gofynnodd Rol. "Jyst i ni gael rhyw syniad o'r amser…"

Edrychodd Mr Lloyd ar ei wraig yn y gobaith o gael ateb.

Cododd ei hysgwyddau, disgleiriodd ei llygaid llaith, ond cynigiodd ateb hefyd. "Deg, falle ugain eiliad cyn gweiddi 'barod neu beidio, ni'n dod'."

Nodiodd ei gŵr ei gytundeb. "Yn union. Tri deg eiliad, tops, rhwng bod Ceri'n mynd i guddio, a ni'n dechrau chwilio amdani."

"A phryd sylwoch chi bod rhywbeth o'i le?"

Unwaith eto, edrychodd y rhieni ar ei gilydd. Mr Lloyd atebodd. "Deg munud falle, er i ni ddechrau amau cyn hynny."

"Be naethoch chi?" Ceisiodd Kingy gynnal momentwm y sgwrs.

"Ni fel arfer yn dod o hyd iddi'n go glou. Ma ganddi got law binc lachar, felly ma hi'n weddol hawdd ei gweld hi o bell yn y coed."

"Mae hi'n hoffi cuddio yn y twneli hefyd," ychwanegodd Awen.

"Ydy. Edrychon ni ym mhobman, am ryw hanner awr, a gofyn i bob cerddwr welon ni os o'n nhw wedi'i gweld hi o gwbwl…"

Dechreuodd Mrs Lloyd feichio crio ar hynny, wrth ail-fyw hunllef pob rhiant.

"Chi mo'yn egwyl fach, Mrs Lloyd?" gofynnodd Rol yn dyner, ond ysgydwodd hi ei phen yn bendant ac, er y tor calon a'r diffyg gobaith amlwg, gwelodd ryw gryfder digamsyniol yn llosgi yn ei llygaid hefyd.

***

"Greddfau? Teimladau? Disgwyliadau?" gofynnodd DCI Colwyn o sedd gefn y car. Ar ddiwedd eu cyfarfod â theulu Ceri Lloyd, aeth Rol a Kingy yn syth i Borth Hwyan, lle ymunodd y chief gyda nhw ar fyrder, ynghyd â phob swyddog oedd ar gael y noson honno. Roedd y newyddion eisoes wedi teithio'n bell ar y cyfryngau cymdeithasol a byddai'r wasg yn dychwelyd i Erddi Hwyan cyn hir. Roedd Iwan Lloyd allan yn chwilio'r coed ger Porth Hwyan unwaith eto, yng nghwmni oddeutu ugain ffrind, llond llaw o blismyn ac ambell i random llwyr. Byddai Rol, Kingy a DCI Colwyn yn ymuno gyda nhw mewn munud, er nad oedd un o'r tri yn ffyddiog y byddai eu hymdrechion yn llwyddiannus heno.

"Yr un boi yw e," atebodd Rol yn sicr, ei anadl yn gadael ei geg ac yn anweddu yn yr oerfel. Roedd y rhagolygon tywydd yn addo eira, er nad oedd hi wedi dechrau pluo eto.

"Shwt wyt ti'n gallu bod mor siŵr?" gofynnodd DCI Colwyn. "Dyw'r MO ddim yn debyg o gwbwl."

"Greddfau ddwedoch chi, syr, ac ma 'ngreddf i'n dweud mai'r un boi sy'n gyfrifol."

"A beth am eich greddfau chi, DS King?"

"Fi'n cytuno â Rol. Ma'r cysylltiad â Phorth Hwyan yn gliw pwysig yn fy marn i."

"Ond dyna lle *ffeindion* ni gorff Nicky, dim…"

Torrodd Rol ar draws ei uwch swyddog: "Ma troseddwyr cyfresol yn hoffi cysylltiadau, syr. Wrth gwrs, ma rhai ohonyn nhw'n gweithredu yn *union* yr un ffordd bob tro, ond ma eraill yn fwy cynnil na hynny."

"Digon teg, DS Price. Digon teg." Gwyliodd y ditectifs y bòs yn sipian ei goffi'n ofalus, er mwyn peidio llosgi ei geg. "Teimladau, 'te?"

"Ni'n gwbod beth sy'n mynd i ddigwydd nesa, syr, chi 'di darllen yr adroddiad…" medd Kingy.

"A ni 'di gwylio'r fideos…" fflachiodd delwedd gyfarwydd ym mhen Rol wrth ddweud hynny, ond ysgydwodd ei ben ac fe ddiflannodd hi. Am nawr.

"Ni yn erbyn y cloc, 'te."

"Ydyn, syr," atebodd y partneriaid yn unllais.

"A'ch disgwyliadau?" gofynnodd y chief, cyn newid ei feddwl. "Actually, peidiwch ateb. Jyst gwnewch yn siŵr bo ni'n ffeindio'r bastard y tro hwn."

***

Pasiodd y dyddiau nesaf mewn corwynt o weithdrefnau, prosesau a phrotocolau, wrth i'r archwiliad, o dan arweiniad eratig Rol, dywys pob aelod o Heddlu Gerddi Hwyan, yn dditectifs ac iwnifforms fel ei gilydd, i lawr un pengaead rhwystredig ar ôl y llall, a phob un ohonynt bron yn eu hatgoffa o achos Nicky Evans. Wrth gwrs, roedd gwahaniaethau amlwg rhwng y ddau ddiflaniad, yn ymwneud yn bennaf â ble cafodd Ceri a Nicky eu cipio, ond er gwaetha'r gwrthgyferbyniadau daearyddol, roedd natur fanteisgar y gweithredoedd a'r ffordd y gwnaeth yr heliwr a'i brae ddiflannu mewn pwff o fwg yn darbwyllo Rol, a'i gyd-weithwyr i gyd, eu bod nhw'n chwilio am yr un troseddwr.

Â phob munud o bob awr o bob dydd a aeth heibio, tyfodd y rhwystredigaeth i'r fath raddau bod arweinydd yr archwiliad o'r farn y byddai'n fwy effeithiol iddo fwrw'i ben yn erbyn wal. Ehangodd yr anobaith gan lenwi pob ystafell yn yr orsaf a hongian yno, uwch eu pennau, fel nwy gwenwynig gorchfygol, a dagai unrhyw obaith o ddod o hyd i Ceri'n fyw, neu heb ei llurgunio y tu hwnt i adnabyddiaeth gan weithredoedd eithafol yr arteithiwr. Trodd yr anobaith yn wylltineb a dreiddiodd i holl ymdrechion yr heddlu.

Parhaodd y chwilio yn y coed ger Porth Hwyan trwy gydol y nos ar ôl i Ceri ddiflannu, ac yn bell i mewn i'r diwrnod canlynol. Ag eira mân yn disgyn a'r gaeaf yn gafael yn dynn, dangosodd Mr Lloyd yr union le y gwelodd ei ferch am y tro olaf. Crynodd ei eiriau wrth iddynt adael ei geg, yr anwedd yn dawnsio yn yr aer oer, llaith. Fel Rol a Kingy, bu Mr Lloyd ar ddihun trwy'r nos, yn chwilio'r ardal â chatrawd o ffrindiau ffyddlon am unrhyw arwydd o'r hyn ddigwyddodd i'w ferch ifancaf. Ond, methiant fu eu hymdrechion. Hyd yn oed â help bron pob aelod o Heddlu Gerddi Hwyan dros y ddeuddydd canlynol, heb sôn am y cannoedd o bobl a ymunodd yn yr ymgyrch, er gwaethaf y tywydd garw, nid oedd unrhyw arlliw o'r ferch ysgol yn unman. Archwiliwyd y twneli gan dîm o ogofawyr, a defnyddiwyd cŵn celain a chŵn chwilio ac achub arbenigol mewn ymdrech i ddod o hyd i awgrym o'r hyn ddigwyddodd iddi, ond ofer fu pob ymdrech.

Codwyd gobeithion bregus pawb wrth i'r diwrnod llwyd-ddu doddi'n dywyllwch digroeso. Tua chwarter i bedwar ar y prynhawn dydd Sul, arweiniodd un o'r cŵn chwilio ac achub ei feistr at ogof fas ym môn hen dwmp caregog, ei mynedfa bron wedi'i gorchuddio'n llwyr gan lystyfiant a gwreiddiau gwythiennog y dderwen hynafol uwch ei phen. Roedd Rol yn siarad ag un o'r tîm ogofâu wrth fynedfa un o'r twneli pan atebodd yr alwad, a rhedodd nerth ei draed trwy'r coed, gan lithro yn y baw a'r eira fwy nag unwaith, ag Iwan Lloyd yn dynn wrth ei sodlau, er mwyn gweld yr olygfa â'i lygaid ei hun. Ar gyrraedd, allan o wynt ac yn chwysu peints, gwelodd fod Kingy yno'n barod, ynghyd â llond llaw o heddweision a dinasyddion eraill; oll yn gobeithio am y gorau, ond neb yn disgwyl newyddion da chwaith.

Camodd at feistr y ci chwilio ac achub, gan deimlo peth rhyddhad nad un o'r cŵn celain oedd wedi codi'r sent. Roedd y gwaetgi brown tywyll ar y tennyn ac yn dal i sniffian y llawr wrth geg yr ogof, ei glustiau llipa'n gweithredu fel aradr oglau bob ochr i'w ben, yn gwthio'r arogleuon yn syth i'w drwyn.

"False alarm," achubodd y swyddog y blaen, a chwalu gobeithion Rol a Mr Lloyd cyn iddyn nhw ddod i'r golwg. "So'r ogof 'ma'n arwain i unman," ychwanegodd, wrth i'r ci disian wrth ei draed.

"Fi 'di ca'l pip," esboniodd Kingy. "Dim ond rhyw ddwy fetr o ddyfnder yw hi a sdim lle i swingo cath mewn 'na achos yr holl sbwriel."

Er gwaethaf esboniad ei bartner, taniodd Rol ei dortsh a chamu i'r ogof, gan wthio'r tyfiant oedd yn disgyn fel ffrinj o'r ffordd â'i law rydd a phlygu ei ben er mwyn mynd i mewn. Roedd y fynedfa'n isel ar y diawl, ond roedd hi'n bosib sefyll yn gefnsyth y tu fewn. Llenwyd yr ogof â golau'r fflachlamp ac archwiliodd Rol bob modfedd ohoni, ei gorff yn crynu wrth i'r oerfel ei feddiannu'n llwyr. Roedd y waliau du yn sgleinio gan leithder y canrifoedd, a'r llawr yn drwch o ganiau cwrw rhydlyd a malurion ac ysgyrion amrywiol eraill. Camodd Rol yn ofalus at gefn yr ogof, y rwbel yn crensian o dan ei draed. Â'r anobaith yn anorchfygol, teimlodd y waliau â'i ddwylo yn y gobaith y byddai drws cudd yn agor fel rhywbeth o Scooby Doo. Yn anffodus, nid oedd yn byw mewn byd ffantasi, ond o leiaf rhoddodd gyfyngder celgar y ceudwll gyfle iddo estyn ei fflasg o boced ei got a llenwi ei fol â fodca haeddiannol. Nid oedd hyd yn oed wedi meddwl am ddiod ers amser brecwast, diolch i ddifrifoldeb yr orchwyl, ond wedi meddwl, efallai nad oherwydd yr oerfel roedd ei ddwylo'n crynu.

***

Er gwaethaf ymdrechion Rol a DCI Colwyn i ddarbwyllo'r newyddiadurwyr niferus oedd wedi heidio i Erddi Hwyan i gynhadledd y wasg fore Llun nad oedd *unrhyw* sicrwydd mai'r un person oedd yn gyfrifol am gipio Ceri Lloyd a Nicky Evans, roedd papurau newyddion, bwletinau newyddion a gwefannau'r wlad yn llawn penawdau oedd yn creu cynnwrf; roedden nhw'n helpu neb ar lawr gwlad, ond yn gymorth mawr i werthu copïau ac i ddenu cliciadau. Heb unrhyw anogaeth na sail gadarn i'r storïau, daeth y papurau topiau coch i gyd i'r un casgliad, sef bod llofrudd cyfresol yn llech-hela cymoedd de Cymru; tra bod ymateb y papurau trymion yn fwy cytbwys, ond yn dal i awgrymu – os nad *gobeithio* – mai llofrudd cyfresol oedd yn gyfrifol am lofruddiaeth Nicky Evans a diflaniad Ceri Lloyd.

Arweiniodd yr apêl cyhoeddus i nunlle; roedd y ffaith nad oedd y camera cylch cyfyng ym maes parcio Porth Hwyan wedi cael ei drwsio ers i gorff Nicky Evans gael ei ganfod gerllaw, yn ddigon i hala Rol a'i gyd-weithwyr yn benwan. Roedd DCI Colwyn wedi anfon cais at y Cyngor yn gofyn iddynt ddelio â'r broblem yn yr wythnosau ar ôl ei chanfod am y tro cyntaf, ond roedd y tâp coch biwrocrataidd wedi taro eto; un ai hynny, neu gyfuniad o anfedrusrwydd ac apathi llwyr swyddogion y sefydliad.

Doedd dim byd amheus ar iPad Ceri, nac ychwaith yn ei hystafell wely. Roedd ei rhieni'n rheoli ei hamser a'i harferion ar-lein a dim byd mwy drwgdybus na phoster Zac Efron, seren High School Musical, a chasgliad o ddolis Barbie yn ei chwâl. Merch fach ddiniwed oedd hi, yn y lle anghywir, ar yr amser anghywir. Gan mai ei rhieni oedd y bobl olaf i'w gweld cyn iddi ddiflannu, roedd yr heddlu wedi gwirio'u cefndiroedd a'u harferion ar-lein ac ati, er fod pawb oedd ynghlwm â'r archwiliad yn gwybod eisoes nad oedd gan Mr a Mrs Lloyd y natur na'r gallu i arteithio merch ifanc fel Nicky Evans, a doedd neb yn credu am eiliad mai nhw oedd yn gyfrifol am ddiflaniad eu merch eu hunain.

Mynychodd Rol a Kingy'r gwylnosau golau cannwyll a'r gwasanaethau crefyddol anochel, gan wylio'r dorf o gefn fan, ond wythnos yn union ar ôl i Ceri Lloyd ddiflannu, doedd dim syniad gyda'r ditectifs beth ddigwyddodd iddi. Ar ôl chwilio'r coed am ddeuddydd cyfan, doedd dim lleoliad daearyddol penodol ganddynt i'w archwilio. O leiaf yn achos Nicky, roedd drysau i'w cnocio a phobl i'w cwestiynu, ond ar ôl siarad â phob cerddwr ci oedd yn bresennol yn y cyffiniau ar y prynhawn dydd Sadwrn o dan sylw, a chwilio'u cartrefi am gliwiau, aeth Rol adref at Lowri eto heddiw yn isel ei ysbryd ac yn llawn anobaith.

Aeth i'r gwely'r noson honno a rhwbiodd fwmp ei wraig tan iddi ofyn iddo stopio.

"Ma hwnna jyst yn annoying nawr, Rol," meddai Lowri o du cefn i'w llyfr clawr caled, gan godi ei law a'i gosod o'r naill ochr.

"Sori," atebodd Rol yn drist. "O'n i jyst mo'yn teimlo fe'n cico."

"Fe?" Rhoddodd Lowri'r llyfr i orwedd ar ei bol. "Pam ti'n meddwl mai bachgen yw e?"

"Sa i'n gwbod. Gobeithio, I suppose, ar ôl popeth…"

Trodd Lowri i edrych arno. Roedd ei lygaid ar gau a'i groen yn welw a blotiog. Nid oedd golwg iach arno o gwbl ac roedd hi'n cyfri'r diwrnodau tan y byddai'n mynd i'r ganolfan adsefydlu. Â chalon drom a'r awgrym lleiaf o obaith, gwyliodd ei gŵr am funud fach; ei anadl yn arafu a'i amrannau'n trymhau, cyn dychwelyd at ei nofel a oedd, fel mae'n digwydd, yn rhannu nifer o elfennau erchyll â'r achos roedd Rol yn ei archwilio.

Yn ôl yr arfer, rhyw bump awr yn ddiweddarach, dihunodd Rol yn chwysu peints, y delweddau'n dawnsio yn ei ben o hyd, mor fyw fel nad oedd modd eu hanwybyddu y noson honno. Felly, yn hytrach na sleifio i lawr stâr a boddi'r arswyd mewn afon o chwisgi Albanaidd, gwisgodd yn dawel a gadael y tŷ, gan yrru'n bwyllog i'r orsaf heddlu ar hyd strydoedd rhewllyd a diffaith y dref.

Cap

Cyrhaeddodd yr orsaf am chwarter i bedwar y bore ac anelu'n syth at ddesg WPC Harding, y Swyddog ar Ddyletswydd, oedd yn hanner cysgu y tu ôl i'r cyfrifiadur. Roedd y dderbynfa'n wag ochr draw i'r gwydr diogelwch trwchus a dim sŵn o gwbl yn dod o gyfeiriad y celloedd cadw gerllaw. Cafodd WPC Harding sioc o weld Rol yn sefyll wrth ei hochr ar yr adeg yno o'r nos, ond roedd hi'n fwy na pharod i ddatgloi'r storfa dystiolaeth er mwyn iddo estyn y tapiau a anfonodd llofruddiwr Nicky Evans ato ryw chwe mis ynghynt. Ar ôl llofnodi'r gwaith papur perthnasol, aeth WPC Harding ati i gofrestru'r gweithgarwch ar gofnod mewnol yr orsaf, ac anelodd Rol am ei swyddfa, gan wybod fod y peiriant chwarae tapiau DV yn dal yno. Doedd dim rheswm pam y byddai wedi cael ei ddychwelyd i'r storfa, ac efallai bod Rol a'i bartner yn gwybod y byddai'n rhaid iddynt ddychwelyd at y delweddau dychrynllyd rhyw ddydd, er mai dyna'r peth olaf roedd yr un ohonynt eisiau ei wneud.

Cyn cyrraedd y swyddfa, prynodd goffi o'r peiriant, gan ddiawlo'r ffaith nad oedd wedi dod â'i fflasg, yn enwedig o ystyried ysgelerdra'r dasg oedd o'i flaen. Er gwaethaf ei addewid i Lowri a'i benderfyniad diwyro i fynychu'r ganolfan adsefydlu yn Aberhonddu ar ôl y Nadolig, roedd hi'n dal yn anodd tu hwnt i ymdopi ag achos erchyll heb help ei ffon fagl feddwol. Tonnodd rhyw gyfuniad o drachwant eithafol ac hunanatgasedd pur drosto, ond brwydrodd a gorchfygodd yr ysfa i adael yr orsaf a mynd i'r Tesco 24-awr gerllaw er mwyn bodloni ei ddyhead.

Roedd y peiriant chwarae DV a'r monitor wedi'u diosg mewn

cornel ar lawr y swyddfa â bocs cardfwrdd yn cynnwys twmpath o waith papur ar eu pennau. Yn gyntaf, cliriodd Rol le ar ei ddesg, cyn codi'r cyfarpar a chysylltu'r gwifrau er mwyn gweld a oedd ei feddwl a'i freuddwydion yn chwarae triciau ag e ai peidio.

Estynnodd y tapiau o'r bag clo-sip swyddogol, cyn ailosod y ddau gyntaf yn ofalus. Os oedd ei isymwybod yn iawn, gwyddai mai ar y trydydd tâp oedd yr atebion. Sgroliodd trwy'r chwarter awr gyntaf, gan wylio Nicky'n moeli ar y sgrin o'i flaen; prolog gwyrdroëdig heb os, ond diniwed iawn o gymharu â'r hyn oedd i ddod. Ar ôl yr eillio, oedodd ar ddelwedd agos o geg Nicky druan. Gwelodd fod dwy law yr arteithiwr yn y siot a bod y llun yn llonydd felly gwyddai fod y camera ar dreipod, ffaith nad oedd wedi sylwi arni'r tro diwethaf iddo wylio'r tâp. Yr *unig* dro. Gwyddai Rol fod Geth Robbins a Wolfie wedi gwylio'r tapiau, a DCI Colwyn hefyd, ond nid oedd e na Kingy wedi dychwelyd atynt. Byddai rhai yn galw hynny'n blismona gwael, neu hyd yn oed yn llwfrdra, ond o'r hyn a welodd doedd y tapiau ddim yn datgelu unrhyw fanylyn i helpu'r achos. Yr unig beth a ddaeth yn sgil eu gwylio, sylweddolodd, oedd hunllefau cyson. Cyn mynd yn ei flaen, trodd ac edrych drwy'r ffenest ar y bore tywyll tu allan. Roedd niwl yn fantell dros yr adeiladau cyfagos a'r wawr fel petai'n gyndyn i dorri. Cododd y coffi at ei geg. Llyncodd yr hylif oedd wedi oeri bellach. Trodd yn ôl at y sgrin a gwasgu PLAY. Trwy lygaid cul, gwyliodd dafod Nicky'n cael ei lindagu'n rhyfeddol o gelfydd gan wifren gaws neu rywbeth tebyg. Eto, roedd y manylyn hwn yn niwlog iawn yn ei atgofion. Yn wir, roedd Rol wedi darbwyllo'i hun mai cyllell oedd yr arf a llanast llwyr oedd y canlyniad. Oedodd y ffilm unwaith yn rhagor a throi at ei gyfrifiadur. Wrth i'r peiriant danio, aeth i estyn coffi arall. Dychwelodd at ei ddesg a darllen yr adroddiad a ysgrifennodd Kingy ar y tapiau, er mwyn cadarnhau ei fod yn adlewyrchu'r delweddau yr oedd yn eu gweld ar y sgrin yn awr. Ar ôl cadarnhau bod yr adroddiad yn gywir, trodd 'nôl at y monitor a gwasgu PLAY unwaith yn rhagor. Wrth i'r delweddau symud yn eu blaenau, teimlodd ddiferyn o chwys yn llithro i lawr ochr ei dalcen a fflachiodd montage yn ei ben o ddihuno yn ei wely yng nghanol nos; yr arswyd yn amlwg ar ei wyneb gwelw ac yn ei lygaid gwyllt.

Gwyliodd y camera'n siglo wrth i'r arteithiwr ei godi unwaith eto, cyn i'r auteur arswydus droi, gan afael yn nhafod Nicky yn ei law arall a datgelu'r union ddelwedd lle byddai Rol yn dihuno bron bob nos. Oedodd Rol y tâp a syllu ar y sgrin. Gwnaeth hynny am beth amser, yn ceisio gweld rhywbeth, *unrhyw beth*, arwyddocaol. Atgoffwyd Rol o'r posteri llygaid lledrith oedd mor boblogaidd yn ystod ei arddegau. Er craffu ar y rheini fel y craffai nawr ar y delweddau o'i flaen, ni allai Rol weld unrhyw beth wedi'i guddio ynddynt. Cyn i'r rhwystredigaeth gynyddol ei feddiannu'n llwyr, penderfynodd lunio rhestr o'r hyn oedd ar y sgrin. Gan weithio o'r chwith i'r dde, nododd y canlynol ar ddarn o bapur sgrap:

Tafod Nicky mewn jar (clawr ar y jar)

Y jar ar silff

Gwaed ar y jar (tu fewn neu tu fas?)

Silff bren wedi'i pheintio'n wyn (y paint wedi cracio)

Dwst trwchus ar y silff

Gwaed ar y silff (?)

Rhaff yn hongian ar fachyn

Wal frics noeth (mewn cyflwr gwael)

Tamprwydd yn codi ar y wal

3 pot paent Dulux ar y silff ('Porcelain Doll', 'Classic Cream', 'Sandstone')

Hen gap pêl-fas coch ar fachyn (methu gweld y logo ar ei flaen, os oes logo o gwbl?)

2 jar llawn hoelion a sgriws

Morthwyl rhydlyd

Sgriw-driver trydan (heb ei blygio mewn)

Roedd Rol yn dal i syllu bob yn ail ar y sgrin a'r rhestr pan gerddodd Kingy mewn i'r swyddfa am chwarter wedi wyth. Cafodd sioc o weld dirprwy'r adran wrth ei ddesg mor gynnar, gan mai fe oedd y cyntaf i gyrraedd fel arfer.

"Olreit?" Eisteddodd DS King yn ei gadair, ond pan na atebodd Rol, edrychodd Kingy i'w gyfeiriad a sylwi ei fod mewn rhyw fath o swyngwsg. "Rol!" Cododd ei lais a chlicio'i fysedd yn yr awyr. "Ti'n iawn?"

Gan droi ei ben i gyfeiriad y geiriau, gwelodd Rol ei bartner yn eistedd wrth ei ddesg. "Shit! Kingy. Ydw. Fi'n ok."

"Ti'n siŵr? Ti ddim yn edrych yn sbesh."

"Fi 'di bod 'ma ers oriau."

"Pam?"

"Methu cysgu."

"Aros di tan bydd y babi'n cyrraedd," medd Kingy â gwên. Fel tad profiadol bellach, roedd e wrth ei fodd yn gwybod y byddai Rol yn gorfod mynd trwy'r artaith o fagu plentyn cyn hir. Ar ôl misoedd hir a thywyll o gwsg tameidiog ar y gorau, roedd ei gorff a'i gallineb fel petaent wedi addasu i'r gyfundrefn newydd, a gallai oroesi heddiw ar bump awr o gwsg, lle roedd angen bron dwbwl hynny cyn i Alwyn gyrraedd.

Anwybyddodd Rol ffraethineb ei bartner a dal ati i syllu ar y sgrin o'i flaen, a dyna pryd y sylwodd Kingy ar y monitor a'r chwaraewr DV.

"Be ti'n gwylio?" gofynnodd DS King.

"Y trydydd tâp."

Cododd Kingy ar ei draed a chamu draw at ddesg Rol. "Pam?"

Edrychodd Rol ar ei bartner. Cododd ei ysgwyddau mewn ymateb.

"Beth ma hynny'n meddwl?"

Syllodd Kingy ar y sgrin a gweld y ddelwedd wedi'i rhewi.

"Be ti'n neud? Dere, dwed 'tho fi."

"No way," atebodd Rol yn bendant.

"Pam? Ma rhaid bod rheswm. So ni braidd wedi sôn am y tapiau ers i ni wylio nhw."

"By' ti'n meddwl bo fi'n mental."

"Fi'n meddwl bo ti'n mental yn barod!" ebychodd Kingy gan chwerthin. "Actually, scrap that, fi'n *gwbod* bo ti'n mental, so dere, spill the beans."

Gwenodd Rol ar ei bartner a sipio'i goffi oer cyn esbonio.

"Fi 'di bod yn cael yr un freuddwyd ers misoedd. Drosodd a throsodd. Bron bob nos," tawelodd Rol, gan nad oedd yn siŵr sut i fynd yn ei flaen.

"So? Ma loads o bobl yn cael breuddwydion fel 'na. Fi'n cofio, o'dd Dad yn arfer…"

"Dyma lle fi'n dihuno bob tro," medd Rol, gan bwyntio at y sgrin ac atal Kingy rhag mynd yn ei flaen â'i stori.

"Ok." Edrychodd y partneriaid ar y sgrin mewn tawelwch am sbel. "Greddfau? Teimladau? Disgwyliadau?" gofynnodd Kingy yn y diwedd, gan watwar llais y chief.

"Gobeithio nad y'ch chi'n cymryd y piss fyn 'na, DS King," taranodd llais DCI Colwyn o'r tu ôl iddynt, a throdd y partneriaid i'w wynebu a theimlo peth rhyddhad o'i weld yn gwenu arnynt.

"Dim o gwbwl, syr," atebodd Kingy. "Ma Rol wedi sylwi ar rywbeth."

"Sa i'n gwbod am 'ny," wfftiodd Rol yr awgrym.

"Wedodd Harding bod ti 'di bod mewn trwy'r nos."

"Dim trwy'r nos, syr, ond o'n i mewn yn reit gynnar."

"Wel, be sy 'da ti?" gofynnodd DCI Colwyn.

"Sa i'n gwbod rili. Long shot."

"Dwed 'tho fe, Rol. Sdim fuck all arall 'da ni, o's e?"

"Ok, ok! Chi probably'n mynd i feddwl bod fi off fy mhen, syr, ond fi 'di bod yn cael yr un freuddwyd ers sbel nawr. Wel, falle dim breuddwyd hyd yn oed, nawr bo fi'n meddwl am y peth. Flash-back yw e i'r fideo yma, a fi'n dihuno bob tro ar y ddelwedd yma."

Pwyntiodd Rol at y sgrin, ac ymunodd y chief ag ef a syllu ar y teledu.

"Fi 'di rhestru popeth yn y llun, ond sa i'n gwbod pam chwaith. Sdim byd yn sefyll mas. O'n i'n meddwl byse *rhywbeth* yn dala'n sylw i, chi'n gwbod?"

Cododd DCI Colwyn y rhestr a syllu ar y geiriau. Ar ôl peth amser, gwyliodd Rol ei lygaid yn llamu'n ôl a 'mlaen rhwng y papur a'r sgrin. Yna, pasiodd y papur at DS King.

"O's unrhyw beth yn sefyll mas ar y rhestr 'na, ti'n meddwl?"

Gwnaeth Kingy'r un peth gan ddarllen y geiriau yn gyntaf, ac yna syllu ar y sgrin.

"Wel?" gofynnodd y chief, yn colli amynedd.

"Sa i'n siŵr, syr. Falle."

“Falle! Dere nawr. Ti’n gallu neud yn well na ’ny. Ma Ceri Lloyd dal ar goll, a falle mai dyma’r break sy angen arnon ni.”

Syllodd Kingy ar y papur unwaith yn rhagor. Cnoiodd ei wefus. “Y cap, syr?” Awgrymodd yn ansicr.

“Bingo!” ebychodd y chief.

***

Dros y tridiau nesaf, gwyliodd Rol a Kingy yr oriau maith o ddelweddau symudol a ffilmiwyd yn ystod y digwyddiadau cyhoeddus amrywiol a gynhaliwyd mewn cysylltiad â diflaniad Nicky Evans a Ceri Lloyd. Gan ddechrau â’r wylnos olau cannwyll gyntaf, ddiwrnod ar ôl i Nicky ddiflannu, a gorffen â digwyddiad tebyg yr wythnos cynt, ar ôl i Ceri gael ei chipio; roedd ffocws y ditectifs yn absoliwt, a chap pêl-fas lliw coch oedd canolbwynt eu hymdrechion.

Er yr oriau hir o rwystredigaeth, heb sôn am y tinau diffrwyth a’r anadl coffi afiach, doedd dim modd gwadu bod y perwyl yn llwyddiant yn y pen draw, gyda’r un ffigwr yn gwisgo’r un cap pêl-fas lliw coch yn bresennol ym mhob digwyddiad. Roedd e hyd yn oed yn hercian rhyw ychydig wrth gerdded, oedd yn llenwi Rol a Kingy â gobaith pellach. Ond, er gwaethaf y gorfoledd o’i weld ar bob achlysur, yn enwedig y tro cyntaf, siom oedd yn eu disgwyl yn y diwedd. Yn anffodus i’r ditectifs, roedd yr unigolyn yn giamster ar guddio’i nodweddion ac fel petai’n gwbl ymwybodol o safle pob camera oedd yn gwylio’r dorf. Roedd pig y cap yn gorchuddio hanner uchaf ei wyneb ym mhob delwedd ohono a’i siaced guddliw neu dop ei dracwisg, yn ddibynnol ar beth yr oedd yn gwisgo ar y pryd, yn gorchuddio’r gwaelod. Ar ôl cofnodi cod-amser pob dilyniant ar y tapiau oedd yn cynnwys y dyn yn y cap, aeth Rol a Kingy drwyddynt fesul ffrâm (â chymorth arbenigedd Sarjant Amy Fowler yn y maes) yn y gobaith o ddatgelu pwy oedd e ac er mwyn cael rhywun, o’r diwedd, i’w erlyn.

“Faint sy ar ôl ’da ni?” gofynnodd Rol wrth Kingy, yr anobaith yn amlwg yn ei eiriau.

Taflodd ei bartner gip ar y rhestr argraffiedig oedd yn gorwedd ar y ddesg o’i flaen. “Tri. Yn cynnwys yr un yma.”

Roedd y ditectifs yn eistedd mewn stiwdio arbennig ym mhencadlys Heddlu De Cymru, Caerfyrddin, o flaen wal o sgriniau a chyfarpar recordio, copïo a chwyddo delweddau. Roedd Sarjant Fowler yn rheoli'r offer ac yn ateb unrhyw gwestiwn fyddai'n codi. Gallai'r triawd deimlo'r gobaith yn gadael y stiwdio trwy'r fent awyru wrth i'r dyn yn y cap lithro o'u gafael, o hyd ac o hyd ac o hyd.

"Ma angen pisiad arna i." Cododd Rol a gadael yr ystafell, cyn cerdded ar hyd y coridor a mynd i eistedd ar y toiled i gael hoe. Doedd natur ddim yn galw arno mewn unrhyw ffordd, yn hytrach, y fflasg oedd yn mynnu ei sylw, yn gweiddi arno o boced ei siaced. *YFA FI, ROL! YFA FI, ROL! YFA FI, ROL! YFA FI, ROL! YFA FI, ROL! YFA FI, ROL! YFA FI, ROL! YFA FI, ROL! YFA FI, ROL!* A dyna'n union y gwnaeth e 'fyd. Roedd y gorfoledd a'r gobaith o weld y cap coch ar y sgrin am y tro cyntaf wedi hen ddiflannu a'r posibilrwydd o roi wyneb i'r ysbryd mygydog yn lleihau â phob ffrâm. Diolch i'r fodca, dychwelodd i'r stiwdio yn teimlo ychydig yn well. Roedd Rol yn ei chael hi'n anodd dychmygu beth fyddai'n ei wneud i lenwi'r bwlch ar ôl ei amser yn y clinig yn Aberhonddu. Yna, wrth wthio'r drws i'r stiwdio, cofiodd fod ganddo fabi ar y ffordd a llenwodd ei galon â gobaith o'r newydd.

Camodd i'r ystafell dywyll a chael sioc anferthol wrth weld yr wyneb ar y sgrin.

"Ni 'di fuckin ca'l e, Rol!" ebychodd Kingy yn orfoleddus. "Ma Amy fan hyn yn blydi genius."

Wfftiodd y Sarjant yr awgrym. "Dim o gwbwl, 'na gyd fi 'di neud yw chwyddo'r ddelwedd. Dalodd..." pwyntiodd at y dyn ar y sgrin. "Dalodd ei got ar fwlyn y drws wrth iddo gamu i'r eglwys, 'na gyd."

"A dyna fe, yn ei lawn ogoniant," ychwanegodd Kingy, ond gan droi at Rol, oedd yn pwyso ar gefn un o'r cadeiriau lledr, yn syllu ar y sgrin yn ceisio rheoli ei anadl a'r chwys yn sgleinio ar ei dalcen. "Ti'n olreit?" gofynnodd DS King yn bryderus, gan godi a chamu at Rol, yn ofni am eiliad ei fod yn cael harten.

Ysgydwodd Rol ei ben yn araf.

Anadlodd yn ddwfn.

"Fi'n gwbod pwy yw hwnna," atebodd.

Y Twnnel

"Pam nag wyt ti'n gyrru i'r top?" gofynna llais Lowri o gefn y car, gan ddwyn i gof ein siwrne bygi golff i'r caban wrth gyrraedd Porth Glas. "Ma trac yn mynd yr holl ffordd, nag o's e, Caio?"

"Oes," daw ateb fy ffrind ifanc.

"Road block," dw i'n dweud, gan gofio geiriau'r gwarchodwyr a glywais ynghynt, wrth guddio yn y coed. Fi'n gyrru mlân ac yn dod i stop rhyw hanner can llath o'r fynedfa i'r llwybr sy'n arwain at yr ogof.

"Be ti'n neud?" Llais Lowri, unwaith yn rhagor.

Dw i'n diffodd yr injan ac yn troi yn fy sedd i edrych ar y triawd yn y cefn. Mae llygaid Elinor ar gau a'i thalcen yn rhychu wrth i'r tawelyddion barhau i adael ei system. Mae'n rhwbio'i harleisiau yn araf ac yn cadarnhau ei bod hi ar ddihun. Mewn gwrthgyferbyniad â'i chwaer, mae Caio yn hollol effro, gwyn ei lygaid yn disgleirio yng nghrombil y car; tra bod Lowri hefyd wedi cael ail wynt, er bod ei llygaid hi'n llawn ofn, nawr ein bod ni wedi gadael diogelwch cymharol y caban.

"Des i 'ma ar ôl gadael y parti," dechreuaf esbonio, fy ngeiriau'n llifo ar frys o fy ngheg ac yn llawn taerineb, diolch i ddifrifoldeb y sefyllfa. "Ma 'na ddau heddwas arfog yn gardo'r ogof. Ma'r trydan dal off, so fi'n cymryd bod y drws i'r twnnel heb ei gloi, hence y gŵns a'r gynnau, so ma angen plan arnon ni. So ni'n gallu jyst cerdded lan atyn nhw a gofyn a gewn ni basio." Wrth i gynllun ddechrau ffurfio, estynnaf yn reddfol i agor y cwpwrdd menig. "Bingo!" ebychaf, gan afael mewn gwn taser. "Jyst y peth," meddaf, wrth droi yn fy sedd unwaith eto a dangos y teclyn i'r teithwyr.

"Beth yw e, 'te?" gofynna Lowri.

"Taser," gwenaf.

"Fi'n gwbod beth yw hwnna, Rol!" Mae Lowri'n rolio'i llygaid. "Beth yw dy gynllun, o'n i'n feddwl."

"Sori. Ok. Reit." Dw i'n oedi am ychydig, gan orfodi'r cynllun i ffurfio ymhellach yn fy mhen. Gallai'r trydan aildanio unrhyw eiliad a chau'r drws ar unrhyw obaith o ddianc, felly rhaid brysio. "Caio ac Elinor, dewch 'da fi. Mewn i'r coed. Lowri, cer yn syth lawr y llwybr a denu sylw'r gards."

"That's it?" Mae Lowri'n anghrediniol.

"Dim cweit. Rho ddwy funud i ni ga'l cyrraedd yr ogof ac wedyn cer amdani. Byddwn ni'n cuddio cyn i ti gyrraedd. Gwaedda fod y babi ar fin dod a dy fod di mewn poen ac angen ambiwlans. Rhywbeth fel 'na."

"A be y'ch chi'n mynd i fod yn neud pan dw i'n delio â'r dynion arfog 'ma?"

Gallaf weld wrth ei hwyneb nad yw fy ngwraig yn credu yn fy nghynllun o gwbl.

"Wrth i ti eu distracto nhw, bydda i a Caio'n ymosod arnyn nhw o'r tu ôl. Co ti," pasiaf y taser i Caio. "Wedyn, newn ni glymu nhw lan a'u gadael nhw yn y coed, i'w stopo nhw rhag dod ar ein hôle ni."

"'Na'r gore sy 'da ti?"

Gwenaf ar Lowri a chodi fy ysgwyddau. "O's 'da ti syniad gwell?"

Mae Low yn meddwl am eiliad neu ddwy ac yna'n cyfaddef nad oes clem ganddi chwaith.

"Barod?" gofynnaf i Caio.

"Ydw."

"Beth am dy chwaer?" Mae Elinor yn dal i eistedd â'i llygaid ar gau.

"Barod," mae hi'n ateb, gan agor y drws a chamu o'r cerbyd; pendantrwydd yn ei meddiannu mwyaf sydyn ac yn disodli'r anobaith oedd wedi'i ysgythru ar ei thalcen eiliadau ynghynt.

Cyn diflannu i'r coed, agoraf y bŵt, a gorfoleddu wrth weld baton llaw telesgopig yn gorwedd yno. Gafaelaf ynddo cyn chwilio yn y cefn lle cedwir yr olwyn sbâr yn y gobaith o ddod o hyd i raff neu dâp-selo diwydiannol, ond yr unig beth o werth yw cwpwl o gordiau elastig tebyg i'r hyn mae pobl yn eu defnyddio i gau cefnau eu ceir ar ôl gorwario yn

Ikea. Cymeraf y cordiau a'r baton a chamu at ddrws cefn y car. Dw i'n ei agor a dw i'n cyrcydio, nes bod fy llygaid ar yr un lefel â rhai Lowri.

"Dwy funud, ok."

"Fi'n cyfri'n barod," mae'n gwenu, sy'n gwneud dim i fasgio'i hofn.

Pwysaf ati a'i chusanu'n galed ar ei gwefusau. "Caru ti," meddaf, ar ôl gorffen.

"A ti," clywaf ei hateb, ond dw i eisoes ar fy ffordd.

Mae Caio ac Elinor yn aros amdanaf yn y prysgwydd ac ar ôl i fi ymuno â nhw, ry'n ni'n gwneud ein ffordd trwy'r coed ar frys, gan ofalu ar yr un pryd nad ydym yn gwneud gormod o sŵn i ddenu sylw diangen. Mewn llai na munud, gallaf weld ceg yr ogof, ond dim ond un gard sydd yno'n gwarchod. Rhaid bod y llall un ai *yn* yr ogof neu, gyda lwc, wedi cael ei alw o 'na i helpu â'r argyfwng yn y clwb cymdeithasol.

"Aros fan hyn," sibrydaf wrth Elinor ac, er bod yr olwg ar ei hwyneb yn awgrymu nad yw hi eisiau gwneud unrhyw beth o'r fath, mae un nòd gan ei brawd yn ddigon i wneud iddi ufuddhau.

Yn bwyllog ac yn isel, fel dau granc petrus, mae Caio a finnau'n symud ymlaen trwy'r deiliach, fy nghoesau'n gwegian bellach, tan ein bod yn ddigon agos at y gard i allu arogli'r baco ar ei anadl, bron. Mae'r gwynt yn dal i ruo, y coed a'r cloddiau'n dawnsio o'n cwmpas yn wyllt ac nid oes syniad gan y swyddog ein bod ni mor agos ato. Mae'r gard yn magu'r reiffl awtomatig yn ei freichiau, fel tad balch â babi newydd-anedig. Mae fy meddyliau'n troi at honiad Caio am yr hyn sydd gan Nantlais mewn golwg ar gyfer fy maban innau, ac unwaith eto, rhaid cyfaddef nad ydw i'n gallu ei lwyr gredu. Hyd yn oed ar ôl holl ddatguddiadau heno, mae'r peth yn rhy eithafol rywffordd.

Edrychaf ar hyd y llwybr yn y gobaith o weld Lowri'n cyrraedd y llwyfan, gan baratoi ar gyfer y cam nesaf. Mae'r baton yn llyfn yng nghledr fy llaw, er fy mod yn gwybod yn iawn faint o ddifrod gall arf o'r fath ei wneud. Mae Caio'n gafael yn y taser o hyd, er na fydd angen iddo ei ddefnyddio os gyrhaedda i'r gard yn gyntaf. Yna, wrth geisio dychmygu'r grasfa arfaethedig, gwelaf Lowri'n dod i'r golwg, yn hercian tuag atom yn cogio'i bod yn gloff, yn dal ei bol ac yn ymbil ar y gard i ddod i'r adwy.

"Help!" clywaf y gair yn cael ei chwythu i'n cyfeiriad, sy'n gwneud i'r gard sythu ei gefn ar unwaith, ei fysedd yn tynhau o amgylch y gwn. "Help!" Mae Lowri'n gweiddi unwaith eto, y bwlch rhyngddi hi a ni yn cau â phob cam. Ond, yn hytrach na mynd i'w chynorthwyo, mae'r gard yn codi'r reiffl at ei ysgwydd ac yn ei anelu i gyfeiriad fy ngwraig. Doeddwn i ddim yn disgwyl hynny, ond chwarae teg i Lowri, nid yw fel petai'n mynd i banig. Yn hytrach, mae'n cwympo ar ei phengliniau, gan anadlu'n ddwfn ac estyn ei llaw i gyfeiriad y gwarchodwr, cyn udo fel anifail gwyllt a chrymu ei chefn fel petai'n gwingo mewn poen. Am berfformiad! Yn araf, mae'r heddwas yn cerdded tuag ati, y gwn yn dal i anelu'n fygythiol at y pentwr dynol ar y llwybr. "Y babi... ma fe'n dod!" Mae Lowri'n gweiddi, gan anadlu'n ddwfn a syllu'n daer ar ei gwaredwr; ei llygaid yn bolio yn ei phen a'i bochau fel dau falŵn sydd ar fin bosto. "Help! Plis!" I lawr â'r gwn a draw â'r gard. Gwyliaf e'n cyrcydio wrth ochr Lowri, ei eiriau'n cael eu colli yn y gwynt. Mae Lowri'n sgrechen unwaith eto, sy'n ddigon i ddarbwyllo'r gard i osod ei wn ar y llawr wrth ei ochr. Dyma ein cyfle, a dw i a Caio, fel un, yn ffrwydro o'r coed ac yn cau amdano. Wrth gwrs, mae'r gard yn ein clywed yn dod, ond dim ond deg llath sydd rhyngddon ni; a phan mae'n estyn am ei reiffl mewn panig llwyr, mae llaw Lowri'n saethu allan ac yn ei wthio o'i afael ar hyd y llawr.

Mewn eiliad, ry'n ni ar ei ben. Dw i'n chwipio'r baton i'w hyd llawn a cholbio'r heddwas ar ochr ei dalcen. Mae ei lygaid yn rholio am yn ôl, ei gorff yn cwympo'n llipa a chefn ei ben yn cael cnoc wrth lanio ar y llwybr, ond mae fy ngolygon i'n troi ar unwaith at Lowri, sydd erbyn hyn yn gafael yn y reiffl fel petai ei bywyd yn dibynnu ar hynny.

"Ti'n iawn?" gofynnaf.

"Wrth gwrs bo fi," mae'n ateb, wrth i fi ei helpu ar ei thraed. "Ti'n impressed 'da'r acto?"

"'Na'r ail BAFTA i ti ennill heno," gwenaf. Trof a gweld Caio ac Elinor yn sefyll dros y gard, y taser yn barod i danio yn llaw y brawd, y casineb yn amlwg yn osgo'r ddau ohonynt. Pwy a ŵyr beth oedd hwn wedi ei wneud iddynt? Pwy a ŵyr beth oedd e'n haeddu fel cosb? "Helpa fi symud e," dw i'n gorchymyn, ac, ar ôl rhoi'r taser i'w chwaer, dw i a Caio'n cario'r corff rhyw ddeg llath i'r coed a'i osod ar lawr wrth foncyff coeden fythwyrdd. Y peth cyntaf dw i'n ei wneud yw tynnu'r carrau o'i esgidiau a'u defnyddio i glymu ei bigyrnau a'i arddyrnau'n dynn. Yna, tynnaf ei sanau a'u stwffio i'w geg. Â help Caio, ry'n ni'n ei symud i eistedd â'i gefn at y goeden, ac yna defnyddiaf y cordiau elastig i'w angori wrth y boncyff. Wedi gwneud, trof a dod wyneb yn wyneb â Lowri, yn cario'r reiffl dros ei hysgwydd, fel guerilla Guevaraidd â'i bryd ar ryddid. Mae Elinor yn sefyll wrth ei hochr, yn syllu'n syth at yr heddwas llorweddol, y taser yn ei llaw a chasineb pur yn ei llygaid.

"Dewch," gorchmynnaf, fy meddwl yn troi at gam nesaf y cynllun, a fydd yn mynd i nunlle os nad yw'r drws yn yr ogof ar agor. Cerddaf o 'na, gan obeithio bydd y tri yn fy nilyn heb oedi'n ormodol, ond cyn camu o'r coed a 'nôl at y llwybr, clywaf Elinor yn tanio'r gwn taser, y stilwyr yn palu i gorff llipa'r dioddefwr a'r foltiau'n gwneud i'w gragen grynu'n ddidrugaredd. Haeddiant, heb os, ond gwastraff amser ac arf yn nhermau ymarferol.

Heb aros i'r gweddill, anelaf am geg yr ogof, ein holl obeithion yn awr yn dibynnu'n llwyr ar sawdl Achil y system ddiogelwch. Oedaf cyn mynd yn fy mlaen, gan edrych dros fy ysgwydd i wneud yn siŵr bod y triawd yn dilyn. Dw i'n ystumio arnynt i godi eu coesau ac yn cymryd y reiffl o afael fy ngwraig pan maen nhw'n fy nghyrraedd. Yna, dw i'n tanio'r fflachlamp ac yn camu i'r tywyllwch, gan ddisgwyl i'r gard arall oedd yma'n gynharach ymddangos o'r cysgodion i'n rhwystro. Ond, does neb ar gyfyl y lle, ac mae'r diffyg golau uwchben y drws yn awgrymu'n gryf nad yw'r trydan wedi aildanio. Wrth agosáu at y porth, adroddaf weddi fach yn fy mhen a rhaid bod rhywun yn gwrando heno, oherwydd mae'r drws yn agor yn gwbl ddidrafferth pan dw i'n troi'r carn.

"Barod?" gofynnaf, gan weld pennau pawb yn nodio yng ngolau'r dorch. "Arwain y ffordd," meddaf, ac agor y drws ymhellach a phipo mewn i weld a oes rhywun yn aros amdanom. Â'r llwybr yn glir, mae Caio'n camu heibio i fi, gan ein harwain i grombil y mynydd, i graidd holl hunllefau ei fywyd ef a'i chwaer. Diolch i frasluniau garw llofrudd Nicky Evans a Ceri Lloyd, dw i'n disgwyl rhywbeth tra gwahanol; rhywbeth llawer mwy cyntefig na'r hyn sydd i'w weld o'n blaenau ni nawr. Ro'n i'n disgwyl celloedd brwnt a phlant yn dioddef o ddiffyg maeth ac afiechydon, yn sgrechian a chrio dros bob man; cyfarpar arteithio a chaethwasgodion o oes Fictoria; ac efallai byddai hynny wedi bod yn well na'r hyn sydd yn eu lle. Yn groes i'r hyn dw i'n ei ddisgwyl, mae'r cyfleuster yn debycach i uned mewn ysbyty iechyd meddwl cyfoes na charchar o dan oruchwyliaeth gang o bedoffiliaid. Mae'r lle mor lân a chlinigol, a'r dur gloyw sydd dros bob man yn disgleirio yng ngolau'r dorch. Cerddwn yn ofalus ar hyd coridor unionsyth sydd wedi'i gloddio i'r graig, ein camau'n atseinio'n aflafar oddi ar y waliau noeth. Yn rhannu'r coridor yn ei hanner, mae 'na afon yn llifo mewn ffos tua'r gorwel. Mae'r nant yn ddigon cul i alluogi rhywun i gamu drosti ac mae ei sŵn yn lleddfol, fel petai'n rhan o Feng shui'r lle. Yng ngolau'r fflachlamp, nesawn at ddrws y gell gyntaf a gallaf weld bod yna system gloi wrth gefn yn ei lle. Yn ogystal â'r system drydanol, mae 'na glo clap trwm yn cadw'r drws ar gau; sy'n esbonio'r diffyg angen am swyddogion. Diolchaf nad oedd pwy bynnag oedd yn gyfrifol am gynllunio'r lle wedi rhagweld y fath drafferthion ac wedi gosod clo wrth gefn ar y drws yn yr ogof hefyd. Fel seilam fodern, sdim barrau ar y drysau dur; dim ond ffenestri bach sy'n rhoi cipolwg i fi o'r hyn sydd ar yr ochr draw. Dw i'n dod i stop wrth y drws cyntaf ac yn anelu'r golau trwy'r gwydr. Mae Lowri'n ymuno â fi, ei hwyneb yn daer. Mae'r gell yn edrych yn reit gyfforddus ar yr olwg gyntaf. Yn amlwg, mae Nantlais yn deall pwysigrwydd gofalu am ei asedau mwyaf gwerthfawr. Gwelaf wely a silff lyfrau. Teledu a phosteri ar y wal. Mae 'na fachgen ifanc, rhyw ddeg oed, yn eistedd ar gadair wrth y ddesg; ei gefn atom, tan iddo weld y golau'n treiddio i'r gell. Mae'r gadair yn troi a'r bachgen yn ein hwynebu, ond nid yw'n codi nac yn galw am help. Yn hytrach, mae'n eistedd yno fel dymi – ei lygaid yn wydraidd, ei geg ar agor a'i dafod yn gorffwys ar ei wefus isaf. Yn amlwg, mae e wedi hen arfer cael ei drin fel anifail mewn sŵ, neu sbesimen mewn labordy. A gyda'r holl gyffuriau sy'n llifo trwy ei wythiennau, does dim awydd dianc arno ychwaith.

"Jesus," clywaf Lowri'n sibrwd; y sillafau'n crynu wrth i'r gair adael ei cheg. Rhof fy mraich amdani a'i chofleidio'n dynn, wrth i eiriau, honiadau a datguddiadau anodd eu credu Caio ac Elinor ddod yn fyw o flaen ein llygaid.

Â'r reiffl yn dal yn hongian dros fy ysgwydd, dw i'n gafael yn llaw fy ngwraig ac yn gwahodd Caio i arwain y ffordd. Mae Lowri'n anadlu'n drwm wrth fy ochr, pob cam yn ymdrech yn ei chyflwr, ond dyw hi ddim yn cwyno unwaith. Mae ein hamcan yn amlycach nag erioed nawr. Brwydraf yr ysfa i edrych ym mhob cell, ond â Caio ac Elinor yn amlwg ar frys i adael, dw i ond yn llwyddo i weld dwy arall, a'r un yw'r canlyniad bob tro. Ystafell gyfforddus. Plentyn marwaidd. Clywaf eiriau erchyll yn atseinio yn fy mhen. *Nefoedd ar y ddaear. Nefoedd ar y ddaear. Nefoedd ar y ddaear.* Ond nid oes unrhyw beth nefolaidd am y carchar tanddaearol hwn. Dyma uffern yn ei lawn ogoniant, lle caiff pobl fel Nantlais chwarae Duw wrth wneud gwaith y Diafol.

Ar ôl pasio deg drws unffurf, down at risiau dur gloyw sy'n esgyn i fyny i bwll grisiau tywyll bitsh. Dw i'n atal Caio rhag camu'n syth i fyny'r grisiau, gan godi fy mynegfys at fy ngwefusau a gwrando am unrhyw synau sydd efallai'n aros amdanon ni ar y lloriau uchaf. Ar wahân i lif y nant, does dim i'w glywed, felly lan â ni, sŵn ein camau'n fyddarol yn nhawelwch marwol y catacwm.

Rhaid i Lowri gael hoe ar ôl cyrraedd y llawr nesaf ac, wrth aros iddi ddod ati ei hun, gofynnaf i Caio pa mor bell sydd gyda ni i fynd tan i ni gyrraedd y maes parcio.

"Dau lawr."

"'Na gyd?"

"Ie. Ma'r grisiau 'ma'n mynd yn syth i'r garej."

"Ti'n clywed, Low?"

Mae Lowri'n codi ei bawd ac yn gwenu, er nad yw hi'n gallu siarad. Sefwn yno mewn tawelwch unwaith eto. Â'r car mor agos, fi'n dechrau meddwl am y cam nesaf. "Barod," medd Lowri o'r diwedd, a heb aros am unrhyw gyfarwyddyd, mae Caio'n arwain y ffordd i fyny'r grisiau, tan i ni gyrraedd drws dur arall, sydd eto'n agor yn ddidrafferth pan dw i'n troi'r carn.

"Chi'n cofio lle barcon ni?" gofynnaf i Caio a Lowri, gan nad ydw i braidd yn cofio cyrraedd Porth Glas ar ôl gadael yr ysbyty.

"Fi'n cofio," mae Caio'n cadarnhau.

Mae Lowri'n datgloi'r car o bell, y golau'n tanio fel taflegryn yn y tywyllwch, sy'n rhoi pawb ar bigau'r drain.

"Ti'n iawn i yrru?" gofynnaf i fy ngwraig, wrth gamu at y car.

"Ydw," mae'n mynnu wrth stryffaglan i mewn i'r sedd.

Dw i'n troi at Elinor. "Ti'n trysto fi nawr?" gofynnaf.

"Ydw," mae'n ateb, heb oedi.

"Gwd. Mewn â ti i'r bŵt, 'te."

"Hang on!" clywaf Lowri'n ebychu.

"Mae'n iawn," medd Elinor.

"Gei di adael hi mas pan y'ch chi ar yr ochr arall. Ond tan hynny, well i Elinor gadw o'r golwg."

Mae Lowri'n ysu i brotestio, ond mae'n gwybod bod fy rhesymeg yn dal dŵr. Felly, mewn ag Elinor i'r bŵt â chymorth ei brawd. Mae'r ddau'n cofleidio a gwelaf rywbeth newydd yn fflachio yn eu llygaid yng ngolau'r dorch. Gobaith, efallai. Mae Caio'n cau'r bŵt yn dawel a dw i'n troi at Lowri, sy ar fin tanio'r car.

"O's dŵr 'da ti?" gofynnaf, gan wybod ei bod hi'n cadw potel yn y car.

"Oes. Pam?"

"Pas y botel i fi," ac ar ôl iddi wneud, agoraf y top ac arllwys y cynnwys dros forddwyd fy ngwraig a'r sedd oddi tano.

"Be ti'n neud?" Mae'n sgrechian mewn syndod.

"Ma dy ddŵr di wedi torri a'r babi ar y ffordd. Dangos hwnna i'r boi wrth yr iet."

"Sa i'n bwriadu stopio i ofyn am ei ganiatâd!" ebychodd Lowri. "A ble chi'ch dau'n mynd, ta beth? Pam nag y'ch chi'n dod gyda ni?"

Mae'r ateb gen i'n barod.

"Fi'n aros fan hyn i neud yn siŵr nag oes unrhyw un yn gadael."

"Yn y garej?" gofynnodd Lowri, wedi drysu'n llwyr.

"Na. Dim y fuckin garej. Porth Hwyan!" poeraf.

"Ok, Rol, sdim ishe bod fel 'na."

"Fi 'fyd," medd Caio.

"Cer, a ffonia Kingy o Bont Abraham. Rhywle digon pell o fan hyn."

"Paid neud dim byd dwl," yw ei geiriau olaf, cyn iddi danio'r car a gyrru i ffwrdd. Yn reddfol, mae rhywbeth yn dweud wrtha i i'w dilyn, er mwyn gwneud yn siŵr eu bod nhw'n llwyddo.

I ffwrdd â fi, â Caio wrth fy nghwt, gan ddilyn golau cefn y car o bell. Fel o'n i'n gwybod, mae Lowri'n rhy gwrtais i yrru'n syth trwy'r glwyd ac mae'r car yn dod i stop yn unol â gorchymyn y swyddog ar ddyletswydd. Dw i'n diawlo ei phenderfyniad. Does dim pwynt ceisio rhesymu â'r bobl 'ma. Maen nhw'n bell y tu hwnt i hynny, a dylai hynny fod yn hollol amlwg i Lowri heno. O dan orchudd y cymylau a'r diffyg golau stryd, dw i'n martsio'n syth i gyfeiriad y glwyd. Wrth agosáu, gallaf glywed Lowri'n gweiddi ar yr heddwas ac yn ei wahodd i weld y llanast ar ei sedd. Â'r gwynt yn rhuo o hyd, ni allaf glywed ei ateb, ond gwelaf e'n estyn am ei walkie-talkie. Dw i'n gwibio'r ugain llath olaf, fy nghamau wedi eu masgio gan y storm, a chyn iddo gael cyfle i yngan gair, dw i'n ei daro ar gefn ei ben â charn y reiffl ac mae'r gard yn cwympo i'r llawr fel doli glwt.

"Foot down, Low, so'r glwyd 'na'n mynd i agor achos y power cut."

Mae Lowri'n ei llorio hi a'r car yn sgrialu yn ei flaen, gan chwalu'r glwyd heb unrhyw drafferth. Gwyliaf hi'n mynd, tan fod y golau'n diflannu rownd y gornel. Trof, yn disgwyl gweld Caio gerllaw, ond sdim arwydd ohono yn unman. Galwaf ei enw gwpwl o weithiau, ond sa i mo'yn denu sylw, felly yn y pen draw penderfynaf ddychwelyd i'r pentref ar fy mhen fy hun.

Cadwaf i'r cysgodion a cherdded yn ôl tua'r maes parcio. Mae gen i ryw gof o'r trac sy'n arwain o'r topiau ac i lawr i ganol y pentref, ond y gwir yw nad oes modd i fi fynd ar goll heno, gan fod y fflamau'n dal i godi o'r clwb islaw yn y dyffryn, felly dw i'n anelu am yr anrhefn, heb wybod yn iawn beth i'w wneud nesaf. Dw i'n meddwl am fynd ar drywydd Nantlais, er mwyn gwneud yn siŵr nad yw e'n dianc yn ei hofrennydd. *Rhaid* iddo dalu am hyn. Ond, ar ôl cerdded am sbel i gyfeiriad y goelcerth, mwyaf sydyn, mae fy nghoesau'n ysigo a rhaid i fi eistedd ar fainc ar ochr y trac. Eisteddaf yno am funud neu ddwy, fy mhen yn fy nwylo a'r egni sydd ei angen arnaf i gario 'mlaen yn pylu â phob anadl. Gwelaf Lowri yn y car, ar ras i gyfeiriad Gerddi Hwyan, gyda Heddlu Porth Glas ar ei chwt. Yna Elinor yn y bŵt yn cael ei thaflu i bob cyfeiriad; ei chleisiau a'i briwiau'n agor a gwaedu fwy fyth. Diolch i'r düwch llethol, ni chlywaf y camau'n agosáu o'r tu ôl. Teimlaf ergyd ar gefn fy mhen, yr adar yn trydar, y byd yn tywyllu â'r sêr yn troelli fel caleidosgop cosmig rhwng fy nghlustiau.

Ffau

"Matthew Poole, syr. Ond Pooley o'dd pawb yn 'i alw fe. Total nut-job. Psycho llwyr. Yn sicr ar ryw sbectrwm. Nath e neud fy mywyd i'n uffern yn yr ysgol pan o'n i'n tyfu lan. Real bastard bach cas. Ofn neb, ar wahân i'w dad. Apparently. Ddim hyd yn oed yr athrawon. Gadawodd e'r ysgol cyn diwedd y flwyddyn gynta a sa i 'di gweld na chlywed dim amdano fe ers 'ny."

Trodd y chief i edrych ar ei ddirprwy. "Pam adawodd e'r ysgol?"

"Cafodd e'i ddiarddel, syr." Ni soniodd Rol yr un gair am y rôl a chwaraeodd ef yng nghwymp y bwli.

"Third strike?"

"Mwy fel thirtieth strike, syr."

"A ti'n siŵr mai fe yw e?"

"Dim amheuaeth. Ma'i wyneb e wedi'i ysgythru ar fy isymwybod, syr. Ei lygaid. A'r ffrecls dros ei drwyn a'i fochau. Ac o'dd e'n hercan wrth gerdded hefyd, achos gafodd e polio neu rwbeth pan o'dd e'n fach." Tawelodd Rol wrth gofio. Er i Pooley ddiflannu hanner ffordd trwy ei ail flwyddyn yn Ysgol Uwchradd Gerddi Hwyan, byddai Rol yn cael ei atgoffa ohono bob tro y byddai rhywun yn defnyddio'i lysenw. *Skidpants. Skiddy-skiddy-skidpants. Skidpants Price.* 'Skid' fuodd e am flynyddoedd wedyn 'ny, tan iddo ddianc i'r brifysgol a dod o hyd i pwy oedd e unwaith eto.

"Lle a'th e?"

"At ei fam-gu, fi'n meddwl. Lawr West rhywle. 'Na beth glywes i, ta beth."

"Fi 'di tsheco'r gofrestr etholiadol, syr," ymunodd DS King yn y sgwrs. "So fe 'di byw yng Ngerddi Hwyan ers un naw naw dau, sy'n cyd-fynd â beth ddwedodd ei fam-gu wrthon ni. Ma gen i gyfeiriad iddo fe yn Arberth, ond so fe 'di bod fyna ers blynydde chwaith, yn ôl yr hen fenyw ar y ffôn hanner awr yn ôl."

"Ei fam-gu?"

"Ie. Mrs Irma Poole."

"So, ble ma fe?"

"Dim syniad. Diflannodd ei dad, Dave Poole, yn naw deg pump. Ro'dd e'n byw yn Arberth gyda'i fam a'i fab tan hynny."

Cododd DCI Colwyn ei aeliau ar hynny. "O's ffeil ar yr achos?"

"Na."

"Pam?"

"Nath neb reportio'r peth, syr. Yn ôl Mrs Poole, roedd e'n mynd a dod o hyd, ac yn diflannu am wythnosau ar y tro," esboniodd Kingy. "Fi'n credu bod hi'n gwbod ei fod e'n fyw. 'Na'r argraff ges i, anyway."

Ysgydwodd y chief ei ben ar hynny, wrth i lwybr arall gau o'u blaenau.

"Brodyr neu chwiorydd?"

"Unig blentyn, syr," atebodd Rol.

"Beth am 'i fam?"

"Dyna sy'n ddiddorol, syr," atebodd Kingy.

Sythodd cefn y chief ar glywed hynny.

"Chi'n cofio Mary Francis?"

"Fi'n cofio'r enw…"

"Hi o'dd yr hen fenyw fusneslyd 'na nath 'yn rhoi ni ar drywydd Jack Williams, y milwr. Y meddwyn."

"Reit, reit. Beth amdani?"

"Hi yw mam Matthew Poole, syr."

Pefriodd llygaid DCI Colwyn ar glywed hynny. "Wel, beth yn y byd y'ch chi'n neud fan hyn, 'te?" gofynnodd yn anghrediniol.

"Aros am warant, syr," atebodd Rol.

***

Â'r warant yn eu gafael, teithiodd Rol a Kingy i gyfeiriad Heol Gilwern. Roedd hi'n agosáu at bedwar y prynhawn a'r nos yn cau amdanynt. Roedd gwresogydd y car yn chwythu aer cynnes o'u cwmpas a gweddillion yr eira yn slwj brwnt ar ochr y ffyrdd.

"Fi methu credu hyn, ti'n gwbod," meddai Rol. Roedd yn beio'i hun am beidio â gwneud y cysylltiad, er nad oedd yn cofio cwrdd â Mrs Francis yn blentyn chwaith.

"Paid beio dy hun," darllenodd Kingy ei feddyliau. "Do'dd dim byd i neud i ni amau Mrs Francis pan ddiflannodd Nicky. Alibi cadarn. Neb arall, yn sicr dim mab wedi cofrestru i'r cyfeiriad. Hi a'i gŵr wedi gwahanu. Cyfenw gwahanol. Fi'n amau y bydd hi'n gallu'n helpu ni o gwbl. Ar ôl siarad â'i fam-gu e gynne, sa i'n credu bod Matthew Poole wedi gweld lot fawr ar ei deulu dros y blynydde."

"Falle wir, ond..." tawelodd geiriau Rol, a thonnodd yr hunanatgasedd drosto. Petai ond wedi mynd 'nôl at y tapiau ynghynt, roedd siawns y byddai Ceri Lloyd dal yn saff gyda'i rhieni, a Pooley eisoes o dan glo am yr hyn a wnaeth i Nicky Evans.

"Fuckin' hell, Rol, dere nawr. Ma suspect 'da ni. Ma enw 'da ni. Ma'r rhwyd yn cau am Matthew Poole. Mater o amser yw hi nawr. Jyst mater o amser."

"'Na'r un peth sy ddim 'da Ceri Lloyd, Kingy. Amser."

Teithiodd y ditectifs mewn tawelwch yn ystod gweddill y daith. Fflachiodd delwedd ym mhen Rol: pâr o sliperi siec treuliedig wrth ddrws patio Mrs Francis. Sliperi oedd, heb os, yn perthyn i ddyn. Diawlodd Rol ei ddiofalwch. Wrth gwrs, roedd hi'n hawdd edrych yn ôl a meddwl sut gallai fod wedi gwneud pethau'n wahanol. Roedd yn difaru peidio â mynnu bod SOCO'n cribo pob gardd gefn yn ôl y drefn, yn hytrach na'r ali'n unig, er y gwyddai y byddai sicrhau warant i wneud hynny wedi bod bron yn amhosib, heb unrhyw fath o dystiolaeth, amgylchiadol neu gorfforol, i gysylltu'r preswylwyr â'r drosedd yn y lle cyntaf.

Cnociodd Rol ar y drws ac agorodd Mrs Francis e bron ar unwaith, fel petai wedi bod yn gwylio'r ditectifs yn cyrraedd. Gwahoddodd nhw i mewn yn gwrtais i gyd, a mynd ati i wneud paned bob un iddynt ar ôl iddyn nhw dderbyn ei chynnig, ac aeth Rol yn syth at wraidd y mater.

"Matthew Poole, Mrs Francis. Eich mab. Y'ch chi'n gwbod lle ma fe?"

Ni wingodd yr hen wreigan o gwbl wrth glywed yr enw. Yn hytrach, gwawriodd golwg drist ar draws y rhychau dwfn ar ei hwyneb. Ysgydwodd ei phen yn araf. "Na'dw. Sa i 'di gweld Matty ers blynydde maith."

"Pryd yn *union*?" gofynnodd DS King.

"Wel nawr, gadewch i fi feddwl." Sipiodd Mrs Francis ei the yn bwyllog a gwneud sioe o geisio cofio. "Y Nadolig cyn dwetha, fi'n meddwl, neu falle'r un cyn 'ny hyd yn o'd. Sa i'n rhy siŵr. Fi'n mynd yn hen," gwenodd arnynt. "Ac ma'i visits e mor anghyson. Ma fe ond yn dod 'ma pan ma angen arian arno fe, ond sdim lot 'da fi i roi, fel chi'n gallu gweld."

Yn unol â'u hyfforddiant, gwyliodd y ditectifs Mrs Francis yn ofalus wrth iddi siarad, gan chwilio am unrhyw arwydd ei bod yn ceisio'u twyllo. Ond doedd yna'r un. Un ai roedd yr hen fenyw yn gelwyddgi o'r radd flaenaf, neu roedd hi'n dweud y gwir.

"Ydych chi'n gwbod ble ma fe 'di bod yn byw? O's rhif ffôn 'da chi iddo fe?"

"Ma fe'n byw gyda'i fam-gu. Neu o leia, 'na lle o'dd e'n byw y tro dwetha i fi 'i weld e."

"Eich mam-yng-nghyfraith, Mrs Francis?"

"*Cyn*-fam-yng-nghyfraith, plis ditectif!" ebychodd, gan wenu wrth ddweud 'ny. "Sa i hyd yn o'd yn gwbod os yw hi'n dal yn fyw a dweud y gwir. Rhaid bod hi yn 'i nawdege erbyn hyn. Gadawes i Davey, tad Matty, dros dri deg mlynedd yn ôl, a sa i 'di gweld Irma ers 'ny. Mae'n byw yn Arberth. Neu o'dd hi o leia."

"Ni wedi siarad gyda hi'n barod," esboniodd Kingy.

"Beth am ffôn symudol?"

"Sdim un i ga'l 'da fi, pam?"

"Dim 'ych un chi, Mrs Francis. O's ffôn symudol gyda Matthew?"

"Ma'n siŵr bod 'na. Ma un 'da pawb dyddie 'ma."

"Ar wahân i chi, Mrs Francis," medd Rol â gwên ffeind.

"Ar wahân i fi," gwenodd Mrs Francis yn ôl. "Ond sdim rhif ffôn 'da fi iddo fe, na."

"Ma 'da ni warant i chwilio'r tŷ a'r ardd, Mrs Francis," meddai Rol, gan basio'r ffurflen iddi.

"Dim problem," atebodd, heb edrych ar y gwaith papur. "Sdim byd 'da fi i gwato."

Dechreuodd y ditectifs yn yr ardd, oherwydd ei bod hi'n tywyllu. Roedd sied yng nghornel pella'r petryal a ffens derfyn bydredig, wedi'i gorchuddio gan iorwg, rhyngddi a'r ali gefn tu hwnt. Roedd clwyd yn rhan o'r ffens, ond o archwilio'r clo clap rhydlyd roedd hi'n amlwg na chafodd ei hagor ers amser maith. Roedd pyst concrid ac olion hen ffensys yn rhedeg ar hyd y ffin â'r tai drws nesaf, er na fyddent yn cadw draenog allan, heb sôn am leidr.

"O's allweddi 'da chi i'r cloeon 'ma?" gofynnodd Rol i Mrs Francis, oedd yn sefyll wrth ddrws y patio yn gwylio'r ditectifs wrth eu gwaith.

"I'r sied, o's, ond ddim i'r iet. Sa i 'di agor honna ers blynydde."

Diflannodd Mrs Francis i'r gegin, cyn ailymddangos â'r goriad mewn munud. Diolchodd Rol iddi a throedio'n ôl i lawr y llwybr at lle roedd Kingy'n aros amdano. Roedd y sied yn llanast llwyr a'r trugareddau i gyd wedi'u gorchuddio gan ddwst. Yng ngolau eu fflachlampau, gwelodd Rol a Kingy hen fower rhydlyd, cadeiriau gardd, bwrdd, barbeciw a phentwr o botiau. Ond dim byd amheus.

Roedd yr un peth yn wir am du fewn y tŷ. Aeth Rol a Kingy trwy bob ystafell ar drywydd rhywbeth fyddai'n awgrymu i Pooley fod yma'n ddiweddar. Ond dim oedd dim. Bodolaeth unig ac ynysig oedd bywyd Mrs Francis. Dyna pam roedd hi'n treulio cymaint o amser yn edrych allan o'i ffenest, mae'n siŵr. Er hynny, roedd gan Rol un jocer i'w chwarae.

Wrth baratoi i adael, trodd Rol at wraig y tŷ a gofyn cwestiwn hollol ddirybudd. "Pwy sy bia'r slipers 'na wrth drws y patio?"

Gwyliodd ei hwyneb yn agos yng ngolau llachar y cyntedd.

"Fi," atebodd Mrs Francis ar ôl oedi. "Fy slipers tu fas i yw nhw, pan fi'n rhoi'r dillad ar y lein a brwsio rownd."

"Diolch," meddai Rol, a'i gadael hi fyna. Ond, yn ddiarwybod i Mrs Francis, sylwodd Rol ar y gwingiad lleiaf pan ofynnodd y cwestiwn iddi. Dim byd mawr. Amrantiad hollol reddfol. Ysmiciad anwirfoddol. Ond digon i'w ddarbwyllo nad oedd hi'n dweud y gwir i gyd.

***

Er gwaetha'r ffaith bod gan yr achos darged penodol i'w erlid, o'r diwedd, penderfynodd Rol, fel prif swyddog yr archwiliad, na ddylid rhannu enw Matthew Poole gyda'r wasg a'r cyhoedd.

"Mae 'na bosibilrwydd *go iawn* y bydd e'n diflannu unwaith eto os y'n ni'n rhoi ei enw i'r wasg, syr. A bydd dim gobeth o gwbwl 'da ni i ffeindio Ceri Lloyd yn fyw." Ceisiodd Rol atal ei lais rhag swnio'n rhy erfyniol, ond gwyddai'n reddfol mai dyma'r ffordd orau o weithredu. Roedd Pooley gerllaw, gallai deimlo hynny rywffordd a'r peth diwethaf roedd e eisiau oedd ei orfodi yn ôl i'w guddfan.

Ar ochr arall y ddesg, roedd DCI Colwyn yn nodio'i ben yn araf. Trodd ei olygon at DS King, oedd yn eistedd wrth ochr Rol. "Beth wyt ti'n feddwl?"

"Fi'n cytuno'n llwyr â Rol, syr. So ni mo'yn rhoi braw iddo fe. Ddim nawr bo ni mor agos."

"Ma'r cameras yn eu lle yn barod," esboniodd Rol. "Un yn stafell sbâr Mrs Tucker yn y tŷ gyferbyn a thri arall yn yr ali gefn, dau ar bob pen ac un yn ffilmo cefn gardd Mrs Francis."

"Chi 'di sorto'r warants angenrheidiol?"

"Do."

"Odi hi'n debygol y gwneiff e droi lan fyn 'na?"

"Dales i Mrs Francis yn dweud celwydd, syr. Wrth gwrs, falle'i bod hi'n cael affêr gyda pwy bynnag sy berchen y slipers 'na, a'i bod hi'n treial cyfro am hynny, ond sa i'n credu 'ny am eiliad."

"Dyma'r brêc go iawn cynta ers sbel, syr," ychwanegodd Kingy. "Rhaid i ni neud popeth gallwn ni i ddod o hyd i Ceri."

"Iawn," cytunodd y chief. "'Newn ni gadw'r enw a'r lluniau'n ôl am nawr. Ond os na fydd dim wedi newid erbyn y penwythnos, bydd rhaid i fi ailystyried y sefyllfa, ok."

"Diolch, syr," cydadroddodd y partneriaid, cyn codi ar eu traed a gadael.

Aeth y ddau o swyddfa DCI Colwyn i'r trydydd llawr, ac un o'r ystafelloedd cyfarfod oedd bellach yn cael ei thrawsnewid yn ystafell wylio dros dro. Yno, roedd Sarjant Amy Fowler wrthi'n gorffen gosod y cyfarpar: pedwar monitor cyfrifiadur 32 modfedd mewn rhes ar ddesg lydan a'r pedwar camera o Heol Gilwern yn bwydo iddynt yn uniongyrchol. Dangosodd y Sarjant i'r ditectifs sut i glosio a thynnu allan o'r lluniau, cyn gadael nhw i'w gwaith. Tra gwyliodd Kingy'r sgriniau, treuliodd Rol yr awr nesaf yn llunio rota ar gyfer gwylio'r delweddau byw, cyn cysylltu â'r swyddogion perthnasol er mwyn eu hysbysu o'r hyn oedd i ddod. Ar ôl hynny, ffoniodd Sabre Security, y cwmni preifat oedd yn gyfrifol am gamerâu cylch cyfyng y dref. Ers y cawlach ar gychwyn archwiliad Nicky Evans, roedd gweithdrefnau'r cwmni wedi newid yn helaeth ac roedd swyddog ar ddyletswydd trwy'r nos a'r dydd bellach. Heb rannu gormod o fanylion, esboniodd Rol y sefyllfa wrth reolwr y cwmni a addawodd wneud popeth yn ei allu i helpu'r heddlu y tro hwn. Gwyddai Rol ei fod yn rhoi ei holl wyau mewn un basged, ond yn anffodus dim ond un wy oedd ganddo. Doedd dim syniad ganddyn nhw lle roedd Pooley'n cuddio, felly doedd dim amdani ond gwylio eiddo ei fam a gobeithio am y gorau.

Rol a Kingy gymerodd y shifft nos gyntaf, â Kingy'n gwylio i gychwyn a Rol yn hanner cysgu ar y soffa gerllaw. Yn y byd rhyfedd hwnnw rhwng cwsg ac effro, dychwelodd Rol i'w blentyndod. I'r ysgol at Lowri i gychwyn, yna at gwmnïaeth Carl a Ger ac ymlaen at Pooley yn ei hela ar ddwy olwyn. Ac yno, trwy'r cyfan, yng nghysgodion aneglur ei isymwybod, roedd Nantlais yn llechu, yn gwylio popeth o'r cysgodion fel rhyw ellyll hollwybodus. Fel arfer, pen y daith oedd twneli Porth Hwyan, ond dihunodd Rol cyn i atgof mwyaf erchyll ei fywyd danio yn ei gof.

"Unrhyw beth?" gofynnodd i Kingy.

"Fuck all," oedd yr ateb.

***

Aeth tri diwrnod a thair noson heibio heb frathiad, ac roedd unrhyw obaith o faglu Pooley yn pylu â phob awr oedd yn pasio. Gyda'r penwythnos yn agosáu, gwyddai Rol bod angen gwyrth bellach, oherwydd byddai'n rhaid rhyddhau enw'r drwgdybiedig a'r delweddau ohono i'r wasg cyn bo hir, dydd Llun fan bellaf, er mwyn osgoi cyhuddiadau o ddiffyg tryloywder.

Yn annisgwyl, ond eto'n gwbl galonogol, daeth yr alwad am chwarter wedi un y bore. Roedd Rol yn cysgu'n drwm yn y gwely a Lowri'n gwneud yr un peth wrth ei ochr, ei bola fel awyrlong o dan y gorchudd plu-gwyddau. PC Tom Chaplin oedd ar ben draw'r lein, gyda'r newyddion bod Pooley wedi cael ei weld yn yr ali, ar y camera oedd yn ffilmio mynedfa orllewinol y llwybr cefn. Roedd Rol ar ei draed ac allan o'r ystafell cyn i Lowri yngan yr un gair cysglyd. Gwisgodd mor gyflym ag y gallai wrth i Chaplin esbonio'r hyn a welodd.

"O'n i'n gwbod ar unweth ma fe o'dd e, syr. Y ffordd ma fe'n symud, chi'n gwbod."

"Welest ti'i wyneb e?"

"Naddo. Mae'n dywyll, syr."

"Ond ti gant y cant yn siŵr mai fe yw e?"

"Ydw. Ma fe hyd yn oed yn gwisgo cap."

Cyfiawnhaodd hynny benderfyniad Rol i beidio â rhannu'r delweddau â'r wasg, gan y byddai Pooley wedi newid ei wisg o ganlyniad. Ond fel ag yr oedd hi, doedd dim syniad ganddo fod y rhwyd yn cau amdano.

"So, lle ma fe nawr?"

"Sa i'n hollol siŵr, syr."

"Ydy fe wedi mynd mewn i ardd gefn tŷ ei fam?"

"Sa i 'di gweld e ar y camera, syr, ond ma golau newydd fynd mlân yn nhŷ Mrs Francis. Fi'n dyfalu bod e 'di torri ar draws gerddi cefn y cymdogion er mwyn cyrraedd y drws cefn. Fel wedoch chi'r diwrnod o'r blaen, syr, ma'r iet gefn ar glo, felly rhaid iddo fe ga'l access rywffordd arall, reit."

"Reit. Beth ti'n gallu gweld ar y cameras nawr?"

"Dim byd rownd y cefn, ond ma golau'r cyntedd mlân yn y tŷ. A'r landin 'fyd. Newydd ddod mlân."

"Ok. Fi ar fy ffordd. Ffonia fi os o's unrhyw beth yn digwydd."

Ymhen pymtheg munud, roedd Rol yn eistedd yn ei gar yn cadw llygad ar ben gorllewinol yr ali, a Kingy yn ei gar yntau ar yr ochr arall. Roedd y ddau dditectif mewn cysylltiad â'i gilydd, yn ogystal â chyda Tom Chaplin yn yr ystafell wylio yn yr orsaf, oedd yn gwylio blaen y tŷ a'r glwyd yng nghefn yr ardd. Ni ddigwyddodd unrhyw beth am awr gyfan ac roedd y fflasg bron yn wag pan glywodd lais PC Chaplin yn galw, rhyw dinc o gyffro yn amlwg yn y tôn.

"Ma'r gole newydd ga'l 'i ddiffodd, syr, ond so fe 'di dod mas trwy'r drws ffrynt."

"Unrhyw beth ar y camera cefn?"

"Dim byd. Falle'i fod e wedi mynd i gysgu yn y tŷ, syr?"

"Falle wir," cytunodd Rol, y siom a'r rhwystredigaeth yn corddi yn ei fol. Yna, gwelodd y cap yn llechu yn y cysgodion. "Aros funud. Fi'n gallu gweld e nawr. Ma fe newydd adael yr ali a throi i'r gogledd ar Heol Isaf." Rhynnodd Rol pan welodd Pooley o dan olau'r stryd. Cofiodd y tro diwethaf y gwelodd e – y gwaed, y grasfa, y gwella hir ar ôl gadael yr ysbyty. Peth hawdd oedd dychmygu ei fod yn llofrudd, o gofio faint o fwystfil oedd e yn ei arddegau cynnar.

"Ti'n mynd i'w ddilyn e?" gofynnodd Kingy.

"Na. Dim eto. Rhaid i ni fod yn glyfar. Ni mo'yn iddo fe'n harwain ni'n syth at Ceri, felly so ni mo'yn iddo fe wbod bo ni ar ei ôl e."

"Be sy 'da ti, 'de?"

"Fi mo'yn i ti yrru lan Heol Cadnant a troi i'r dde i Llannon Road," clywodd Rol injan car ei bartner yn tanio, cyn iddo orffen y cyfarwyddyd hyd yn oed. "Tro i'r chwith i Heol Isaf wedyn, a dylset ti weld y dyn ei hun. Ma fe ar ochr chwith y ffordd ar hyn o bryd."

"Roger that," meddai Kingy. "Ond beth os nad yw e 'na?"

"Bydd e ddim yn bell. Ond ma 'da fi back up plan hefyd. Cadw'r sianel ar agor, ok. Ti 'fyd, Tom. So fe'n mynd i ddianc heno." Roedd system gyfathrebu BMW Rol yn soffistigedig tu hwnt, ac yn galluogi galwadau cynhadledd i hyd at wyth o bobl. Ac er nad oedd Rol erioed wedi defnyddio'r system o'r blaen, roedd yn falch iawn ohoni heno.

Ffoniodd Rol swyddog Sabre Security ac ymhen llai na munud roedd Matthew Poole yn cael ei hela o bell, yn hollol ddiarwybod iddo. Pasiodd DS King ef yn ei gar, yn union lle roedd Rol yn disgwyl iddo fod, ac yna cymerodd Dave, y swyddog CCTV, yr awenau, gan ddilyn Pooley ar ei daith.

Taniodd Rol ei gar a dechrau gyrru'n araf i'r gogledd, gyda chyfarwyddiadau Dave yn ei dywys ar drywydd ei brae. Dechreuodd ddychmygu sut y byddai'n ymateb o ddod wyneb yn wyneb â bwystfil ei blentyndod, ond rhoddodd y cart yn ôl y tu cefn i'r ceffyl, er mwyn canolbwyntio ar y dasg wrth law.

"Ma fe newydd droi i Heol y Dderwen," torrodd llais Dave ar draws ei fyfyrdodau.

"Heol y Dderwen?" Synnwyd Rol, a fflachiodd delwedd o seler Mr a Mrs Parri o flaen ei lygaid.

"'Na lle ma'r Lloyds yn byw, nagyfe?" gofynnodd Kingy.

"A'r Parris," atebodd Rol. "Ble ma fe'n mynd, Dave?"

"Ma fe newydd droi off y ffordd, lan y footpath. Sdim cameras 'da ni ffor 'na. Fi 'di colli fe. Sori, syr," medd Dave, gan ddisgwyl cael llond pen yn ôl.

"Paid poeni am y peth, ti 'di neud job gwych. Ac anyway, fi'n gwbod lle ma fe'n mynd."

***

Roedd y ditectifs ill dau wedi parcio'u ceir a gwisgo'u cotiau trwm mewn llai na phum munud, a Rol yn gwybod eu bod nhw wedi achub y blaen ar y dihiryn. Fe fyddai'n cymryd o leiaf bymtheg munud iddo gyrraedd y fan hon wrth ddilyn y llwybr troed o Heol y Dderwen, heibio i'r cwrs golff ac i fynd dros yr hen drac trên i'r goedwig oedd yn amgylchynu Porth Hwyan.

"Beth yw'r plan?" gofynnodd Kingy, wrth ddilyn Rol ar hyd y llwybr lleidiog, ei anadl yn gadael ei geg fel mwrllwch. Roedd hi'n noson oer a chymylog, yr eira'n crensian o dan eu traed a'r coed fel cefnlen theatr o'u blaenau.

"Sa i'n gwbod 'to," meddai Rol mewn llais isel dros ei ysgwydd, ei gamau'n cyflymu mewn cytgord â churiad ei galon.

"Pam nag y'n ni'n 'i aresto fe?"

"Ddim eto. Rhaid iddo fe'n harwain ni at Ceri. Ma dal llygedyn o obaith 'i bod hi'n fyw."

"Your call, yn dyfe. Ond gallen ni aresto fe a'i orfodi fe i ddweud wrthon ni lle ma hi."

Anwybyddodd Rol sylw ei bartner. Gwyddai ei fod yn cymryd risg, ond roedd yn fodlon byw gyda hynny. Roedd Pooley ar eu radar, ond roedd dod o hyd i Ceri Lloyd, boed yn fyw neu yn farw, yn bwysicach na dal y dihiryn yn unig.

Gyda'r coed yn eu hamgylchynu mwyaf sydyn, gan ymgodi uwch eu pennau fel côr o gewri'n gwegian yn y gwynt, cododd Rol ei law a gorchymyn i Kingy stopio. Cyrcydiodd Rol wrth fôn coeden dalsyth a gwnaeth Kingy'r un peth. Syllodd y ddau i'r fagddu, eu hanadlu'n gyson ac yn ddigyffro.

"Ti mo'yn sblito lan?" sibrydodd Kingy yng nghlust ei bartner.

Ysgydwodd Rol ei ben a chodi ei fynegfys at ei wefusau er mwyn rhoi taw ar siarad Kingy. Yna, pwyntiodd i'r tywyllwch, i gyfeiriad y trac coedwigaeth dwmp-damp oedd yn hollti trwy'r llystyfiant. Tapiodd Rol ei glust a gorchymyn i'w bartner wrando. Gwnaeth hynny, gan glywed y sŵn traed yn agosáu, yr eira rhewllyd ar lawr yn helpu'r achos, heb os. Ar y gair, gwasgarodd y cymylau fry a datgelu lleuad hanner llawn a silwét Matthew Poole yn hercan i'w cyfeiriad, lai na hanner can llath i ffwrdd.

Yn hollol ddiarwybod iddo, pasiodd Pooley o fewn pymtheg llath i'r partneriaid. Roedd mor agos fel y gallai Rol ei arogli. Yn dawel bach, o goeden i goeden, dilynodd y ditectifs y dyn drwg trwy'r coed – Pooley ar y llwybr, a Rol a Kingy yn y prysgwydd, yn troedio mor ysgafn â'r tylwyth teg. Yn sydyn, cleciodd brigyn i'r chwith ohonynt a throdd Pooley ei ben. Syllodd i'r gwyll am eiliadau oedd yn teimlo fel einioes wrth i'r ditectifs gofleidio pren, ac yna ymddangosodd carw bach yng nghanol y trac, gan leddfu amheuon Pooley a pheri iddo barhau â'i daith.

Ar ôl cerdded fel crancod yn eu cwrcwd am bymtheg munud, roedd cluniau'r ditectifs ar dân. Roedd eu sgidiau'n socian hefyd a'u bodiau bach wedi'u fferru'n llwyr. Yn sydyn, yng ngolau gwan yr hanner-lleuad, sylwodd Rol eu bod nhw mewn llecyn cyfarwydd iawn. Gwelodd geg ogof fas ym môn hen dwmp caregog, y fynedfa bron wedi'i gorchuddio gan lystyfiant a gwreiddiau gwythiennog y dderwen hynafol oedd yn tyfu uwch ei phen.

Camodd Pooley at geg yr ogof. Edrychodd i'r chwith, i'r dde a dros ei ysgwydd, cyn camu i'r bwlch caregog.

Heb air ac yn gwbl reddfol, ffrwydrodd Rol a Kingy o'u cuddfan a'i heglu hi i gyfeiriad yr ogof. Tynnodd Rol fflachlamp o boced ei got a'i thanio wrth redeg. Cyrhaeddodd Rol yn gyntaf, ei bartner yn dynn wrth ei sodlau. Camodd i'r ogof yn disgwyl gweld Pooley'n aros amdano. Roedd Rol yn barod i ymladd. Yn barod i'w ladd, os oedd angen. Gwyddai nad oedd yr ogof yn arwain i unman, oherwydd safodd yn yr union fan ddiwrnodau ynghynt. Ond, roedd yr ogof yn wag a Pooley wedi diflannu. Ymunodd Kingy â Rol yn y ceudwll cyfyng, torch yn ei law yntau'n ogystal. Llenwyd yr ogof â golau llachar, ond nid oedd Pooley ar gyfyl y lle.

"What the fuck?!" gwaeddodd Rol, ei eiriau'n atseinio oddi ar y waliau. Roedd ar fin dyrnu'r mur mewn rhwystredigaeth pan bwyntiodd Kingy ei olau at y llawr, lle gwyliodd y ditectifs y caniau a'r sbwriel yn symud.

"Fyna!" bloeddiodd Kingy ac, heb feddwl ddwywaith, cwympodd Rol ar ei bengliniau a dechrau twrio trwy'r twmpath trwchus o ganiau cwrw rhydlyd ar lawr. Teimlodd yr ochrau miniog yn torri ei groen, ond nid oedd hynny'n ddigon i'w atal heno. Cliriodd y llawr mewn cwpwl o funudau, gan adael dim byd ond mwd a cherrig ar ôl. Pwysodd Rol yn ôl ar ei bengliniau mewn penbleth llwyr. Cododd, ei bengliniau'n stiff a'r sgarlad yn llifo o'i ddwylo. Pwysodd ar y wal, ei ben yn isel rhwng ei freichiau. Anodlodd yn ddwfn.

"FUUUUUUCK!!!!!" atseiniodd y gair yn y gwagle cyfyng. Dyrnodd Rol yr ithfaen a chlywed esgyrn ei ddwrn yn chwalu. Er gwaethaf, neu efallai *oherwydd* y boen aruthrol, cwympodd i'r llawr unwaith yn rhagor. Roedd e'n dechrau cwestiynu ei gallineb, heb sôn am ei lygaid ei hun. Plyciodd ei ffroenau, gan wneud iddo disian yn chwyrn. Llenwodd ei lygaid â dagrau a fflachiodd delwedd ym mhen Rol o gi yn tisian wrth geg yr ogof. Gwawriodd y gwir a gwyddai fod y llawr yn drwch o bupur du. Gallai ei arogli a'i deimlo'n goglais blew ei drwyn. Roedd hon yn hen dacteg oedd yn cael ei defnyddio gan ddynion drwg i gadw anifeiliaid gwyllt, a domestig, i ffwrdd oddi wrth feddi bas mewn coedwigoedd neu ddiffeithdiroedd ym mhob cwr o'r byd. Trodd at ei bartner, yn edrych arno'n llawn pryder. "Welest ti fe'n dod mewn 'ma, reit?"

Nodiodd DS King ei ben. Roedd e'n ei chael hi'n anodd deall y peth hefyd. Ond roedd Rol yn ei cholli hi'n llwyr. Gwyliodd â phryder cynyddol wrth i Rol ddechrau twrio unwaith eto. Crafodd y mwd, ei fysedd yn gadael olion ar lawr fel crafangau cath ar foncyff coeden, cyn troi ei sylw at y pentwr o gerrig oedd yn gorwedd yno hefyd.

Cyn gynted ag y cyffyrddodd ynddynt, gwyddai Rol iddo ddatrys y pos. Nid cerrig go iawn oedd y rhain, ond propiau plastig, tebyg i'r rhai oedd yn cael eu defnyddio i adeiladu rhaeadrau yng ngerddi swbwrbia. Trodd at Kingy, oedd yn dal i anelu ei dorch. Tarodd Rol y cerrig yn ysgafn, fel petai'n cnocio ar ddrws ffrynt hen fodryb.

"Plastig," meddai.

Â'i dorch yn ei geg, ymunodd Kingy â'i bartner ar lawr, ac ar ôl stryffaglan am funud neu ddwy i weithio allan sut i'w symud, llwyddodd y partneriaid i lithro'r cerrig plastig o'r ffordd, i ddatgelu manol yn arwain at dwnnel tanddaearol, oedd yn rhan o rwydwaith yr hen chwarel, heb os.

Heb aros, heb oedi a heb ystyried beth oedd yn ei ddisgwyl o dan y ddaear, suddodd Rol trwy'r twll, gan adael ei bartner yn yr ogof ar ei ben ei hun yn ystyried a oedd unrhyw bwynt galw am gymorth.

Heb Kingy yn gwmni iddo, syrthiodd Rol i'r twnnel ac anelu ei dorch i un cyfeiriad ac wedyn i'r llall. Doedd dim syniad ganddo pa ffordd y dylai fynd, felly diffoddodd y golau ac aros i Pooley wneud y gwaith drosto. I'r chwith, gwelodd olau gwan yn treiddio i'r tywyllwch. I'r dde, doedd dim byd ond tywyllwch. Aeth i'r chwith, ac ymdrechu i fod mor dawel ag y gallai, ond roedd hynny'n gofyn gormod, am fod pob sŵn yn atseinio ac yn uchelseinio o dan y ddaear.

Wrth agosáu at darddle'r golau, gallai Rol glywed cerddoriaeth yn dod o'r ystafell. Arafodd. Gwrandawodd. Johnny Cash. Heb amheuaeth. Un o'i records olaf. Yr un gyda *Hurt* arni. Roedd Rol yn ffan mawr o'r dyn mewn du, ond roedd yr hen Johnny yn apelio at bobl ryfedd iawn hefyd.

Fesul cam babi, nesaodd Rol at y drws. Gallai synhwyro bod Kingy y tu ôl iddo erbyn hyn, a rhoddai hynny hyder iddo. Cyrhaeddodd y drws a gweld ei fod yn gilagored. Yna, aroglodd y mwg sigarét a chnawd yn llosgi. Fflachiodd delwedd o'r artaith y dioddefodd Nicky Evans wrth law y bwystfil yma yn ei ben ac, heb aros i Kingy ei ddal, rhuodd Rol i mewn i'r ystafell a gweld Pooley â'i gefn ato, yn darlun-greithio corff noeth Ceri Lloyd â'i getyn. Cyn i'r arteithiwr gael cyfle i droi i weld beth oedd yn digwydd, roedd Rol ar ei gefn, yn ei wthio i'r llawr ac yn chwalu ei drwyn a'i wyneb yn deilchion ar y concrid. Rhuthrodd Kingy i'r ystafell ac anelu'n syth am Ceri. Gwthiodd fynegfys o dan ei gên, ac yna ar ei garddwrn, ond ni theimlai guriad ei chalon o gwbl. Yna, er ei fod yn teimlo fel ymuno â'r cweir roedd ei bartner yn ei roi i'r bwystfil, gorchfygodd y chwant hwnnw a thynnu Rol oddi arno gerfydd ei ysgwyddau. Plygodd i lawr a throi'r arteithiwr ar ei gefn. Roedd trwyn Matthew Poole fel pancosen, ei wyneb yn drwch o waed, ond y wên ar ei wyneb yn ddigamsyniol.

Edrychodd ar Rol. "Skidpants," sibrydodd trwy'r sgarlad, cyn colli'i ymwybyddiaeth.

Bwystfil

Roedd y bregeth ar ben, er nad oedd DCI Aled Colwyn wedi'i ddarbwyllo'n llwyr bod ei ddirprwy, a eisteddai ar ochr arall y ddesg, wedi clywed yr un gair a ddywedodd. Roedd ei lygaid yn wydrog ac yn wag, a'i drem fel petai'n penetreiddio corff y chief, ac efallai'r wal y tu ôl iddo.

"Ti'n blydi lwcus nad yw e mo'yn mynd â'r mater ymhellach," meddai DCI Colwyn gan ysgwyd ei ben. Wrth gwrs, gallai ddeall pam y gwnaeth Rol golbio Matthew Poole, ond doedd hynny ddim yn ei esgusodi mewn unrhyw ffordd.

Hanner awr wedi dau ar brynhawn dydd Sadwrn oedd hi. Oddeutu tri deg chwech awr ers i Rol a Kingy ganfod ffau danddaearol Matthew Poole a chorff difywyd Ceridwen Lloyd. Roedd ei chelain bellach yn gorwedd mewn cwpwrdd dur gloyw yn elordy Ysbyty Tywysoges Cymru ym Mhen-y-bont ar Ogwr, a Quincy eisoes wedi cwpla'r archwiliad post-mortem. Roedd ei ganfyddiadau, oedd wedi'u hargraffu ar ddarn o bapur ar y ddesg o flaen Rol, yn debyg iawn i ganlyniadau archwiliad Nicky Evans, ond gyda phedwar gwahaniaeth mawr, sef nad oedd Ceri wedi colli ei thafod, ei chlustiau, ei gwallt na'i llygaid. Roedd achos ei marwolaeth yn wahanol hefyd. Cafodd Ceri ei lladd gan 'drawma grym anhygoel' ac roedd ei phenglog wedi ei gracio fel plisgyn wy, er nad oedd modd gwybod i sicrwydd a oedd hi wedi marw cyn neu ar ôl i Pooley ddechrau ei threisio.

Roedd SOCO yn dal i archwilio cuddfan y cipiwr ym Mhorth Hwyan a'r goedwig unwaith eto yn ganolbwynt i sylw'r heddlu. Roedd Pooley bellach mewn cell yng Ngorsaf Heddlu Gerddi Hwyan, ar ôl treulio'r rhan fwyaf o'r diwrnod cynt yn cael triniaeth yn yr ysbyty, o dan oruchwyliaeth agos catrawd fach o gynrychiolwyr Heddlu Gerddi Hwyan. Ailosodwyd ei drwyn ar ôl i Rol ei dorri mewn pedwar man, er nad oedd modd gwneud dim ynghylch y tri dant a gollodd yn ystod y gweir. Erbyn hyn, roedd Pooley'n edrych fel panda diolch i'w lygaid du ond, er gwaethaf y grasfa a'r llanast ar ei wyneb, nid oedd yr arteithiwr fel petai'n dal dig yn erbyn ei ymosodwr. Yn wir, nid oedd yn fodlon siarad ag unrhyw un arall.

"Be ti'n neud o hwn?" gofynnodd y pennaeth a chyfeirio at y llyfr nodiadau oedd yn gorwedd ar y ddesg. Gwelodd lygaid Rol yn ffocysu unwaith yn rhagor, ac yna'i law yn estyn i'w godi. Daeth SOCO o hyd i'r gyfrol yn yr ystafell danddaearol a'i basio at y ditectifs oedd yn archwilio'r achos ar ôl cael eu harswydo gan ei gynnwys. Bodiodd Rol trwy'r cynnwys am y trydydd tro y bore hwn. Ynddo, roedd tablau a rhestrau o enwau, dyddiadau a disgrifiadau manwl o dechnegau arteithio amrywiol, ynghyd â darluniau a diagramau i gyd-fynd â nhw. Er gwaethaf yr erchylltra, doedd dim gwadu bod Pooley yn arlunydd o fri ac roedd ail hanner y llyfr yn debycach i nofel graffig, yn adrodd stori taith bachgen ifanc trwy rhyw fath o isfyd arallfydol, llawn afonydd o waed a lafa, celloedd gorlawn ar y glannau â'u hwynebau ifanc i'w gweld trwy'r barrau yn sgrechen am waredigaeth. Yn y cysgodion, llechai ellyll ac oedolion; arteithwyr digamsyniol y to ifanc. Trodd Rol at y tudalen olaf, lle cyrhaeddai'r afon y môr. O dan y tonnau, roedd mynwent yn ymestyn i'r dyfroedd llwydion ac enwau yn amlwg ar rai ohonynt.

"Gobeithio mai ffantasi yw'r cyfan, syr, yn hytrach na chofnod manwl o'i holl goncwests," atebodd DS King, oedd yn eistedd wrth ochr ei bartner.

"'Na i ofyn iddo fe," meddai Rol. "Ydy fe'n barod i siarad?"

"Ydy. Gyda ti. Ond bydd rhaid i DS King a fi wylio ar y monitors. So fe mo'yn unrhyw un arall yn yr ystafell."

"Pam bod angen ei gwestiynu, syr? Sa i erioed wedi dod ar draws achos mor open and shut o'r blaen."

"Ni mo'yn gwbod ai Nicky a Ceri oedd yr unig rai," esboniodd DCI Colwyn.

"Yn enwedig ar ôl gweld y llyfr 'na," ychwanegodd DS King.

"Digon teg. Ond sa i'n hapus iawn am y peth, syr."

"Jyst paid â'i cholli hi eto. Falle na fydd e mor oddefgar y tro nesa."

"Fe wna i 'ngorau, syr," meddai Rol. *Ond sa i'n gallu addo hynny chwaith,* cyfaddefodd ei isymwybod.

"Beth am Mrs Francis?" gofynnodd Kingy.

"Ma hi 'di cael mynd adre. Am nawr. Bydd hi'n sicr yn cael ei tsharjo am wyrdroi cwrs cyfiawnder a chelu'r gwir wrth yr heddlu, ond fi'n reit hapus nad oedd ganddi unrhyw ran i'w chwarae yn yr hyn ddigwyddodd i Nicky Evans. Rhaid cofio bod ganddi alibi cadarn ar fore ei diflaniad."

"Sa i mor siŵr o hynny, syr." Roedd Rol yn amau bod Mrs Francis yn gwybod mwy nag oedd hi'n honni, ac fe fyddai e'n gwneud pob peth yn ei bŵer i wneud yn siŵr ei bod yn talu am ei rhan yn yr helynt. Wedi'r cyfan, petai'r hen fenyw wedi helpu'r heddlu yn eu hymdrechion o'r cychwyn, yn lle dweud celwydd ar ran ei mab, byddai Ceri Lloyd yn dal yn fyw. Roedd ei gwaed hi ar ddwylo Mrs Francis a dedfryd lem yn ei haros pan fyddai'n mynd o flaen ei gwell. Yn anffodus, nid oedd hynny o unrhyw gysur i Rol. Teimlai fel methiant llwyr. Roedd wedi ffaelu ag achub Ceri o grafangau Pooley a byddai'n gorfod byw gyda hynny am weddill ei oes. Â chalon drom, edrychodd Rol i lawr ar ei ddyrnau. Roedd y creithiau'n amrwd a'r boen yn ei gipio'n syth yn ôl at arteithle Matthew Poole. Fflachiodd delweddau erchyll yn ei ben – corff llipa Ceri Lloyd ac offer arteithio amrywiol, y gwaed wedi sychu'n grimp arnynt. Gallai arogli croen y ferch ysgol yn llosgi hyd yn oed yn swyddfa'r chief. Ac yn gyfeiliant i'r cyfan, Johnny Cash.

"Y peth pwysig yw ein bod ni wedi ei ddal, cyn iddo fe gael cyfle i neud yr un peth eto," meddai DCI Colwyn, gan nodi'r olwg orffwyll oedd wedi ailfeddiannu nodweddion ei ddirprwy.

***

Camodd Rol i'r ystafell holi lle roedd Pooley'n aros amdano; llyfr nodiadau'r llofrudd yn ei law a dim amcan sut i ddechrau ar y cwestiynu. Mewn gwirionedd nid oedd Rol eisiau clywed bod unrhyw ferched eraill wedi cael eu harteithio a'u lladd dros y blynyddoedd. Roedd digon o dystiolaeth ganddynt yn barod i sicrhau dedfryd oes iddo mewn carchar Categori A. Ac er bod posibilrwydd y byddai'r carcharor yn pledio gwallgofrwydd yn ei achos, byddai'n llawer gwell gan Rol ei weld yn pydru mewn cell, yn hytrach nag yn mwynhau cyfforddusrwydd cymharol ysbyty diogelwch uchel.

Roedd garddwrn y dihiryn wedi'i efynnu i'r bwrdd a'i wyneb yn gleisiau i gyd. Er gwaethaf ei sefyllfa a'r olwg oedd arno, gwenodd ar Rol pan ddaeth i mewn, ei ddannedd colledig yn atgoffa Rol o hen biano ei fam-gu. Wrth weld y wên, cododd ysfa ar Rol i'w golbio unwaith yn rhagor. Pa hawl oedd gan hwn i fod mor hapus?

Eisteddodd Rol ar y gadair gyferbyn, gan ddal ati i syllu i fyw ei lygaid wrth wneud. No way bod Pooley'n mynd i'w fygylu heddiw. Rol oedd y bòs yn yr ystafell hon. Gosododd y llyfr nodiadau ar y bwrdd rhyngddynt ac yna trodd at y camera yng nghornel ucha'r ystafell a chodi llaw ar DCI Colwyn a DS King oedd ar yr ochr arall, yn gwylio ac yn gwrando ar bob gair. Trwy'r cyfan, gwyliodd Pooley ei hen gocyn hitio gan wenu. Roedd y weithred yn aflonyddu ar enaid y ditectif, ond ni allai adael i hynny effeithio arno nawr.

"Pum munud wedi tri, prynhawn dydd Sadwrn yr ail ar bymtheg o Ragfyr, dwy fil ac un deg wyth," meddai Rol, gan edrych ar ei oriawr. "Ditectif Sarjant Rolant Price, Heddlu Gerddi Hwyan yn cyfweld â Matthew Poole." Nid oedd angen gwasgu PLAY ar beiriant recordio bellach, am fod y meic ar y camera yn recordio pob gair i ddisg galed yn yr ystafell wylio.

Chwarddodd Pooley'n dawel iddo'i hun, fel petai'r sefyllfa yn hollol abswrd. Ond ni frathodd Rol yr abwyd. Yn hytrach, palodd trwy ei feddyliau yn ceisio dod o hyd i'r ffordd gywir o gychwyn y sgwrs, ond cyn iddo'i ffeindio, achubodd Pooley ar y blaen, gan wneud y gwaith caled ar ei ran.

"Skidpants Price," meddai, ei wên yn ehangu ac yn newid siâp y cleisiau.

Syllodd Rol ar draws y ford, yn gwthio'r ysfa i ymosod arno yn ddwfn i grombil ei fogel.

"Sa i'n gwbod pam ti'n gwenu," meddai Rol ar ôl sbel. "Ti'n mynd i hala gweddill dy oes o dan glo."

"Ma hynny'n wir, wrth gwrs," cytunodd y carcharor. "Ond fi 'di bod yn gaeth trwy gydol fy mywyd, a nawr fi'n rhydd o'r diwedd. Dyna pam fi'n gwenu."

Ystyriodd Rol ei eiriau ond methodd yn llwyr â'u deall.

"Ti mo'yn ymhelaethu?" gofynnodd, er mwyn peidio â chyfaddef hynny.

"Wel," dechreuodd Pooley, gan bwyso'n ôl yn y gadair ac edrych ar y nenfwd polystyren a fu'n wyn unwaith, ond a oedd bellach yn frown golau. "Mewn caethiwed ma rhai pobol yn dod o hyd i ryddid."

Edrychodd Rol arno eto, y casineb yn corddi fwy fyth yn ei fol.

"Dim dyma'r amser i athronyddu. Sdim fuckin ots 'da fi beth ti'n feddwl. Yr unig reswm fi'n eistedd fan hyn yw achos bod fy mòs i ishe gwbod a wyt ti wedi neud hyn o'r blaen. A sa i'n meddwl Nicky Evans chwaith."

"O'n i'n meddwl falle byddet ti'n deall, Skids. Wedi'r cyfan, ti'n gwbod shwt un o'n i pan o'n i'n fachgen."

"O't ti'n seico pryd 'ny a ti'n waeth erbyn heddi."

"Exactly!" ebychodd Pooley, gan bwyntio ar Rol, ei law mewn siâp gwn. "Ges i fy ngeni fel hyn, Rol. Psycho. Loon. Mental case. Nut-job. Beth bynnag ti mo'yn galw fy ''nghyflwr' i. Fi 'di bod yn gaeth i fy natur trwy gydol fy mywyd, ti'n gweld. Does dim dianc. Ti'n methu dianc rhag dy gysgod dy hun, wyt ti?"

Synnodd Rol ar ruglder Matthew Poole. Roedd y bachgen y gallai ei gofio o'r ysgol braidd yn gallu siarad. Sgyrnygu a grwnial oedd ei brif ddulliau cyfathrebu. Ond, wrth gwrs, roedd dros chwarter canrif wedi mynd heibio ers iddo glywed ei lais. Digon o amser i ddarllen ambell lyfr. Digon o amser i fynychu gwersi llefaryddiaeth hyd yn oed.

"Rhyngddot ti a fi, mae'n ryddhad cael fy nal achos sdim amheuaeth bydden i'n neud yr un peth eto."

"A sawl gwaith ti 'di neud hyn yn y gorffennol?"

"Sa i'n gallu cofio. Loads."

Cododd ei ysgwyddau yn ddifater, gan wneud i waed Rol ferwi. Ym myd Matthew Poole, roedd bywyd yn ddiwerth o gymharu â'i chwantau eithafol. Ffrwydrodd Rol ar ei draed, ei gadair yn saethu'n ôl a bwrw'r wal. Tarodd gledrau ei ddwylo ar y bwrdd, tan i'r pren simsan wegian o dan y pwysau. Fel tarw yn syllu ar fatador, boliodd ei ffroenau o dan bwysau ei anadliadau a gallai deimlo'i fochau yn cochi wrth i'w emosiynau wthio i'r arwyneb. Ysai i afael am wddwg Pooley a'i dagu a'i grogi fel y gwnaeth ef i Ceri Lloyd.

Ond, er gwaethaf y bygythiad, roedd Pooley'n dal i wenu ar Rol.

"Ma'u henwau nhw i gyd yn hwnna," esboniodd y carcharor, gan ystumio at y llyfr oedd newydd gwympo ar lawr.

Cododd Rol y llyfr a bodio trwy ei gynnwys unwaith yn rhagor. Amcangyfrifodd nifer yr enwau oedd ynddo. Cant. Yn fras. Roedd y rhestr yn rhedeg yn agos at bedair tudalen.

"Sa i'n dy gredu di. Ma degau o enwau fan hyn."

"Naw deg pedwar," meddai Pooley yn llawn balchder.

"Bullshit!"

"Cyfra nhw."

"Dim 'na beth o'n i'n meddwl. Fi'n credu bod naw deg pedwar yn y llyfr, ond sa i'n credu bod ti 'di lladd nhw."

Unwaith eto, cododd Pooley ei ysgwyddau.

"Ti'n gwbod allwn ni tshecio'r enwau 'ma, 'yn dwyt ti? Missing persons ac ati."

"'Nei di ddim ffeindio nhw ar unrhyw system."

"Fi'n gwbod hynny! Achos bo ti'n llawn cachu."

"Os ti'n dweud."

Tawelodd y sgwrs am sbel. Arafodd calon Rol yn y pen draw, ond roedd ei waed yn dal i ffrwtian. Doedd e ddim yn credu am eiliad bod Pooley wedi lladd dros naw deg o ferched, ond roedd rhywbeth am ei agwedd yn awgrymu nad oedd yr hyn roedd e'n ei honni yn ffantasi llwyr chwaith.

"Lle ma'r cyrff, 'te?"

"Be?" Cododd Pooley ei ben i edrych ar Rol. "Sori, o'n i miles i ffwrdd."

"Os ti *yn* dweud y gwir ac os 'yt ti *wedi* lladd naw deg pedwar o ferched, lle mae'r cyrff?"

Gwenodd Pooley eto, gan wneud i'r ias godi hyd asgwrn cefn Rol.

"Yn cysgu gyda'r fishies."

"Be, pob un ohonyn nhw? Ma hynny'n anodd credu."

"Beth bynnag. Ond fel ti'n gwbod, fi 'di bod yn byw yn sir Benfro ers blynydde, ac ma ca'l gafel ar gwch yn beth hawdd i'w neud lawr fyn 'na."

"Lle yn union ti 'di bod yn byw?"

"Gyda mam-gu."

"Dim dyna wedodd hi wrthon ni."

Gwelodd Rol olwg hiraethus yn cymylu llygaid y carcharor. "Nefoedd ar y ddaear," sibrydodd.

"Beth?" gofynnodd Rol, am nad oedd cweit wedi clywed beth ddwedodd Matthew Poole.

"Fi 'di bod yn byw yn y nefoedd. Neu falle ddim y nefoedd, ond Gardd Eden. Iwtopia. Nirfana. Shangri-la."

Syllodd Rol ar y gwallgofddyn yn eistedd gyferbyn. Ysgydwodd ei ben. Cododd ar ei draed ac edrych at y camera. "Fi 'di ca'l digon o hyn, chief," siaradodd yn syth i mewn i'r lens wrth gamu at y drws. Edrychodd ar ei oriawr. "Terfynwyd y cyfweliad am hanner awr wedi p…"

"Paid mynd, Skid, so ni 'di siarad am Lowri eto." Torrodd Pooley ar draws cyn i Rol orffen y frawddeg, gan fynnu sylw'r ditectif wrth yngan enw ei wraig. "Fi'n siŵr bod ti'n falch 'mod i fan hyn, nawr bod un bach ar y ffordd."

"Shwt ti'n gwb…"

"Fi'n gwbod lot amdanot ti, Skidpants," torrodd Pooley ar draws unwaith eto, ei wên yn herio Rol i ymateb. Camodd y ditectif at y dihiryn, ei ddyrnau'n dynn wrth ei ochr.

"Ti'n gwbod *dim* amdana i!" poerodd Rol y geiriau dros ei gyn-gyd-ddisgybl, cyn troi i gyfeiriad y drws er mwyn cael osgoi 'chwaneg o ffwlbri.

"Fi'n gwbod 'nest ti fwynhau ga'l dy ffwcio'n rhacs yn y twnnel 'na ym Mhorth Hwyan, 'nôl pan o't ti yn y chweched," meddai Pooley, y gorfoledd yn glynu wrth bob gair.

Caeodd y niwl coch yn fantell chwim am Rol. Trodd a llamu i gyfeiriad y llofrudd. Torrodd yr ergyd gyntaf ei drwyn am yr eildro mewn llai na deuddydd, ac erbyn i DCI Colwyn a DS King hyrddio trwy'r drws lai nag ugain eiliad yn ddiweddarach, roedd Matthew Poole yn gorwedd mewn pwll o waed ar lawr, ei law yn dal yn sownd yn y bwrdd, a Rolant Price yn penglinio ar ei ben, ei ddyrnau fel driliau ffordd niwmatig yn chwalu esgyrn wyneb yr arteithiwr yn enw pob plentyn roedd e wedi ei gam-drin.

Tynnodd Kingy ei bartner oddi ar y carcharor a'i wthio allan o'r drws, tra pengliniodd DCI Colwyn wrth ochr Pooley a gwrando ar guriad ei galon. Yn ffodus i Rol, roedd yn dal i guro. Ond nid oedd hynny'n ddigon i fodloni ei fòs.

"Cer gatre, Rol!" bloeddiodd. "Cer o 'ma! Be sy'n blydi bod arnot ti, myn?"

Aeth Kingy yn gwmni iddo i'r maes parcio, lle gwyliodd ei bartner yn gwagio cynnwys ei fflasg boced mewn un go, a dyrnu drych-asgell car oedd wedi'i barcio gerllaw, cyn camu i'r Beamer a gyrru i ffwrdd heb edrych i'w gyfeiriad. Safodd DS King yno am funud, gan wrando ar seiren ambiwlans yn agosáu i gludo Matthew Poole yn ôl i'r ysbyty ac ystyried ai dyma oedd diwedd gyrfa Rolant Price. Doedd dim amheuaeth bod llofrudd Nicky Evans a Ceri Lloyd yn haeddu cweir, ond byddai'n wyrth petai'r arteithiwr yn gadael i Rol gael getawê ar ôl y fath grasfa. Yr ail mewn dau ddiwrnod.

30

Paid Symud, Paid Gwneud Sŵn

Bythefnos ar ôl cael canlyniadau fy arholiadau TGAU, mae'r haul yn tywynnu ar y gwyliau haf hiraf i fi erioed eu cael, a'r dyfodol yn llawn posibiliadau. Diolch i'r ffaith i fi gael pump A, pump B ac un C, gallaf ddewis bron unrhyw dri phwnc i'w hastudio yn y chweched, ond dw i eisoes wedi penderfynu a dweud y gwir. Am dri rheswm, dw i'n mynd i astudio Llenyddiaeth Saesneg. Yn gyntaf, achos bod fi'n caru darllen; yn ail, achos bod Mrs Thomas, pennaeth yr adran, yn athrawes wych sydd hefyd â soft-spot am Rolant Price; ac yn drydydd, achos bod Lowri'n bwriadu astudio'r pwnc. Dwedodd hi wrtha i pan weles i hi ddiwethaf ac, er ei bod hi'n mynd mas gyda rhyw foi o'r enw Zac sy'n mynd i Maesteg Comp, mae'r addewid o fod yn yr un dosbarth â hi ar gyfer un pwnc hyd yn oed, yn ddigon i wneud i fi edrych ymlaen at y gwersi'n barod.

Mae pethe wedi newid lot i fi yn ystod y flwyddyn ddiwethaf. Ar wahân i fy llysenw hynny yw, er mae 'Skid' mae pawb yn fy ngalw i erbyn hyn, yn hytrach na 'Skidpants'. Fi 'di prifio o fod yn blentyn geeky ac ansicr i fod yn ddyn ifanc sy'n gallu tyfu pâr teidi o sidies erbyn hyn hyd yn oed. Fel y rhan fwyaf o 'nghyfoedion, mae 'ngwallt i'n hir ac yn hongian fel cyrtens hyd at fy ysgwyddau, gan adlewyrchu steil arwyr cerddorol y cyfnod. Yn fy achos i, Shaun Ryder, Alex James, Bobby Gillespie a Kurt Cobain. Mae cwpwl o fois wedi torri eu gwallte fel Jim Bob o Carter The Unstoppable Sex Machine, ond bydde Mam ddim yn gadael fi mas o'r tŷ yn edrych fel 'na. Nantlais yw un o'r rhai sydd wedi penderfynu dynwared Jim Bob, a rhaid cyfaddef ei fod e'n edrych yn hollol cŵl. Rhywbeth arall sydd wedi newid dros y misoedd diwethaf yw 'mod i a Nantlais nawr yn ffrindiau da. Ni wedi closio diolch i chwaeth gerddorol tebyg, ein hoffter o seidr gwyn ac, ers cwpla ein harholiadau, smocio ffags. L&Bs, Benny lungbusters, Marlboro full-hits, Embassy Number Ones, beth bynnag sy'n mynd â'n sylw ar silffoedd lliwgar y siop. Mae'r ddau ohonon ni'n bwriadu astudio Daearyddiaeth gyda'n gilydd yn y chweched, er bod Nantlais yn mynd i astudio tri phwnc arall ar ben hynny, sef Mathemateg, Cemeg a Ffiseg. Fi'n credu mai'r unig reswm mae e'n mynd i astudio Daearyddiaeth yw achos bod fi'n gwneud. Hobi yw'r pwnc iddo fe, achos mae ei ddyfodol e'n mynd i ymwneud â'r gwyddorau, sdim amheuaeth o hynny. Cafodd Nantlais un ar ddeg A yn ei TGAU.

Ers gorffen fy arholiadau, dw i wedi bod yn gweithio'n rhan-amser yn y siop ardd lle mae Dad yn ddirprwy reolwr erbyn hyn. Gibson's Garden Village yw enw'r lle, ac mae fy nyletswyddau'n cynnwys dadlwytho loriau, gosod nwyddau ar lawr y siop a helpu cwsmeriaid i gario pethe trwm i'w ceir. Mae'n waith caled ac mae'r cyflog yn shit, ond er gwaethaf hynny, dw i'n reit flysh ac mae 'nghyhyrau yn ffyrfach. Fel Bruce Lee. Wel, dim cweit.

Y trydydd pwnc fi'n mynd i astudio yw Troseddeg, neu Criminology fel ma unrhyw un call yn galw'r pwnc. Yr unig reswm fi'n gwybod mai 'troseddeg' yw'r term Cymraeg yw achos i fi gyfarfod â Mr Edwards, yr athro newydd, cwpwl o ddyddiau yn ôl, mewn diwrnod agored yn yr ysgol i'r rheiny sy'n meddwl dychwelyd i'r chweched. A dim Lefel A yw'r cymhwyster chwaith, ond rhyw ddiploma newydd sydd gyfwerth ag un Lefel A o ran pwyntiau prifysgol. Dim fy mod i cant y cant eisiau mynd i'r coleg chwaith. Y rheswm fi eisiau astudio'r pwnc yma yw achos fy mod i'n ystyried gyrfa gyda'r heddlu, er sa i wedi datgelu hynny wrth unrhyw un eto, ddim hyd yn oed fy rhieni.

Ond ta waeth am hynny, sa i mo'yn meddwl mwy am yr ysgol. Mae dwy wythnos ar ôl cyn dychwelyd, a sa i'n gorfod gweithio tan ddydd Llun. Dw i'n codi'n hwyr ac yn gwybod cyn camu i'r toiled bod y tŷ yn wag. Fi'n golchi ac yn gwisgo'n glou – siorts hir, army surplus, a chrys-t Pills 'n' Thrills and Bellyaches – ac yn dod i lawr y grisiau gan gael pip yn nrych y cyntedd. Mae 'ngwallt yn anniben, ond felna'n union dw i mo'yn iddo edrych. Mae nodyn wrth Mam ar y bwrdd brecwast, yn dweud wrtha i ei bod hi a'r hen ddyn wedi mynd i weld ffrindiau yn Abertawe ac na fyddan nhw adref tan heno. Dw i'n bochio bowlen o Rice Krispies tra bod y tecell yn berwi, ac yna'n mynd â phaned o de i'r ardd er mwyn cael smôc yn yr heulwen. Mae'n chwilboeth yn barod, a so hi hyd yn oed yn un ar ddeg eto. Fi'n eistedd ar fainc yng ngwaelod yr ardd, yng nghysgod onnen aeddfed a sied Dad, sy'n llawn offer gwrywaidd. Gallaf glywed o leiaf ddau gymydog yn torri'r lawnt, ond mae ein patsyn bach ni'n dwt ac yn daclus achos ymdrechion diweddar Dad. Sa i'n deall yr obsesiwn canol oed â lawntydd stribedog, ond rhaid cyfaddef fod ein gardd ni'n edrych yn reit drawiadol. Dad sy'n gyfrifol am y gwaith cynnal a chadw; Mam sy'n delio â'r estheteg. A diolch i waith dad mewn canolfan arddio, mae'r borderi'n pingo â blodau o bob lliw, a'r gwenyn yn brysur eto heddiw. Fi'n gosod fy nghwpan ar y fainc ac yn tanio lungbuster, gan sugno'r mwg yn ddwfn i fy 'sgyfaint. Mae'r nicotin yn achosi pendro sy'n para am gwpwl o eiliadau, ond fi'n reidio'r don ac yn dod allan ar yr ochr arall wedi ymlacio'n llwyr. Ar ôl gorffen, dw i'n taflu'r stwmp dros y wal i'r ali gefn ac yn dychwelyd i'r tŷ, gan glywed y ffôn yn canu yn y cyntedd.

"Helô?" atebaf, gan glywed llais Nantlais ar y pen draw. Sa i wedi ei weld ers dros wythnos, gan ei fod wedi bod lawr West yn aros gyda'i dad-cu a'i fam-gu, ond ry'n ni'n trefnu i gwrdd mewn awr. So Nantlais yn byw yn bell i ffwrdd, er bod yr ystad o dai pâr, ble mae e'n byw, fel byd arall o gymharu â'r stryd o dai teras sy'n gartref i fi. Mae gan Nantlais ardd ffrynt a chefn, dreif â lle i ddau gar a thoiled ar y llawr gwaelod, a phan dw i'n cyrraedd ar fy meic mewn awr, gwelaf fy ffrind yn camu trwy'r drws ac yn gweiddi dros ei ysgwydd.

"Gweld chi heno, Wncwl Dai."

Mae ei feic yn pwyso ar y wal, yn aros amdano.

"Iawn, Rol?" Mae'n fy nghyfarch.

"Olreit, Nant," atebaf. "Ti'n ok? Shwt o'dd Sir Benfro?"

"Epic. Hollol epic," gwelaf ei lygaid yn pefrio, ond so fe'n ymhelaethu.

"Be ti mo'yn neud?"

"Sa i'n bothered, rili. O's rhywun arall o gwmpas?"

"Dunnow."

"Neithiwr ddes i adre, a ti yw'r person cynta i fi siarad ag ef."

"Ti mo'yn mynd i'r traeth? Bydd y lle'n pingo â hotties heddiw."

Mae gwên yn lledaenu ar hyd wyneb fy ffrind a'i lygaid yn dawnsio'n llawn disgwyliad.

"Good call, Rol. Ti'n gwisgo tryncs?"

"Na, ond ma'n nhw yn y bag."

"Rho eiliad i fi then," a gwyliaf Nantlais yn dychwelyd i'r tŷ i gasglu pac.

Y traeth agosaf at Erddi Hwyan yw Rest Bay, ger Porthcawl, ac er ei bod hi bach o boen tin cyrraedd 'na, dw i'n gwybod bydd e werth yr ymdrech heddiw. Yn gyntaf, ry'n ni'n reidio'n beics i'r orsaf drenau yng nghanol y dref, ac yna'n cael ein cludo i'r Pîl, trwy Faesteg, Tondu a Sarn, ar gerbyd hanner llawn, gan sefyll yr holl ffordd er mwyn gwneud yn siŵr nad yw ein beics yn cwympo. Er ein bod yn sefyll wrth y drws i ystafell y gyrrwr, ac er bod y tocynnwr yn cerdded heibio i ni dair gwaith yn ystod y daith, so fe'n gofyn am gael gweld ein tocynnau ac felly sdim rhaid i ni dalu ceiniog. Mae hynny'n arwydd da, a ry'n ni'n seiclo'r tair milltir ddiwethaf, am nad oes gorsaf drenau wedi bod ym Mhorthcawl ers hanner canrif, ac yn dilyn y ffordd sy'n mynd â ni trwy Cynffig er mwyn osgoi prysurdeb dydd Sadwrn tref Pen-y-bont.

Mae'r traeth yn orlawn pan ni'n cyrraedd, y llanw ar y ffordd allan, a'r tonnau, oherwydd y gwynt cryf sy'n chwythu o gyfeiriad y de-orllewin, yn ddigon i ddenu degau o syrffyrs i'r môr. Ry'n ni'n cloi ein beics i'r ffens wrth orsaf y life-guards ac yn cerdded i lawr y llithrfa at y tywod. Ni'n anelu i'r dde, gan gadw at ymyl y creigiau, ein llygaid yn crwydro y tu ôl i'n sbectols haul, yn sganio'r cyrff coch-frown a'r wynebau pinc am unrhyw un cyfarwydd. Yn anochel, ry'n ni'n dod ar draws grŵp o ferched o'n blwyddyn ysgol; ffrindiau Lowri fel mae'n digwydd, er nad yw hi yma. Ni'n stopio am sgwrs ac yn mynd trwy'r mosiwns. Fi'n gwybod bod Nantlais wedi snogio o leiaf dwy ohonynt ers iddo orffen â Lowri llynedd, ond sdim diddordeb gyda fe heddiw. Mae ei agwedd yn gwbl ddigyffro, tan fod Bethan, chwaer fach Heledd, a'i ffrind yn ymddangos yn ein plith, yn diferu fel môr-forwynion ar ôl bod am ddip yn y dŵr. Mae'r ddwy ohonynt ar fin dychwelyd i flwyddyn pedwar ac mae Nantlais yn bywiogi'n syth wrth eu gweld, gan fflyrtio'n gwbl agored.

Sa i'n meddwl mwy am y peth ac, mewn munud neu ddwy, ni'n gadael nhw iddi ac yn symud ymlaen, gan osod ein tywelion ar lawr, rhyw ganllath ymhellach ar hyd y traeth. Ry'n ni'n eistedd i lawr ac yn tanio sigarét bob un. Gwelaf lygaid Nantlais yn crwydro'n ôl i gyfeiriad y merched, a Bethan yn chwifio arno.

"Ma'r Bethan 'na'n dechre aeddfedu," mae fy ffrind yn dweud, yn gwbl ddifater.

"Aye," cytunaf. "Ond ei di ddim yn bell gyda merched blwyddyn tri."

"Ti byth yn gwbod, though, wyt ti? Ti'n clywed rumours..."

"Pa rumours?"

"Sa i'n gwbod. Jyst rumours."

Ni'n gorffen ein sigaréts a'u claddu yn y tywod, ac yna mae Nantlais yn estyn ei warfag, gwên slei ar ei wep.

"Edrych beth sy 'da fi," meddai, gan dynnu potel fodca o'i fag. Un tshep yr olwg sy'n gwneud i groen gŵydd godi ar hyd fy nghorff. Dw i'n dechrau cael panig ar unwaith, gan nad ydw i'n hoff o wirodydd. Galla i ddal fy seidr yn reit dda, a dw i 'di cael digon o ymarfer dros y ddeufis diwethaf, ond mae fodca yn fater hollol wahanol. Yr unig dro i fi yfed fodca oedd ar noson ein canlyniadau TGAU, ac o'n i'n sic dros bob man. Roedd Nantlais yno'n gwmni i fi yn yr ardd gwrw, wrth gwrs, er nad yw fel petai'n cofio beth ddigwyddodd. Sdim rhyfedd am hynny a dweud y gwir, achos roedd pawb yn gwbl gaib.

"Fi'n casáu fodca."

"Paid bod yn soft," yw ateb dirmygus Nantlais. Dw i'n ei wylio'n agor y top ac yn yfed llond ceg, sy'n gwneud i'w wyneb ymwingo. "Cym," mae'n mynnu pasio'r botel i fi.

Yn anfodlon, dw i'n gafael ynddi, ac yn ei chodi at fy ngheg, gan arllwys yr hylif i lawr fy nghorn gwddf. "Fuck!" ebychaf unwaith eto, wrth i fy ngwyneb nydd-droi a gwres y gwirod ruo trwy 'nghorff cyfan.

"'Na ti," medd Nantlais, gan gymryd y botel unwaith eto.

Ry'n ni'n cymryd swig bob un eto, ac yna ni'n mynd i nofio. Byddai Mam ddim yn hapus o gwbl, ond mae 'na gymaint o bobl yn y dŵr bas ac achubwyr bywyd yn gwylio o'r lan, byddai hi bron yn amhosib boddi yma heddiw.

Wrth gyrraedd y môr, dw i'n gweld bod Bethan a'i ffrind yn y dŵr yn barod, y ddwy yn arnofio ar eu cefnau, rhyw hanner can llath o'n blaen. Mae'n bosib cerdded allan yn bell yn Rest Bay, cyn eich bod chi mas o'ch dyfnder, a dyna'n union beth ni'n ei wneud. Er ei bod hi'n ganol mis Awst, mae'r tonnau cyntaf sy'n torri dros ein coesau a'n canol yn ddigon oer i wneud i fi eisiau troi am 'nôl, ond ar ôl eiliad neu ddeg, dw i'n dod i arfer, ac yna ni'n plymio o dan yr arwyneb ac yn nofio allan at y merched. Mae Nantlais yn anelu'n syth at Bethan ac yn dechrau ei swyno'n gwbl ddiymdrech, er bod hynny'n hawdd pan y'ch chi'n siarad â merched ifancach na chi. Er nad oes lot o brofiad yn y maes 'da fi. Dim ond tair merch dw i wedi'u cusanu go iawn a sa i wedi mynd lot pellach na hynny. Mae Nantlais yn honni iddo fynd yr holl ffordd gyda Lowri, er ei bod hi'n gwadu hynny'n llwyr, o beth fi'n deall. Wrth i Nantlais hudo Bethan, dw i'n mân siarad â'i ffrind, Chloe. Mae hi'n mynd i Ysgol Uwchradd Gerddi Hwyan hefyd, er nad ydw i wedi ei gweld hi o amgylch y lle. Neu, o leiaf, ddim wedi sylwi arni. Mae hi yng nghanol dweud wrtha i am ei gwyliau haf yn Florida, sy'n esbonio pam bod ei chroen mor frown, pan mae Bethan yn dechrau sgrechen.

"Beth ti'n neud?!" mae'n gweiddi.

"Paid!" mae'n pledio.

"Naaaaaa!!!!!" mae'n mynnu, cyn datglymu o grafangau Nantlais a nofio yn ôl i'r lan.

Mae Chloe'n mynd ar ei hôl, a Nantlais yn eu gwylio nhw'n mynd.

"O't ti'n iawn, Rol," mae'n dweud o'r diwedd, sy'n gwneud i fi deimlo'n sâl.

Wrth gerdded yn ôl at ein tywelion, gwelaf Lowri'n cerdded law yn llaw â rhyw fachgen anghyfarwydd. Rhaid mai Zac yw e. Yn ei board-shorts blodeuog, â'i wallt melyn yn tonni dros ei ysgwyddau brown-ddu, mae e'n sicr yn *edrych* fel rhywun o'r enw Zac. Sa i'n tynnu sylw Nantlais, gan fod fy ffrind yn gallu bod bach yn weird pan y'ch chi'n codi'r pwnc ac, er fy mod i eisiau siarad â hi, i gael trochi yn ei hyfrytwch, fel petai, y peth gorau i'w wneud nawr yw cael smôc arall a gobeithio y byddan nhw'n pasio heb ein gweld. Ni'n tanio L&B bob un ac yn gadael i'r haul a'r awel ein sychu a'n crasu. Mae Nantlais yn estyn y fodca unwaith eto ac yn yfed yn drachwantus o'r botel. Dw i'n gwneud yr un peth, gan ddechrau magu blas mwyaf sydyn. Wel, o leiaf sa i wedi bod yn sic dros y lle.

"Fuck!" ebycha Nantlais. "'Drych," mae'n defnyddio'r botel i bwyntio at ei gyn-gariad a'i sboner newydd.

"Ti mo'yn dweud helô?" gofynnaf, ond mae hwyliau Nantlais yn tywyllu mewn clic camera.

"No way!" Mae'n poeri ei ateb, cyn ychwanegu "bitch" o dan ei anadl.

Mae'r botel fodca'n wag erbyn diwedd y prynhawn, a'r daith feics 'nôl i orsaf y Pîl yn ymdrech anferthol; y ddau ohonon ni'n igamogi'r holl ffordd, ac ambell gar yn canu corn yn grac wrth basio. Sa i'n gallu cofio'r siwrne drên hyd yn oed ac, erbyn cyrraedd Gerddi Hwyan, dw i'n barod i fynd i'r gwely yn y gobaith o fod yn ddigon sobor i wynebu fy rhieni pan gyrhaeddan nhw adre'n hwyrach heno.

"Paid mynd 'to," mae Nantlais yn pledio wrth i ni wthio'n beics ar hyd y platfform.

"Fi'n hollol fucked," atebaf. "Bydd Dad yn mynd yn nuts os fydd e'n gweld fi fel hyn."

Ond so Nantlais yn gwrando. "Dilyn fi," mae'n mynnu. "Ma gen i rywbeth i ddangos i ti."

Gan ddiawlo o dan fy anal, dw i'n gwneud fel mae fy ffrind yn gorchymyn, ac yn ei ddilyn ar hyd strydoedd y dref, tua'r gogledd ac i gyfeiriad Porth Hwyan a'r goedwig sy'n amgylchynu'r ardal. Sa i 'di bod 'ma ers sbel, ond sdim byd wedi newid o beth wela i. Mae'r coed yn dal yn wyrdd, y twneli yn dal yn dywyll a phobl yn cerdded eu cŵn fan hyn fan draw. I fod yn onest, sa i'n gallu bod yn bothered o gwbl, ond mae Nantlais yn dwyn perswâd arna i a dw i'n ei ddilyn i un o'r twneli.

Mae Nantlais yn arwain y ffordd i'r düwch, ein traed yn crensian ar y sbwriel teilchion ar lawr – caniau cwrw a phop, poteli gwydr, teiars, trolis a phob math o bethe eraill. Er fod yr haul yn dal i dywynnu tu allan, mae hi fel y fagddu mewn fan hyn, so dw i'n falch pan mae Nantlais yn tynnu torch o'i warfag i oleuo'r ffordd. Mae'r ffaith fod ganddo dorch o gwbl yn fy nharo braidd yn rhyfedd, ond caiff y teimlad hwnnw ei gladdu wrth i Nantlais ddechrau siarad.

"Ma 'na rwydwaith o dwneli, ti'n gwbod."

"Fi *wedi* bod yma o'r blaen," atebaf yn swta.

"Fi'n gwbod, ond pa mor bell ti 'di mynd? Pa mor ddwfn?"

Sa i'n ateb achos sa i wedi bod yn bell o gwbl. Mae'r lle'n rhoi'r creeps i fi, er nad ydw i'n mynd i gyfaddef hynny fan hyn.

"Ma map gyda fy wncwl, o'i amser yn gweithio yn y pwll. Des i 'ma gyda fe. Dangosodd e le rili cŵl i fi lawr fan hyn."

Dw i'n dilyn ei gamau heb fawr o frwdfrydedd. Mae fy mhen yn dechrau brifo a fy llygaid yn ei chael hi'n anodd ffocysu wrth i olau'r fflachlamp ddawnsio oddi ar y waliau llaith a'r to tywyll.

"Check it out!" medd Nantlais, wrth gamu o'r twnnel i ystafell hir trwy ffrâm drws gwag ar yr ochr dde.

Sa i'n gwbod pam ei fod mor hapus o fod 'ma achos sa i'n impressed o gwbl. Mae'r lle'n drewi o amonia i ddechrau, sy'n golygu bod rhywun, neu rywbeth, yn defnyddio'r lle fel tŷ bach. Ar ben hynny, mae 'na sbwriel dros y llawr i gyd. Yr un hen bethau. Beth yn y byd sy'n bod ar bobl? Go iawn nawr. Mae un o'r waliau wedi'i gorchuddio â graffiti. Wel, dim graffiti-graffiti, fel y'ch chi'n gweld ar drenau yn Efrog Newydd na dim fel 'na, jyst delweddau cyntefig sy'n dweud dim byd o werth.

Mae Nantlais yn estyn leitar o'i boced ac yn cynnau pedair cannwyll sy'n sefyll mewn cilfachau bach yn y wal.

"'Na le o'n nhw'n arfer rhoi'r lamps," mae Nantlais yn esbonio.

Yn y lled-dywyllwch, dw i'n gweld bod dwy hen gadair blastig mewn un cornel, yn sefyll wrth fwrdd sydd wedi gweld dyddiau gwell. Mae Nantlais yn eistedd ar un ohonynt, yn estyn tun tybaco o'i fag ac yn mynd ati i rolio sbliff.

"Ti byth wedi smocio ganj?" mae'n gofyn ac, er nad ydw i wedi gwneud o'r blaen, sa i eisiau cyfaddef hynny am ryw reswm.

"Do, cwpwl o weithiau," dw i'n dweud, ond unwaith eto, so Nantlais yn gwrando mewn gwirionedd.

"Ges i hwn wrth fy wncwl wythnos dwetha. Lawr West. Squidgy black ma'n nhw'n galw fe."

"Yr unig beth fi 'di gael yw soapbar," meddaf, gan fy mod wedi clywed pobl eraill yn sôn amdano.

"A fi cyn wythnos dwetha, ond ma'r stwff yma lot gwell, gei di weld nawr. Ti'n rholio fe fel sosej. Dere, eistedd lawr. Make yourself at home."

Dw i'n gwneud ac yn gofyn: "O's rhywbeth i yfed 'da ti? Fi'n sychedig."

"Oes. Tango. Edrych yn y bag."

Dw i'n estyn y botel ac yn agor y top. Mae'r swigod yn mynd i bobman a 'mysedd yn stici i gyd wedi gorffen. Dw i'n diawlo dros bob man ac mae Nantlais yn chwerthin. Er bod gan y mwg melys sy'n codi o'r sbliff rywbeth i wneud â'i hwyliau da hefyd.

Ar ôl pwffian am beth amser, mae Nantlais yn pasio'r mwgyn i fi. Dw i'n tynnu arni, y mwg heb ei hidlo yn llosgi cefn fy ngwddf ac yn gwneud i fi dagu dros bob man. Clywaf Nantlais yn chwerthin, ond dw i'n difaru ar unwaith, gan fod y mwg a'r fodca'n cyfuno i wneud i 'mhen droelli ac i'r cyfog godi. Llwyddaf i stopio fy hun rhag chwydu, ond dw i'n gwybod un peth yn reddfol, *rhaid* i fi adael yr ystafell ma; *rhaid* i fi ddianc rhag clostroffobia gorchfygol y gell danddaearol. Dw i'n ceisio codi ar fy nhraed ond mae'r byd yn troi a fy llygaid yn colli ffocws.

"Rol!" clywaf lais fy ffrind trwy'r niwl.

"Fi'n goro mynd," dw i'n llwyddo i yngan, cyn baglu i gyfeiriad y drws.

"Aros i fi, mýn!" medd Nantlais, gan godi a gafael yn ei fag, a chipio'r blaen arna i er mwyn arwain y ffordd.

Dw i mor chwil fy mod i'n gorfod dal llaw Nantlais er mwyn ei ddilyn, ond ar ôl gadael yr ystafell ochr ac ailymuno â'r twnnel go iawn, so ni'n mynd yn bell tan fy mod i'n teimlo llaw ddieithr yn gafael yn fy ngwar ac yn fy nhynnu o afael fy ffrind. Dw i'n sgrechen fel merch, sy'n gwneud i Nantlais stopio a throi i wynebu'r ymosodwr, ond pan mae'r bwystfil yn ceisio gafael ynddo yntau hefyd, mae Nant yn ei heglu hi o 'na, ei draed braidd yn cyffwrdd â'r sbwriel ar y ffordd allan.

Yn ddealladwy, dw i'n dal i sgrechen, ond dw i'n stopio'n ddigon cyflym pan glywaf lais garw'n dweud "Paid symud, paid gwneud sŵn" yn fy nghlust.

Dw i'n cofio arogli chwisgi ar ei anadl.

Dw i'n cofio gweld Nantlais yn diflannu ym mhen pella'r twnnel, heb edrych yn ôl.

Dw i'n cofio'r dwylo garw yn rhwygo fy nhrowsus at y llawr.

Dw i'n cofio poen y penitreiddiad.

Dw i'n cofio'r gwaed yn llifo'n araf i lawr fy nghluniau.

Dw i'n cofio'r cywilydd a'r dioddef mewn tawelwch.

Chwalfa

Dihunodd Lowri ar doriad gwawr yn gorwedd ar ei chefn. Roedd ei bola beichiog bron yn cyffwrdd â'r nenfwd a'i gwefusau'n grimp ar ôl noson o gysgu â'i cheg yn llydan agored. Teimlodd y gwely â'i llaw ac, er nad oedd Rol yn hepian wrth ei hochr, nid oedd hynny'n anghyffredin y dyddiau hyn. Yn rhy aml o lawer, byddai'n dod o hyd iddo yn y lolfa neu'r snyg, yn chwyrnu ar ei eistedd ar ôl chwalu potel arall o pwy a ŵyr beth. Roedd ei phledren bron â bosto, felly cododd o'r gwely, cymalau ei choesau'n crecian a bôn ei chefn ar dân o dan bwysau aruthrol y babi. Â'r dyddiad geni lai na mis i ffwrdd nawr, ysai am gael ei wthio allan i'r byd. O leiaf wedyn, byddai modd i rywun arall rannu'r baich gyda hi. Rol yn benodol, wrth gwrs, er bod heriau lu gan ei gŵr i'w goroesi cyn y byddai'n barod i fod yn fwy o help nag o rwystr. Eisteddodd ar y badell a gadael i'r hylif lifo ohoni. Dylyfodd ei gên ac agor ei llygaid yn eang. Roedd llwydni'r gaeaf yn treiddio i'r ystafell trwy'r ffenest Velux yn y to. Gwyliodd Lowri'r cymylau tywyll yn gwibio heibio ar ochr arall y gwydr, a chael ei hudo gan eu siapiau a'u cyflymder. Syllodd ar yr awyr tan i'w gwddf stiffáu ac i lif y dŵr ddod i ben. Ceisiodd ddefnyddio papur tŷ bach i sychu'r diferion ond, yn y pen draw, siglodd ei thin, gan fod hynny'n llai o ymdrech. Camodd at y sinc a golchi ei dwylo. Teimlodd y gwres canolog yn twymo ei thraed wrth iddi frwsio'i dannedd. Gwisgodd ei gwn-nos ac anelu am y gegin, lle llenwodd y tecell yn barod am baned cyntaf y dydd. Wrth i'r tecell ferwi, aeth i chwilio am Rol. Doedd dim sôn amdano yn unman. Aeth i'r garej i weld a oedd wedi pasio mas yn ei gar, fel y gwnaeth rai wythnosau ynghynt, ond nid oedd y Beamer yn ei le arferol. Dychwelodd i'r gegin ac arllwys dŵr berwedig dros fag o Lapsang Souchong, neu 'Te To Gwellt', fel y galwai Rol e. Dyma oedd unig flys anarferol ei beichiogrwydd. Ni allai esbonio pam ei bod yn dwlu cymaint ar y math hwn o de, ond dyma'r *unig* fath roedd hi wedi ei yfed ers misoedd bellach. Roedd rhywbeth hudol am yr arogl; y pŵer i'w thywys ar ei hunion i oes arall, cyn technoleg a gwres canolog, cyn ffenestri gwydr dwbl ac oergelloedd llawn cynnyrch llaeth. Neu, dim *oes* arall, efallai, ond *lle* arall. Sain Ffagan. Trip ysgol. Bwthyn tywyll. Tân agored. Caeodd ei llygaid wrth i'r persawr mawnog lenwi ei ffroenau. Yna, estynnodd ei ffôn o boced ei gwn-nos a galw Rol. Clywodd ei lais ar y peiriant ateb. Doedd dim byd rhyfedd am y ffaith nad oedd wedi dod adref neithiwr a dweud y gwir achos roedd e'n aml yn gweithio trwy'r nos pan fyddai hynny'n angenrheidiol. Ond, *roedd* hi'n rhyfedd nad oedd wedi ei ffonio neu anfon neges destun. Hyd yn oed yng nghanol corwynt yr achos cyfredol, byddai wastad yn gadael iddi wybod os na fyddai'n dod adref. Roedd posibilrwydd nad oedd yn gallu ateb yr alwad oherwydd ei fod mewn cyfarfod neu'n cynnal cyfweliad, felly bodiodd Lowri neges destun gyflym yn gofyn iddo ei ffonio ar y cyfle cyntaf. Heb feddwl mwy am y peth, aeth â'i the i'r gawod, lle golchodd ei gwallt a gweddill ei chorff, cyn mynd i wisgo. Wedi gwneud, dychwelodd i'r gegin i gael brecwast a throi'r radio 'mlaen mewn pryd i glywed newyddion wyth. Hanes Ceri Lloyd a Matthew Poole oedd yr ail stori, yn dilyn y bolocs diweddaraf am Brexit. Rhoddodd Lowri bwt i'r radio. Nid oedd eisiau meddwl am y peth. Gallai gofio Pooley'n iawn o'i phlentyndod ac roedd hynny'n ddigon i'w harswydo hyd yn oed heddiw. Aeth â'i thost i'r lolfa, er mwyn gorwedd ar y soffa a darllen pennod o'i llyfr. Fel arfer, roedd gwaith i'w wneud, ond gallai hynny aros am hanner awr. Ar ôl gorffen y bennod, edrychodd ar ei ffôn. Dal dim gair wrth Rol. Agorodd ap iMap ar ei llechen er mwyn olrhain lleoliad ei gŵr. Roedd yr ap wedi helpu i roi tawelwch meddwl iddi dros y blynyddoedd a daeth o hyd iddo mewn eiliadau. Porth Hwyan. Doedd dim byd yn rhyfedd am hynny, wrth gwrs, o ystyried rhan ganolog yr ardal yn archwiliadau diweddar Rol a'i dîm, ond gallai Lowri weld iddo gyrraedd ei gyrchfan am hanner awr wedi wyth y noson flaenorol, gan aros yno drwy'r nos, ac roedd hynny yn sicr *yn* anarferol. Cododd ei ffôn a'i alw unwaith eto, y pryder yn dechrau ffrwtian yn ei bol. Dim ateb. Dim syndod, efallai, ond digon i ddarbwyllo Lowri i ffonio'r orsaf heddlu yn gyntaf, lle cafodd ei hysbysu bod Rol wedi gadael y gwaith am bump y noson gynt. Chwyddodd y pryder o ffrwtian i ferwi ar hynny, felly gofynnodd Lowri a oedd modd siarad â DS Richard King. Nid oedd yntau yn y gwaith chwaith, ond roedd Sarjant y Ddesg yn ddigon hapus i rannu ei rif ffôn personol â hi. Atebodd bartner ei gŵr ar y pedwerydd caniad.

"Helô?" gofynnodd â thinc amheus yn ei lais.

"Richard King?"

"Ie, pwy sy'n gofyn?"

"Lowri Price. Gwraig Rolant. Sori i alw mor gynnar, gobeithio 'nes i ddim dy ddihuno..."

Roedd Kingy wedi bod i fyny ers hanner awr wedi pump yn gofalu am ei fambino, ond nid oedd angen rhannu hynny â hon. Ond roedd y ffaith ei bod hi wedi ffonio o gwbl yn destun pryder. Nid oedd hyn yn rhan o brotocol.

"Dim o gwbwl, sut alla i helpu?"

"Da'th Rol ddim gatre neithiwr."

Oh shit! bloeddiodd y llais ym mhen ei bartner.

"Wyt ti 'di siarad gyda fe o gwbwl?"

"Naddo. A so fe'n ateb ei ffôn."

"Reit," nid oedd Kingy'n siŵr beth oedd Lowri eisiau iddo wneud. Yn amlwg, nid oedd hi'n gwybod am y digwyddiad â Matthew Poole na'i ddiarddeliad.

"Fi'n poeni amdano fe. So fe 'di bod yn dda iawn yn ddiweddar. Yfed gormod. Pwysau gwaith. Ti'n gwbod."

Yn well na neb, meddyliodd Kingy.

"Ti mo'yn i fi ffonio'r orsaf a gofyn i rywun i fynd i edrych amdano fe?" Roedd Lucy, ei wraig, yn dal yn y gwely a Kingy'n gyndyn i'w dihuno. Roedd Alwyn wedi bod ar ddihun am oriau yn ystod y nos, a Lucy hefyd o ganlyniad, a doedd Kingy ddim eisiau ei gadael mor gynnar ar ei ddiwrnod bant.

"Na. Fi'n gwbod lle ma fe. Meddwl o'n i... a fyset ti'n dod gyda fi?"

Nid oedd modd i Kingy wrthod ei phle, yn enwedig ar ôl iddi ddatgelu ei leoliad.

Cyrhaeddodd Lowri bymtheg munud yn ddiweddarach, oedd yn ddigon o amser i Kingy ddihuno Lucy â phaned o de a darn o dost. Gwnaeth hynny'r tric hefyd, achos nid oedd ei wraig yn gandryll ei fod yn gadael, yn enwedig ar ôl iddo esbonio'r sefyllfa. Roedd wedi adrodd helynt cyfweliad Rol a Matthew Poole pan ddychwelodd o'r gwaith, ac roedd iechyd meddwl ei bartner wedi bod yn destun pryder mawr, a nifer o sgyrsiau, ers misoedd bellach.

Teithiodd Lowri a Kingy i Borth Hwyan, y ditectif yn gwneud ei orau i ddarbwyllo gwraig ei bartner y byddent yn dod o hyd i Rol heb unrhyw drafferth, gan wybod nad oedd hi'n credu gair. Daethant o hyd i gar Rol ym maes parcio Porth Hwyan. Yn wahanol i'r ceir eraill, oedd yn perthyn i gerddwyr cŵn y cyffinie, roedd BMW Rolant Price wedi'i adael ar ongl anniben, hanner blaen y cerbyd o dan ffrinj un o'r coed bythwyrdd oedd yn amgylchynu'r ardal.

Parciodd Lowri wrth ei ochr. Camodd y ddau i'r bore oer, gweddillion yr eira yn crensian o dan eu traed. "Shit," mwmiodd Lowri o dan ei hanadl tarthog, ar ôl bwrw golwg ar gar gwag ei gŵr. Gyda pheth trafferth, roedd Lowri wedi gwisgo'i welis cyn gadael y tŷ, ynghyd â chot hir gwiltiog, a menig a het wlanog. Er hynny, gallai deimlo'r barrug yn brathu trwy bedair haenen o ddillad. Wrth i DS King gau sip ei got aeafol yntau, edrychodd Lowri ar yr ap olrhain unwaith yn rhagor. Gwyliodd Kingy hi'n gwneud hynny.

"Pa mor fanwl yw'r peth 'na?"

"Reit fanwl, 'drych," daliodd y ffôn i Kingy gael gweld. "Ond sa i 'di bod 'ma ers ages, felly so'r cyfarwyddiade'n meddwl lot i fi."

Craffodd Kingy ar y sgrin, cyn datgan yn hollol bendant: "Fi'n gwbod lle ma fe. Dere." Yna, arweiniodd y ffordd trwy'r coed conwydd ar hyd y llwybr llithrig, gan droedio'n ddigon araf er mwyn sicrhau bod Lowri'n gallu cadw i fyny. Er hynny, roedd cyflwr Lowri'n golygu ei bod yn gorfod aros am hoe fach o bryd i'w gilydd. Arhosodd Kingy amdani yn reit agos at y lle y canfuwyd corff Nicky Evans yn y gwanwyn, er nad oedd unrhyw arwydd o hynny ar gyfyl y lle erbyn hyn.

"Ti'n meddwl bod e yn y twneli?" gofynnodd Lowri ar gyrraedd.

"'Na lle ma'r ap 'na'n awgrymu. A fan hyn nath e…" Tawelodd geiriau Kingy pan wawriodd arno efallai nad oedd Lowri'n gwybod beth ddigwyddodd i'w gŵr.

"*Fan hyn*, fan hyn?" gofynnodd Lowri, gan gadarnhau ei bod hi'n hysbys.

"Fi'n weddol siŵr. I mean, so ni byth wedi trafod y peth na dim, ond gafodd e ryw fath o bŵl pan ddaethon ni yma i chwilio am Nicky."

"Pa fath o bŵl? Wedodd e ddim byd wrtha i."

"Sa i'n gwbod. Aethon ni lawr y twnnel 'na," pwyntiodd Kingy dros ei ysgwydd at y ceudwll canol. "Gath e panic attack achos clostroffobia, falle. Neu flashback i beth ddigwyddodd yn ei blentyndod. Ro'dd e'n taeru iddo weld ffigwr yn ein gwylio ni o ben draw'r twnnel 'fyd, ond sa i'n gwbod beth o'dd yn mynd mlân a dweud y gwir."

"Shit," sibrydodd Lowri, gan syllu i gyfeiriad y twnnel.

"Ac ar ben hynny, cyfeiriodd Matthew Poole at y digwyddiad ar ddiwedd y cyfweliad ddoe, cyn i Rol…" Tawelodd ei eiriau unwaith eto.

"Cyn i Rol *beth*?"

Roedd Kingy'n gyndyn i ateb, ond doedd dim osgoi'r cwestiwn chwaith. "Cyn i Rol roi crasfa arall iddo fe. Cyn i'r chief ei hala fe gytre. Cyn iddo fe gael ei ddiarddel."

"Fuckin hell!" ebychodd Lowri. "Dere," mynnodd, gan arwain y ffordd. Daeth Lowri i stop wrth geg y twnnel canol lle troediodd Kingy a Rol rhyw chwe mis ynghynt, a lle ymosodwyd ar Rol yn ddyn ifanc. "Dylen i fod 'di dod â tortsh," meddai a syllu i'r tywyllwch. "Chi methu gweld dim lawr fan hyn."

"Voilà!" ebychodd Kingy, a thynnu Mini Mag o'i boced. "Batris ffresh bore 'ma 'fyd. Jyst ar ôl i ti ffonio."

Pwyntiodd Kingy'r fflachlamp i'r twnnel, gan ddatgelu môr o sbwriel yn ymestyn tua'r gorwel tywyll.

"Jesus!" ymatebodd Lowri. "Be sy'n bod ar bobol?"

"Ti'n gweld hwnna?" Anelodd Kingy y golau at wal chwith y twnnel, rhyw ugain llath o'u blaenau.

"Beth?" Syllodd Lowri i gyfeiriad y golau.

"Gwaed," medd Kingy. "Dyrnau. Ar y wal." Roedd wedi gweld marciau tebyg droeon yng nghelloedd yr orsaf heddlu.

"A beth yw hwnna fyna?" Pwyntiodd Lowri at ffurf dywyll ar y llawr rhyngddyn nhw a'r marciau gwaedlyd. Symudodd Kingy'r golau at got law gyfarwydd. Ac wrth ei hochr, gwelodd y trowsus, y crys a'r siwmper roedd Rol yn eu gwisgo'r diwrnod blaenorol.

Heb oedi, anelodd Lowri yn syth amdanynt, ei welis yn clecian trwy'r caniau ar lawr a'r sŵn yn atseinio o'i chwmpas yn aflafar.

"Aros!" gwaeddodd Kingy ar ei hôl. "Gad i fi fynd gynta."

Ond ni chlywodd Lowri yr un gair. Cyrhaeddodd y pentwr a theimlo rhyddhad pur mai dim ond dillad Rol oedd yno, yn hytrach na'i gorff.

"Jyst dillad," trodd at DS King, cyn i ddifrifoldeb y sefyllfa ddod yn agos at ei llorio.

"O shit," meddai Kingy, wrth ddod i stop wrth ei hochr, ei gefn yn grwm oherwydd to isel y twnnel.

"Ti'n siŵr mai 'i ddillad e y'n nhw?"

"Ydw. Brynes i'r trwsus 'na iddo fe gwpwl o wythnose'n ôl."

"Lle ma Rol, 'te?" Anelodd Kingy ei dortsh i lawr y twnnel unwaith yn rhagor.

"ROL!" bloeddiodd Kingy.

"ROL!" bloeddiodd Lowri.

Ac yno, yng nghanol y domen sbwriel danddaearol ddi-ben-draw, gwelodd Lowri'r symudiad lleiaf.

"ROL!" gwaeddodd unwaith eto. Roedd y pentwr glas-binc yn gorwedd yn union ger y marciau gwaedlyd ar y wal ac, er ei chyflwr, gwthiodd Lowri trwy'r carthion o dan draed, yr arswyd yn ei gorchfygu wrthi iddi agosáu. Roedd pen a choesau ei gŵr wedi'u claddu o dan y caniau, a'i gefn a'i din yn codi uwchben tonnau'r tuniau, fel morfil cefngrwm oddi ar arfordir Kaikoura.

"Bydd yn ofalus!" gwaeddodd Kingy ar ei hôl.

Ond eto, ni chlywodd Lowri'n un gair. Penglinodd wrth ochr corff noethlymun ei gŵr. Cododd ei ben yn ofalus er mwyn sicrhau ei fod yn gallu anadlu. Os oedd e'n dal i anadlu, hynny yw. Ymddangosodd Kingy wrth ei hochr yn diosg ei got ac yn ei gosod ar lawr y tu ôl i'w bartner.

"Dere, 'newn ni droi e ar 'i gefn," awgrymodd ag awdurdod.

"On three?"

"Iawn."

Ac ar ôl i Lowri gyfri i dri yn gyflym, gwthiwyd corff Rolant Price ar ei gefn, yn araf ac yn ofalus, gan ddod i orffwys ar got aeaf drwchus DS King. Caeodd Kingy'r got amdano a mynd ati i chwilio am guriad calon trwy osod ei fynegfys o dan ei ên.

"Ma fe'n dal i anadlu," medd Kingy. "Tyn dy got a'i rhoi hi drosto fe. A rho dy het am ei ben 'fyd," gorchmynnodd. "Ma fe'n diodde o hypothermia, heb os, felly rhaid ei gadw fe'n dwym tan bod yr ambiwlans yn cyrraedd."

"Lle ti'n mynd?"

"I ffonio ambiwlans. Sdim signal fan hyn."

Hastiodd Kingy tuag at y golau gwan ar ben draw'r twnnel. Gwyddai fod amser yn brin. Diolch i gwrs hyfforddi yn y gorffennol pell, roedd Kingy'n deall bod dadwisgo paradocsaidd a thurio marwol yn symtomau o hypothermia dybryd. Gwyddai hefyd fod ôl y dyrnau gwaedlyd ar y wal o ganlyniad i ddryswch, gwallgofrwydd ac anhrefn ymladdgar, y cyfan yn gysylltiedig â chamau hwyraf hypothermia. Wrth gyrraedd pen draw'r twnnel, gobeithiodd nad oedd hi'n rhy hwyr i Rolant Price.

Gwiriodd ei ffôn.

Gwelodd y bariau.

Galwodd am gymorth.

32

Haeddiant

Dw i'n dihuno mewn caban anghyfarwydd, fy migyrnau a 'ngarddyrnau wedi'u clymu'n dynn at y gadair fetel dw i'n eistedd arni. Cable ties diwydiannol sy'n tynnu gwaed wrth i fi stryffaglu'n reddfol wrth weld fy mod wedi fy nghaethiwo. Mae'r cur yn fy mhen y tu hwnt i unrhyw boen dw i erioed wedi'i brofi o'r blaen, tra bod fy ngheg yn sychach na chynnwys potelaid o hoff Sauvignon Blanc fy ngwraig. Codaf fy mhen yn araf, gan edrych o gwmpas. Mae'r weithred yn boenus, ond rhaid i fi geisio gafael mewn rhyw gyd-destun. Dw i'n ystyried gweiddi am help, ond beth fyddai'r pwynt? Dw i'n gweld Caio mewn cell. Cell nad oes raid i fi ei dychmygu bellach. Cell dw i wedi'i gweld â fy llygaid fy hun. Cell sydd wedi cadarnhau gwirionedd yr holl honiadau hynod. Cell sy'n golygu 'mod i wirioneddol mewn peryg. Dw i'n delio â dihirod difrifol. Dihirod diafolaidd hyd yn oed. Dw i'n ysgwyd fy mhen mewn ymdrech i ddileu'r delweddau ac yn ffocysu ar yr ystafell. Yn wahanol i'r caban lle dw i wedi treulio'r bythefnos ddiwethaf, mae'r un yma'n fwy cartrefol ryw ffordd. Mwy personol. Llai clinigol. Sdim blanced na gobennydd Melin Tregwynt ar gyfyl y lle i gychwyn. Ac yn hytrach na darluniau generig o'r ardal arfordirol sydd ar stepen y drws, mae 'na ffotograffau teuluol mewn fframiau ar hyd y lle. Fframiau bach ar y silffoedd; fframiau mwy o faint ar y waliau. Dw i'n gwybod ar unwaith bod y caban hwn yn eiddo i un o breswylwyr parhaol Porth Glas. Nid Nantlais. No way. So'r caban yn ddigon moethus iddo fe. Un o'r heddweision, mae'n siŵr, o gofio sut y cefais fy ngholbio a'n herwgipio'n gynharach. Edrychaf am gloc, er mwyn ceisio dyfalu pryd bydd Kingy a'r cafalri'n debygol o gyrraedd, ond er fy mod yn gallu clywed tic-tocian yn dod o rywle, sa i'n gallu gweld yr amser yn unman, sy'n awgrymu nad oes trydan o hyd yn y lle 'ma neu byddai'r cloc ar y peiriant DVD o dan y teledu'n tywynnu yn y tywyllwch. Ar ben hynny, mae 'na ganhwyllau'n crynu o 'nghwmpas ac, yn y golau isel, gallaf weld un o'r ffotograffau yn glir, yn hongian ar y wal yn syth o 'mlaen. Yn y ddelwedd, gwelaf Matthew Poole yn ei arddegau, cwpwl o flynyddoedd ar ôl iddo adael Gerddi Hwyan ar gwch yng nghwmni dyn yn ei dridegau, yn sefyll wrth ei ochr ar ddiwrnod braf o haf, ei fraich am ei ysgwydd a gwên lydan ar ei wyneb. Mae'r ddau'n rhannu nifer o'r un nodweddion a dw i'n gwybod ar unwaith mai dyma dad Pooley. Dyma bennaeth Heddlu Porth Glas yn ddi-os, a'r dyn wnaeth fy nhreisio i pan o'n i'n blentyn. Mae'r sylweddoliad yn fy nharo fel ergyd galed i 'nghylla ac, ar ôl anadlu'n drwm mewn ymdrech i dawelu'r syndod, ceisiaf graffu ar y ddelwedd yn agosach, ond yr unig beth sy'n dod o hynny yw ansicrwydd. Ai dyma'r dyn â ddygodd fy niniweidrwydd? Ar yr ailedrychiad, rhaid cyfaddef ei bod hi'n anodd dweud; ond fel ditectif, dw i'n atgoffa fy hun bod fy ngreddfau yn aml yn gywir. Ddim bob tro, wrth gwrs, ond yn ddigon cyson i godi arswyd pan glywaf fwlyn y drws yn troi; y sŵn fel taran yn nhawelwch a lled-dywyllwch y caban pren. Dw i'n gadael i 'mhen ddisgyn ar ongl, yn esgus cysgu ac yn cau fy llygaid mewn ymdrech i ennill rhyw fantais ar fy ngharcharwr. Ac er nad ydw i'n gallu dychmygu dianc o'r fan hyn chwaith, dw i 'di dod yn rhy bell ac wedi gweld gormod i roi'r gorau i geisio. Â fy llygaid ar gau, heb syndod, mae fy meddyliau'n troi ar unwaith at dwneli Porth Hwyan ar y diwrnod hafaidd hwnnw 'nôl yn y ganrif ddiwethaf. Ceisiaf gofio wyneb y treisiwr, ond y gwir yw nad ydw i'n siŵr a welais i fe o gwbl ar y diwrnod o dan sylw. Roedd y twnnel yn dywyll a'r ymosodiad yn gïaidd ac yn gyfan gwbl o'r tu ôl. Yn eironig, gallaf arogli mwsg y rheibiwr – chwisgi rhad, tybaco a chwys; a chlywed ei lais yn atseinio ar hyd y blynyddoedd. *Paid symud, paid gwneud sŵn. Paid symud, paid gwneud sŵn. Paid symud, paid gwneud sŵn.* Ond ni allaf weld ei wyneb, er bod yr holl gysylltiadau a chyd-ddigwyddiadau yn awgrymu'n gryf mai dyma'r dyn dw i wedi bod yn chwilio amdano ers hynny.

Clywaf ddau ddyn yn camu i'r ystafell, eu sgidiau'n clip-clopian ar y llawr pren moel. Dw i'n adnabod llais un ohonynt, tra bod y llall yn achosi croen gŵydd i godi ar draws fy nghorff.

"Co fe."

"Gwaith gwych, Wncwl Dai," atebodd Nantlais, ac yn yr eiliad mae'n ei gymryd iddo yngan y geiriau, mae'n gwawrio arnaf am y tro cyntaf erioed y gwnaeth Nantlais chwarae rhan ganolog yn yr hyn ddigwyddodd i fi yn y twnnel yr holl flynyddoedd yna'n ôl. Peidiwch gofyn sut fethais i wneud y cysylltiad cyn hyn, ond gyda fy llygaid ar gau a 'mreichiau a 'nghoesau'n gaeth i gadair, mae fy ngolygon yn gwbl agored. Roedd e wedi fy arwain i'n syth at fy ymosodwr. Pibydd Porth Hwyan, myn uffach i! Mae'r holl ddigwyddiad yn troi yn fy mhen unwaith eto ac, mewn eiliad o eglurder pur, dw i'n gwybod bod Nantlais hefyd, fel y rhan fwyaf o'r rheiny sy'n cam-drin eraill, wedi dioddef dan law oedolyn pan yn ifanc. Pwy? Sa i'n siŵr. Ond pan y'ch chi'n dod o linach fel ei un yntau, y cwestiwn i'w ofyn yw pwy *na* wnaeth ei gam-drin? Ei dad-cu? Ei fam-gu? Wncwl Dai? Take your pick. Dim 'mod i'n gwneud esgusodion drosto, ond cafodd ei eni yn rhan o gylch dieflig a, phan mae hynny'n digwydd, mae'n anodd iawn torri'n rhydd. Haws o lawer yw ymuno. Haws o lawer yw ymrwymo i'ch ffawd.

Mae un ohonynt yn camu ataf ac yn codi fy mhen gerfydd fy ngwallt. Mae'r boen yn fy synnu, ond dw i'n llwyddo i gynnal fy nhwyll a chadw fy llygaid ar gau. Am nawr. Mae e'n gadael fynd ac mae 'mhen yn cwympo'n llipa unwaith eto.

"Beth 'nes di iddo fe? Ma fe mas ohoni'n llwyr." Nantlais sy'n gofyn y cwestiwn, wrth i'w fynegfys chwilio am guriad fy nghalon o dan fy ngên.

"Baton i gefn ei ben. Dim nonsens."

"Ble ffeindes di fe?"

"Ar fainc wrth y coed, ddim yn bell o'r road-block."

"Beth am Lowri?"

"Do'dd hi ddim gyda fe."

"O's rhywun wedi tsheco'r caban?"

"Oes."

"A?"

"Sdim golwg ohoni yn unman, er bod dillad y ddau ohonyn nhw dal yna."

"Ok. Ma hynny'n awgrymu nad yw hi wedi mynd yn bell o leia. I mean, fuckin hell, ma hi'n feichiog, ar fin blydi borsto 'fyd. *Rhaid* i ni ffeindio hi, Wncwl Dai."

"Fi'n gwbod. Ma cwpwl o fois dal mas yn chwilio amdani nawr, ond ma'r tân 'ma'n cymryd blaenoriaeth. *Rhaid* i ni alw am gymorth, Nantlais, so'r adnodde 'da ni i ddelio â..."

"*Rhaid* i ni ffeindio hi!" Mae Nantlais yn ffrwydro mwyaf sydyn, a chlywaf ei draed yn symud yn gyflym ar draws y llawr i gyfeiriad Dai Poole. "Bydd hi ar ben arnon ni os neith hi adael Porth Glas." Ac er fy mod yn ysu i fwrw golwg arno, i gadarnhau mai y fe yn wir oedd y dyn wnaeth fy nhreisio, brwydraf yn erbyn y chwant i gael pip. "Sneb yn dod i helpu tan ein bod ni wedi ffeindio'r tri ohonyn nhw." Mae clywed hynny'n cadarnhau dau beth, sy'n codi fy nghalon ar unwaith. Yn gyntaf, dyw'r swyddog ar y glwyd ddim wedi dihuno eto, achos y peth cyntaf fyddai e'n gwneud fyddai hysbysu ei uwch-swyddogion bod Lowri wedi dianc. Ac yn ail, mae Caio dal allan yna'n rhywle.

"Ond ni 'di bod yn chwilio am oriau yn barod."

"Fi'n gwbod hynny! Fuckin hell, bydd popeth ar ben arnon ni os na ddewn ni o hyd iddyn nhw. Beth os y'n nhw 'di gadael y safle a mynd at yr heddlu *go iawn*?"

Os yw'r pwyslais mae Nantlais yn ei roi ar eiriau olaf y frawddeg i fod i niweidio ei gyd-gynllwyniwr, nid dyna beth sy'n digwydd. Yn hytrach, mae'r brathiad yn grymuso Dai Poole. "Bydde hyn ddim 'di ddigwydd o gwbwl taset ti heb wahodd hwn i'r pentre," mae geiriau'r heddwas yn cael eu poeri, er nad yw'n codi ei lais. "Beth yn y byd o'dd ar dy feddwl di, e?"

Nid yw Nantlais yn ymateb i hynny. Yn hytrach, clywaf gadair yn cael ei thynnu ar draws y llawr, ac un ohonyn nhw'n eistedd arni. "Ti'n gwbod beth," mae Nantlais yn sibrwd o dan ei anal, fel plentyn swta.

"A ti'n gwbod beth o'n i'n feddwl o dy gynllun! Blydi nonsens. Ti 'di peryglu dyfodol Porth Glas, Nantlais, ac i beth, dwed?"

Nid yw Nantlais yn dweud dim.

"Sdim ateb 'da ti i hwnna, o's e?"

Clywaf Nantlais yn mwmian rhywbeth o dan ei anal, er nad yw ei eiriau yn eglur.

"A beth y'n ni fod i neud â hwn nawr, e?"

Y tro hwn, mae Nantlais yn torri'r mudandod.

"Chi'n gwbod yn iawn beth sy'n rhaid i ni neud."

"No way, Nantlais. No fuckin way. So ni'n gallu lladd plismon."

"Pam ddim? Fe sy 'di rhoi dy fab di yn y carchar am weddill ei oes, ti *yn* gwbod hynny, yn dwyt?"

"Ie wel, dyle Matty ddim fod wedi gadael Porth Glas, dyle fe? O'n ni i gyd yn gwbod beth fydde'n digwydd. Ond 'na'r broblem gyda chi i gyd – so chi byth yn hapus â'r hyn sy 'da chi'n barod. Edrycha beth sy 'da ni fan hyn." Pan mae Dai Poole yn siarad nesaf, mae ei lais yn llawn siom ac anfodlonrwydd. "Ti 'di colli hi'n lân y tro 'ma, Nantlais, os ti'n meddwl mai lladd heddwas *go iawn* yw'r ffordd ymlân."

Mae'n gwawrio arnaf bod Nantlais wedi meddwi ar ei bŵer i'r fath raddau nad yw'n credu bod rheolau cymdeithas yn berthnasol iddo mwyach. Ond wedi meddwl am eiliad, o fy safle ynghlwm i'r gadair, rhaid cyfaddef bod ganddo bwynt efallai.

"Sdim dewis 'da ni, Dai. No way bod Ditectif Rolant Price yn gadael Porth Glas yn dal i anadlu. Ma fe'n gwbod gormod, a phwy a ŵyr beth ma Caio ac Elinor wedi dweud wrtho fe 'fyd. Fi'n gwbod 'i fod e wedi'u helpu nhw. Fi'n gwbod bod e'n gwbod lle ma'n nhw. Digon hawdd rhoi'r argraff iddo gael ei ladd yn y tân."

Mae'r geiriau'n rhewi'r gwaed yn fy ngwythiennau, ac yna clywaf ddrôr yn agor yn y gegin gyfagos a chyllyll a ffyrc yn tincian yn erbyn ei gilydd. Gallaf ddyfalu beth sydd ar fin digwydd. Bron y gallaf deimlo'r gyllell fara'n torri trwy groen fy ngwddwg a'r gwaed yn tasgu fel pistyll dros y wal; bwa rhuddgoch yn dynodi fy anadliad olaf.

"Ma gwn 'da fi, ti'n gwbod," medd Dai Poole.

"Gwell 'da fi ddefnyddio cyllell," daw ateb Nantlais, wrth iddo aileistedd wrth y bwrdd.

"So ti mo'yn gadael gormod o farc cofia."

"'Newn ni losgi'i gorff e'n ulw. Bydd neb ddim callach."

Mae'r tawelwch yn dychwelyd. Mae'r cloc yn dal i dician a, thrwy lygaid cilagored, gallaf weld bod y canhwyllau'n dal i grynu. Yna, yn gwbl annisgwyl, mae'r ystafell gyfan yn goleuo mewn amrantiad wrth i'r trydan aildanio. Yn llawn drama, taflaf fy mhen am 'nôl, fy llygaid yn llydan agored, gan wynebu'r dihirod yn eu llawn ogoniant. Mae'r ddau'n eistedd wrth y bwrdd bwyd: Nantlais yn gafael mewn cyllell finiog, ei groen cyn wyned â gwallt mam-gu, ei lygaid mor goch â chroen y Diafol; Davey Poole yn hŷn o lawer nag o'n i'n ei ddisgwyl, ei 'sgwyddau yn ysigo, gan adlewyrchu straen y sefyllfa. Mae'r ddau'n troi ac yn edrych arnaf, wrth i fi barhau i ffugio, a cheisio tynnu fy nwylo a fy nhraed yn rhydd, fel petawn wir newydd ddihuno. Mae'r ddau'n codi ar unwaith, Nantlais yn camu'n syth ataf, gan ddal y gyllell o flaen fy nhrwyn; a Dai Poole yn gafael yn fy ngwar er mwyn fy stopio rhag symud. Mae ei osgo a'i symudiadau'n canu cloch yn ddwfn yn fy atgofion; ac mae ei eiriau'n cadarnhau fy mod i unwaith eto yng nghwmni fy nhreisiwr.

"Paid symud, paid gwneud sŵn," mae'n hisian yn fy nghlust, a dw i'n gwneud yn union fel mae'n ei orchymyn.

"Ble ma'n nhw?" Mae Nantlais yn poeri, y gyllell fodfeddi o flaen fy nhrwyn.

Er fy mod yn cachu brics go iawn, dw i'n gwenu yn ei wyneb. Beth bynnag sy'n mynd i ddigwydd i fi heno, fi mo'yn iddyn nhw wybod fy mod i wedi chwarae rhan ganolog yng nghwymp eu hymerodraeth.

"Paid fuckin gwenu arna i," medd Nantlais, cyn sleisio fy moch â llafn y gyllell. Yn hytrach na thasgu dros bob man, teimlaf y gwaed yn dripian o'r cwt ac i lawr fy ngên. Mae'r boen yn aruthrol, ond mae'r adrenalin a'r ofn pur yn fy nghynnal ac yn merwino'r wefr bron ar unwaith.

"Ateb y cwestiwn," clywaf Davey'n mynnu dros fy ysgwydd, y taerineb yn ei lais yn rhoi boddhad annisgwyl i fi.

Gwenaf eto, a gwelaf Nantlais yn codi'r gyllell unwaith yn rhagor, ar fin ergydio eilwaith. "Paid!" gwaeddaf, jyst mewn pryd. Mae Nantlais yn oedi, gan aros am fy ateb. "Ma'n nhw wedi mynd," dw i'n datgan a phoeri gwaed dros ei wyneb.

"I ble?" Daw'r cwestiwn gan Dai y tro hwn.

"Wedi gadael. Y tri ohonyn nhw. Ma'n nhw hanner ffordd i Erddi Hwyan erbyn hyn. Bydd yr heddlu *go iawn* 'ma unrhyw funud."

"Bollocks!" ebycha Nantlais. "Sneb wedi gadael y safle."

Mae Dai Poole yn camu at y ffôn wrth ddrws ffrynt y caban, ym mhen draw'r ystafell o lle dw i'n eistedd, a Nantlais yn symud tu ôl i fi, gan ddal y gyllell at fy afal Adda, y dur yn dwym ac yn diferu o waed.

"Be ti'n neud?" gofynna Nantlais.

"Ffonio Steve. Fe oedd ar y glwyd heno."

Mae'r byd fel petai'n stopio troi wrth i'r tri ohonon ni aros am ateb y gwarchodwr.

"Shit!" ebycha Dai Poole a tharo'r ffôn yn ôl i'w chrud yn ffyrnig. "Dim ateb. Be 'neith hi, Nantlais?"

"Fuck!" yw ei ateb, sy'n helpu neb, ond sy'n gwneud i fi wenu.

"Mae'n rhy hwyr, bois bach," meddaf yn gellweirus. "Mae hi ar ben ar..." Mae dwrn Nantlais yn atal llif fy ngeiriau ac yn gwneud i 'nghlust ddychlamu. Mae'r byd yn tywyllu am hanner eiliad, ond dw i ddim yn colli ymwybyddiaeth yn llwyr y tro hwn.

"Bydd rhaid i ti fynd i tshecio," daw ateb Nantlais o nunlle.

"Falle bod Steve wedi mynd i ga'l pisiad," awgryma Dai.

"Neu falle'i fod e'n anymwybodol," bloeddia Nantlais ar yr hen ddyn, ond cyn iddo adael, mae'r ffôn ar y wal yn canu a Dai Poole yn ateb ar yr ail ganiad.

"Steve?"

Dw i'n gwylio'r sgwrs gan wybod yn iawn beth sydd gan Steve i'w ddatgelu, ac ar ôl i Dai roi'r ffôn yn ôl yn ei chrud, caf bleser mawr o glywed y newyddion mae'n ei rannu â Nantlais.

"Ma Lowri wedi gadael, ond dim ond un menyw feichiog oedd yn y car. Sdim sôn am Caio ac Elinor."

"Fuck!" bloeddia Nantlais a fy myddaru i unwaith yn rhagor.

"O'n nhw yn y bŵt," dw i'n datgelu. "Fi roiodd nhw 'na. A fi ddeliodd â Steve hefyd. Baton i gefn ei ben. Dim nonsens," meddaf â gwên arall, ac atseinio'r hyn ddwedodd Dai Poole yn gynharach.

Heb rybudd, mae Nantlais yn troi'r gadair fel fy mod yn wynebu'r ffenest. Trwy'r gwydr, gwelaf y fflamau'n dal i ddawnsio yn y dyffryn. Mae fy nemesis yn dawel nawr, yn sefyll wrth fy ochr yn syllu ar y tân.

"Beth ni'n mynd i neud?" Daw llais Dai Poole o'r tu cefn i fi eto.

"Chi'n fucked," dw i'n gorfoleddu. Yr unig beth sy'n fy mhoeni mewn gwirionedd yw na fyddaf yn cael cwrdd â 'mhlentyn. Ond o leiaf bydd y bychan yn cael ei eni'n rhydd, yn wahanol i ffawd greulon Caio ac Elinor.

"Ca dy ben!" bloeddia, y gyllell unwaith eto wedi'i hanelu at fy ngwddf. "Ti'n meddwl bod rhywun mor gefnog â fi yn fucked, wyt ti? Ha! So ni'n rhan o'r un byd, gwboi. So rheolau bywyd yn berthnasol i fi. Galla i ddiflannu, heno, os oes rhaid." Gwyliaf Nantlais yn sythu ei gefn ac yn troi ei olygon at Bennaeth yr Heddlu. "Dai, ti'n gwbod lle fi'n cadw'r pasborts. Cer i ôl nhw ac fe wela i di wrth yr helicopter mewn chwarter awr."

Clywaf y drws yn agor a'r gwynt yn rhuo tu allan wrth i Dai Poole ufuddhau. Mae Nantlais yn edrych arna i eto, ei lygaid yn llawn atgasedd diamod, a dw i'n gwybod bod y byd ar ben. Dyma hi. Y diwedd. Fi'n dechrau gweddïo, sy'n hollol hurt, gan nad oes unrhyw dueddiadau crefyddol yn perthyn i fi, ond fel y dwedodd Eisenhower, "does dim anffyddwyr mewn twll ymochel". Yn fy mhen, adroddaf y geiriau hyn: "Hei, Duw, sa i wedi cadw mewn cysylltiad â ti dros y blynyddoedd, ond ti'n gwbod be, ma angen bach o help arna i nawr". Mae'r byd yn arafu i'r eithaf, ac mewn super slo-mo, gwyliaf Nantlais yn tynnu ei fraich am 'nôl, yn barod i fy nienyddio. Mae fy mrest yn gwbl agored a'r gyllell wedi'i hanelu at fy nghalon. Does dim byd alla i ei wneud nawr. Dw i'n cau fy llygaid ac yn derbyn fy ffawd, ond yn lle teimlo'r dur yn turio i mewn i 'nghnawd, clywaf wydr yn torri'n deilchion, clep leddf ddieithr iawn ac yna sŵn corff yn cwympo'n domen ar lawr. Agoraf fy llygaid a gweld Nantlais yn gorwedd o 'mlaen, gyda saeth Olympaidd liwgar yn ymwthio o ochr ei benglog; ei lygaid led y pen ar agor, golwg syn ar ei wyneb, a'r gwaed yn llifo o'r twll gan gronni o amgylch ei 'sgwyddau a hanner uchaf ei gorff.

Mae hynny'n ddigon i roi tröedigaeth i fi, ond nid yw'n newid dim o ran fy ngallu i symud o'r sêt 'ma. Dim ond un person allai fod wedi gwneud y fath beth ac achub fy nghroen ar yr eiliad olaf. Clywaf y drws yn agor y tu ôl i fi ac ymhen dim, mae fy arwr yn sefyll o 'mlaen.

"O'n i'n dechrau poeni bo ti ddim yn mynd i f'achub i am eiliad fach fyna." Â'r bwa yn dal yn ei law, mae Caio'n plygu ac yn gafael yn y gyllell o law lipa Nantlais, cyn mynd ati i dorri fy ngefynnau.

"Dere," mae'n mynnu, ar ôl gorffen. "Ma Dai Poole tu fas."

Ry'n ni'n gadael y caban ac yn camu i'r nos. Mae'r gwynt yn dal i ruo a'r fflamau'n parhau i ddawnsio yn y pellter, tra bod Dai Poole ar lawr yn gwingo mewn poen; dwy saeth wedi'u claddu'n ddwfn yng nghnawd ei gluniau, ac un arall wedi'i hangori yn ei ganol, islaw ei wregys os y'ch chi'n deall beth sydd 'da fi.

"Gorffen fi off," mae'r treisiwr yn pledio.

"Rol?" Mae Caio'n troi ataf, y gyllell dal yn ei law a'r ysfa i ddial ar dân yn ei lygaid.

"No way," atebaf. "Geith Mr Poole esbonio beth yn union sydd wedi bod yn mynd mlân fan hyn wrth yr heddlu. Yr heddlu *go iawn*, hynny yw." Â Nantlais wedi marw, rhaid i rywun dalu am yr hyn sydd wedi bod yn digwydd ym Mhorth Glas, a phwy well na'r dyn wnaeth ddwyn fy niniweidrwydd.

Mae Caio'n fy helpu i hanner cario, hanner llusgo Dai Poole yn ôl i'w gaban, ac yn ei glymu i'r un gadair yr o'n i'n gaeth iddi ynghynt. Efallai bod hynny bach yn greulon, o ystyried beth mae Caio eisoes wedi gwneud iddo, ond ry'n ni am ei atal rhag lladd ei hun ac osgoi wynebu'r Chwilys. Mae Dai Poole yn conan gymaint dw i'n stwffo clwtyn sychu llestri i'w geg cyn gadael. Yna, dw i a Caio'n gwneud ein ffordd at y glwyd wrth yr unig allanfa o'r uffern ar y ddaear yma, gan gadw o'r golwg a stelcian trwy'r coed. Ar y ffordd, ry'n ni'n treial agor y drws i'r swyddfa heddlu strôc derbynfa, er mwyn casglu fy ffôn symudol, ond mae'r drws ar glo a phobman yn dywyll. Dw i'n ystyried torri ffenest, ond yn cofio bod ffôn yn y cwt ger y glwyd. Cofiaf dri rhif off top fy mhen: fy un i, un Lowri ac un cartref fy mhlentyndod yng Ngerddi Hwyan, a dim ond un o'r rhain dw i eisiau ei ffonio heno.

Fe gyrhaeddwn y glwyd ac mae'r ffaith nad oes neb ar gyfyl y lle yn destun peth syndod, ond rhaid bod Steve wedi ei heglu hi ar ôl y sgwrs ffôn gafodd e â Phennaeth yr Heddlu yn gynharach. Y peth cyntaf dw i'n ei wneud ar gyrraedd y siecbwynt yw codi'r ffôn a galw'r gwasanaethau brys; ac yna ffoniaf Lowri. Mae fy nghalon yn curo'n wyllt wrth i'r ffôn ganu a chanu a chanu, a dw i bron â'i cholli hi'n llwyr pan mae'r alwad yn mynd at y peiriant ateb. Ond, cyn i fi ddechrau wylo, mae Caio'n fy atgoffa bod ei ffôn hi dal o dan glo yn y dderbynfa hefyd, felly ffoniaf 999 sy'n fy nghysylltu â gorsaf heddlu Gerddi Hwyan, yn y gobaith o gael gafael ar Kingy neu'r chief. Yn well na hynny hyd yn oed, caf wybod bod Lowri ac Elinor yn ddiogel a DCI Colwyn, DS King a llond llaw o iwnifforms ar eu ffordd i Borth Glas i achub y dydd.